AF191989

I.M. NAGTEGAAL

De STRIJDERS van ARTEMIS

HET BEGIN

novum ◢ pro

Dit boek is ook als
e-book
verkrijgbaar.

www.novumpublishing.nl

© 2023 novum publishing

ISBN 978-3-99146-131-9
Geredigeerd door: Ine van Gerwe
Omslagfoto:
Milosk50 | Dreamstime.com
Ontwerp omslag, lay-out & typografie:
novum publishing

www.novumpublishing.nl

Climate neutral
Print product
ClimatePartner.com/16547-2201-1002

Proloog

Happend naar adem rolde Lydia zich op haar zij, de enorme knal had alle lucht uit haar longen geperst. Haar ogen draaiden weg, en met een laatste gesmoorde kreet zakte ze weg in het duister.

Een paar seconden later voelde ze hoe haar ziel zich losmaakte van haar lichaam. Ze was niet bang voor wat er nu komen ging, maar het deed wel pijn om haar geliefde en vrienden achter te laten. Ze had hen teleurgesteld, dacht ze verslagen. Ze had alles gegeven wat ze in zich had en gevochten tot het laatste moment, maar het had geen verschil gemaakt, ze had gefaald. Terwijl ze langzaam omhoog zweefde, keek ze om naar haar lichaam, dat gebroken tussen het puin lag. Een nietig figuurtje in de eeuwigdurende strijd van de goden. Ze snikte en voelde een steek in haar hart. Hoe had ze ooit kunnen denken dat zíj het verschil zou kunnen maken?

Nee! schreeuwde heel haar wezen uit, zo kon het niet aflopen, dat mocht niet! Niet nadat ze zo hun best hadden gedaan! Dag na dag hadden ze getraind om sneller, sterker en behendiger te worden. Ieder boek en document dat ook maar enigszins van waarde leek te zijn, hadden ze gelezen. Ze hadden gevechtsstrategieën uitgewerkt, hun plannen zorgvuldig voorbereid en geen enkel risico genomen. En toch was ze nu dood.

Ze sloot haar ogen en voelde tranen branden. Tranen voor zichzelf en haar geliefde. Tranen voor haar familie en vrienden. Tranen voor de mensheid. De droom om gelukkig oud te worden was vernietigd, de wereld zou ondergedompeld worden in duisternis, haat en pijn.

Terwijl ze haar handen samenvouwde en de goden smeekte om een laatste kans zag ze vanuit haar ooghoeken een licht op zich afkomen. Een vallende ster, leek het, maar juist toen ze opzij wilde duiken om een botsing met de ster te voorkomen, remde die af en veranderde met een flits in de meest beeldschone vrouw die ze ooit had gezien. Sprakeloos staarde Lydia haar aan. De vrouw had een roomblanke huid, doordringende groene ogen en vlammend rood haar. Ze droeg een korte Griekse tuniek en had een zilveren pijl en boog bij zich en twee grote witte jachthonden die, net als de vrouw zelf, straalden als de maan. Lydia's adem stokte toen ze zich realiseerde wie er voor haar stond: Artemis! Snel boog ze haar hoofd en zakte respectvol op een knie.

Even keek de godin vertederd op haar neer, toen zei ze met heldere stem: „Sta op, dochter van het licht, er wordt op je gewacht."

Onzeker keek Lydia naar haar op. „Op mij?"

De godin keek haar doordringend aan en knikte. „Op jou. Je vroeg om een laatste kans en die zul je krijgen." Ze zweeg om de betekenis van haar woorden te laten doordringen en ging pas verder toen ze een hoopvolle gloed in Lydia's ogen zag verschijnen. „Gebruik je tijd wijs, Lydia White. Zoek je vrienden en zorg ervoor dat jullie dat monster verslaan. Jullie zijn sterker dan hij, want jullie bezitten iets dat hij nooit zal begrijpen." Ze pakte Lydia's handen beet om haar overeind te helpen en beantwoorde de vragende blik in haar ogen met slechts één simpel woord „Liefde."

Lydia voelde de levenskracht van de godin in zich vloeien, en voor ze goed en wel doorhad wat er gebeurde, werd ze teruggezogen naar het rijk der levenden. Terwijl haar lichaam en ziel zich herenigden en haar hart met een schok op gang kwam, hoorde ze Artemis roepen: „De overwinning is aan jullie!"

1

Binnensmonds verwensingen mompelend mepte Lydia op haar toetsenbord. Wat een dag! Iedere keer wanneer ze klaar dacht te zijn, bleek er weer iets niet te kloppen; het was om gek van te worden! Ze voelde zich steeds bozer worden en haalde een paar keer diep adem om te kalmeren. Waarom werkte dat stomme budget nou nooit eens mee, ze was er verdorie al uren mee bezig! Ze wreef over haar gezicht en keek verlangend uit het raam. Het einde van de dag was in zicht en de ondergaande zon wierp een warme, oranjeroze gloed over de wereld. Terwijl sterren één voor één tevoorschijn kwamen en de hemel langzaam kleurde met het paarsblauw van de nacht, dreven grijze regenwolken samen in het zuiden.

Gefrustreerd bedacht ze zich dat het een prachtige nazomerdag was geweest waarvan zij slechts op afstand had kunnen genieten. Ze had zich de hele dag opgesloten in haar kamer om het budget voor volgend jaar gereed te maken, een taak waar ze zich ieder jaar vol goede moed op stortte om een uur later tot de conclusie te komen dat het toch echt niet haar ding was. Met een boze blik keek ze naar haar beeldscherm. Als het nu niet lukte, konden ze de boom in met dat budget! Ze ademde diep in en probeerde zichzelf op te peppen. Kom op nou, concentreer je, zodra je dit af hebt, kun je naar huis!

Met een zucht blies ze de lucht uit haar longen en beet op haar lip. Wat ging er toch steeds mis? Ze had ondertussen al zoveel dingen veranderd dat ze echt niets meer kon verzinnen. Moedeloos staarde ze naar de getallen terwijl ze gedachteloos op de leuning van haar bureaustoel trommelde. Wat als – Met een verrukt kreetje sloeg ze op het bureau. Dat was het! Snel paste ze het overzicht nogmaals aan, deed een schietgebedje en keek hoopvol naar het eindresultaat.

De vreugdekreet die ze slaakte terwijl ze opsprong uit haar stoel, kwam recht uit haar hart en weergalmde door het gebouw. Net als de dreun waarmee haar stoel tegen de dossierkast aan knalde. Het kon haar niets schelen, ze was eindelijk klaar! Uitgelaten begon ze door de kamer te dansen, alle opgekropte energie kwam eruit.

Het was gelukt! dacht ze triomfantelijk. De hele dag was ze bezig geweest met dat verrekte budget. De hele dag! Maar nu was ze klaar! Met wijdgespreide armen en het hoofd in de nek draaide ze net zo lang rond tot ze duizelig was en plofte vervolgens lachend neer op haar stoel. Snel typte ze een mailtje aan haar collega's en slaakte een opgeluchte kreun toen ze op *Send* had geklikt. Het was dat ze Gabor en Kamilla niet had willen teleurstellen, want anders was ze er uren geleden al vandoor gegaan! dacht ze opstandig. De eigenaren van het bedrijf hadden echter zo'n rotsvast vertrouwen in haar dat ze altijd nét iets beter haar best voor hen deed.

Uitgeput van de lange werkdag leunde ze achterover, maakte haar staart los en woelde met gesloten ogen door haar haren. Ze had zo opgefokt zitten werken dat al haar spieren strak stonden en zelfs haar hoofdhuid pijn deed. Zuchtend rolde ze met haar hoofd en schouders in een poging de spanning iets te verlichten en staarde afwezig uit het raam. Hoewel het kantoorgebouw van Napos Transport op een klein industrieterrein lag, kon je dat vanuit haar kamer niet zien. De eigenaren van het bedrijf, Gabor en Kamilla Nagy, waren dol op hun medewerkers en hadden hen een plek willen geven om zich te kunnen ontspannen; daarom hadden ze de ruimte achter het gebouw omgetoverd tot een prachtig parkje. Ze hadden Lydia en een aantal andere collega's gevraagd te helpen met het aanleggen ervan en waren zo blij geweest met het eindresultaat dat ze ieder van hen een kamer hadden gegeven die uitkeek op het park. Het was het beste cadeau dat ze ooit had gekregen!

Ook vanavond zag het parkje er weer betoverend uit, met een lichte nevel boven de vijver met koikarpers, waaruit een fontein in de vorm van een zeemeermin oprees. Heldergroen gras omringde de vijver en om de zoveel meter stonden natuurstenen bakken met bloemen in alle kleuren van de regenboog. Ook waren her en der zitjes gemaakt: aan de grote, oude eikenboom hing een schommelbank, rondom de vijver stonden stenen bankjes en achterin het parkje stonden onder een overkapping banken van steigerhout met zachte kussens in natuurtinten. En om het geheel af te maken was voor de afrastering van het park een coniferenhaag geplaatst, zodat de plek heel geborgen en knus aanvoelde. Glimlachend keek ze naar de eekhoorntjes die over de schommelbank roetsjten en bedacht zich dat zelfs dieren zich er thuis voelden. Vooral op dagen als vandaag, wanneer de zon een sprookjesachtige gloed over het park wierp en alles leek te sprankelen, was de plek een bron van inspiratie voor de medewerkers van Napos Transport. *Mermaid Magic*, zeiden Gabor en Kamilla dan altijd. Je kon er niet omheen dat ze precies wisten hoe ze hun medewerkers moesten inspireren.

Met een liefdevol gevoel dacht ze aan de twee mensen die ze als haar ouders was gaan beschouwen. Ze had hen zeven jaar geleden leren kennen toen ze net bij het bedrijf was komen werken, en was gelijk verzot op hen geweest. Haar gedachten dwaalden af naar haar allereerste ontmoeting met Kamilla, de ontmoeting die haar leven voorgoed had veranderd.

De deur van de toiletruimte ging open, maar Lydia ging zo op in haar verdriet dat ze het niet eens hoorde. Wat moest ze nou toch doen? dacht ze terwijl ze haar neus snoot, om vervolgens meteen daarna weer verder te gaan met snotteren. Hoe kon Peter nou zomaar besluiten dat hij naar Australië wilde emigreren? Om zichzelf te vinden, had hij tegen haar gezegd. Waarom wilde hij dat alleen doen? Hij hield toch zeker van haar? Waarom mocht ze dan niet mee?

Kamilla bleef staan en luisterde naar het hartverscheurende gesnik dat uit een van de hokjes kwam. Ze was hierheen gekomen om haar handen te wassen, omdat haar vulpen weer eens niet gedaan had wat ze wilde, maar zo te horen was dat dus met een reden geweest. Alles in het leven gebeurde met een reden, bedacht ze zich glimlachend, en zelfs ouderwetse gewoontes als schrijven met een vulpen dienden een doel. Zachtjes klopte ze op de wc-deur en vroeg „Alles oké daarbinnen?"

Het werd stil terwijl Lydia verschrikt haar adem inhield. O nee, er stond iemand voor de deur! Wat nu!?

„Kan ik misschien ergens mee helpen?" bood Kamilla vriendelijk aan. „Mensen zeggen altijd dat ik goed kan luisteren."

Lydia haalde haar neus op en werd verscheurd tussen het gevoel zichzelf voor altijd in het hokje te willen opsluiten en het gevoel zich in de armen van de onbekende vrouw aan de andere zijde van de deur te willen storten. Wat natuurlijk helemaal nergens op sloeg, maar goed. Ze begon weer te snotteren en schraapte haar keel.

Geduldig wachtte Kamilla af, een vaag lachje om haar lippen. Die kwam er zo wel uit.

Lydia snoot haar neus nog maar eens en mompelde: „Ik zie er niet uit."

Kamilla hoorde het en lachte. „Ach meisje toch, je wilt niet weten hoe vaak ik al gehuild heb in mijn leven. De uitgelopen mascara en rode neus horen er nou eenmaal bij. Loop anders even mee naar mijn kamer, dan lappen we je weer een beetje op. Ik heb nog van die overheerlijke Belgische bonbons liggen die al het leed in de wereld verzachten; die hebben volgens mij gewoon op dit moment gewacht."

Ondanks haar tranen ontsnapte Lydia een bibberig lachje. Wie er ook voor de deur stond, ze was in ieder geval wel aardig. Ze haalde haar neus op en rechtte haar schouders. Ze kon hier sowieso niet blijven zitten, en eigenlijk had ze ook helemaal geen zin om alleen te zijn. Normaal gesproken ging ze na haar werk altijd naar Peter toe, maar nu ... De tranen begonnen weer te stromen.

Kamilla waste ondertussen haar handen en wachtte geduldig af tot de deur geopend zou worden. Ze hoorde hoe er werd doorgetrokken en droogde haar handen af aan een papieren handdoekje terwijl Lydia de deur opendeed en schaapachtig om het hoekje keek.

„Nou, kom eerst maar eens even hier voor een knuffel. In moeilijke tijden moeten wij vrouwen elkaar steunen, vind je niet?" Voordat Lydia goed en wel in de gaten had wat er gebeurde had Kamilla haar al in haar armen getrokken. Even verstijfde ze, maar toen gaf ze zich over en liet haar tranen de vrije loop. Kamilla zei niets en hield haar alleen maar vast. Ze voelde Lydia's pijn en wist dat het goed zou komen; het was maar een verloren kalverliefde. Ze fronste haar wenkbrauwen toen ze nog iets anders voelde, iets lichts en bijzonders en ... bovennatuurlijks? Enfin, dat zou ze later wel onderzoeken, ze moest dat arme ding eerst maar eens zien te kalmeren. Voorzichtig maakte ze zich los uit de omhelzing en keek Lydia met een opgewekte glimlach aan. „Zo," zei ze vriendelijk, „nu we dat uit ons systeem hebben zal ik me even voorstellen. Ik ben Kamilla Nagy," zei ze, terwijl ze haar hand naar Lydia uitstak, „en jij bent ...?"

Lydia bloosde toen ze zich realiseerde dat ze zich in de armen van de eigenares van het bedrijf had gestort en keek Kamilla met haar mond vol tanden aan, waarop de andere vrouw hartelijk begon te lachen.

„Meisje toch, je maakt je veel te druk, mijn man en ik zijn normale mensen, hoor! We hebben hoogstens wat meer geluk dan sommige andere mensen, maar dat is dan ook alles."

Lydia keek haar schaapachtig aan. Ze werkte hier nog niet zo lang, maar had al wel van haar collega's begrepen dat Kamilla en Gabor hele lieve mensen waren die altijd voor iedereen klaarstonden. Blijkbaar was dat niet gelogen geweest. Ze schraapte haar keel en zei: „Ik heet Lydia, Lydia White. Ik werk hier pas drie weken. Sorry dat u me zo aantrof in het toilet, normaal gesproken ben ik niet zo ... zo ..." Ze gebaarde hulpeloos met haar handen.

Kamilla lachte warm. „Laat dat u nou maar achterwege, je en jij is prima. Zoals ik al zei, ben ik een normaal mens, net als jij, en ik heb al aardig wat dingen meegemaakt in het leven dus ik weet dat een flinke huilbui er zo nu en dan bij hoort. Ga je nu met me mee om die bonbons soldaat te maken? Ik hoor ze al de hele tijd roepen," knipoogde ze, waarna ze Lydia meetroonde naar haar kantoor.

Lydia merkte dat ze stond te glimlachen terwijl ze terugdacht aan die eerste middag en avond met de mensen die ze nu als haar familie beschouwde. Kamilla had erop gestaan dat Lydia de avond met hen doorbracht en achteraf bekeken was dat het beste dat haar ooit was overkomen. Het echtpaar en hun zoon waren hartelijk, begripvol en opgewekt geweest en hadden haar precies gegeven wat ze nodig had gehad: de warmte en geborgenheid van een gezin. Aan het eind van de avond had ze geweten dat ze bij hen altijd welkom zou zijn.

Plop. Lydia knipperde met haar ogen en keek naar de nieuwsflits op haar telefoon. *Aantal slachtoffers huiselijk geweld neemt toe.* Een koude rilling kroop over haar rug terwijl een heel ander beeld uit het verleden zich aan haar opdrong. Roy. Haar maag kneep samen en met een wrang gevoel dacht ze aan hem terug.

Roy was haar laatste vriendje geweest. Een voor de buitenwereld allercharmantst, charismatisch persoon, maar in werkelijkheid een onuitstaanbaar, verwend rijkeluiszoontje. Hij was intelligent, zag er met zijn helderblauwe ogen, golvende blonde haar en getrainde lichaam uit als een droomprins en wist iedereen om zijn vinger te winden. En hoewel hij vrijwel ieder meisje krijgen kon, had hij zijn oog laten vallen op haar. Hoe cliché, dacht ze snuivend, het weesmeisje en de rijke, knappe droomprins. Ze grimaste bitter. Ze had moeten weten dat er iets mis was geweest toen hij achter haar aan was gekomen, maar was in plaats daarvan als een blok voor hem gevallen. Roy had haar volledig ingepalmd tijdens hun afspraakjes, waarbij hij haar had meegenomen naar exclusieve restaurants en hippe clubs waar iedereen hem kende en het hen de hele avond door naar de zin probeerde te maken. Misschien dat andere meisjes dat als normaal beschouwd zouden hebben, maar voor haar was het heel bijzonder geweest en ze had zich gevoeld als een prinses. Helaas was haar droomwereld al snel ingestort toen ze bij Roy was ingetrokken en hij haar beetje bij beetje zijn ware aard had getoond. Want onder dat perfecte uiterlijk bleek hij een wrede narcist te zijn die zich tot doel had gesteld haar volledig kapot te maken.

Terwijl ze haar handen bewust een aantal keren tot vuisten balde en weer ontspande, probeerde ze haar hart, dat bonsde alsof ze een marathon had gelopen, tot bedaren te brengen. Het was voorbij, hield ze zichzelf voor, ze was vrij en hoefde nooit meer bang voor hem te zijn. Diep in- en uitademend dwong ze zichzelf alle gedachten en gevoelens die boven kwamen borrelen toe te laten, te accepteren en weer los te laten.

Wanneer het precies geweest was, wist ze niet meer, maar op een gegeven moment had ze zich gerealiseerd dat Roy ervan genoot haar pijn te doen. Ze was doodsbang geweest en had willen vluchten, maar hij had gedreigd dat hij haar zou vermoorden als ze hem ooit verliet. De hemel zij dank hadden Gabor en Kamilla in de gaten gekregen dat er iets mis was! Ze had zich zo beschaamd en vernederd gevoeld dat ze in eerste instantie niet veel had durven zeggen, maar toen ze haar eenmaal aan het praten hadden gekregen, was het er allemaal uit gekomen, alle angst en pijn en wanhoop. Het echtpaar was furieus geweest en had haar niet meer naar Roy terug laten gaan. Gabor en Alex, de zoon van Gabor en Kamilla, hadden haar spullen opgehaald en Roy goed duidelijk gemaakt dat hij voortaan bij haar uit de buurt moest blijven, en vanaf dat moment had de familie Nagy haar beschermd. Ze hadden haar opgenomen in huis alsof ze bij het gezin hoorde en ervoor gezorgd dat Roy haar met rust liet.

Ze haalde diep adem en keek naar de met sterren bezaaide hemel, die langzaam maar zeker dichttrok met grijze regenwolken. Na die helse relatie was ze in therapie gegaan om zichzelf terug te vinden. Het had even geduurd maar ondertussen genoot ze weer van het leven, en hoewel ze moest toegeven dat ze het nog steeds lastig vond om mannen volledig te vertrouwen was haar omgang met hen in ieder geval stukken beter dan voorheen. Er waren ondertussen twee jaar verstreken en voor haar gevoel had ze het gebeuren met Roy een plekje weten te geven; ze had een leuk huisje, een goede baan en voelde zich over het algemeen erg gelukkig. Dat er geen man in haar leven was vond ze prima, want ze ontving meer dan genoeg liefde van haar familie en vrienden.

Ze stond op en liep naar het raam dat ze opende om de zwoele avondlucht binnen te laten. Het was een van de dingen die ze geleerd had tijdens de therapie: geniet van het hier en nu en wees dankbaar voor de kleine dingen in het leven. Geuren, smaken, gevoelens. Koester wat je hebt, richt je op positiviteit en wees ervan overtuigd dat alles goedkomt. Ze boog zich naar voren en leunde uit het raam om de avondlucht op te snuiven. Pas gemaaid gras, herfstbloemen en de belofte van regen, dat was wat de wereld haar op dat moment bood. Ze sloot haar ogen en concentreerde zich op haar ademhaling om de spanning die zich in haar lichaam had opgebouwd kwijt te raken. Vier seconden inademen, vier seconden vasthouden, vier seconden uitademen. Vier seconden inademen, vier seconden vasthouden, vier seconden uitademen ...

En zo trof Dario haar aan, met gesloten ogen uit het raam leunend, volledig in gedachten verzonken. Ze hoorde hem niet binnenkomen waardoor hij de kans kreeg haar eens goed te bekijken.

Lydia White. Het eerste wat hij zich bedacht, was dat de foto's haar geen recht hadden gedaan. Haar schoonheid was overduidelijk geweest, vrouwelijkheid ten top, maar de zuiverheid van haar aura was op de foto's niet te zien geweest. Stralend, zacht en tegelijkertijd krachtig op een manier die je alleen bij vrouwen aantrof. Oerkracht, dat was het woord. Mannen jaagden en verzamelden en hoefden daarbij alleen aan hun eigen welzijn te denken. Vrouwen bleven thuis om niet alleen voor zichzelf, maar ook voor het kroost en de oudjes te zorgen. Lydia betoverde hem zoals ze daar stond, met haar gezicht naar de hemel geheven. Als een godin die de nacht aanbad. Toen ze nog verder naar voren leunde, waarbij haar rug zich kromde en haar billen zich spanden, voelde hij zijn mannelijkheid reageren. Om haar en zichzelf te beschermen, schraapte hij zijn keel, waarop Lydia een kreetje slaakte en zich vliegensvlug omdraaide om hem met haar grote, blauwgroene ogen onthutst aan te kijken. Een hinde in het nauw, schoot het door zijn hoofd.

Lydia herstelde zich snel en knipperde verwoed met haar ogen om terug te keren naar het hier en nu. Hoe lang had ze zo gestaan en hoe lang had de knappe man die daar in de deuropening stond naar haar staan kijken? vroeg ze zich af. Ze wist het niet. Het kon een minuut zijn geweest of een kwartier. Snel stelde ze zich open om te voelen of hij goed of kwaad in de zin had, een trucje dat Kamilla haar geleerd had, en kwam tot de conclusie dat hij oké was. Opgelucht liet ze haar onbewust ingehouden adem ontsnappen.

Ondertussen bekeek Dario haar net zo geïnteresseerd als zij hem. Afgezien van haar heerlijke lichaam, dat op precies de juiste plaatsen over zachte rondingen beschikte, en haar lieflijke gezichtje dat hem door de wipneus en volle mond deed denken aan een sexy bosnimf, was hij gefascineerd door de sprekendheid van haar gezicht. Angst, kracht en nieuwsgierigheid volgden elkaar in rap tempo op. Het viel hem op dat haar prachtige bruinrode haar nogal wild zat, alsof ze er doorheen had gewoeld, en om de een of andere reden jeukten zijn handen om hetzelfde te doen. Vaag was hij zich bewust van een gevoel van herkenning, een ontwaken van zijn lichaam en ziel. Hij schudde zichzelf wakker, toverde een jongensachtige grijns op zijn gezicht en stapte in zijn rol. „Hi. Sorry dat ik je liet schrikken, dat was niet de bedoeling. Dit is het laatste kantoor dat ik moet schoonmaken en het is al laat; vind je het goed als ik alvast aan de slag ga? Ik beloof je dat ik niets overhoop zal halen."

Lydia keek hem verbaasd aan, waarbij er een frons tussen haar wenkbrauwen verscheen. De schoonmaker? Hij zag er helemaal niet uit als een schoonmaker, daar was hij veel te knap voor. Ze liet haar ogen over hem heen dwalen en voelde een vreemde kriebel in haar buik. Hij was lang en gespierd en ging gekleed in versleten jeans met zwarte cowboylaarzen en een nauwsluitend grijs T-shirt waarin zijn brede schouders en smalle heupen zo perfect uitkwamen dat je als vrouw zijnde wel blind moest zijn om er niets bij te voelen.

Nou ja zeg! Waar kwam die gedachte nou opeens vandaan!? Bijna sloeg ze haar hand voor haar mond, maar op het laatste moment wist ze zich in te houden. Ze had het alleen maar gedacht, niet gezegd. Hoewel ze voelde dat ze begon te blozen kon ze het niet nalaten nog even naar hem te gluren. Zijn lange, glanzende zwarte haren droeg hij in een paardenstaart en hoewel ze normaal gesproken helemaal niet van mannen met lang haar hield, moest ze toegeven dat het hem echt geweldig stond. Het paste bij zijn gezicht, met die sensuele mond en prachtige bruine ogen die haar op dat moment geamuseerd en enigszins brutaal aankeken, alsof hij precies wist wat ze dacht. Hij deed haar denken aan een wilde hengst: vurig, zelfverzekerd, intelligent en ontembaar.

Omdat haar mond ineens vreemd droog aanvoelde, streek ze met het puntje van haar tong over haar lippen. Wat had hij ook alweer gezegd? Afwezig keek ze langs hem heen de gang in en zag de kar met schoonmaakspullen staan. Oh ja, dat was het, hij wilde haar kantoor schoonmaken. De frons tussen haar wenkbrauwen verdiepte zich terwijl ze naar de klok keek en zich probeerde te concentreren. Het was inderdaad al veel te laat, bijna half tien. Hemel, ze had vanaf acht uur 's morgens op kantoor gezeten!

„Tuurlijk, sorry, ga je gang," zei ze uiteindelijk. En toen ze eenmaal begon te praten was ze niet meer te stoppen. „Het was een drukke dag, met budgetten en zo, echt helemaal verschrikkelijk, dus ik ben de tijd een beetje uit het oog verloren. Ik was er vanmorgen al om acht uur en wilde even een frisse neus halen om m'n hersens wakker te maken; de hele dag naar een beeldscherm staren is ook niet alles. Maar goed, dat wakker worden is dankzij jou nu wel gelukt."

Wat! Dat had ze toch zeker niet echt gezegd!? Ten eerste stond ze als een idioot te ratelen en ten tweede had ze net beweerd dat deze sexy, onbekende man iets met haar deed. Ze kreunde en hoopte maar dat hij haar woorden anders zou interpreteren dan ze eruit waren gekomen.

Dario nam haar geamuseerd op. Tijdens de vloedgolf aan woorden hadden zijn ogen haar expressieve gezicht geen moment losgelaten. Hij hoorde haar zacht kreunen en zag hoe de blosjes op haar wangen zich verdiepten van kleur. Wat was ze schattig, zeg. En verleidelijk. Ze zag er zowel sexy als kwetsbaar uit, onweerstaanbaar gewoon. Zijn instinct werd wakker en hij voelde de drang om haar te bezitten toenemen. Hoewel ze het niet bewust deed, vroég ze er gewoon om verleid te worden. Een stille uitdaging. En iedereen die Dario kende, wist dat hij een uitdaging nooit uit de weg ging. Hij voelde zijn lichaam reageren en zag aan Lydia's blik dat zij het ook in de gaten had. De lucht tussen hen in leek te zinderen en naast onzekerheid zag hij ook nieuwsgierigheid en verlangen in haar ogen, waardoor de behoefte om haar aan te raken nog sterker werd.

Lydia voelde de verandering. Ze mocht dan niet al te ervaren zijn, de man tegenover haar straalde een en al sensualiteit uit. Hij keek niet langer geamuseerd, maar zag er nu uit als iemand die kreeg waar hij zijn zinnen op had gezet. Een jager. Ze voelde haar lichaam reageren, niet uit angst maar uit verlangen. Haar ademhaling was oppervlakkig en snel en ze had het gevoel dat ze niet helder meer kon denken. Hoe zou het zijn om hem aan te raken? Om zijn lippen op de hare te voelen terwijl zijn handen over haar lijf dwaalden? Zou hij haar zacht en teder liefkozen of juist wild en eisend? Op dat moment leek alles haar heerlijk. Een heet verlangen verspreidde zich door haar lichaam en ze was zich volledig bewust van zijn mannelijkheid en haar vrouwelijkheid en wat ze op dat moment samen konden doen in het verlaten kantoorgebouw.

Ze schudde haar hoofd om de vreemde, opwindende gedachten een halt toe te roepen en liep abrupt naar haar bureau toe. Dit was niets voor haar, zo was ze helemaal niet! Ze zou haar spullen opruimen, naar huis toe gaan en een weldadig bad nemen. Dat was wat ze nodig had, geen man! Het kwam gewoon door die verrekte lange werkdag.

Dario had zich nog steeds niet bewogen en zag dat Lydia vocht tegen haar verlangen. Het wakkerde zijn eigen verlangen alleen nog maar meer aan. Volgens de regels moesten werk en privé gescheiden worden gehouden, maar Dario hield er zo zijn eigen werkwijze op na. Daar was niet iedereen het mee eens, maar omdat zijn resultaten voor zich spraken werd het getolereerd.

Lydia keek op en zag hem onbewogen in de deuropening staan. Hij was er nog. Ze voelde de temperatuur stijgen. Wat was er toch met haar aan de hand dat ze zo heftig reageerde? Ze leek verdorie wel een hitsige tiener! Hij mocht er dan leuk uitzien, of nou ja, woest aantrekkelijk was een beter woord, ze kwam wel vaker knappe mannen tegen en dan reageerde ze echt niet zo raar als nu! Sterker nog, meestal reageerde ze helemaal niet. Het leek wel alsof ze uit een of andere winterslaap ontwaakte. Ze rook en voelde meer dan normaal en had zelfs het idee dat ze wist hoe hij zou smaken. Dat sloeg toch helemaal nergens op! Ondanks de verwarrende gevoelens kon ze het niet nalaten nog een laatste vluchtige blik op hem te werpen en toen haar ogen de zijne vonden, leek haar hart een salto te maken. Ze slikte en liet haar tong nogmaals over haar lippen glijden.

Dario zag het en deed een stap in haar richting, vastbesloten haar in zijn armen te nemen en zijn nieuwsgierigheid te bevredigen.

Met een schok keerde Lydia terug naar de werkelijkheid. Ze moest hier weg! Gehaast gooide ze, zonder te kijken, alles wat op het bureau lag in haar tas en zette haar computer uit op een manier die de IT-man een hartverzakking zou bezorgen. Terwijl ze een verstikt „dag" mompelde, schoot ze langs de knappe schoonmaker heen de kamer uit en haastte zich zo waardig als ze kon naar de uitgang.

2

Wow, wat een vrouw! Dario keek Lydia waarderend na, zijn blik gericht op haar aantrekkelijke achterwerk. Hij hoorde het snelle tikken van haar hakken op de vloer en bedacht zich grijnzend dat ze zich op dat moment vast niet realiseerde dat ze dankzij haar pumps sexy heupwiegend liep. Het was maar goed dat ze er vandoor was gegaan, want ze had zijn zelfbeheersing ernstig aan het wankelen gebracht! De drang om haar te kussen was zo sterk geweest dat hij zich niet meer had kunnen inhouden. En van dat kussen was geheid meer gekomen! Hij wíst gewoon dat het spectaculair en intens bevredigend zou zijn om met haar te vrijen. Déjà senti.

Terwijl hij om zich heen keek in Lydia's kantoor ademde hij haar geur in. Friszoet, als een lenteavond. Hij liep naar het raam en sloot dat met een zucht. Helaas moest hij de kamer toch echt even onder handen nemen voor hij er weer vandoor ging, want voorlopig mocht ze nog niet weten wie hij werkelijk was.

Snel ging hij aan de slag. Hij maakte vluchtig wat dingen schoon terwijl hij de kamer naliep op afluisterapparatuur en toen alles in orde bleek te zijn, liet hij zijn team weten dat het gebouw *clean* was. Hij was opgelucht dat hij nergens iets verdachts had gevonden, want dat kon maar twee dingen betekenen: ofwel waren zij op dat moment de enigen die op de hoogte waren van Lydia's verblijfplaats, ofwel had de andere partij nog geen kans gezien om bij haar in de buurt te komen. Welk van de twee het ook was, zij waren in het voordeel.

Opgeruimd borg hij de schoonmaakspullen weg, sloot het gebouw af en liep naar zijn Harley terwijl hij het geheel nog eens overdacht. Het kantoorgebouw van Napos Transport was prima beveiligd. Het beschikte over het nieuwste type anti-inbraaksloten en een hightech alarmsysteem dat in verbinding stond met het bedrijf dat het terrein beveiligde. Het gehele industrieterrein was verder goed verlicht, opgeruimd en overzichtelijk, en op het beetje groen aan de rand van het parkeerterrein na waren er vrijwel geen mogelijkheden om je als indringer te verschuilen. Al met al zou het hen niet al te veel moeite moeten kosten om de boel hier in de gaten te houden. Hij knikte tevreden en zette zijn helm op.

Terwijl hij opstapte en langzaam wegreed dwaalden zijn gedachten weer af naar Lydia. Haar naam betekende ,Vrouw van Perzië, schoonheid'. En een schoonheid was ze zeker! Hij dacht aan de manier waarop ze uit het raam had geleund en voelde zijn lichaam onmiddellijk reageren. De aantrekkingskracht tussen hen was bijna tastbaar geweest. Hij wist zeker dat zij het ook had gevoeld en dat ze daarom was gevlucht. Hij had het vuur in haar ogen gezien. De nieuwsgierigheid.

Soepel manoeuvreerde hij zijn Harley door het verkeer terwijl hij nadacht. In zijn leven was er nooit een tekort aan vrouwen geweest. Dario los Velez werd door het andere geslacht als aantrekkelijk beschouwd en met zijn knappe uiterlijk en hartstochtelijke Spaanse karakter had hij al menig vrouwenhart, en lichaam, veroverd. Alleen, hoewel hij absoluut van die vrouwen genoten had, had hij zich nog nooit gevoeld zoals net bij Lydia. Verdorie wat wilde hij graag weten hoe ze smaakte en zijn handen om die sexy billen leggen! Hij gromde gefrustreerd.

Op dat moment hoorde hij de tonen van Bon Jovi's Wanted Dead Or Alive via de speaker in zijn helm, het teken dat zijn partner belde.

Hij nam op en hoorde hem vragen: „Waar hang je uit, *amice*?"

„Op weg naar huis vanaf Napos."

„Mooi, zie je zo." Klik. Verbinding verbroken.

Dario snoof geamuseerd. Typisch Nick. Hij hoopte maar dat zijn Roemeense vriend wat te eten had meegenomen, want zijn maag knorde ondertussen als een bezetene. Het avondeten was er door de laatste voorbereidingen bij ingeschoten en de ontmoeting met Lydia had ervoor gezorgd dat hij langer dan gepland van huis was geweest.

Niet veel later reed hij zijn straat in en zag Nick ontspannen op de veranda hangen. Toen hij dichterbij was gekomen, hief die groetend zijn bierblikje en gebaarde in de richting van de tafel, waarop Dario opgelucht kreunde: pizza! Hij draaide de oprit naast het huis op en parkeerde zijn Harley voor de garage.

Het bleef heerlijk om hier thuis te komen, bedacht hij zich, terwijl hij zijn helm afzette, de heldere boslucht opsnoof en voldaan naar het huis keek dat hij op dit moment zijn thuis mocht noemen. Het was een moderne, twee verdiepingen tellende blokhut met een flink aantal ramen, die er samen met de glazen pui aan de achterzijde van het huis voor zorgden dat het binnen heerlijk licht was. Aan de voor- en achterzijde beschikte het huis over een ruime veranda, en de prachtige tuin die rondom het huis liep was duidelijk aangelegd door iemand die van tuinieren hield, met veel geur en kleur en smaak. En ook de ligging van het huis was perfect: midden in het bos aan het eind van een doodlopende straat, waardoor hij volop privacy had en op ieder moment van de dag van de natuur kon genieten.

Terwijl hij naar de veranda liep, bedacht hij zich nogmaals dat hij zich gelukkig mocht prijzen dat dit huis op zijn pad was gekomen. De vorige eigenaren waren naar Italië verhuisd en hadden er snel vanaf gewild, waardoor hij het voor een schijntje had kunnen kopen. Mocht hij het te zijner tijd weer van de hand willen doen, dan zou hij er dus waarschijnlijk flink wat winst op maken. Alleen moest hij zichzelf bekennen dat hij erover nadacht het huis ook na de missie aan te houden; zijn behoefte aan een eigen plek nam toe en hij voelde zich hier thuis, dus waarom niet?

„Zo slome, kon je de weg nog vinden?" vroeg Nick, terwijl hij hem grijnzend een blikje bier toewierp.

Dario ving het behendig op en wierp hem een quasi-arrogante blik toe. „Tja, sommigen van ons hebben nu eenmaal belangrijk werk te doen, hè, schoonmaken en sexy dames beschermen." Hij opende het blikje, maakte er een proostend gebaar mee en nam genietend een slok. Aah! Er ging toch niets boven een lekker koud biertje op een zwoele avond. Behalve dan een geile vrijpartij in het bos, fluisterde een duivels stemmetje in zijn hoofd. Zijn blik lichtte op bij dat idee, en het beeld van een naakt tussen de bomen dartelende Lydia vulde zijn gedachten.

Nick zag het en trok een wenkbrauw op. „Ga me nou niet vertellen dat je je zinnen nu al op onze beschermelinge hebt gezet. We zijn er net, man, hou je alsjeblieft een beetje in!"

Dario grijnsde baldadig en greep de pizzadozen van tafel. „Kom mee naar binnen, saaie, dan praat ik je bij. Ik verga van de honger!"

Hoofdschuddend stond Nick op en volgde hem naar binnen. Dario liep in een rechte lijn naar de woonkamer, waar hij zich op de grote sofa liet vallen en direct aanviel op de pizza. Omdat Nick zijn vriend ondertussen goed genoeg kende om te weten dat die ergens mee zat, ging hij zwijgend naast hem zitten en volgde zijn voorbeeld. Hij vond dit een fijne plek, realiseerde hij zich, terwijl hij een hap pizza nam en om zich heen keek. Dario's huis voelde warm en welkom aan. Waar hun missies hen ook brachten; ze wisten er altijd wel iets van te maken, maar soms kwam je terecht op een plek waar je eigenlijk niet meer weg wilde, en dit was zo'n plek. Hijzelf woonde momenteel in een tweekamerappartement boven het winkelcentrum in het dorp en was eigenlijk op zoek geweest naar iets anders, maar zijn mysterieuze buurvrouw had voorgaande dag zo'n verpletterende indruk gemaakt dat hij niet meer zo'n haast had om te vertrekken. Hij had heel sterk het gevoel gekregen dat ook zij een belangrijke rol te vervullen had, dus leek het hem het beste haar goed in de gaten te houden. Dat ze erg sexy was had daar uiteraard niets mee te maken.

Ondertussen had hij twee stukken pizza naar binnen gewerkt en vond hij dat Dario genoeg tijd had gehad om te beginnen over wat er speelde. Hij nam een slok bier en keek zijn vriend strak aan.

Dario voelde de priemende blik en keek onschuldig opzij. „Wat?"

Nick snoof. „Ga je me nog vertellen wat er gebeurd is, of moet ik zelf even kijken?" vroeg hij uitdagend, om er quasi-nonchalant aan toe te voegen „Ook geen probleem hoor."

Grijnzend nam Dario nog een hap. Hij genoot ervan zijn vriend in spanning te houden, maar wist dat die er inderdaad geen moeite mee zou hebben om in zijn gedachten te wroeten, waar hij op dat moment absoluut geen behoefte aan had, dus spoelde hij de hap pizza door met een slok bier en liet zijn hoofd tegen de rugleuning van de bank rusten terwijl hij begon te praten. „Ik heb haar ontmoet net, Lydia, een echte beauty. Veel knapper dan op de foto's." Even staarde hij peinzend voor zich uit, toen ging hij verder. „Ze raakte een beetje in de war door wat er gebeurde toen we elkaar ontmoetten, maar eerlijk gezegd had ik daar zelf ook last van." Hij zweeg terwijl hij terugdacht aan de ontmoeting.

„Hoe bedoel je, ,wat er gebeurde'?" vroeg Nick ongeduldig toen hij niet verder ging.

„Nou," reageerde Dario langzaam, „volgens mij hadden we last van een déjà-senti-lust-momentje. De aantrekkingskracht tussen ons was zo sterk dat het niet veel had gescheeld of ik had haar de kleren van het lijf gescheurd en ter plekke de mijne gemaakt." Ongelovig schudde hij zijn hoofd. „Het is maar goed dat ze er vandoor ging."

Nicks hand met de pizza bleef halverwege de beweging naar zijn mond in de lucht hangen terwijl hij Dario met verbaasd op-getrokken wenkbrauwen aankeek. „Jij verliest nooit je zelfbe-heersing als het om vrouwen gaat." Hij nam een hap en dacht na terwijl hij kauwde. Toen zijn mond leeg was ging hij verder. „Kijk uit, man, je weet dat ze verboden terrein is. Ik weet niet hoe de leiding erop reageert als ze erachter komen dat je achter haar aan zit. Ze is té belangrijk." Hij keek Dario veelbetekenend aan. „Zoek alsjeblieft iemand anders om je mee uit te leven, wil je? Dat moet toch niet zo moeilijk zijn." Het was een retorische vraag.

Dario bromde iets onverstaanbaars en zei: „Dit is anders. Het gevoel dat ik had toen ik bij Lydia was heb ik nooit eerder gehad. Het was meer dan lust wat daar loskwam." Heel even was hij stil, om met een dubbel gevoel te vervolgen: „Onze zielen leken elkaar te herkennen."

Nick zweeg en dacht na over hetgeen Dario zojuist verteld had. Het klonk alsof hij en Lydia elkaar kenden uit een vorig leven. Dat betekende dat ze extra voorzichtig moesten zijn, want zulke relaties konden nogal explosief zijn. Fronsend keek hij naar zijn pizza. Dit maakte de situatie er niet bepaald gemakkelijker op.

„Ze was bang toen ik haar zo onverwacht stoorde," onderbrak Dario zijn gedachten, „niet gewoon bang, maar echt doodsbang. Heel even. Die zak van een Roy heeft haar goed te grazen genomen." De woede die oplaaide in zijn binnenste klonk door in zijn stem. „Ze is sterker dan ze was maar ze is nog steeds flink beschadigd, en als die klootzakken hun huiswerk goed doen dan weten zij dat ook." In zijn ogen lag een kille blik.

Nick knikte. „Ik weet het." reageerde hij bitter. Over het algemeen was hij degene die zich de persoonlijke aspecten van een missie het minst aantrok, maar dat een man zich zo kon misdragen tegenover een vrouw maakte ook hem razend. „Je vraagt je af wat mannen als Roy drijft; waarom zou je een vrouw in vredesnaam kapot willen maken als je kunt genieten van alles dat ze te bieden heeft?"

Dario zei niets. Ook hij begreep het niet. Hij dacht aan Lydia en aan wat zij te bieden had, en besloot op dat moment dat hij haar de zijne zou maken. Regels of geen regels. Hij zou haar beschermen met zijn leven en daarbij mochten ze best van elkaar genieten, wat de rest van de wereld daar dan ook van mocht vinden.

Nick herkende de vastbesloten trek om zijn partners mond en zuchtte. Wat Dario zich ook in zijn hoofd had gehaald; hij was er nu niet meer vanaf te brengen. „Goed," zei hij daarom berustend, „ik ga er weer vandoor. Mocht je hulp nodig hebben dan hoor ik het wel, *right*? Ik ga maar eens kijken wat die mysterieuze schoonheid in de woning naast me allemaal uitspookt op dit uur van de dag." Terwijl hij door zijn haar streek, mompelde hij afwezig „Gisteren zag ik haar naakt door de kamer dansen."

Dario ontspande zich enigszins en keek zijn vriend grijnzend aan. „Zo, en dat zegt iets over mij! Dus jij vermaakt je tegenwoordig met voyeurisme? Weet die buurvrouw van je dat ook?" Hij maakte een quasi-afkeurend geluidje. „Misschien kun je beter vragen of je haar planten mag verzorgen. Vrouwen die naakt door het huis dansen houden meestal wel van de natuur, dus ze zal een man met groene vingers vast en zeker weten te waarderen." Plagend bewoog hij zijn vingers voor Nicks neus heen en weer, wat hem een stomp opleverde.

Eigenlijk was het niet eens zo'n gek idee om haar naar haar planten te vragen, dacht Nick, want hij had een aantal zeldzame exemplaren in haar woonkamer zien staan, maar dat ging hij Dario natuurlijk niet aan zijn neus hangen! Dus stond hij beheerst op. „*Ne vedem mâine*. Zie je morgen. En hou je alsjeblieft een beetje in, wil je?" Nadat hij zijn vriend nog een laatste strenge blik had toegeworpen liep hij hoofdschuddend weg.

Toen Nick vertrokken was, maakte Dario het zich gemakkelijk op de bank. Het was tijd om eens goed na te denken over hoe hij bij Lydia in de buurt kon komen zonder argwaan te wekken. Gabor en Kamilla wisten uiteraard wie hij was, maar voorlopig moest zijn rol geheim blijven voor Lydia. Voor haar eigen veiligheid. Het had lang geduurd eer ze haar gevonden hadden en ze mochten haar nu niet meer kwijtraken. Alles stond of viel met haar.

Terwijl Dario onderuit zakte op de bank stapte Lydia in een warm en geurig bad. Onderweg naar huis had ze Chinees gehaald, wat ze kijkend naar The Proposal had opgegeten. Ze vond het heerlijk om te zien hoe Sandra Bullock en Ryan Reynolds gedurende de film nader tot elkaar kwamen en was er, ondanks haar eigen slechte ervaringen, van overtuigd dat liefde ook in het echte leven alles overwon.

Ze zakte tot aan haar kin in het water en snoof genietend de geur van vochtige aarde, gras en olijfwilg op die door de kier van het badkamerraam naar binnen zweefde. Het was ondertussen zachtjes gaan regenen en het ritmische getik op het dak zorgde ervoor dat ze zich heerlijk ontspannen voelde. Glimlachend keek ze om zich heen en bedacht zich dat haar badkamer de investering meer dan waard was geweest. De ruimte was precies geworden zoals ze voor ogen had gehad, met witte en zandkleurige tinten, grote tegels en houten meubels. Ze had een heerlijk bad en een ruime inloopdouche en had ter decoratie plantjes, schelpen en flesjes badzout neergezet. Dit was haar heiligdom, een ruimte om volledig tot rust te komen.

Met een voldane zucht sloot ze haar ogen en genoot van het warme water tegen haar huid. Het wakkerde sluimerende gevoelens aan, en terwijl de akoestische versie van Caro Emeralds A Night Like This de badkamer vulde, verdween de lange werkdag naar de achtergrond en zweefde ze langzaam weg op een heerlijke droom.

Ze verzonk in hete flitsen van wat eens geweest was en wat nog zou komen. Sensuele lippen dwaalden plagend over haar kaak en verplaatsten zich tergend langzaam in de richting van haar mond. Vingers gleden vederlicht over haar rug en bezorgden haar overal kippenvel. Het heftige verlangen dat door haar lijf schoot, zorgde ervoor dat ze verwachtingsvol begon te trillen, ze had zichzelf niet langer in de hand. Overal waar haar minnaar haar aanraakte, begon haar huid te tintelen, en zenuwen waarvan ze het bestaan niet had geweten kwamen tot leven onder zijn vaardige handen en tong. Vol verlangen drukte ze zich tegen hem aan terwijl de ene na de andere golf van genot haar overspoelde. Ze voelde zich steeds verder afdrijven en kon niets anders doen dan zich aan hem vastklampen terwijl de vaste grond onder haar voeten verdween.

Hun lippen vonden elkaar in een zinderende kus, en ergens ver weg realiseerde Lydia zich dat ze nog nooit zo'n intens samenzijn als dit had meegemaakt. Iedere streling, iedere kus, iedere zucht, ieder gefluisterd woordje raakte haar tot in het diepst van haar wezen. Ze was alle remmen kwijt en wilde alleen nog maar opgaan in het hier en nu. Opgaan in hem. Ze liet haar handen over zijn gespierde armen glijden en voelde de kracht die erin school, het soort kracht dat een vijand kon verpletteren terwijl het geliefden troost en bescherming bood. Zijn spieren schokten onder haar aanraking en de wetenschap dat zij die reactie veroorzaakte, gaf haar een machtig gevoel.

Onverwachts snel pakte hij haar polsen beet en bracht haar handen boven haar hoofd. Met zijn ene hand hield hij ze daar vast terwijl zijn andere hand haar lichaam verkende. Hij kneedde haar borsten en liet zijn mond zakken om zijn lippen om haar tepel te sluiten. Eerst plaagde hij de ene en toen de andere tepel, net zo lang tot beide tepels fier vooruitstaken en Lydia jammerend van genot onder hem lag. Toen hij zich ophief om haar aan te kijken, was het net alsof hij regelrecht haar ziel in keek, en ze verloor zichzelf in het vloeibare goudbruin van zijn ogen. Ze kwam omhoog om haar neus tegen zijn warme huid te drukken, maar hij vlocht zijn vingers in haar haren en trok haar hoofd naar achteren zodat zijn tong bezit kon nemen van haar mond.

Plots doorkliefden felle bliksemflitsen de hemel, en bij de donderslagen die erop volgden loste haar minnaar op in het niets. Ze bleef alleen achter en werd zo hard getroffen door het holle gevoel in haar borst dat ze naar adem happend dubbelklapte. Misselijk van angst trok ze haar benen op en probeerde haar naaktheid te bedekken met haar handen. Wat gebeurde er in vredesnaam!?

Terwijl de rillingen over haar rug liepen, keek ze schichtig om zich heen. Het duister belemmerde haar zicht, maar ze voélde gewoon dat er iets naar haar loerde. Iets door- en doorslechts dat zich voedde met haar angst en pijn en wanhoop. Haar nekhaar kwam overeind als om het te bevestigen en de druk op haar borst nam toe. Met iedere moeizame ademhaling voelde ze haar eigen kracht afnemen en de kracht en haat van hetgeen zich in het duister verschool toenemen. De geur van vuur en dood zweefde haar tegemoet, en ze zag hoe woeste vlammen steeds feller om zich heen grepen. Daar waar bomen en struiken eerder nog groen en vol leven waren geweest, was nu alleen nog maar rook en vuur. Terwijl het geknetter van het vlammende bos samenvloeide met het doodsbange gegil van mensen en dieren in nood staarde ze als verdoofd in het vuur. Was dit het dan? Was dit hoe ze aan haar einde zou komen, brandend in het vuur? Ineens hoorde ze een hoop gekraak, en met een ruk keerde ze terug naar de werkelijkheid. Ze keek om en kon nog net op tijd opzij rollen om een boom te ontwijken die bezweek onder de hitte van het vuur. Hijgend lag ze op de grond terwijl een kille hand zich om haar hart sloot. Hoe kon ze hier in vredesnaam wegkomen? Ze probeerde om hulp te roepen, maar het enige geluid dat uit haar keel kwam, was een hees gepiep.

Juist toen ze wilde opgeven zag ze in haar ooghoek iets bewegen. Haar hart maakte een hoopvol sprongetje, maar toen ze haar hoofd draaide om te kijken wie of wat het was bevroor het bloed in haar aderen. Dit kon niet waar zijn! Maar zelfs toen ze verwoed met haar ogen had geknipperd stond hij er nog: Roy. Hij zag er zoals altijd onberispelijk uit, in een op maat gemaakt taupekleurig pak dat zijn filmsterachtige uiterlijk perfect benadrukte. En hoewel alles om hen heen onder de roet en viezigheid zat, was er op hem geen vuiltje te bekennen.

Paniekerig kroop ze achteruit terwijl hij langzaam op haar af kwam lopen. Het enige waaraan ze kon denken was dat ze moest vluchten. Ze was zo bang dat ze zelfs het vuur dat haar huid verschroeide niet voelde. Trillend duwde ze zichzelf overeind en probeerde zo hard als ze kon weg te rennen, maar wat ze ook deed, ze werd steeds weer teruggezogen naar Roy.

Toen ze uiteindelijk uitgeput neerviel op de grond zakte hij naast haar neer en zei op fluweelzachte toon: „Ach, mijn lieve Lydia, daar ben je dan eindelijk! Twee jaar lang heb ik op je gewacht. Twee jaar! Je weet dat het verkeerd was om bij me weg te gaan, jij en ik horen bij elkaar." Hij bekeek haar van top tot teen en ging toen schor verder: „Tuttut, kijk nu toch eens hoe je eruitziet, zo kun je toch niet voor de dag komen? Maar goed, maak je daar maar niet druk om, van nu af aan zal ik voor je zorgen."

Terwijl hij praatte, had Lydia hem aangekeken en gezien hoe er een onaardse, grijszwarte gloed in zijn ogen was verschenen. Doodsbang probeerde ze bij hem weg te kruipen, maar Roy greep haar bij haar haren en trok haar ruw naar zich toe. „Kom maar, schatje." fluisterde hij in haar oor, „alles komt goed."

Lydia begon te gillen en werd met een schok wakker toen ze een slok zeepsop binnenkreeg. Ze hoestte en proestte tot ze weer vrij kon ademen en keek met grote ogen om zich heen. Ze was nog steeds in de badkamer van haar veilige huisje. Alleen. Met dichtgeknepen keel dacht ze aan de droom terwijl ze voelde hoe al haar haren overeind gingen staan. Ondanks het warme water had ze het ijskoud. Nadat ze de stop uit het bad had getrokken, stond ze op en wikkelde zich trillend in een dik badlaken, waarna ze diep in- en uitademend uit bad stapte. Roy was hier niet en er was ook geen brand, zei ze een aantal keren ferm tegen zichzelf. Het was gewoon weer een vervelende nachtmerrie geweest, niets meer en niets minder. Niets aan de hand.

Rillend droogde ze zichzelf af en trok een dikke pyjama aan. In het begin, toen ze net bij Roy weg was geweest, had ze iedere nacht van dit soort nachtmerries gehad. Al moest ze toegeven dat die nooit zo'n erotisch begin hadden gehad als deze droom. Ze zuchtte en wreef over haar gezicht. Die stomme droom was vast en zeker veroorzaakt door het nieuwsbericht dat ze eerder die avond had gelezen, in combinatie met haar reactie op de knappe schoonmaker. Hij had haar niet alleen laten schrikken maar ook in de war gebracht met zijn aanwezigheid, en nu voelde ze zich kwetsbaar. Dat was alles.

Mopperend nam ze zich voor om voortaan alerter te zijn en zich beter te wapenen tegen zijn charme. Hij zou verdorie geen kans meer krijgen haar nogmaals zo van de wijs te brengen! Voortaan ... Om de een of andere reden had ze het gevoel dat ze hem van nu af aan regelmatig tegen het knappe lijf zou gaan lopen.

3

Badend in het zweet schrok Dario wakker. Hij kwam overeind en haalde een hand door zijn haren terwijl hij gedesoriënteerd om zich heen keek. Blijkbaar was hij in slaap gevallen op de bank. En Lydia was nergens te bekennen. Teleurgesteld en gefrustreerd stond hij op. Wat was dat in vredesnaam voor een droom? Het ene moment lag hij heerlijk met haar te vrijen en het volgende moment was ze ineens spoorloos verdwenen en werd hij wakker van haar gegil. Rusteloos begon hij door de kamer te ijsberen. Er zou toch niets met haar aan de hand zijn?

Doe normaal! sprak hij zichzelf vermanend toe. Je fantasie slaat op hol omdat je niet aan je trekken bent gekomen. Hij snoof bij het idee. Zijn libido mocht dan een sterke eigen wil hebben, dat had zijn beoordelingsvermogen nog nooit aangetast. Hij realiseerde zich best dat hij geen reden had om zich zo'n zorgen te maken, maar om de een of andere reden lukte het hem toch niet om het onrustige gevoel van zich af te zetten. Het liefst zou hij nu regelrecht naar Lydia's huis rijden zodat hij met eigen ogen kon zien dat alles in orde was, maar goed, dat zou op dit late tijdstip en gezien hun ontmoeting van eerder die avond waarschijnlijk nogal vreemd overkomen.

Met een ongemakkelijk gevoel liep hij naar de keuken om een glas water in te schenken dat hij in een teug leegdronk. Daarna pakte hij zijn mobiel, en voordat hij goed en wel in de gaten had wat hij deed had hij het nummer van zijn vriend Jack, die op dat moment de wacht hield bij Lydia's huis, al ingetoetst. De telefoon was net één keer overgegaan toen er werd opgenomen. „Hey Casanova," hoorde hij Jack zeggen, „hoe is het?" Uit het holle geluid maakte hij op dat hij op de speaker stond.

„Hm, prima," reageerde hij, afwezig over zijn kaak strijkend. „Hoe is het daar?"

Even bleef het stil, toen hoorde hij Rose zeggen „Alles rustig hier, kanjer. Hoezo? Is er iets gebeurd?" Toen hij niet meteen reageerde, voegde ze er veelbetekenend aan toe: „Nick vertelde ons dat je Lydia ontmoet hebt…"

Hij hief zijn ogen ten hemel. Natúúrlijk had Nick de anderen over zijn ontmoeting met Lydia verteld. Nou ja, hij moest bekennen dat hij dat in zijn plaats ook gedaan zou hebben, dus eigenlijk kon hij zijn vriend niets kwalijk nemen. „Hmm," humde hij daarom, bewust de onuitgesproken vraag negerend. Een paar seconden lang was hij stil, toen voegde hij er zuchtend aan toe „Ik heb nogal vreemd gedroomd net, erg levendig."

„Geen details, alsjeblieft!" hoorde hij Jack kreunend zeggen.

Uit het geluid dat op die opmerking volgde, maakte hij op dat Rose hem een por tussen zijn ribben had gegeven, waarna hij haar op onschuldige toon hoorde vragen „Vertel?"

„Nou," begon hij onrustig, „om het kort samen te vatten: wat begon als een zeer aangename droom veranderde helaas nogal abrupt in iets onaangenaams. Ik kon niet zien wát er gebeurde, maar ik voelde gewoon dat Lydia doodsangsten uitstond. Het zit me helemaal niet lekker, vandaar dat ik bel. Ik weet niet wat Nick jullie precies verteld heeft, maar Lydia en ik lijken een band met elkaar te hebben die verder gaat dan het hier en nu. Ik weet niet of zij zich daar ook van bewust is, maar het zou kunnen verklaren waarom deze droom zo levendig was. Misschien hebben we op onbewust niveau contact met elkaar gemaakt tijdens onze slaap."

Even bleef het stil, toen hoorde hij Rose zeggen: „Oké, ik ga even polshoogte nemen, je hoort me zo." Hij hoorde het autoportier open- en dichtgaan en begreep dat ze was uitgestapt. Met een onbestemd gevoel staarde hij voor zich uit.

„Zo," verbrak Jack de stilte, „dus na al die jaren rondzwerven, heb je eindelijk iemand ontmoet die je interesse écht heeft gewekt? Het zou verdorie eens tijd worden, man!" plaagde hij. „Is ze de ware?"

Dario dacht na over die vraag en schudde vervolgens zuchtend zijn hoofd. Omdat Jack dat uiteraard niet kon zien zei hij:

„Geen idee. Ze is in ieder geval verdomde aantrekkelijk, dus wat mij betreft, gaan we daar nog wel achterkomen."

Hij hoorde zijn vriend hartelijk grinniken. „Dan wens ik je veel succes maat, ga ervoor. Het is je gegund."

Het autoportier ging nogmaals open en dicht, waarna hij Rose hoorde zeggen „Alles oké hier. De lichten zijn uit en het is rustig in huis, dus het ziet ernaar uit dat Lydia gewoon heerlijk in dromenland is."

Fronsend keek Dario voor zich uit. Om de een of andere reden had hij heel sterk het gevoel dat Lydia overstuur was, maar als Rose zei dat alles rustig was dan moest hij daarop vertrouwen. „Oké, bedankt voor het checken," mompelde hij daarom, „dan zal mijn verbeelding me wel parten spelen." Hij zuchtte onhoorbaar en zei op iets luchtigere toon: „Nou, aangezien ik morgen weer aan de slag moet als meest sexy schoonmaker van het jaar ga ik mijn bed maar weer eens opzoeken. Werk ze nog, jongens."

„Slaap lekker, tijger," hoorde hij Rose zeggen, „we zullen goed op je meisje passen."

„Oh ennuh, mocht je nog eens een eh ‚levendige' droom hebben, dan hoef je ons niet te bellen hoor," kon Jack niet nalaten om te zeggen.

Hij hoorde Rose lachen, gevolgd door een klik. En weg waren ze. Hij wist dat ze van nu af aan extra alert zouden zijn, ondanks het geplaag. Ze waren goed in wat ze deden en hij wist dat ze zijn droom wel degelijk serieus namen.

Hij liep naar het dressoir en schonk zichzelf een dubbele whisky in, in de hoop daardoor een beetje te kalmeren. De blik die hij in zijn droom in Lydia's ogen had gezien was dezelfde als waarmee ze hem op kantoor had aangekeken toen hij haar had laten schrikken: pure doodsangst. Hij liet de whisky ronddraaien in zijn glas en keek er peinzend naar. De gevoelens die Lydia in hem losmaakte waren nieuw voor hem. Al had hij haar pas één keer ontmoet, hij voelde zich nu al verantwoordelijk voor haar. En hij realiseerde zich heel goed dat het een ander soort verantwoordelijkheidsgevoel betrof dan normaal. Om de een of andere vage reden wilde hij haar niet alleen beschermen, hij wilde haar ook gelukkig maken. Hij nam een slok whisky en voelde de vloeistof branden in zijn keel.

Hij had met Lydia te doen. Ondanks het feit dat ze bijzonder was, en de sleutel om hetgeen eraan kwam te overwinnen, was haar leven niet gemakkelijk geweest. Niet alleen op het gebied van mannen; heel haar leven was wat hem betreft niet geweest wat het had moeten zijn. Natuurlijk waren er vast en zeker leuke momenten geweest, maar hij dacht niet dat ze tijdens haar jeugd in het tehuis ooit de warmte en geborgenheid van een hecht gezin had ervaren. Hij had er geen idee van hoe dat moest zijn. Hijzelf was opgegroeid met twee broers en twee zussen, en hij vroeg zich af en toe nog steeds af hoe zijn ouders het voor elkaar hadden gekregen hen alle vijf fatsoenlijk op te voeden. Ze waren thuis nooit iets tekort gekomen, hadden met volle teugen van het leven genoten en waren opgeleid tot de besten in hun vakgebied. Dario maakte net als zijn broers Manuel en Rico deel uit van het eliteteam, zijn oudere zus Carmen was arts en zijn jongere zusje Isabel was sinds een aantal maanden werkzaam als hoofd van de researchafdeling. Zijn ouders, Victor en Arabel los Velez, hadden vroeger zelf ook in het veld gewerkt, maar waren ondertussen al vijf jaar verantwoordelijk voor het aansturen van de organisatie.

Enigszins weemoedig dacht hij terug aan zijn jeugd. Hij was opgegroeid in Mérida, de hoofdstad van de dunbevolkte Spaanse regio Extremadura. Mérida was een levendige stad met een rijke historie waar hij altijd graag had gewoond. Als kleine jongen was hij regelmatig in het amfitheater te vinden geweest, om samen met zijn vriendjes de gladiatorengevechten en strijdwagenrennen na te spelen, en later had hij met diezelfde strijdmakkers rondgehangen op de Plaza de España, om meisjes te versieren en alles te doen wat tienerjongens zoal deden om aandacht te trekken. Ook zijn ouderlijk huis was een geweldige plek geweest, waar altijd wel iets heerlijks op het fornuis had staan pruttelen en het een komen en gaan van familie en vrienden was geweest. De beste tijd van zijn leven.

Ineens voelde hij de vreemde behoefte Lydia mee te nemen naar Mérida, zodat ze kon zien waar hij was opgegroeid. Dario schudde zijn hoofd en vroeg zich af wat hem bezielde. Hij had haar pas één keer ontmoet en fantaseerde er nu al over om haar mee naar huis te nemen!? Hij snoof ongelovig en nam nog een slok whisky. Hoe was het mogelijk dat hij, de casanova uit Mérida, betoverd was door de onschuldige Lydia nadat hij slechts één blik op haar geworpen had? Kwam het doordat ze verboden terrein was, of waren ze inderdaad levenspartners? Hij wist het niet maar nam zich stellig voor om haar de komende tijd beter te leren kennen. Met die gedachte stond hij op, spoelde het restant whisky door de gootsteen en ging op weg naar zijn grote hemelbed.

Toen Lydia de volgende ochtend wakker werd, had ze nog steeds last van een onbehaaglijk gevoel. Ze was die nacht meerdere keren wakker geschrokken, en iedere keer had haar hart wild gebonsd en was ze helemaal van slag geweest. Blijkbaar had de droom die ze de avond ervoor in bad had gehad toch meer indruk gemaakt dan ze wilde toegeven. Instinctief wist ze dat de adembenemende minnaar uit haar droom de knappe schoonmaker was geweest, en op de een of andere manier had haar onderbewustzijn de gedachten aan Roy en stress van de vermoeiende werkdag gelinkt aan hun ontmoeting.

Mokkend dacht ze aan de sexy schoonmaker. Het was allemaal zijn schuld! Ze wist zeker dat ze zo raar had gedroomd omdat hij haar van haar stuk had gebracht. Opstandig stak ze haar kin naar voren. Ze zat er verdorie niet op te wachten dat de een of andere man haar leven overhoop haalde; het was prima zoals het nu was! Voortaan zou ze ervoor zorgen dat ze aan het eind van de werkdag op tijd van kantoor vertrok. Er werd altijd pas na werktijd schoongemaakt, dus als ze daar rekening mee hield zou ze hem vast niet meer tegen het aantrekkelijke lijf lopen. Ze knikte, dat was het.

Ervan overtuigd dat haar probleem daarmee was opgelost, liep ze naar de badkamer, zette de douche aan en stapte neuriend onder de warme stralen. Het water spoelde haar zorgen weg, en nadat ze zich had afgedroogd en omgekleed in een strakke spijkerbroek en haar favoriete groene sweatshirt, haar haren had gevlochten en haar tanden had gepoetst, voelde ze zich al stukken beter.

Glimlachend liep ze naar de voordeur om haar wandelschoenen aan te trekken. Woensdag was een van de dagen waarop ze Fido, het vrolijke hondje van haar buren, 's ochtends mee uit wandelen nam. Fido was een Basset Fauve de Bretagne, een ondeugend maar zeer innemend vierjarig reutje dat de beweging goed kon gebruiken. Haar van oorsprong Finse buren, Mikko en Elina Lahtinen, waren schatten van mensen die altijd voor iedereen klaarstonden en haar enorm hadden geholpen toen ze in haar huisje was komen wonen. Helaas waren ze ondertussen niet meer zo goed ter been, dus nam zij Fido tegenwoordig minimaal drie keer per week mee uit wandelen. Meestal gingen ze dan naar het natuurgebied dat grensde aan het dorp, waar het enthousiaste hondje zijn energie kwijt kon en zijzelf even heerlijk tot rust kon komen.

Vastbesloten er een mooie dag van te maken, draaide Lydia de voordeur van haar huisje op slot en liep met vlotte tred naar het huis van haar buren. Opgewekt belde ze aan, waarop de deur vrijwel meteen werd opengedaan door een stralend lachende mevrouw Lahtinen. Zoals altijd zag haar buurvrouw er zelfs op de vroege morgen, in haar paarse kamerjas met bijpassende bril en met krulspelden in haar glanzende grijze haren, tot in de puntjes verzorgd uit. Lydia gaf haar een liefdevolle knuffel en liet de gebruikelijke keuring gelaten over zich heen komen.

Sceptisch nam mevrouw Lahtinen haar van top tot teen op, om vervolgens op bezorgde toon te zeggen: „Kindje, eet je wel genoeg? Het lijkt wel alsof je iedere keer dat ik je zie dunner wordt. Wacht, ik ga een muffin voor je halen. Je zal dankzij Fido wel weer genoeg calorieën verbranden tijdens het wandelen." En weg was ze.

Lydia gniffelde inwendig terwijl ze Fido alvast zijn tuigje omdeed en hem aanlijnde. Dit was het vaste ochtendritueel als ze het hondje van haar buren ging uitlaten en de reden dat ze vanmorgen nog niet ontbeten had. Volgens mevrouw Lahtinen hoorden vrouwen namelijk rond te zijn, en de rondingen waarover Lydia beschikte waren naar haar mening niet rond genoeg. Lydia was het daar niet mee eens, maar aangezien ze haar buurvrouw niet voor het hoofd wilde stoten hield ze wijselijk haar mond en ontbeet met wat ze dan ook in handen gestopt kreeg. Het was fijn als mensen om je gaven, dacht ze dankbaar, de vrolijke Fido aaiend.

De kamerdeur ging weer open, waarna mevrouw Lahtinen de hal in schuifelde met in de ene hand een vanillemuffin en in de andere een flesje jus d'orange. Zacht hoorde ze klassieke muziek spelen, en ze wist dat meneer Lahtinen op dat moment verdiept was in de vroege editie van de krant terwijl hij zijn eerste kopje koffie van de dag nuttigde.

Omdat ze Fido tijdens het aanlijnen beloofd had dat hij een deel van haar muffin zou krijgen als hij zich netjes gedroeg, bleef het hondje braaf zitten en keek haar verwachtingsvol aan terwijl ze het lekkers van haar buurvrouw aannam. Stiekem knipoogde ze naar hem alvorens zich tot haar buurvrouw te richten. „U zorgt weer veel te goed voor me, *täti*, straks groei ik nog dicht!"

„Nonsens!" reageerde die, de opmerking wegwapperend. „Je moet echt eens aan je rondingen gaan denken, lieve kind, anders kom je nooit aan de man!"

Lachend keek Lydia haar aan. „Nou, het is anders heerlijk rustig hoor, zo zonder man," reageerde ze met haar vaste grapje.

Haar buurvrouw schudde het hoofd. „Wacht maar tot je de juiste man tegenkomt, dame, dan piep je wel anders. Als je eenmaal voor iemand gevallen bent, dan wil je niet meer zonder die persoon leven. Kijk maar naar ons." Ze keek Lydia met twinkelende ogen aan.

Lydia schudde haar hoofd. „Ik geloof niet dat ik daar bang voor hoef te zijn, *täti*, de perfecte man kom je tegenwoordig niet zomaar meer tegen." Snel verdrong ze het beeld van de knappe schoonmaker naar de achtergrond.

„Hm, we zullen zien," antwoordde haar buurvrouw met een lachje. Ze gaf Lydia een kus op haar wang en zei: „Dankjewel dat je Fido meeneemt, veel plezier met wandelen." Met een quasi-strenge blik op haar hondje vervolgde ze „Fido, denk eraan hè, braaf zijn en goed naar Lydia luisteren." Nadat haar buurvrouw hem nog een laatste liefdevolle aai over zijn bol had gegeven nam Lydia het hondje mee naar buiten en ging het tweetal op pad.

Breed grijnzend keek Lydia naar het opgewekte viervoetertje dat trots naast haar marcheerde. „Eigenlijk ben je gewoon veel te slim, hè? Soms vraag ik me af hoe je het iedere keer weer voor elkaar weet te krijgen dat ik mijn ontbijt met je deel." Plagend stak ze haar tong naar hem uit.

Kwispelend keek Fido haar aan, met een blik alsof hij ieder woord dat ze zei begreep, waarbij hij twee keer kort blafte als om te zeggen: kom op dan met dat eten!

Lachend wierp Lydia een stukje muffin in zijn richting. Hij ving het behendig op en slikte het snel door, alsof hij bang was dat iemand het van hem zou afpakken. Nadat hij haar enkele tellen hoopvol had aangekeken om te zien of er nog meer kwam, realiseerde hij zich blijkbaar dat dat niet het geval was, en begon vrolijk voor haar uit te drentelen. Wat een beest was het toch, dacht ze grinnikend. Wie ooit gezegd had dat honden dom waren, had hen vast en zeker nooit van dichtbij meegemaakt.

Ze haalde diep adem en genoot van de frisse ochtendlucht. Wat was het toch heerlijk om de dag op deze manier te beginnen! Omdat het pas zes uur was, hadden Fido en zij het rijk voor zich alleen, en terwijl ze stevig doorliep, voelde ze zich steeds opgewekter worden. Er hing die ochtend een dikke mist, waardoor het net was alsof Fido en zij de enige twee wezens op aarde waren. Gelukkig kon ze ervan op aan dat haar kleine vriendje haar veilig over de heide zou loodsen, dus zette ze haar verstand op nul en genoot simpelweg van het feit dat de wereld op dat moment een kleine, donzige plek leek te zijn. Ze nam een hap van haar muffin en opende het flesje jus d'orange, wat voor Fido het signaal bleek te zijn om weer te komen bedelen. Hoopvol kwam hij aantrippelen om het laatste stukje muffin op te eisen.

„Wat ben je toch een verschrikkelijke schooiert!" lachte ze, terwijl ze het stukje hoog de lucht in gooide. Ze schaterde het uit toen hij het met een volmaakte sprong uit de lucht griste en haar nogmaals hoopvol aankeek. „Grapjas," zei ze, terwijl ze haar hoofd schudde en haar lege handen liet zien om aan te geven dat alles op was. „De muffin is op. En het is maar goed dat je vrouwtje niet weet dat wij samen ontbijten, want anders zouden we nooit meer iets lekkers meekrijgen!" Even keek Fido haar bedenkelijk aan, toen draaide hij zich om en ging weer op onderzoek uit.

Dit was het leven, dacht ze bij zichzelf. Heerlijk met je trouwe viervoeter op stap in de natuur. Geen budgetten, geen nachtmerries en geen knappe schoonmakers. Fronsend vroeg ze zich af waarom ze nu alwéér aan hem dacht. Was het niet genoeg dat ze zichzelf gisteren zo belachelijk had gemaakt? Ach, dat was het natuurlijk! bedacht ze zich opgelucht. Ze had zich gisteren gedragen als een of ander dom wicht en dat zat haar nu dwars. Zuchtend schudde ze haar hoofd, blij dat ze haar eigen vreemde gedrag begreep. Accepteren, loslaten en doorgaan, bracht ze zichzelf in herinnering, terwijl ze verder de heide op liep.

Nadat ze een tijdje hadden gewandeld, hoorde Lydia schuin voor zich ineens een zacht geschuifel. Op haar tenen sloop ze eropaf om te kijken wat het was, om vervolgens verrukt te blijven staan. Daar, op nog geen twee meter afstand, stond een kudde reehindes met hun kalfjes te grazen. Hoewel ze alert waren, klaar om te vluchten bij het minste geringste teken van gevaar, leek het ze niet te deren dat Lydia op slechts een paar meter afstand naar hen stond te kijken. Afgezien van de oren die in haar richting werden gedraaid, gebeurde er verder niets en de kudde graasde onverstoorbaar door.

Stilletjes gebaarde ze Fido dat hij naar haar toe moest komen. Het hondje kwam braaf aandrentelen met de tak die hij gevonden had en ging rustig naast haar liggen. Blijkbaar vond hij het prima om even te pauzeren, want hij liet de tak los en stak zijn neus in de lucht om alle geurtjes op te snuiven.

Zo bleven ze een tijdje staan, tot de kudde op zoek besloot te gaan naar beschutting voor de dag en het ook voor hen tijd was om weer door te lopen. De mist begon ondertussen langzaam op te trekken en onthulde beetje bij beetje de wereld om hen heen. Zonnestralen creëerden mysterieus ogende lichtbundels die de waterdruppels op de heidebloemen lieten schitteren als edelstenen, en bloemen openden hun knop om het daglicht te verwelkomen. Het was net een schilderij dat tot leven kwam, bedacht ze zich.

Waardoor het kwam kon Lydia niet zeggen, maar van het ene op het andere moment werd ze ineens overspoeld door een onbehaaglijk gevoel. Ze had het idee dat iemand haar in de gaten hield, alsof er heel intens naar haar gekeken werd, en gelijk moest ze denken aan haar droom. Ze voelde paniek opwellen en ademde diep in en uit om haar zenuwen te kalmeren. Kom op, doe normaal! sprak ze zichzelf boos toe. Het zijn waarschijnlijk gewoon de hertjes die je in de gaten houden. Toen het gevoel echter aanhield, begon ze gespannen om zich heen te turen. Aan de linkerhand lag het bos er rustig als altijd bij. Rechts strekte de heide zich uit en ook daar leek alles in orde te zijn. En toch …

Ingespannen luisterde ze naar de omgeving. Het was stil, dacht ze bij zichzelf. Veel te stil. Ze kon zich gewoon niet aan het gevoel onttrekken dat er iets niet klopte. Haar hart ging ondertussen als een razende tekeer en met overslaande stem riep ze Fido bij zich. Ze was ervan overtuigd dat het hondje haar zou waarschuwen als er gevaar dreigde. Fido kwam braaf aanlopen, ging netjes voor haar zitten en keek haar met zijn scheefgehouden kopje vragend aan.

Lydia voelde de druk op haar borst toenemen. Het was een gevoel dat ze nog niet eerder had gehad tijdens het wandelen met Fido. Eigenlijk had ze er geen last meer van gehad sinds ze Roy had verlaten. Verdorie, niet aan Roy denken nu! Boos schudde ze haar hoofd. Die stomme droom van gisteren had haar paranoïde gemaakt. Er was niets op de heide en er was niets in het bos. Als er echt iets aan de hand was geweest dan had Fido haar allang gewaarschuwd, ze moest ophouden zich zo raar te gedragen!

Ineens begon Fido te blaffen naar iets dat zich achter haar bevond. Haar adem stokte en haar benen begonnen zo erg te trillen dat ze dacht dat ze het ieder moment konden begeven. Met een van angst vertrokken gezicht draaide ze zich om, om vervolgens met open mond te staren naar de in neonkleuren gehulde figuur die uit de mist op haar af kwam rennen.

4

Dario had een onrustige nacht achter de rug en werd zo onderhand stapelgek van zichzelf. Het sloeg nergens op dat hij zo bezorgd was om Lydia. Alles wees erop dat ze nergens iets vanaf wist en er was geen enkele reden om aan te nemen dat iets of iemand anders dan hij en zijn organisatie wist dat ze hier was. Het probleem was alleen dat hij van jongs af aan op zijn intuïtie had leren vertrouwen, en dat die intuïtie hem nu constant seinde dat er gevaar dreigde. Hij schudde zijn hoofd om het gepieker een halt toe te roepen en liep naar de keuken om een espresso te pakken. Met de koffie in zijn hand liep hij vervolgens naar de woonkamer, waar hij voor de schuifpui bleef staan en peinzend naar buiten keek.

Een klein roodbruin eekhoorntje was druk bezig de nootjes die hij de voorgaande dag op tafel had gelegd te verzamelen. Hij bekeek het diertje terwijl hij een slok koffie nam en zich verwonderde over de onvoorspelbaarheid van het lot. Wie had ooit kunnen bedenken dat één ontmoeting met Lydia hem zó van zijn stuk zou brengen? Hij keek het eekhoorntje na, dat wegsnelde om zijn buit te verbergen voor de koude wintermaanden.

Winter is wanneer hij komt
Machtig, sluw en goed vermomd
Wie op zijn pad komt, zal buigen of breken
Handel met wijsheid voor de kans is verkeken

Dario's hart sloeg een slag over en een stoot adrenaline schoot door zijn lijf. De Vox Veritas. Geconcentreerd keek hij rond in de tuin, op zoek naar een teken van de goden. De dikke mist maakte het echter onmogelijk om veel te zien. Hij grimaste. De Vox Veritas had zich de laatste tweehonderd jaar überhaupt niet laten zien.

Hij pakte zijn mobiel om zijn team in te lichten over hetgeen er zojuist gebeurd was en aarzelde kort. Voordat hij een zinnig gesprek met hen kon voeren, moest hij eerst wat van de frustratie zien kwijt te raken die zich in zijn lichaam had opgebouwd. Hij besloot slechts een kort berichtje te sturen, gaf alleen door dat er ontwikkelingen waren en dat hij later in de ochtend verslag zou komen uitbrengen op kantoor. Na nog een laatste blik op de tuin sloeg hij de rest van zijn espresso achterover en ging naar boven om zich te verkleden.

Nadat hij zijn hardloopkleding had aangetrokken en een warming-up had gedaan begon Dario te rennen. In eerste instantie was hij zo afwezig dat hij niet doorhad welke kant hij op ging, maar toen hij de knusse blauwe huisjes dichterbij zag komen realiseerde hij zich dat hij onbewust koers had gezet naar Lydia's huis.

Enorme sukkel dat je er rondloopt! schold hij zichzelf uit. Het leek verdorie wel alsof hij weer een groentje was, zo stom gedroeg hij zich. Foeterend op zichzelf boog hij af richting de heide, waar hij soepel over het houten hek sprong dat de scheiding vormde tussen het natuurgebied en de bewoonde wereld. De mist was hier een stuk dichter dan rondom het dorp, en hoewel hij wist dat het onverstandig was, sprintte hij over de heide alsof de duivel hem op de hielen zat. Het was de enige manier om de gedachten die hem kwelden kwijt te raken. Hij gaf alles wat hij in zich had, totdat hij voelde dat zijn spieren begonnen te verzuren en de ergste frustratie verdwenen was.

Juist toen hij zich begon af te vragen wat hij van de woorden van de Vox Veritas moest denken begon er een hond te blaffen, en nog voordat hij zich had kunnen afvragen waar het geluid vandaan kwam en of het beest van plan was hem in zijn enkels te bijten stond hij ineens oog in oog met de vrouw die hem zijn nachtrust had gekost. Hij kon nog nét voorkomen dat hij haar omver liep.

Lydia keek de man die uit de mist tevoorschijn was gesprongen met open mond aan, een en al verbazing. Tot ze zich bedacht dat ze er stompzinnig uit moest zien en haar gezicht snel weer in de plooi bracht. Ze probeerde zich een houding te geven terwijl ze zich afvroeg waar de sexy schoonmaker ineens vandaan was gekomen. Hij was verdorie wel de laatste persoon die ze hier had verwacht! De laatste ook die ze had wíllen tegenkomen, probeerde ze zichzelf wijs te maken.

Dario moest snel schakelen. Ondanks het feit dat de ontmoeting niet gepland was, was hij opgelucht dat hij nu met eigen ogen kon zien dat Lydia het goed maakte. Ze mocht echter absoluut niet weten wat er op dat moment in hem omging! Blij dat zijn ouders hem als klein jongetje verplicht hadden toneellessen te volgen, toverde hij een onschuldige lach op zijn gezicht en begon te praten. „Sorry, je bracht me even van mijn stuk. Het ene moment waan ik me de laatste man op aarde en vervolgens sta jij hier ineens voor m'n neus." Met een ondeugende knipoog vervolgde hij „Nu zijn we de laatste man en vrouw op aarde."

Pfff! dacht Lydia, hem fronsend aankijkend. Dit was toch wel de meest kansloze versierpoging *ever*. Helaas dacht haar lichaam daar anders over, want ze had het ineens stikheet en voelde dat ze begon te blozen. Nou had hij haar verdorie alwéér van haar stuk gebracht, dacht ze geïrriteerd. Ondanks haar goede voornemen! Haar frons veranderde in een boze blik. Dat stond daar maar, met zijn getrainde lijf in een strakke outfit gestoken, alsof het de normaalste zaak van de wereld was om vanuit de mist haar wereld binnen te stormen en haar omver te lopen. Ze was zich verdorie een ongeluk geschrokken! Ze plaatste haar tot vuisten gebalde handen op haar heupen en viel kattig naar hem uit. „Storm jij altijd zo op mensen af om ze de stuipen op het lijf te jagen? Ik ben me rot geschrokken!"

Ze was prachtig als ze boos was, dacht Dario. Met haar fonkelende ogen en fiere houding deed ze hem wederom denken aan een bosnimf. Of een woeste heidenimf. Hij stak zijn handen omhoog in een gebaar van overgave en zei: „Sorry, het was niet mijn bedoeling om je aan het schrikken te maken. Ik moest wat opgekropte energie kwijt, vandaar dat ik een stukje ben gaan rennen. Als ik had geweten dat jij en je hondje hier stonden, dan had ik mezelf wel aangekondigd, dat zweer ik."

Met opgeheven kin keek Lydia hem aan, om vervolgens berustend te zuchten. Hij sprak de waarheid, zag ze. Ze liet haar armen langs haar lichaam zakken en zei gelaten „Oké, goed." En omdat haar eigen reactie haar toch niet helemaal lekker zat, zuchtte ze nogmaals en vervolgde „Sorry dat ik zo kribbig reageerde, ik heb niet zo goed geslapen vannacht." Nee hè! Ze sloot haar ogen en verwenste zichzelf. Kon ze nou werkelijk nóóit haar mond houden tegen die man!? Hopelijk was hij niet het type dat één en één bij elkaar optelde, want in dat geval kon hij natuurlijk wel raden dat hij de reden was van haar slaapgebrek. Onzeker keek ze hem aan.

Dario had wel degelijk begrepen dat haar rusteloze nacht iets met hem te maken had, net zoals zij zijn rusteloze nacht had veroorzaakt, maar haar kwetsbare blik zorgde ervoor dat hij zijn gevatte antwoord inslikte. „Geen probleem, ik heb zelf ook niet bijster goed geslapen, daarom ben ik even gaan hardlopen. Het zal wel in de lucht hebben gehangen," schokschouderde hij.

Opgelucht keek Lydia hem aan. Ineens vroeg ze zich af of hij eigenlijk wel doorhad dat zij de vrouw was die hij gisteravond op kantoor had ontmoet. Ze wendde haar blik af en schraapte haar keel om Fido te roepen toen ze hem ineens hoorde zeggen „Je ziet er jonger uit zonder je zakelijke kleding en make-up."

Met een ruk keek ze hem aan, terwijl hij vervolgde „We hebben elkaar gisteravond ontmoet, bij Napos Transport."

Hij wist dus wel wie ze was. Haar blos werd dieper. „Oh ja, klopt, gisteravond. Ik vroeg me al af waar ik je van kende," stamelde ze. Leugenaar! reageerde het stemmetje in haar hoofd meteen. Het moment dat hij uit de mist was komen stormen, had ze hem herkend. Hoe kon het ook anders; ze was in slaap gevallen met het beeld van zijn sexy gezicht en lichaam in haar hoofd.

Dario zag dat ze loog maar wilde haar in de waan laten dat hij het niet doorhad. Verzin iets, dacht hij. Stel haar gerust en ren verder. „Ehm, leuke hond heb je."

Als om het te bevestigen sprong Fido vrolijk keffend in het rond, terwijl zijn staart zo snel heen en weer zwiepte dat het een wonder leek dat het ding aan zijn kleine lijfje bleef zitten. De tak waarop hij had liggen kauwen duwde hij met zijn snuit uitnodigend in Dario's richting, om aan te geven dat hij wilde spelen.

Toen Dario zich bukte om de tak op te rapen, voelde hij een rilling over zijn rug lopen. Shit, foute boel. Ze waren niet alleen. Om te voorkomen dat hij Lydia bang maakte, en wie er dan ook in de buurt was in de waan te laten dat hij niets in de gaten had, kwam hij rustig overeind.

„Weet je, kleine druktemaker," sprak hij Fido toe, terwijl hij de tak in zijn handen quasi-bedenkelijk bekeek, „takken zijn eigenlijk heel gevaarlijk voor je." Hij keek van de tak naar Lydia naar het hondje, ondertussen de omgeving scannend. „Hoe heet hij?" vroeg hij aan Lydia, om er direct aan toe te voegen: „Je hondje, niet de tak."

Ondanks het feit dat het een flauw grapje was moest Lydia lachen. „Dit vrolijke meneertje heet Fido en hij is het hondje van mijn buren. Zij zijn al wat ouder en hij is een schatje dat te veel energie heeft, vandaar dat ik hem drie of vier keer per week mee uit wandelen neem." Snel keek ze naar Fido. Waarom gaf ze hem in vredesnaam al die details, terwijl hij alleen om Fido's naam had gevraagd?

Dario had opgekeken toen ze lachte. Ze had een stralende lach die haar gezicht een zachte gloed gaf. Hij voelde dat zijn bloed sneller begon te stromen terwijl hij ieder detail van haar gezicht in zich opnam. Ze was werkelijk beeldschoon. Om ervoor te zorgen dat hij niets ondoordachts deed, dwong hij zichzelf zijn aandacht weer op Fido te richten. Terwijl zijn zintuigen en hersenen op volle toeren draaiden om zowel de omgeving als Lydia in de gaten te houden, sprak hij het hondje op nonchalante toon toe. „Nou Fido, hoe graag ik ook met je zou willen spelen, takken zijn echt gevaarlijk. Je lijkt me een slim hondje, maar één inschattingsfout en je hebt die tak ergens zitten waar hij niet hoort en dan moet je naar de dierenarts. Dat wil ik niet op mijn geweten hebben."

Fido keek hem teleurgesteld aan, maar leek genoegen te nemen met de uitleg, want hij stond op en begon rustig te snuffelen. Lydia keek hem verbouwereerd aan. Over wat voor kwaliteiten beschikte die man? Sexy schoonmaker slash hondenfluisteraar slash betoverende minnaar? Die laatste gedachte maakte dat ze zich verslikte en hoestend draaide ze zich van hem af.

Dario stapte naar haar toe om haar op haar rug te kloppen, maar leek de situatie daarmee alleen maar te verergeren. Verloren begon hij over haar rug te wrijven, in de hoop haar daarmee te kalmeren.

Ondertussen wist Lydia niet meer hoe ze het had. Midden op de heide stond een sexy, gespierde man in een nauwsluitende sportoutfit over haar rug te wrijven, en zij moest ongeïnteresseerd blijven doen. Dat ging gewoonweg niet, hoe graag ze ook wilde.

Nadat ze even flink had staan hoesten, werd haar ademhaling weer rustiger. Gelukkig! dacht Dario, terwijl hij opgelucht adem haalde. Zijn hand lag nog steeds op haar rug, maar hij durfde zich niet te verroeren uit angst dat ze hem zou afschudden.

Lydia vroeg zich af wat ze moest doen. Hoe aantrekkelijk ze de knappe schoonmaker ook vond, ze stonden midden op de heide, moederziel alleen, en ze wist niet eens hoe hij heette. Ze draaide haar hoofd opzij om zijn naam te vragen en kwam erachter dat hun hoofden zich wel erg dicht bij elkaar bevonden. Als een van de twee zich iets zou bewegen dan zouden hun lippen elkaar raken. Ze slikte en verplaatste haar blik van zijn mond naar zijn ogen.

Dario keek Lydia diep in haar ogen om zich ervan te verzekeren dat hij haar geen angst aanjoeg. Het enige dat hij echter zag, was verlangen, waardoor zijn laatste restje weerstand smolt als sneeuw voor de zon. Langzaam overbrugde hij de afstand die hen scheidde en streek vederlicht met zijn lippen over de hare terwijl hij de hand die op haar rug lag naar haar nek verplaatste en haar zachtjes begon te strelen. Ergens in zijn achterhoofd klonk een stemmetje dat hem tot rede probeerde te brengen, maar hij weigerde te luisteren. De kreun die aan Lydia's lippen ontsnapte, activeerde al zijn zintuigen, en toen hij haar heerlijke geur rook, wist hij dat die hem voortaan altijd aan deze ontmoeting zou herinneren.

Weer liet het stemmetje van zich horen. Er was nog steeds gevaar. Dit waren niet de juiste plaats en tijd voor ongeremde passie. Dario wist dat hij dankbaar moest zijn dat zijn jarenlange training de overhand kreeg, maar was desalniettemin enorm teleurgesteld dat hij het intermezzo niet kon voortzetten. Voor hij zich echter terugtrok, wilde hij Lydia laten voelen wat ze met hem deed. Voorzichtig voerde hij daarom de druk met zijn mond op, tot haar lippen vaneen weken om zijn tong te verwelkomen. Hemel wat smaakte ze heerlijk, bedacht hij zich met een door verlangen beneveld brein. Zoet, met een vleugje vanille en sinaasappel. Genietend verkende hij haar mond met zijn tong, en de hartstocht en puurheid waarmee ze zijn kus beantwoordde, wakkerde zijn verlangen nog verder aan. Slechts met heel veel moeite wist hij zichzelf in te houden. Niets forceren, bracht hij zichzelf in herinnering, daar is ze veel te kwetsbaar voor.

Vaag vroeg Lydia zich af hoe het kwam dat ze midden op de heide stond te zoenen met de sexy schoonmaker die ze voorgaande dag pas voor het eerst had ontmoet. Dat was toch helemaal niets voor haar? Dat was de laatste zinnige gedachte die ze had, erna kon ze alleen nog maar voelen en proeven en genieten. Met gesloten ogen gaf ze zich over aan de gevoelens die hij in haar losmaakte. Zijn lippen waren vol en uitnodigend, zijn tong plagend en verleidelijk, zijn lichaam hard en mannelijk. Niet langer in staat om zich in te houden, liet ze haar handen over zijn rug en billen dwalen. Door de strakke kleding was ze in staat zijn getrainde lijf te strelen alsof het naakt was, en ze voelde de hitte die hij uitstraalde toenemen terwijl ze zijn lichaam verkende.

Dario moest zijn uiterste best doen om zijn gedachten op een rijtje te houden. Wat voelde en smaakte ze hemels. En haar handen ... Hij had het geweten, realiseerde hij zich met een siddering van genot. Hij had geweten dat ze zo goed bij elkaar zouden passen, elkaar zouden aanvullen alsof ze voor elkaar gemaakt waren. Hij wilde haar neervlijen op de heide en de liefde met haar bedrijven, haar gek maken van verlangen tot ze zijn naam keer op keer uitschreeuwde. Hij realiseerde zich echter dat het gevaar nog steeds op de loer lag en Lydia in veiligheid moest worden gebracht. Voor het te laat was. Dus maakt hij zich moeizaam ademhalend van haar los. Het kostte hem al zijn wilskracht om zich niet bovenop haar te storten toen hij haar blozende wangen en gezwollen lippen zag. Ze zouden dit afmaken, zwoer hij zichzelf, zéér binnenkort.

Langzaam opende Lydia haar ogen. Het blauwgroen van haar irissen leek nog feller te schitteren dan eerst, en het zonlicht toverde er gouden spikkels in. De lucht om hen heen was beladen met hartstocht en het duurde even voor ze zich weer bewust was van haar omgeving. „O, hemel," bracht ze ten slotte stamelend uit.

Dario liet haar voorzichtig los en deed een stap naar achteren. Zijn strakke kleding liet weinig te raden over en Lydia keek hem met grote ogen aan.

„Ik ... eh ..." begon ze stamelend.

Tegelijkertijd zei Dario „Het spijt me."

Hè? Lydia keek hem fronsend aan. Ze voelde een wervelwind aan emoties in haar binnenste. Had hij spijt? Dat hij haar gekust had? Ineens werd ze zich ervan bewust dat Fido als een wezenloze aan haar voeten stond te blaffen en springen. Hoewel ze zich op dat moment niet realiseerde wat het inhield was ze het hondje dankbaar voor de afleiding. Terwijl ze haar blik weer op de schoonmaker richtte, waarbij ze haar uiterste best moest doen om naar zijn gezicht te kijken in plaats van zijn sterke, in opgewonden staat verkerende lichaam, probeerde ze iets te verzinnen om de situatie minder ongemakkelijk te maken. „Ik, eh, moet weg. Fido naar huis brengen. Zijn baasjes wachten op hem." Inwendig kreunend bedacht ze zich dat dat toch wel de meest geniale uitspraak was die ze had kunnen bedenken.

Terwijl Dario haar onderzoekend aankeek gleed er langzaam een lach over zijn gezicht, alsof hij precies wist hoe ze zich voelde.

Lydia had het stikheet. Ze draaide zich om en begon met Fido in de richting van het dorp te lopen. Nu pas zag ze dat ze dichter bij huis waren dan ze gedacht had. Bedrieglijke mist.

„Hey," hoorde ze Dario ineens zeggen. Ze durfde het niet aan om zich helemaal om te draaien, bang dat haar lichaam haar zou verraden en ze zich weer in zijn armen zou storten. Daarom keek ze hem slechts over haar schouder heen aan.

„Het spijt me dat we dit niet nu kunnen afmaken, maar ik beloof je dat ik het binnenkort goedmaak met je."

Lydia voelde haar lichaam reageren en besloot dat er maar één ding opzat. Ze zette het samen met Fido op een rennen en keek zelfs bij het hek niet om naar de man die haar betoverd had.

5

Nou, dat was weer eens iets anders, bedacht Dario zich terwijl hij de shampoo uit zijn haren spoelde onder een hete douche. Normaal gesproken renden vrouwen graag naar hem toe, maar dit bijzondere exemplaar wilde juist keer op keer van hem wegrennen. En toch had haar reactie hem verteld wat hij moest weten, dacht hij voldaan; zij verlangde net sterk zo naar hem als hij naar haar.

Eenmaal aangekleed voelde hij zich alweer een stuk beter. Er was geen enkele reden om zich gekrenkt te voelen in zijn trots, want het was volkomen begrijpelijk dat Lydia uit haar doen was geweest door hun ontmoeting. Ten eerste had hij haar de stuipen op het lijf gejaagd door als ongeleid projectiel uit de mist te komen rennen. Vervolgens was ze bijna gestikt – hij wist niet precies hoe maar was er vrij zeker van dat dat ook aan hem te wijten viel. En als klap op de vuurpijl had hij haar gekust. Bij de gedachte aan hun kus begon zijn bloed sneller te stromen.

Toen de bel klonk, slenterde hij op zijn gemak naar de voordeur. Het verbaasde hem allerminst om zowel Nick als zijn twee broers op de veranda te treffen. „Kijk eens aan wie we daar hebben. Kom erin, jongens," verwelkomde hij hen opgewekt.

Manuel en Rico namen hem sceptisch op, en ook Nick keek hem aan alsof hij gek was geworden. Ineens bedacht hij zich dat zij alleen zijn bericht van die morgen hadden ontvangen. Ze hadden er geen flauw benul van dat er daarna nog van alles was gebeurd. Grijnzend bij het idee dat het drietal dacht dat hij zijn verstand was verloren sloot hij de voordeur en liep achter hen aan naar de keuken. Omdat zijn buik op dat moment flink begon te knorren, liep hij in een rechte lijn door naar de koelkast en trok de deur open. Wanneer had hij voor het laatst boodschappen gedaan? vroeg hij zich af, de magere inhoud van de koelkast inspecterend. Teleurgesteld sloot hij de deur en pakte een appel van de fruitschaal om zijn honger te stillen.

Ondertussen staarden drie paar ogen hem verwonderd aan. Zijn oudste broer, Manuel, verbrak de stilte als eerste en vroeg geïrriteerd „Zeg *majareta*, ga je ons nog vertellen wat er aan de hand is, of wat?"

Geamuseerd en enigszins spottend keek Dario hem aan. Manuel had nooit veel geduld gehad en gedroeg zich over het algemeen nogal lomp, daarom had hij zijn broer de bijnaam *el toro* gegeven. Normaal gesproken vond hij het wel leuk om hem een beetje op stang te jagen, maar op dit moment hadden ze belangrijke dingen te bespreken, dus besloot hij de venijnige ondertoon in zijn broers stem te negeren. Juist toen hij zijn mond open wilde doen om hen bij te praten over het voorval van die morgen ging de deurbel nogmaals.

„Dat zullen de anderen zijn," zei Nick. „Ik doe wel open."

Terwijl zijn vriend wegliep keek Dario vragend van Manuel naar Rico. „Het overleg is hierheen verplaatst," beantwoordde de laatste zijn onuitgesproken vraag schouderophalend. „Net zo handig, toch?"

Dario knikte, zoals altijd hadden ze snel en efficiënt gehandeld.

Ondertussen kwam iedereen de keuken binnen: als eerste Nick, toen Jack en Rose, Patty, Adrian, Charles en Zack. Dario nam een hap van zijn appel en hief vervolgens zijn hand op bij wijze van groet.

Rose liep op hem af, keek hem onderzoekend aan en streek met haar hand over zijn wang. „Alles goed, kanjer?" vroeg ze bezorgd.

Hij legde zijn hand over de hare en kneep er geruststellend in. „Alles goed," antwoordde hij, om er met een ondeugende twinkeling in zijn ogen aan toe te voegen „Meer dan goed, eigenlijk."

Rose begon te lachen. „Aha. Interessant." Blij dat alles in orde was, gaf ze hem een klapzoen en liep vervolgens glimlachend terug naar Jack.

„Ga zitten, jongens," sprak Dario het gezelschap toe terwijl hij naar de keukentafel gebaarde. „Ik verwacht dat we nog wel even bezig zijn." Stoelen werden verschoven, en binnen een mum van tijd was iedereen geïnstalleerd met laptops, notitieblokken en wat te drinken.

„Goed," begon Dario zijn verhaal, „ik zal meteen tot de kern van de zaak komen." Hij keek de tafel rond. „Volgens mij is het begonnen. Toen ik vanmorgen naar buiten stond te kijken hoorde ik de Vox Veritas verkondigen: *Winter is wanneer hij komt. Machtig, sluw en goed vermomd. Wie op zijn pad komt, zal buigen of breken. Handel met wijsheid voor de kans is verkeken.*"

De anderen begonnen te mompelen terwijl hij rustig verderging. „We weten allemaal dat Lydia een belangrijke rol speelt binnen het geheel, en toen ik haar vanmorgen tegenkwam, werd me duidelijk dat er ondertussen meer mensen zijn die zich dat gerealiseerd hebben."

Ineens was het stil terwijl iedereen hem vragend aankeek.

„Ben je Lydia alwéér tegengekomen?" vroeg Nick fronsend.

Hij besloot de enigszins beschuldigende ondertoon te negeren en vertelde wat er die ochtend was voorgevallen op de heide. Het feit dat hij Lydia gekust had, liet hij gemakshalve maar even achterwege, dat zou hij later nog wel met Nick bespreken.

„Nadat ze weg was heb ik de omgeving uitgekamd. In het bos, op zo'n honderdvijftig meter afstand van waar wij gestaan hadden, vond ik sporen van een derde persoon. Gezien de afmeting en diepte van de afdrukken waarschijnlijk een man. Ik ben het spoor in oostelijke richting gevolgd, naar de provinciale weg, waar het helaas doodliep."

„Ik zal Isabel vragen of zij en haar team alle camerabeelden van de omgeving kunnen scannen op auto's die ten tijde van het voorval bij de provinciale weg geparkeerd stonden of daar in de buurt zijn gestopt," reageerde de altijd praktische Patty terwijl ze haar bril wat verder op haar neus duwde.

„Goed idee," knikte Rico, waarna hij zijn aandacht weer op Dario vestigde. „Enig vermoeden wie het was?"

„Helaas niet," reageerde Dario hoofdschuddend. Even zweeg hij, om vervolgens op ongeruste toon verder te gaan. „Het lijkt erop dat Lydia nog niets in de gaten heeft, dus dat is in ons voordeel, maar ik weet niet hoe lang we dat nog zo kunnen houden."

Manuel keek hem met samengeknepen ogen aan. „Hoezo? Heb je haar iets verteld?"

„Natuurlijk heb ik haar niets verteld, Manuel, zo dom ben ik nou ook weer niet," reageerde hij geïrriteerd. Zijn broer haalde hem af en toe echt het bloed onder de nagels vandaan.

„Misschien niet dom, maar het was geloof ik ook niet de bedoeling dat je haar iedere dag zou opzoeken," reageerde zijn broer bits.

Dario keek hem scherp aan. „Ik heb haar niet opgezocht, het was puur toeval dat we elkaar daar tegen het lijf liepen. Ik was aan het hardlopen en zij was aan het wandelen met het hondje van haar buren. Die laat ze daar blijkbaar regelmatig uit." De gedachte dat het niet helemáál toeval was dat hij haar was tegengekomen, hield hij wijselijk voor zichzelf. Hij gunde zijn broer niet het genoegen hem een uitbrander te geven vanwege zijn domme gedrag.

„Hm," snoof Manuel. Hij stond juist op het punt om tegen zijn broertje uit te varen toen hij Patty's waarschuwende blik opving en zijn opmerking wijselijk inslikte.

„Ik denk dat we serieus moeten overwegen Lydia in te lichten over het feit dat ze gevaar loopt," ging Dario verder met zijn verhaal. „Fido, zo heet dat hondje van haar buren, ging vlak voor ze naar huis terugging helemaal uit zijn stekker. Uit de sporen die ik vond, bleek dat de persoon die ons bespiedde in onze richting is gekropen voor hij de aftocht blies, dus waarschijnlijk reageerde Fido daar op." Hij nam een slok mineraalwater voor hij verderging. „Gezien het feit dat niemand van ons weet wat er verder nog allemaal te gebeuren staat, lijkt het me beter dat we Lydia in ieder geval iéts vertellen, zodat ze weet dat ze moet vluchten als Fido ooit weer zo tekeergaat. We vergeven het onszelf nooit als haar iets overkomt terwijl we dat hadden kunnen voorkomen."

Sommige van de teamleden keken bedenkelijk voor zich uit terwijl anderen bezorgde blikken wisselden. Iedereen woog op dat moment de voor- en nadelen van zijn voorstel tegen elkaar af.

„Ik zal het met pa en ma bespreken," zei Manuel na een tijdje.

„Prima," knikte Dario. Hoewel hij zich gefrustreerd voelde over het feit dat ze Lydia niet meteen konden waarschuwen wist hij hoe het werkte. Dit moest via de officiële weg geregeld worden.

Nadat Dario alles wat hij te weten was gekomen, had gedeeld met het team, er een plan van aanpak was gemaakt en iedereen behalve Nick zijn huis had verlaten, plofte hij neer op de schommelbank op de veranda. Niet veel later voegde Nick zich bij hem, zette voor ieder van hen een mok kruidenthee neer op de houten krat die dienstdeed als tafel, en ging zonder iets te zeggen naast zijn vriend zitten. Zo bleven ze een tijdje zitten, in het heldere zonlicht dat de tuin verwarmde en alles goudgeel deed oplichten, ieder verzonken in zijn eigen gedachten.

Spoedig zou de herfst echt doorzetten, peinsde Nick. Bloemen en planten zouden verkleuren, hun blad verliezen en zich opmaken voor de jaarlijkse winterslaap. Wat zou de winter dit keer brengen? Het was nou niet echt opbeurend te noemen wat Dario die ochtend had gehoord. Hij pakte zijn mok en nam een slok. „Zo," zei hij vervolgens bedenkelijk, „vanmorgen heb je Lydia dus weer gezien? ,Puur toeval', of zoiets zei je, geloof ik." Hij grimaste terwijl hij het zei.

Dario had zijn ogen gesloten, maar keek opzij toen hij hoorde hoe nadrukkelijk zijn vriend de woorden ,puur toeval' uitsprak. „Nou ja," reageerde hij enigszins ongemakkelijk, „puur toeval is misschien niet helemaal waar, maar het was ook niet echt opzettelijk. Trouwens, ik kon net toch moeilijk verkondigen dat ik zonder na te denken in de richting van Lydia's huis ben gerend? Dan zouden we de poppen pas écht aan het dansen hebben gehad."

„Zoiets dacht ik al, ja," bromde Nick, terwijl hij een gezicht trok en zuchtte. „Zoals ik gisteren al zei: je laat er geen gras over groeien. Kijk alsjeblieft uit, wil je? Ten eerste weet ik niet of er dit keer zoveel getolereerd wordt, en daarbij moet ik bekennen dat ik de afgelopen zeventien jaar ook nogal aan je gehecht ben geraakt."

„Nou nou, dat klinkt alsof je het ergste verwacht," reageerde Dario licht spottend.

„Dat doe ik ook," reageerde Nick met een bezorgde frons. „Niet zozeer vanwege jou en Lydia, want volgens mij is dat déjà-senti-gebeuren van jullie positief van aard, maar wel vanwege hetgeen ons nog te wachten staat. Je moet je kop erbij houden, man. We moeten nog heel veel voorbereiden en Lydia weet nergens iets vanaf. Hoe kan ze ons in vredesnaam helpen als ze er geen idee van heeft wat er in de wereld om haar heen allemaal speelt en jij haar steeds afleidt?"

Dario schudde zijn hoofd, bewust de laatste opmerking negerend. „Ik weet het ook niet. Als ik pa en ma een beetje ken, dan zullen zij het met ons eens zijn dat Lydia op de hoogte gebracht moet worden. In ieder geval deels. En ik ben ervan overtuigd dat zij de anderen zullen overtuigen. Hoe we haar in korte tijd alles geleerd moeten krijgen, weet ik niet, maar het komt vast goed. Dat moet wel."

„En wat als ze het niet met ons eens zijn, of de anderen niet kunnen overtuigen? Wat dan?"

„Dan laten we het er voor de buitenwereld uitzien alsof we doen wat ons is opgedragen en stappen ondertussen over op plan B."

„Hm," reageerde Nick bedenkelijk.

„Kom op man, we zijn niet zover gekomen omdat we altijd braaf doen wat ons gezegd wordt." reageerde Dario opstandig. „Terwijl de directie vergadert over wat hen het beste lijkt, werken we zelf ook alvast aan een plan. Ook wij hebben de afgelopen jaren wel het een en ander geleerd." Onrustig trommelde hij met zijn vingers op zijn been. „Ik ga in ieder geval aan Gabor en Kamilla vragen of ze Lydia en mij aan elkaar willen voorstellen. Of we haar op dit moment nou iets vertellen of niet, het lijkt me beter om zo dicht mogelijk bij haar in de buurt te blijven."

„Hm, ja, verstandig." Met een brutale grijns keek Nick hem aan. „Zal ik die taak anders op me nemen? Lydia lijkt me een interessante vrouw en bovendien is het een lekker ding. Volgens mij is ze best aangenaam gezelschap."

„Ik dacht het niet," reageerde Dario, terwijl hij zijn vriend een por gaf. „Zoek maar iemand anders."

Nick begon smakelijk te lachen. „Best joh, dan concentreer ik me wel op Myrte. Die hebben we ten slotte ook nodig."

„Myrte?" vroeg Dario alleen maar.

„Hm," bromde Nick instemmend, waarna hij met een afwezige blik verduidelijkte: „mijn buurvrouw."

„Je buurvrouw?"

„Hm-m," reageerde hij bevestigend.

„Die ene die naakt door het huis danst?"

Nick was er gelijk weer helemaal bij met zijn aandacht en wierp hem een boze blik toe. Waarom had hij hem dat in vredesnaam verteld? „Die ja, en ik zou het waarderen als je dat niet steeds ter sprake bracht," zei hij gepikeerd.

„Steeds?" vroeg Dario met opgetrokken wenkbrauwen. „Dit is de eerste keer dat ik er iets over zeg, vorige keer ben je er zelf over begonnen."

Geïrriteerd omdat hij wist dat zijn vriend gelijk had, keek Nick hem aan. „Hoe dan ook, hou erover op."

Dario zat hem nog steeds vragend aan te kijken maar bedacht zich toen dat hij zelf ook met rust gelaten wilde worden waar het Lydia betrof, dus haalde hij zijn schouders op en zei „Oké."

„Fijn. Bedankt," bromde Nick.

Een tijdje zaten ze in gedachten verzonken naast elkaar, tot Dario's nieuwsgierigheid de overhand kreeg. „Hoe gaat Myrte ons eigenlijk helpen, als ik vragen mag?"

„Ze is een heks," antwoordde Nick, alsof dat alles verklaarde. Toen Dario niet meteen reageerde ging hij verder. „We hebben gisteren tot diep in de nacht zitten praten en ik moet zeggen dat ze me verbaasd heeft met haar kennis. Vraag me niet hoe, maar ze weet wat er komen gaat en wil ons helpen."

Dario boog zich naar voren om de mok met thee te pakken en nam een bedachtzame slok voordat hij reageerde. „Dus jij denkt dat we nog een heks nodig hebben? Ik zou toch denken dat ons team al redelijk sterk is."

„Redelijk sterk ja. Dat dus. We moeten meer dan rédelijk sterk zijn, willen we deze oorlog winnen." Met een zucht stond hij op en liep naar de balustrade van de veranda, waar hij gedachteloos over de kruidenplantjes streek die in bakken aan de rand hingen. De geur van basilicum, tijm en rozemarijn steeg op en prikkelde zijn neus. Hij draaide zich om en zei „Laat me jullie in ieder geval aan elkaar voorstellen, dan kun je daarna beslissen of je haar bij het team wilt hebben of niet. Goed?"

Dario knikte. Nick was niet impulsief aangelegd, dus als hij dacht dat Myrte hen kon helpen dan was dat waarschijnlijk ook zo. „Prima, laat maar weten waar en wanneer ik haar kan ontmoeten."

Nadat de twee vrienden tot laat in de middag hadden zitten praten, waarbij ditmaal ook de intiemere details van het voorval op de heide werden besproken, ging Nick terug naar huis om een ontmoeting met Myrte te regelen.

Toen zijn vriend eenmaal weg was voelde Dario de rusteloosheid in zijn lichaam toenemen. Hij kon niet zomaar gaan zitten afwachten tot er iets gebeurde, daar was Lydia veel te belangrijk voor. Dus besloot hij een tripje naar het schaduwrijk te maken om de situatie te bespreken met zijn voorouders. In de loop der jaren had hij geleerd dat hij hen het beste kon bereiken met behulp van vuurmagie, dus liep hij het bos in om de benodigde materialen bij elkaar te zoeken. De regen van voorgaande avond had het bos nat achtergelaten, maar onder struiken en afgebroken boomstammen vond hij wat hij nodig had voor het ritueel.

Terwijl hij door het bos liep te struinen, peinsde hij erover hoe vreemd het eigenlijk was dat híj die ochtend de Vox Veritas had gehoord. Hij en zijn broers en zussen bezaten ieder een unieke gave: Manuel zag het verleden, Rico het heden en Carmen de toekomst. Isabel was helderhorend en Dario zelf was heldervoelend. Het feit dat niet Isabel maar híj de stem had gehoord, moest haast wel iets te betekenen hebben. Maar wat?

Eenmaal terug in de beschutting van zijn achtertuin liet Dario zijn gedachten voor wat ze waren en concentreerde zich op het ritueel. Hij maakte zijn hoofd leeg, wierp een beschermende kring op die hij zegende, en gebruikte de dennenappels, takken en kruiden uit het bos om een vuur aan te maken. Nadat hij zichzelf onder hypnose had gebracht en contact had gemaakt met de ziel van het vuur, stapte hij het schaduwrijk binnen om zijn voorouders te raadplegen.

Zoals altijd werd hij in het schaduwrijk met open armen ontvangen, en hij wist in zijn hart dat het de juiste beslissing was geweest om zijn voorouders te bezoeken. De tijd verstreek hier anders dan op aarde, en nadat ze voor zijn gevoel uren hadden zitten praten, hij zijn zorgen gedeeld had en de wijze raad van zijn voorouders tot zich had genomen, nam hij dankbaar afscheid. Hij ging door de sluier terug naar het heden, waar slechts een paar minuten tijd verstreken waren, en opende de cirkel.

Terwijl hij het vuur doofde en de laatste restjes magie wegveegde met de speciaal daarvoor gemaakte bezem bleven de woorden van zijn betovergrootvader maar door zijn hoofd spoken. Om ze niet te vergeten pakte hij zijn aantekenboekje en schreef ze op.

Door de wind gefluisterd
Uit de aarde ontstaan
Water stroomt waar het gaan moet
Naar het vuur van inspiratie
Dat brand vanbinnen, fel en puur
Wanneer elementen samensmelten
En liefde de poorten sluit
Wordt het lot bezegeld

Hij hield echt zielsveel van zijn voorouders, maar ze konden af en toe zo verdomde cryptisch zijn! Wat had zijn betovergrootvader in vredesnaam bedoeld? Terwijl hij wenste dat hij het wist kwam er een berichtje van Nick binnen. *Morgenmiddag, twee uur, your place.*

Prima, heb nog iets interessants te bespreken, stuurde hij terug.

Vertel? reageerde Nick vrijwel direct.

Morgen. Moet nu naar Napos, antwoordde hij. Hij keek op zijn horloge en zag dat het al aan de late kant was. Het was maar goed dat hij niet echt ingehuurd was als schoonmaker, want dan had hij geen al te beste indruk gemaakt op zijn tweede werkdag.

6

Terwijl Dario door het gebouw van Napos Transport dwaalde, deed Lydia een poging om zich te ontspannen in de sportschool. „En toen kwam hij dus de mist uit gestormd in dat verschrikkelijk strakke sportpakje van hem en liep me verdorie bíjna omver!" brieste ze tegen haar vriendin Katie.

Katie kende haar vriendin langer dan vandaag en genoot met volle teugen van het verhaal. „Dus een goed uitziende, sexy, gespierde adonis dook vanuit de mist bovenop je om je de zijne te maken? Zeg me alsjebliéft dat jullie waanzinnig hete seks hebben gehad!"

Lydia zette de loopband steiler en voerde het tempo op. „Sexy kerel me hoela, die gast heeft geen manieren! Ik schrok me dood!" Hijgend haalde ze adem, zich bedenkend dat de hellingshoek en snelheid die ze zojuist had ingesteld net iets teveel van het goede waren. Nadat ze het programma van de loopband nogmaals had bijgesteld, keek ze naar haar vriendin, die het prima naar haar zin leek te hebben en flirtte met iedere knappe man die voorbijliep. Maar goed, Katie zag er dan ook oogverblindend uit in haar zwarte hotpants en felgroene tanktop, dacht ze mokkend. Zelf voelde ze zich op dat moment meer een soort van overrijpe tomaat. „Zeg, je hoort medelijden met me te hebben ja, ik vertel je dit niet voor niks!"

Lachend stak Katie haar tong naar haar uit. „Pech gehad! Ik kan geen medelijden hebben met iemand die belaagd wordt door een sexy kerel en besluit daar heel hard van weg te rennen. Ondanks dat ze vrijgezel is! Voor zover ik kan opmaken uit je verhaal is er niets mis met je knappe schoonmaker en ook niet met wat hij deed, dus volgens mij zitten er bij jóu wat schroefjes los, schat, niet bij hem. Als ik jou was geweest, dan had ik ervoor gezorgd dat zijn kleding binnen *no time* over de heide was gevlogen. Met mijn eigen kleding er achteraan!"

En dat, bedacht Lydia zich, was het verschil tussen Katie en haar. Katie deed gewoon waar ze zin in had en genoot van de spanning van het moment. Zij zelf had ondertussen wel weer leren genieten, maar ze kon zich nooit voldoende ontspannen om zich te laten gaan. Zuchtend keek ze haar vriendin aan en zei pruilend: „Soms zou ik willen ik dat ik wat meer van jou in me had."

Katie lachte: „Ach, dat is ook niet alles, hoor, maar ik moet toegeven dat het leven in ieder geval nooit saai is. Ik zou zeggen: probeer het eens," knipoogde ze.

Nadat ze de training van die dag hadden afgerond en gezellig nog wat hadden gedronken in de bar van het sportcomplex liepen de twee vriendinnen naar buiten.

„Zeg Lyd, mag ik je een goede raad geven?" vroeg Katie toen ze buiten stonden. „Zonder je de les te willen lezen, natuurlijk."

Een beetje verbaasd vanwege de serieuze ondertoon keek Lydia haar vriendin aan en knikte.

„Laat je toch eens lekker gaan, meid!" zei ze enthousiast. „Als die schoonmaker echt zo'n *hunk* is, gebruik hem dan gewoon om plezier mee te maken. Zo te horen kan hij dat best hebben, en er is helemaal niets mis mee om te genieten van wat hij je te bieden heeft." Even zweeg ze, om vervolgens een diepe zucht te slaken. „Ik weet dat Roy je pijn heeft gedaan, maar niet alle mannen zijn zoals hij. Je bent een prachtige, sterke, aantrekkelijke vrouw die van het leven behoort te genieten, en lichamelijke interactie met het andere geslacht hoort daar ook bij. Neem gewoon aan wat dat stuk je te bieden heeft en als je het niet leuk meer vindt, dan stuur je hem de laan uit. Simpel als wat."

Lydia beet op haar lip. „Ik zal erover nadenken, goed?"

„Goed," antwoordde Katie, gevolgd door: „en dan ga ik er nu als een speer vandoor want er zit thuis een knappe Italiaan op me te wachten. En je weet wat ze daarover zeggen!" Ze grijnsde breed terwijl ze haar wenkbrauwen veelbetekenend op en neer bewoog.

Lydia keek haar vriendin verbijsterd aan. „Het is al elf uur! En hoe kom je nou weer aan een Italiaan?"

Katie begon te lachen. „Van dat hippe nieuwe Italiaanse restaurant natuurlijk!" grijnsde ze. „En trouwens, de nacht is nog jong en ik hoef morgen niet te werken." Vrolijk danste ze naar haar auto, zwaaide nog een keer voor ze instapte en reed vrijwel direct weg.

Die meid was echt gek, dacht Lydia terwijl ze lachend haar hoofd schudde. De manier waarop Katie in het leven stond, bleef haar verbazen. Zelfs haar scheiding van Peter was positief geweest. Die twee hadden zich op een gegeven moment gewoon gerealiseerd dat ze niet bij elkaar pasten, waren zonder ook maar enig lelijk woord uit elkaar gegaan en waren tegenwoordig de beste vrienden. Tijdens het nadenken had ze haar fiets van het slot gehaald en was in een rustig tempo op weg gegaan. Het sportcomplex bevond zich op tien minuten afstand van haar huis en met redelijk weer probeerde ze altijd de fiets te pakken in plaats van de auto, had ze gelijk een goede warming-up en cooling-down.

In tegenstelling tot de avond ervoor was het deze avond droog en helder. Lydia ademde genietend de frisse buitenlucht in en keek omhoog, waar de maan en sterren sprankelden aan de hemel. Toen ze een vallende ster door de lucht zag schieten, deed ze een wens en besloot dat ze het zou gaan doen. Wanneer ze die sexy schoonmaker weer tegenkwam, zou ze niet meer nadenken maar gewoon doen. Katie had gelijk, het zou echt geen kwaad kunnen om wat meer te genieten en hij leek daar de perfecte kandidaat voor te zijn. Ze moest gewoon opletten dat ze haar verstand niet verloor en hem afpoeieren als het niet leuk meer was, dat kon ze best! Bovendien was hij zo'n flirt dat het waarschijnlijk bij een eenmalige vrijpartij zou blijven, dus wat had ze te verliezen? Een opgewonden gevoel nestelde zich in haar buik. Ze ging het doen! Blij met haar besluit begon ze steeds harder te trappen, en voor ze het wist stond ze voor de deur van haar blauwe huisje. Ze zette haar fiets in het schuurtje naast het huis en sloot de deur af met het ouderwets grote hangslot.

Bij meneer en mevrouw Lahtinen werd voorzichtig een gordijntje opzijgeschoven en Lydia zag haar buurvrouw door het kiertje naar buiten kijken. Lachend zwaaide ze om haar welterusten te wensen en nadat haar buurvrouw glimlachend terug had gezwaaid, viel het gordijntje weer op zijn plek en ging het licht in de keuken uit.

Wat waren het toch schatten, dacht ze. Andere mensen zouden het misschien vervelend vinden als ze zo in de gaten werden gehouden, maar voor haar voelde het als een geruststelling dat de mensen om haar heen een oogje in het zeil hielden, het maakte dat ze zich veilig en geborgen voelde. Juist toen ze haar sleutel in het slot wilde steken om de voordeur van het slot te halen hoorde ze iemand fluisteren, waardoor ze als bevroren bleef staan.

Hij komt eraan, kil en gemeen
Bevrijd jezelf, jaag nachtmerries uiteen
Gesteund door liefde, nooit meer alleen
Spreek het uit, driemaal achtereen

Haar hart bonsde in haar keel en met grote ogen keek ze om zich heen. Waar kwam dát in vredesnaam vandaan? Ze begon te rillen en had het gevoel dat haar benen het wilden begeven. Met trillende handen probeerde ze de sleutel in het slot te steken terwijl een onbeschrijflijke paniek zich van haar meester maakte. Achter zich hoorde ze een auto stoppen en als een dier in het nauw keek ze over haar schouder. Ze hoorde iemand uitstappen, maar doordat de lampen van de auto recht in haar ogen schenen, kon ze niet zien wie het was. Het was haar ondertussen met veel moeite gelukt om de sleutel in het slot te steken en nu deed ze haar uiterste best om hem om te draaien. Schiet nou op! bleef ze tegen zichzelf herhalen terwijl haar hart als een razende tekeerging.

„Lydia?"

Ze verbeeldde zich dat iemand haar naam zei en begon paniekerig aan de deur te trekken. Ze moest naar binnen toe! Nu! De angst deed haar vergeten dat de deur naar binnen toe openging, niet naar buiten, en dat ze dus moest duwen in plaats van trekken.

„Lydia!" werd er nogmaals geroepen, harder dit keer.

Ineens begon de wereld als een bezetene te draaien, en voordat ze doorhad wat er gebeurde werd alles zwart en zakte ze weg in het donker.

Langzaam maar zeker werd Lydia zich bewust van de stemmen om haar heen. „Misschien moeten we een dokter bellen," zei iemand op bezorgde toon. „En de politie. Straks is ze ..."

„Laten we nog heel even wachten," werd degene die praatte op kalme toon onderbroken, „waarschijnlijk komt ze zo weer bij." Waar had ze die stem eerder gehoord? Er verscheen een nadenkende frons op haar gezicht. „Kijk aan, volgens mij wordt ze wakker," zei dezelfde stem.

Lydia kreunde zacht vanwege het gebons in haar hoofd en opende voorzichtig haar ogen. Ze moest een paar keer knipperen om het beeld scherp te krijgen en keek vervolgens verward om zich heen. Ze lag op de bank in haar woonkamer met een plaid over zich heen. Kamilla zat naast haar en Gabor liep met een bezorgd gezicht door de kamer te ijsberen.

„Meisje toch," hoorde ze Kamilla zeggen, „je hebt ons wel laten schrikken, hoor!"

Lydia wist een zwak lachje te produceren en liet haar blik verder door de kamer glijden. Nog voordat haar ogen hem hadden gevonden, wist ze van wie de andere stem was geweest: de sexy schoonmaker. Wat deed híj hier nou?

Dario keek Lydia ondoorgrondelijk aan. Hij voelde zijn hart een slag overslaan toen hun blikken elkaar kruisten en haalde opgelucht adem toen hij de flits van herkenning in haar ogen zag. Hij was zich rot geschrokken toen ze voor de deur in elkaar was gezakt! Was hij te laat geweest? dacht hij ongerust. Hadden ze haar pijn gedaan?

Lydia keek de drie mensen in haar woonkamer om beurten aan en probeerde te bedenken wat er aan de hand was. In eerste instantie schoot haar niets te binnen, maar toen ineens wist ze het weer. Haar hartslag versnelde en ze trok bleek weg.

Kamilla zag het en wreef geruststellend over haar arm. „Rustig maar, lieverd," sprak ze sussend, „wij zijn er nu. Probeer diep in en uit te ademen, zo ja." Om Lydia te helpen ademde ze even met haar mee. „Zal ik wat water voor je halen? Je zult wel dorst hebben."

Lydia bleef diep in- en uitademen en drukte tegelijkertijd haar vingertoppen tegen haar oogleden. Verdorie, wat was dat gebonk in haar hoofd irritant, ze kon niet helder denken. „Graag," reageerde ze uiteindelijk, haar hoofd zuchtend neerleggend. „Hoe lang ben ik van de wereld geweest?"

„Drie kwartier," hoorde ze de schoonmaker kortaf antwoorden.

„Wat!" Ze was half overeind geschoten en keek hem met ogen zo groot als schoteltjes aan. „Drié kwartiér?"

„Drie kwartier, ja," bevestigde hij nors, waarna hij zich abrupt omdraaide en wegliep met de mededeling „Ik ga een glas water voor je halen."

Lydia keek hem verbouwereerd na terwijl hij de keuken in liep en zakte langzaam terug op de bank. Drie kwartier, jeetje! Geen wonder dat Gabor en Kamilla haar zo bezorgd aankeken. Ze beet op haar lip en staarde onthutst voor zich uit. Hoe kon het in vredesnaam dat ze zo lang *out* was geweest? En wat was er in die tijd allemaal gebeurd? Ineens schoot er nog een andere gedachte door haar hoofd. Waarom deed de sexy schoonmaker eigenlijk zo geïrriteerd? Zíj kon er toch zeker niets aan doen dat ze was flauwgevallen? Of zou hij boos op haar zijn omdat ze die morgen was weggerend? Ondanks de situatie maakte haar hart een sprongetje bij de gedachte aan hun ontmoeting en kreunend sloeg ze haar handen voor haar gezicht. Hemel wat een toestand, kon ze hem nou nooit eens op een normale manier tegenkomen? Nou ja, dacht ze zuchtend, ze had nu toch eerst andere dingen aan haar hoofd. Verslagen liet ze haar handen zakken en deed een poging om rechtop te gaan zitten. Gabor schoot haar te hulp en schoof een kussen in haar rug, waarna hij haar teder over haar hoofd aaide. Ze glimlachte zwak en keek schaapachtig van hem naar Kamilla. „Sorry dat ik jullie zo heb laten schrikken."

„Doe niet zo gek," wimpelde Gabor haar excuses weg, „ieder-een voelt zich wel eens slapjes, dat kan gebeuren. Voel je je wel weer wat beter nu?"

„Ja, het gaat goed met me," antwoordde ze met een, naar ze hoopte, geruststellende lach. „Echt waar," voegde ze er op krachtigere toon aan toe toen ze Gabor vertwijfeld zag kijken.

Op dat moment kwam Dario de kamer binnen met een glas water. Zwijgend overhandigde hij het haar en deed vervolgens een aantal passen bij de bank vandaan. Hij had afstand nodig. Uiterlijk mocht hij dan kalm lijken, in zijn binnenste woedde nog steeds een hevige storm. Lydia kon het zich waarschijnlijk niet herinneren, maar hij was degene geweest die haar naar binnen had gedragen en ondanks de ernst van de situatie had hij wederom onverklaarbaar heftig op haar gereageerd. Hij wist niet wat hem het meest stoorde: het feit dat hij er niet was geweest om haar te beschermen toen ze hem nodig had, of dat hij de controle over zichzelf in haar nabijheid volkomen kwijt leek te zijn. Geïrriteerd staarde hij voor zich uit.

Ondertussen dronk Lydia dankbaar het glas leeg, zich niet bewust van Dario's verwarde gevoelens. Ze schraapte haar keel en begon te praten. „Ik hoop dat jullie me niet meteen voor gek verklaren als ik vertel wat er gebeurd is." Ze trok een zuur gezicht en wierp een zijdelingse blik op de knappe man die hierna waarschijnlijk nooit meer iets met haar te maken wilde hebben. Tot zover het plan om zich voor één keer helemaal te laten gaan.

„Dat is Dario los Velez," zei Kamilla ineens. „Dario verzorgt sinds kort onze beveiliging. We wilden je niet ongerust maken, daarom hebben we jullie niet eerder aan elkaar voorgesteld. Er zijn de laatste tijd wat ... vreemde dingen gebeurd in de omgeving van het kantoor, daarom leek het ons beter om de beveiliging aan te scherpen. Dario en zijn team hebben die taak op zich genomen. Ik praat je later wel bij over wat ze allemaal doen, dat is nu niet belangrijk."

Niet belangrijk? dacht Lydia, slechts met moeite een ontzet kreetje inslikkend. Niet belangrijk!? Ze had Dario tijdens Kamilla's uitleg onafgebroken aangestaard en hij had zonder te blikken of blozen teruggekeken. Hij heette dus Dario en was geen schoonmaker maar beveiliger! Met samengeknepen ogen keek ze hem aan. Was dat soms de reden dat hij de afgelopen dagen bij haar in de buurt had rondgehangen, vroeg ze zich af, om te kijken wat ze allemaal uitspookte? Hij had haar makkelijk kunnen vertellen wie hij was, dus waarom had hij zich voorgedaan als iemand anders? Ze voelde zich steeds bozer worden en bedacht zich ineens nog iets anders. Waarschijnlijk voelde hij zich niet eens tot haar aangetrokken! Hij had vast en zeker alleen maar gedaan alsóf hij haar leuk vond, zodat hij zonder problemen dichterbij kon komen. Haar ogen begonnen boos te fonkelen bij dat idee. Hij had haar bespeeld alsof ze een of ander dom wicht was, en zij was verdorie als een blok voor hem gevallen!

Toen Gabor kort kuchte, besefte Lydia dat ze nog steeds op haar uitleg zaten te wachten. Ze wierp Dario een vernietigende blik toe en begon aan haar verhaal. „Ik kwam dus terug van het sporten en was net bezig de voordeur open te maken toen er ineens iemand begon te praten. Of nou ja," er verscheen een frons tussen haar wenkbrauwen terwijl ze terugdacht aan het moment, „eigenlijk was het meer een soort gefluister." Ze was blij dat haar boosheid op dat moment de overhand had, want daardoor leek de angst ineens een stuk minder heftig.

Zonder dat ze het in de gaten had, werden over haar hoofd heen veelbetekenende blikken gewisseld. „Weet je misschien ook nog wát er gefluisterd werd?" vroeg Gabor rustig.

Ze knikte. „Ja, het was zo maf dat ik het onthouden heb." Ze haalde diep adem en herhaalde de woorden „*Hij komt eraan, kil en gemeen. Bevrijd jezelf, jaag nachtmerries uiteen. Gesteund door liefde, nooit meer alleen. Spreek het uit, driemaal achtereen.*" Verward schudde ze haar hoofd en vervolgde „Waarom zou iemand me in vredesnaam de stuipen op het lijf willen jagen met een gedicht, dat slaat toch helemaal nergens op?" Ze wreef over haar armen omdat ze het ineens ijskoud had.

Er volgde een gespannen stilte. De anderen begrepen dat Lydia de Vox Veritas had gehoord, maar daar konden ze op dat moment niets over zeggen.

Verdorie, dit ging lastig worden, dacht Dario bij zichzelf. Lydia begreep natuurlijk helemaal niets van wat er gebeurde, maar speelde ondertussen wel de hoofdrol in dit bizarre verhaal.

Hij keek Gabor aan en wenkte met zijn ogen richting de keuken. Nadat Gabor een snelle blik van verstandhouding had gewisseld met Kamilla verlieten de twee mannen de kamer.

Al die tijd zat Lydia met een verwarde blik in haar ogen voor zich uit te staren. Wat was er toch aan de hand? Dacht ze met een knoop in haar maag. Ze was toch zeker niet gek aan het worden? Nu ze verteld had wat er gebeurd was begon ze ineens ernstig aan zichzelf te twijfelen. Zou ze geestelijk wel helemaal in orde zijn? Blijkbaar had ze die vraag hardop uitgesproken, want ze hoorde Kamilla op besliste toon zeggen. „Meisje, je bent absoluut niet gek! Twijfel alsjeblieft nóóit aan jezelf, dat doen wij ook niet."

7

Terwijl Kamilla Lydia geruststelde, probeerden Gabor en Dario te bepalen in hoeverre ze Lydia op de hoogte konden brengen van wat er speelde. „Heb je je ouders al gesproken?" vroeg Gabor. Hij schonk zichzelf een beker halflauwe koffie in, nam een grote slok en trok vervolgens een vies gezicht vanwege de bittere smaak.

Dario schudde zijn hoofd. „Nope. Die zitten in Argentinië en zijn vooralsnog compleet onbereikbaar. Om de een of andere reden staat de boel daar op ontploffen en mijn ouders doen een poging om de vrede te bewaren. Blijkbaar zijn ze daar zo druk mee dat zelfs een telefoongesprek van een paar minuten niet mogelijk is, want ze hebben nog steeds niet teruggebeld." Hij grimaste om aan te geven hoe hij daarover dacht. Het feit dat zijn ouders onbereikbaar waren, maakte de situatie er niet bepaald gemakkelijker op.

„Oké," reageerde Gabor berustend, „dan zit er niets anders op dan te wachten tot ze van zich laten horen. Zonder hun akkoord kunnen we geen grote beslissingen nemen." Hij spoelde zijn koffie weg door de gootsteen. „Heb je de rest van het team al op de hoogte gebracht?"

„Ja, ik heb Nick en mijn broers net gesproken," knikte Dario. „Op zich zijn we het erover eens dat we de beslissing van pa en ma moeten afwachten, maar we vinden ook dat Lydia voortaan beter bewaakt moet worden. Blijkbaar verloopt een en ander sneller dan verwacht en we mogen niet het risico lopen dat we haar verliezen." Terwijl hij voor zich uit staarde, vervolgde hij op zachtere toon „Ik moet er niet aan denken wat er met haar gebeurt als ze haar te pakken krijgen."

Gabor keek hem onderzoekend aan. Die opmerking leek niet echt werkgerelateerd te zijn. En eerder in de kamer had hij ook al het idee gehad dat er meer speelde tussen Lydia en Dario. Hij was bekend met Dario's reputatie op het gebied van vrouwen, maar hij had niet verwacht dat de man zich in deze belangrijke situatie door zijn libido zou laten leiden. Aan de andere kant ... Over het algemeen beperkte Lydia haar contact met mannen tot een minimum, en ondanks dat hij dat best kon begrijpen na wat ze had meegemaakt, vond hij het zo onderhand weleens tijd worden dat ze verderging met haar leven. Ze was een prachtige vrouw met een oprecht hart en ze verdiende het om een goede, liefhebbende echtgenoot te hebben. Als Dario degene was die dat soort gevoelens bij haar wist los te maken dan moest hij dat dus maar als iets positief beschouwen. Om duidelijk te krijgen hoe Dario precies in de situatie stond, vroeg hij hem op nonchalante toon „Kenden jij en Lydia elkaar eigenlijk al?"

Betrapt keek Dario hem aan. Hoewel hij zich snel wist te herstellen was de emotie in zijn blik Gabor niet ontgaan. Tevreden bedacht hij zich dat lichamelijke aantrekkingskracht niet het enige was waar de twee jonge mensen mee te maken hadden.

Dario schraapte zijn keel. „We zijn elkaar gisteravond bij jullie op kantoor tegengekomen, toen Lydia aan het overwerken was. Maar we hebben niet echt kennisgemaakt, nee." hij probeerde zijn stem zo neutraal mogelijk te laten klinken.

„Hm," reageerde Gabor met een knikje, waarna hij besloot het lot een handje te helpen. „Dan lijkt het me nu wel een geschikt moment voor jullie om elkaar beter te leren kennen." Voor hij verder ging keek hij Dario een paar seconden zwijgend aan om zijn reactie te peilen. „Lydia is zo koppig als een ezel en zal haar huisje niet willen verlaten, maar ze zal ook niet willen dat Kamilla en ik hier blijven omdat ze ons niet tot last wil zijn. Ik zal haar zeggen dat ik, gezien de omstandigheden," hij maakte een weids gebaar, „wil dat jij de boel hier een tijdje in de gaten houdt. Gewoon voor de zekerheid, tot we meer weten. Waarschijnlijk is ze het ook daar niet mee eens, maar dat is dan jammer."

Dario keek hem verbaasd aan. Hij wist dat zijn reputatie op het gebied van vrouwen hem over het algemeen vooruitsnelde en was ervan overtuigd dat ook Gabor daarvan op de hoogte was, dus wat bewoog de man er in vredesnaam toe om Dario vrij spel te geven met de vrouw die hij als zijn dochter beschouwde? Aan de andere kant, misschien moest hij deze kans gewoon met beide handen aangrijpen en zich niet te druk maken om Gabors beweegredenen. Als hij tijd met Lydia kon doorbrengen, zou hij haar niet alleen van dichtbij kunnen beschermen, hij kreeg ook nog een kans om haar ervan te overtuigen dat het absoluut niet zijn bedoeling was geweest om haar te kwetsen. „Prima," knikte hij daarom, „ik blijf voorlopig hier. En ik beloof je dat haar niets zal overkomen."

Toen het tweetal de kamer weer binnenkwam, zagen ze nog net hoe Lydia haar tranen wegveegde. Gabor liep naar haar toe en legde zijn hand geruststellend op haar schouder. „Dario blijft vannacht hier," deelde hij mee. „En de komende dagen ook. Ik wil voorlopig niet hebben dat je alleen bent. Tot we weten wat er aan de hand is, blijft hij bij je in de buurt om je te beschermen." Toen Lydia aanstalten maakte om te protesteren hief hij zijn hand en zei op strenge toon: „En dat is niet onderhandelbaar, jongedame. Je veiligheid is verdorie niet iets om mee te spotten."
Lydia draaide haar hoofd opzij en bromde iets onverstaanbaars. Ze weigerde Dario aan te kijken, bang voor hetgeen er op zijn gezicht te lezen zou zijn. Nu ze wist dat hij gelogen had, voelde ze zich een enorme idioot. Hoe had ze zich in vredesnaam in het hoofd kunnen halen dat hij oprecht in haar geïnteresseerd was? Hij was het type man dat bosjes vrouwen aan zijn voeten had liggen. Rondborstige, sexy, ervaren vrouwen die hem op lichamelijk gebied alles konden bieden waar hij behoefte aan had. Dat zij in dat opzicht niet voldeed, realiseerde ze zich best, Roy had daar tenslotte nooit enige twijfel over laten bestaan.
Dario stond vanuit de deuropening naar haar te kijken. Ze keek zo ongelukkig dat hij niets liever wilde dan haar in zijn armen nemen en net zolang kussen en liefkozen tot ze alleen nog maar aan hem kon denken. Zijn verlangen naar haar was zo intens dat het bijna onwerkelijk leek. Gefrustreerd slaakte hij een zucht. Wat had hij er toch een bende van gemaakt! Als hij Lydia bij hun eerste ontmoeting gewoon verteld had dat hij

verantwoordelijk was voor de beveiliging van Napos Transport dan was er nu niets aan de hand geweest. Boos op zichzelf draaide hij zich om en ging naar buiten in de hoop dat de koele nachtlucht zijn heftige gevoelens wat tot bedaren zou brengen.

Gabor en Kamilla bleven nog een uur lang rondhangen om zich ervan te verzekeren dat Lydia zich écht beter voelde en gingen toen naar huis. Dario liep met hen mee naar de auto en zei zacht: „Ik hou jullie op de hoogte. Alles moet zo normaal mogelijk lijken, dus probeer alsjeblieft niet té bezorgd over te komen." Lydia was zo boos dat hij haar ogen in zijn rug voelde branden. „Ik ben bang dat Lydia niet blij gaat zijn wanneer ze erachter komt dat we nog meer voor haar verzwegen hebben, maar ja ..." Hij haalde zijn schouders op om aan te geven dat het niet anders was. „Zodra pa en ma van zich laten horen, laat ik het jullie weten."

Twee paar ogen keken hem bezorgd aan, het was ten slotte wel hun dochter waar het hier om ging. Kamilla schraapte haar keel en vroeg zacht: „Let je alsjeblieft goed op ons meisje?"

Hij knikte en probeerde geruststellend te glimlachen. „Natuurlijk. Ik zal haar niet uit het oog verliezen."

Even keek ze hem zwijgend aan en in die paar seconden kwam ze meer over Dario te weten dan hij haar ooit zelf had kunnen vertellen. Langzaam brak er een glimlach door op haar gezicht. Ondanks zijn imago van rokkenjager was hij een respectabel man. Hij realiseerde het zich nog niet, maar hij en Lydia waren voor elkaar bestemd. Nu begreep ze ook waarom haar man erop had gestaan dat Dario hier bleef. Zijn intuïtie was zo scherp dat ze er soms jaloers van werd. Ze wierp Gabor een liefdevolle blik toe en stapte in de auto. Voor ze de deur dichttrok, keek ze Dario nog even aan en zei: „Succes jongen."

Dario ging zo op in zijn eigen gedachten dat hij niet in de gaten had dat ze hem daarbij een geheimzinnig lachje toewierp. Terwijl het echtpaar wegreed, keek hij hen peinzend na. Zij mochten hem dan vertrouwen, Lydia was een heel ander verhaal. Haar moest hij nog zien te overtuigen van zijn goede bedoelingen en dat zou wel eens lastig kunnen worden. Hij ademde de heldere avondlucht in en keek om zich heen. Normaal gesproken zat hij niet verlegen om ideeën, maar het leek wel of hij een deel van zijn verstand verloor als hij bij Lydia in de buurt was. Waarom had het hem bijvoorbeeld een goed idee geleken om zich voor te doen als schoonmaker? Het plan was geweest om undercover te gaan en pas wanneer de tijd er rijp voor was contact te maken. Maar nee, hij had zijn nieuwsgierigheid naar haar niet kunnen bedwingen en had toen ze nog zo laat op kantoor was geweest zijn kans schoon gezien. Hoe lang was het geleden dat hij zoiets doms had gedaan?

Brommend liep hij naar de voordeur om de sleutel die aan de binnenkant in het slot zat te pakken. Hij negeerde de verbaasde blik die Lydia hem toewierp en sloot de deur om een rondje om het huis te maken. Niet alleen wilde hij zekerstellen dat de omgeving veilig was, hij had ook nog even wat tijd voor zichzelf nodig. Terwijl hij het grote hangslot van het schuurtje naast het huis openmaakte en de deur optrok om naar binnen te gluren, piekerde hij verder. Wat was het toch met Lydia dat hem zo aantrok? Ze was knap, dat zeker, maar hij had wel knappere vrouwen ontmoet en die hadden zich allemaal in zijn armen gestort, in tegenstelling tot haar. Alleen had geen van hen de reactie opgeroepen die Lydia bij hem opriep. Zijn hormonen draaiden overuren wanneer hij bij haar in de buurt was of zelfs maar aan haar dácht. Hij had verdorie nog nooit zo vaak aan een vrouw gedacht!

Zou zij hetzelfde voelen? vroeg hij zich af. Hij had het verlangen in haar ogen gezien, maar zou dat bij haar net zo sterk zijn als bij hem? Zou hij haar net zo van de wijs brengen als zij hem? Misschien beeldde hij zich alles alleen maar in, of verlangde hij zo sterk naar haar omdat ze onbereikbaar was. Hij snoof. Wie probeerde hij hier nu eigenlijk voor de gek te houden? Hij wist best dat zijn gevoelens voor Lydia oprecht waren, het was alleen de vraag wat zíj voelde. Misschien moest hij haar gewoon vertellen dat hij zich nogal sterk tot haar aangetrokken voelde en zich daarom zo onnozel gedroeg. Of zou dat juist averechts werken? Hij wilde niets forceren. Tijdens het nadenken had hij het schuurtje weer netjes afgesloten, een rondje om het huis gelopen en de omgeving gecheckt. Zoals hij al verwacht had, zag alles er rustig uit, dus kon hij geen reden bedenken om nog langer buiten te blijven.

Even aarzelde hij, toen deed hij de deur open en stapte naar binnen. Lydia wierp hem een boze blik toe en wendde vervolgens snel haar hoofd af. Hij zag dat ze haar kin opstandig naar voren stak en voelde een lichte steek. Wat had hij dan verwacht, wees hij zichzelf terecht, dat ze hem ineens met open armen zou ontvangen? Hij schudde zijn hoofd, en nadat hij de voordeur op slot had gedaan en ook binnen een rondje had gemaakt om zich ervan te verzekeren dat alles veilig was ging hij naast haar op de bank zitten.

Terwijl Dario buiten had rondgekeken, was Lydia zich steeds opstandiger gaan voelen. Ze begreep nog steeds niet waarom Gabor erop had gestaan dat dat beveiligingsfiguur hier bleef. En eigenlijk begreep ze nog minder waarom ze niet feller tegen zijn besluit in was gegaan. De situatie met Dario bewees eens te meer dat mannen altijd maar van alles zeiden en deden om hun zin te krijgen. En wat ze nog wel het ergste vond, was dat zij er wederom met open ogen in was getuind! Hij mocht dan knap zijn, dat was verdorie nog geen reden om haar verstand te verliezen!

Ze begonnen tegelijkertijd te praten. „Je hoeft hier niet te blijven."

„Het spijt me."

Hoewel Dario zijn excuses aanbood en ze zijn blik op zich gericht voelde, weigerde ze hem aan te kijken.

Zacht herhaalde hij zijn woorden. „Het spijt me. Echt waar. Ik kan me voorstellen dat je me niet wilt geloven, maar ik zweer je dat het niet mijn bedoeling was om je te misleiden. Er was me opgedragen om gepaste afstand te houden, maar toen je gisteren nog zo laat op kantoor was, wilde ik zeker weten dat alles in orde was. En toen we elkaar vanmorgen tegenkwamen, dacht je al dat ik iemand anders was." Even was hij stil, toen besloot hij dat hij haar maar het beste de waarheid kon vertellen. „Je bent een aantrekkelijke vrouw, Lydia, in alle opzichten. En ik heb er heel erg veel moeite mee om me te beheersen als ik bij je in de buurt ben. Ik weet dat we verkeerd zijn begonnen, maar ik zou je heel graag beter leren kennen."

Lydia zei nog steeds niets. Haar gevoel vloog alle kanten op. Enerzijds was ze boos omdat hij verwachtte dat ze hem zomaar zou vergeven, anderzijds voelde ze vlinders in haar buik omdat hij haar zo duidelijk liet weten dat hij zich tot haar aangetrokken voelde. En dan was er nog dat venijnig stemmetje in haar binnenste dat haar er spottend op wees dat hij natuurlijk ook gewoon wéér kon liegen ...

Toen ze bleef zwijgen werd Dario onzeker. Misschien was hij toch iets te direct geweest. Hij schraapte zijn keel en zei zacht: „Ik hoop dat je me nog een kans wilt geven en we opnieuw kunnen beginnen. Gabor en Kamilla hebben me gevraagd je te beschermen en ik ben vastbesloten om dat te doen. Ik weet dat ik me dom heb gedragen, maar je kunt me echt vertrouwen."

Lydia zag vanuit haar ooghoek dat hij haar zijn hand toestak. Ze verkeerde in tweestrijd. Enerzijds wilde ze hem dolgraag geloven en zich in zijn sterke armen storten. Anderzijds, wat als hij alleen maar uit was op een avontuurtje? Ineens bedacht ze zich dat het wel heel bekrompen zou zijn om hem daarop af te rekenen. Had zij zich eerder op de avond niet precies hetzelfde voorgenomen? Een spannende affaire met een sexy man voor zo lang als ze het leuk vond. Waarom zou het feit dat de situatie anders in elkaar stak dan ze gedacht had daar iets aan moeten veranderen? Bovendien moest ze toegeven dat ze zeker wist dat Gabor en Kamilla haar niet zomaar bij de eerste de beste man zouden achterlaten, dus blijkbaar vertrouwden zij hem.

Dario zag de wirwar aan emoties over haar gezicht glijden en bedacht zich dat hij er met geen andere vrouw ooit zo'n bende van had gemaakt. „*Mierda!*" gromde hij.

Lydia was zo opgegaan in haar eigen gedachten dat ze opveerde bij zijn gesmoorde kreet. Ze was nog steeds gespannen door wat er eerder die avond gebeurd was.

Dit ging echt zó niet goed, dacht Dario gefrustreerd. Hij had haar rustig de tijd willen geven om na te denken over wat hij gezegd had, maar ze zag eruit alsof ze ieder moment de benen kon nemen. En hij weigerde haar weer zomaar laten gaan. Ze mocht dan bang zijn voor haar gevoelens; dat was geen reden om te vluchten. Op dat moment knapte er iets in hem en voor hij doorhad wat hij deed, was hij al naar haar toegeschoven. Zacht pakte hij haar kin beet en draaide haar gezicht naar zich toe. Hij voelde een steek in zijn hart toen hij de kwetsbare blik in haar ogen zag en streek teder met zijn duim over haar wang. Het leek alsof de tijd stilstond toen hij zich voorover boog om zijn lippen op de hare te drukken. Zacht en verleidelijk, zonder enige drang.

Lydia begon te trillen en probeerde het hoofd te bieden aan de emoties die haar overspoelden. Het effect dat Dario op haar had was blijkbaar niet veranderd, ze verlangde nog net zo hevig naar hem als eerder. Wat moest ze nou doen? Ze had zichzelf beloofd dat ze nooit meer zomaar overstag zou gaan voor een man, haar hart had genoeg te verduren gehad. En voordat ze verder nog iets kon verzinnen om zichzelf tegen te houden, nam dat hart het over van haar verstand. Met een zucht van overgave vlijde ze zich tegen Dario aan, en toen ze zijn sterke lichaam tegen het hare voelde, besefte ze zich dat ze daar onbewust al de hele tijd naar had verlangd.

Het feit dat Lydia zich van het ene op het andere moment overgaf, verraste Dario, maar toen hij haar lichaam tegen het zijne aan voelde smelten, kon hij er alleen nog maar aan denken hoe verrukkelijk ze aanvoelde en dat ze voor hem gemaakt leek te zijn. Haar borsten drukten zacht en stevig tegen zijn arm en maakten hem bewust van het contrast tussen hun lichamen. Hij wilde zich begraven in haar zachte, vrouwelijke rondingen en haar nooit meer laten gaan.

Genietend liet Lydia haar hand over zijn gespierde borst glijden. Ondanks haar angst genoot ze met volle teugen. Geen enkele andere man had haar ooit dit gevoel gegeven. Dario's sterke lichaam betoverde haar, net als zijn ijzeren wil. Ze voelde dat hij zich inhield, voor háár, en wist op dat moment honderd procent zeker dat ze hem kon vertrouwen.

Langzaam verbrak Dario de kus. Hij hield Lydia stevig in zijn armen en moest al zijn wilskracht aanwenden om niet verder te gaan. Hoewel hij niets liever zou doen dan haar de kleren van het lijf scheuren en iedere centimeter van haar verrukkelijke lichaam verkennen met zijn handen en tong wilde hij niet dat ze het gevoel kreeg dat het hem alleen daarom te doen was. Hij wist ook niet hoe het precies in elkaar zat, maar hij was er zeker van dat dit niet alleen draaide om lichamelijke aantrekkingskracht.

Na een tijdje voelde hij Lydia verslappen in zijn armen en maakte uit haar regelmatige ademhaling op dat ze in slaap was gevallen. Hoewel hij teleurgesteld was, hield hij zich voor dat dit het beste was; het zou gemakkelijker zijn om zich in te houden als ze sliep. Ze had in een paar uur tijd zoveel meegemaakt dat een beetje rust geen kwaad kon, en bovendien wilde hij niets overhaasten. Teder streek hij een pluk haar uit haar gezicht en voelde een steek in zijn hart terwijl hij naar haar keek. Hij had echt met haar te doen. Hijzelf was opgevoed met het besef dat er meer was tussen hemel en aarde. Er mochten dan duistere krachten zijn die je beter uit de weg kon gaan; het universum bood ook altijd hulp wanneer je daarom vroeg. Dat besef maakte het leven een stuk draaglijker, omdat je wist dat je er nooit helemaal alleen voor stond. Het sterke gevoel van eenzaamheid dat hij met vlagen bij Lydia bespeurde, vertelde hem dat zij er in haar leven wél vaak alleen voor had gestaan. Hij hoopte maar dat ze bereid was om hulp te accepteren, want binnenkort zou ze flink wat veranderingen en uitdagingen het hoofd moeten bieden. Hij wist dat ze sterk was en geloofde in de profetie, maar hij realiseerde zich ook heel goed dat ze in korte tijd een hele hoop zou moeten leren. Toen ze begon te draaien in haar slaap en hij haar „Laat me los," hoorde murmelen, besloot hij haar wakker te maken. Dat klonk niet als een fijne droom. Zachtjes schudde hij haar door elkaar, tot ze haar ogen opendeed en hem slaperig aankeek.

Toen Lydia zich realiseerde dat ze over zijn schoot gedrapeerd lag, probeerde ze blozend overeind te komen, maar Dario hield haar tegen zodat ze niet anders kon dan in zijn armen blijven liggen. Ze vergat dat ze zojuist een nachtmerrie had gehad en was zich alleen nog maar bewust van Dario en het warme gevoel dat zich dankzij hem door haar lijf verspreidde.

Verlangend keek Dario op haar neer. Zou ze er altijd zo prachtig uitzien wanneer ze wakker werd? Hij kon zich levendig voorstellen hoe ze eruit moest zien na een nachtlang hartstochtelijk vrijen. Zacht, rozig en intens voldaan. Hij streelde haar arm en probeerde het feit dat zijn mannelijkheid met de minuut harder werd te negeren.

Lydia voelde het en sloeg haar blik neer, verlegen met de situatie. Ze beet op haar lip en haalde diep adem. Je had besloten dit te doen, herinnerde ze zich. Voor jezelf. Zou ze het echt doen? Ja! schreeuwde haar hart uit. Ze moest dit doen. Voor één keer zou ze haar verstand op nul zetten en haar gevoel laten regeren. Ze keek naar Dario's gezicht en nam ieder detail in zich op. Wat was hij toch knap. Ze wist dat hij zich inhield voor haar en ze bewoog haar hand langzaam omhoog naar zijn prachtige, dikke haar. Terwijl hij zijn adem inhield en haar als gehypnotiseerd aankeek vroeg ze met een verlegen lachje: „Ga je me nog kussen?"

Meer aansporing had hij niet nodig. Hij tilde haar omhoog en liet zijn mond hartstochtelijk op de hare neerkomen. Voor de tweede keer die dag verkende hij haar mond met zijn tong, alleen dit keer verslond hij haar met een gulzigheid die haar eerder nog bang zou hebben gemaakt. Hij gaf haar echter geen tijd om na te denken en eiste haar volledige overgave.

Lydia sidderde onder zijn aanraking en greep zijn haren beet om hem dichter naar zich toe te trekken. Het enige wat ze wilde was hem voelen. Overal. Dario schoof zijn handen onder haar shirt en begon haar gevoelige huid te verkennen. Zijn vingers streelden haar rug en lieten een tintelend gevoel achter overal waar hij haar aanraakte. Ze kreunde van genot en met een snelle beweging manoeuvreerde hij haar zo dat ze bovenop hem kwam te zitten. Toen hij haar bij haar billen vastpakte en tegen zijn harde lid aantrok, slaakte ze een opgewonden kreetje. Zelfs met zijn broek aan kon ze voelen dat hij groot geschapen was. Ze liet haar hoofd achterovervallen en gaf zich aan hem over. Nog nooit had ze het samenzijn met een man zo fijn gevonden.

Dario drukte zijn lippen in haar nek en proefde haar warme, zoete huid. Hij kon geen genoeg van haar krijgen. De manier waarop ze op hem reageerde, was zo puur dat hij begreep dat ze nog nooit écht had genoten van het spel tussen man en vrouw. Hij zou ervoor zorgen dat daar verandering in kwam. Plagend trok hij een spoor van kusjes richting haar oor, om vervolgens uitgebreid aan haar oorlelletje te knabbelen.

Lydia zette haar nagels in zijn schouders en duwde zich nog dichter tegen hem aan. Toen zijn mond haar oorlelletje verliet en afzakte om zachtjes in haar nek te bijten stroomde het verlangen in golven naar haar vrouwelijkheid toe.

Dario genoot met volle teugen van haar reacties. Daar was zijn godin. Er ontsnapte hem een kreun toen Lydia haar handen onder zijn shirt liet glijden. Hij moest uitkijken, wist hij zich vaag te herinneren. Hij mocht zijn zelfbeheersing niet helemaal verliezen, want er waren dingen die ze echt nog niet mocht weten.

Lydia voelde zich machtig omdat Dario's lichaam net zo heftig op haar aanrakingen reageerde als het hare op de zijne. Ze voelde dat hij op het punt stond zijn zelfbeheersing te verliezen en realiseerde zich opgewonden dat zij daar de oorzaak van was. Ongeduldig begon ze aan zijn shirt te trekken. Hij hielp haar door het over zijn hoofd te trekken en in een prop van zich af te gooien, waarna hij met ontbloot bovenlichaam voor haar bleef zitten; een gespierde, gebronsde god. Ze slikte en liet haar blik over hem heen glijden. Hij was perfect.

Haar blik wond hem op tot in het diepst van zijn wezen, hij móést haar bezitten! Niet langer in staat om zich te beheersten scheurde hij haar shirt open. Lydia slaakte een verontwaardigd kreetje, maar kreeg niet de kans om te protesteren omdat Dario haar op haar rug op de bank duwde en haar mond opeiste voor een hartstochtelijk kus. Met een snelle beweging opende hij vervolgens de voorsluiting van haar bh en verplaatste zijn mond omlaag om haar borsten te verwennen. Met zijn handen streelde hij haar lichaam terwijl hij haar tepels net zolang plaagde met zijn tanden en tong tot ze kronkelend van genot onder hem lag.

Kreunend sloeg ze haar benen om zijn heupen, verlangend naar meer. Hijgend duwde ze hem iets van zich af en zei vurig: „Ik wil je voelen."

Even twijfelde hij. Hij wilde haar nog zoveel meer genot bezorgen. Hij was echter niet bestand tegen de smeulende blik in haar ogen en zijn eigen heftige lustgevoelens. De rest moest maar wachten tot de volgende keer, dacht hij wazig, wat hem betreft zou die toch heel snel volgen. Terwijl hun tongen zich verstrengelden schoof hij zijn duimen achter de band van haar broek. Net toen Lydia haar heupen hief om hem te helpen werd hij zich bewust van een storend geluid. De deurbel, besefte hij zich, en door zijn jarenlange training en het voorval eerder die avond was hij direct alert. Hij hief zich op en keek Lydia gespannen aan. „Verwacht je bezoek?"

„Wat?" Ze keek hem niet begrijpend aan, nog volledig gevangen in de roes van hartstocht en genot.

„Verwacht je bezoek?" vroeg hij nogmaals. „De deurbel ging."

Lydia schudde ontkennend haar hoofd en keek hem ontnuchterd aan. Met een klap was ze terug in de werkelijkheid. Niet alleen had ze de bel niet gehoord, ze kon zich ook niet bedenken waarom er midden in de nacht ineens iemand voor de deur zou staan.

„Shit." Dario stond op om zijn pistool te pakken.

Gehaast trok Lydia de plaid over zich heen terwijl ze zag hoe Dario van het ene op het andere moment veranderde in een krijger. Terwijl ze zich bedacht dat ze eigenlijk helemaal niet zoveel over hem wist, sloop hij naar de deur. Hij draaide de deur van het slot en wierp nog een laatste snelle blik op haar voordat hij de deur opende.

8

„Verdomme man," gromde Dario tussen opeengeklemde kaken door, „had je niet eerst even kunnen bellen!?" Met een woest gebaar streek hij het haar uit zijn gezicht.

Nick stond ontspannen tegen het aanrecht aangeleund en keek vol leedvermaak toe hoe zijn vriend door de keuken liep te stampen. Had hij hem niet gewaarschuwd dat het verstandiger was om afstand te bewaren, of op zijn minst rustig aan te doen? Maar nee, vooral niet luisteren natuurlijk. Op onschuldige toon vroeg hij: „Bespeur ik daar enige frustratie?"

Dario ging zo op in zijn eigen wereld dat hij Nicks spottende blik niet opmerkte. Enige frustratie? dacht hij boos. Enige frustratie? Hij stond verdomme op ontploffen! Met een ruk hief hij zijn hoofd op. „Serieus gast," zei hij knarsetandend, „het is dat er hiernaast twee beeldschone vrouwen op ons zitten te wachten, anders had ik je nu alle hoeken van de kamer laten zien!"

Nick gooide het hoofd in de nek en begon smakelijk te lachen. Hij begreep precies hoe Dario zich voelde, gestoord *in the heat of the moment*. Ach wat, dacht hij voldaan, nu stonden ze eindelijk quitte. Triomfantelijk grijnzend zei hij daarom: „Zeg, weet je nog, die keer in Genève? Ik had die geile blonde stoot bíjna in m'n bed liggen toen jij als een of andere mafketel onze hotelkamer binnen kwam stormen."

Even keek Dario hem sprakeloos aan. Dit meende hij toch zeker niet? Nicks gezicht sprak echter boekdelen. „Mijn hemel man, dat is jaren geleden!" viel hij uit. „En bovendien was dat een noodgeval."

„Noodgeval me hoela," reageerde Nick verontwaardigd, „je was straalbezopen en had er geen idee van wat je aan het doen was." Hij snoof laatdunkend. „Nou ja, hoe dan ook, wat mij betreft staan we nu gelijk." Met een duivelse twinkeling in zijn ogen stak hij zijn hand uit. „Zand erover?"

„Ach, rot toch op man!" gromde Dario, de hand negerend. Hij was gefrustreerd vanwege het feit dat zijn vrijpartij met Lydia zo abrupt was onderbroken en geïrriteerd omdat Nick zich zo kostelijk leek te vermaken. „Af en toe kun je echt een enorme lul zijn, weet je dat."

Nonchalant haalde Nick zijn schouders op. „Zal best. Maar goed, om nog even terug te komen op je eerdere vraag, ik héb je gebeld voordat we hierheen kwamen. Een keer of vijf." Hij wierp Dario een veelbetekenende blik toe en ging op droge toon verder. „Aangezien je niet opnam, leek het me toch beter om even polshoogte te komen nemen."

Dario uitte een krachtterm en sloeg met zijn vuist op het aanrecht. Was hij werkelijk zó van de wereld geweest dat hij zijn mobiel niet eens had gehoord? Hij pakte het ding uit zijn zak en liet het scherm oplichten: één gemiste oproep van zijn ouders en vijf van Nick. Er volgde een hele reeks Spaanse scheldwoorden die hij maar beter niet kon herhalen in het bijzijn van zijn moeder.

Nick keek geïnteresseerd toe. Zo uit zijn doen als nu had hij Dario nog niet vaak gezien. Zijn vriend beschikte over het hartstochtelijke, koppige karakter waar de Spanjaarden om bekend stonden, maar zijn zelfbeheersing was met recht bewonderenswaardig te noemen. Het aantal keren dat Dario zichzelf niét in de hand had gehad, kon Nick zelfs na zeventien jaar nog op één hand tellen.

Dario was ondertussen gestopt met hardop schelden en stond nu in zichzelf te foeteren. Hij kon er met zijn hoofd niet bij dat hij zó was opgegaan in Lydia dat hij heel de omgeving uit het oog was verloren. Hij had toch verdorie beter moeten weten dan zich zo te laten gaan!

Zijn gepieker werd onderbroken doordat Nick zei: „Aangezien er verder niets aan de hand is en Lydia en jij allebei in orde zijn, kunnen we wat mij betreft vergeten wat er gebeurd is."

Dario waardeerde het gebaar van zijn vriend, maar wist dat dat niet kon. „Nee," reageerde hij daarom hoofdschuddend, „jij en ik weten allebei dat dit nóóit had mogen gebeuren. En dan heb ik het dus niet over wat Lydia en ik aan het doen waren," – hij wierp Nick een veelbetekenende blik toe – „maar over het feit dat ik niet in de gaten had dat jíj voor de deur stond. Ik verwachtte verdorie werkelijk alles behalve jou en je heks."

Nick negeerde de toon waarop het laatste woord werd uitgesproken en deed een poging om zijn vriend te kalmeren. „Nou, dan is het toch meegevallen? Los van de timing lijkt het me toch prettig dat wij voor de deur stonden in plaats van iemand anders, of zie ik dat verkeerd?" Vragend trok hij een wenkbrauw op.

Dario snoof maar besloot het erbij te laten. „Waarom belde je eigenlijk?"

„Oh ja, dat zou ik bijna vergeten. Je ouders hebben gebeld om door te geven dat ze weer in het land zijn. Ze zijn over ..." Nick keek op zijn horloge, „ongeveer een half uur bij jou thuis en verwachten dat we hen dan een volledige update geven. Dus ik zou zeggen: wens je vriendinnetje maar alvast welterusten, want je ouders kennende zal het wel een latertje worden."

„Hm, fijn dat ze weer boven water zijn," reageerde Dario spottend, „maar Lydia kan niet alleen thuis blijven. Niet na wat er vandaag is gebeurd. Bovendien heb ik Gabor en Kamilla beloofd dat ik haar niet uit het oog zou verliezen, dus ik kan hier niet zomaar weg."

Nick knikte omdat hij daar al rekening mee had gehouden. „Eerlijk gezegd denk ik niet dat er vannacht nog veel gaat gebeuren, maar dat is dus de reden dat ik Myrte heb meegenomen, zodat ze een oogje in het zeil kan houden als wij weg zijn. Ze is sterk genoeg om Lydia te beschermen en bovendien is het een leuke meid. Misschien dat ze Lydia een beetje op haar gemak kan stellen. Vrouwen onder elkaar, weet je wel." Bijna onmerkbaar haalde hij zijn schouders op.

Dario vroeg zich af wat hij moest doen. Kon hij Lydia's veiligheid zomaar toevertrouwen aan Myrte, een heks die hij verder helemaal niet kende? Hij had er geen idee van hoe sterk ze was en wat voor krachten ze precies bezat. Zou ze Lydia wel kunnen beschermen? Terwijl hij vertwijfeld naar buiten staarde, trok een beweging in de tuin zijn aandacht; drie egels kwamen achter elkaar de hoek van het huis om, stopten kort om hem aan te kijken en verdwenen vervolgens onder de bramenstruiken. Hij wist dat het een boodschap van zijn voorouders was: drie was een heilig getal en egels stonden voor bescherming, afweer van het kwaad en kennis van vrouwelijke voorouders. Hij zuchtte.

„Je kunt haar vertrouwen," hoorde hij Nick zeggen, „ze weet echt wat ze doet, anders had ik haar niet meegenomen."

Dario wendde zich van het raam af en keek hem nadenkend aan. Eigenlijk had hij ook gewoon geen keus. Óf hij liet de vrouwen hier samen achter, óf hij nam Lydia mee naar huis. Aangezien hij ten zeerste betwijfelde of zijn ouders begrip zouden kunnen opbrengen voor de situatie waarin Lydia en hij zich op dat moment bevonden, viel optie twee sowieso al af. „Oké," zuchtte hij daarom, „Myrte blijft hier totdat ik terug ben. Maar als ze ook maar enigszins het idee heeft dat er iets niet in orde is, moet ze ons gelijk bellen."

Nick knikte. „Dat weet ze. Ze heeft onze nummers en het nummer van het hoofdkantoor zodat ze altijd iemand kan bereiken." Hij liep naar de deur. „Kom mee, dan brengen we de meiden op de hoogte. Ik heb geen zin om te laat bij je ouders te komen, je weet wat er dan gebeurt." Hij trok de deur open en liep de kamer in.

Met een onrustig gevoel liep Dario achter hem aan. Hij wist dat er geen andere oplossing was, maar dat betekende nog niet dat hij blij was met de situatie. Verre van. Hopelijk zou het de rest van de nacht inderdaad rustig blijven.

„Ken je hem al lang?" vroeg Lydia de knappe vrouw die naast haar op de bank zat nieuwsgierig.

Myrte had bij binnenkomst haar schoenen uitgetrokken en zat met haar slanke benen onder zich gevouwen op de bank. Ze schudde haar lange zwarte haren naar achteren en keek Lydia met pretlichtjes in haar lichtgrijze ogen aan. „Nick, bedoel je?" Toen Lydia knikte, glimlachte ze vrolijk en zei „In ons vorige leven waren we geliefden." Geïnteresseerd keek ze om zich heen terwijl ze vervolgde: „Dat komt er in dit leven ook wel weer van, hij moet alleen nog even wennen aan het idee. Mannen, hè."

Wat moest ze daar nu in vredesnaam op zeggen? vroeg Lydia zich af en murmelde: „Hm, wat je zegt."

„Geloof je niet in reïncarnatie?"

„Eh, op zich wel, denk ik. Eerlijk gezegd heb ik er nog nooit echt goed over nagedacht."

Myrte keek haar vriendelijk aan en dacht kort na voor ze begon te praten. „Heb je weleens meegemaakt dat je op een plek kwam waar je nog nooit geweest was en het gevoel had dat je die plek al kende? Dat je iemand ontmoette die je nog niet eerder gezien had maar die persoon op de een of andere manier toch herkende? Of dat je in een bepaalde situatie gewoon wíst wat er zou gaan gebeuren?"

Lydia knikte, dat soort dingen maakte ze regelmatig mee.

„Nou, dat heeft dus allemaal met je vorige en volgende levens te maken," reageerde Myrte enthousiast. „Eigenlijk kent het universum namelijk helemaal geen tijd; verleden, heden en toekomst vinden allemaal op hetzelfde moment plaats. Alleen kunnen onze hersenen dat niet behappen, daarom ervaren wij mensen tijd als iets lineairs en denken we dat verleden, heden en toekomst aparte gebeurtenissen zijn. Maar ons onderbewustzijn weet wat de waarheid is." Ze liet een dramatische stilte vallen.

Vragend keek Lydia haar aan. „En dat is?"

„Dat alles reeds bepaald is. De verschillende paden die we kunnen bewandelen hebben we in feite al bewandeld. In dit leven, in vorige levens, in levens die voor ons gevoel nog moeten komen. Soms sijpelt een vleug van universeel weten ons geheugen binnen, dan is er sprake van déjà vu of déjà senti. Uiteraard zijn er miljoenen paden om te bewandelen, want er bestaat ook nog zoiets als eigen vrije wil, maar in grote lijnen ligt alles al vast."

Lydia keek haar bedenkelijk aan. Verleden, heden en toekomst in één? Dat klonk als iets uit een sciencefictionfilm. Net toen ze wilde vragen hoe Myrte zo zeker wist dat het universum op die manier in elkaar zat kwamen Dario en Nick de kamer weer binnen.

Glimlachend liep Nick op Lydia af en stak haar zijn hand toe. „Hoi, laat ik me eerst maar eens even netjes aan je voorstellen nu de gemoederen weer een beetje bedaard zijn." Hij wierp Dario snel een spottende blik toe voor hij zijn aandacht weer tot Lydia richtte. „Ik ben Nicolae de la Soare, Nick voor vrienden," zei hij met een warme lach, terwijl hij haar de hand schudde. „Dario en ik zijn partners. Samen met mijn stoere vriend daar," gebaarde hij grijnzend naar Dario, „probeer ik de wereld veilig te houden." En ze moest eens weten hoe, dacht hij bij zichzelf.

Lydia mocht hem meteen. „Leuk je te ontmoeten," reageerde ze lachend. „Ik heet Lydia White, maar dat wist je volgens mij al." Ze keek van hem naar Dario en weer terug en vroeg nieuwsgierig: „Werken jullie al lang samen?"

„Vanaf ons zeventiende," antwoordde hij met pretlichtjes in zijn ogen, omdat hij al wist wat er nu ging komen.

„Veel te lang dus," reageerde Dario droog, terwijl Nick hem een vrolijke grijns schonk.

Lydia voelde de verbondenheid tussen de mannen en was ervan overtuigd dat ze een goed team vormden. Twee knappe, gedreven krijgers die met hart en ziel streden tegen het kwaad. Fronsend vroeg ze zich af waar die gedachte ineens vandaan kwam.

„Het universum," zei Myrte vrolijk.

Lydia keek haar verbaasd aan. Gaf Myrte nou antwoord op haar vraag? Ze had toch helemaal niets gezegd?

Nick schraapte zijn keel en seinde Myrte met zijn ogen dat ze haar mond moest houden. Die knikte vrijwel onzichtbaar om aan te geven dat ze de hint begrepen had en wachtte af.

Dario ging naast Lydia op de leuning van de bank zitten en keek haar met een dubbel gevoel aan. „Ik weet dat het een vreemde avond is geweest en ik haat het echt om dit te moeten doen, maar ik moet er vandoor."

Lydia vroeg maar niet wat voor afspraak hij midden in de nacht ineens had, want ze wist niet of ze het antwoord wel wilde weten. Vastbesloten om niet te laten merken dat zijn vertrek haar een steek in haar hart bezorgde, hief ze haar hoofd. Ze kende hem verdorie pas net, dus het sloeg echt helemaal nergens op dat ze zich nu door hem in de steek gelaten voelde. Wat bezielde haar toch!?

Teder streek Dario over haar wang, alsof hij wist wat er door haar heen ging. „Mijn ouders zijn net teruggekomen uit Argentinië en ze willen Nick en mij vannacht nog spreken. Beveiligingszaken die niet kunnen wachten, vrees ik."

Opgelucht liet ze haar adem ontsnappen. Ze had niet eens in de gaten gehad dat ze die had ingehouden. Ze voelde een blos naar haar wangen kruipen en keek Dario verlegen aan.

„Ik kom terug zodra ik kan, maar ik ben bang dat dat pas morgen zal zijn. Mijn ouders kunnen nogal," – hij pauzeerde even om het juiste woord te vinden – „veeleisend zijn." Hij hoorde Nick grinniken bij die omschrijving. „In de tussentijd blijft Myrte hier om je gezelschap te houden."

„Oké," bracht Lydia schor uit. Domoor! wees ze zichzelf terecht. Natuurlijk ging het om beveiligingszaken, wat had ze dan verwacht dat hij midden in de nacht ging doen?

Dario boog zich voorover om zijn lippen kort op de hare te drukken en stond toen op. „Oké, laten we gaan," wenkte hij Nick.

Die knikte en keek Myrte aan. „Verzegel de boel als we weg zijn, wil je?" Ondeugend knipoogde hij naar de vrouwen terwijl hij zei: „Niemand erin of eruit." Toen werd hij serieus. „En mochten jullie het idee hebben dat er iets mis is, bel ons dan alsjeblieft meteen." Bij die woorden keek hij Myrte indringend aan.

„Tuurlijk, komt helemaal goed. Gaan jullie je ding maar doen, wij vermaken ons wel!" reageerde die opgewekt, waarna ze de mannen de deur uit begon te werken.

Lydia keek hen na en vroeg ze zich af waar ze in vredesnaam in verzeild was geraakt.

Terwijl Lydia in de keuken aan de bar zat en toekeek hoe Myrte de fluitketel vulde met water voor thee, zat ze daar nog steeds over na te denken. Wat er dan ook aan de hand mocht zijn, ze had het gevoel dat Myrte, Dario en Nick veel meer wisten dan zij. Alleen, wát zou er dan precies aan de hand zijn? Ze was niet beroemd, had geen belangrijke functie en deed in haar vrije tijd weinig spectaculairs. Dus waarom was Dario zó bang dat haar iets zou overkomen dat hij had geregeld dat Myrte hier vannacht bleef? En wie was Myrte dan eigenlijk, zou die ook als beveiliger werken? Dat kon ze zich nou niet bepaald voorstellen. Myrte had ondertussen de theepot uit de kast gehaald en een koffertje op het aanrecht gelegd. Lydia keek afwezig toe hoe ze die open klikte, maar was op slag helemaal bij toen ze zag wat erin zat. Verdwaasd knipperde ze met haar ogen en keek stomverbaasd van de koffer naar Myrte en weer terug naar de koffer. Welke vrouw nam dít nu met zich mee als ze ergens op visite ging?

Gniffelend zei Myrte: „Niet verwacht zeker?"

„Uh, nee," stamelde Lydia gegeneerd. Ze voelde een blos naar haar wangen stijgen terwijl ze zich bedacht dat het wel erg onbeleefd was om zo naar iemands spullen te staren. Desalniettemin lukte het haar niet om haar blik los te maken van de koffer.

„Ik begrijp het hoor," reageerde Myrte vrolijk, „dit zijn niet echt standaardspullen om met je mee te slepen als je op visite gaat."

Met een ruk keek Lydia haar aan. Het leek verdorie wel alsof Myrte haar gedachten kon lezen, dit was nu al de tweede keer dat ze reageerde op iets wat ze kort ervoor had gedacht!

Myrte negeerde Lydia's onderzoekende blik en deed alsof ze iets zocht in haar koffer, die gevuld was met potjes kruiden, edelstenen, wierook, gekleurde kaarsen en kleine fluwelen zakjes. Natuurlijk wist ze precies waar ze alles had opgeborgen, maar ze wilde Lydia de kans geven om de vraag te stellen die brandde op haar tong. Ze begreep best dat het verwarrend was als je van het ene op het andere moment allerlei vreemde dingen meemaakte en vond het niet meer dan logisch dat Lydia vol zat met vragen.

„Ben jij soms helderziend?" flapte Lydia eruit. „Het lijkt wel of je in mijn hoofd kunt kijken, je hebt nu al twee keer antwoord gegeven op iets wat ik alleen maar dacht."

Myrte keek haar vriendelijk aan en knikte. „Zo zou je het kunnen zien, ja. Beschouw me maar als een zendmast, die signalen verstuurt en ontvangt." Ze dacht even na voor ze verder ging. „Omdat je in de war bent, zijn je gedachten en gevoelens nogal sterk, daardoor kan ik ze heel gemakkelijk oppikken. Zodra je je weer wat rustiger voelt, wordt dat wel weer minder."

Lydia voelde hoe ze nog roder werd terwijl ze zich iets realiseerde. „Oh. Aha. Juist ja. Dus, ehm, je weet ook wat Dario en ik aan het doen waren toen jij en Nick ineens voor de deur stonden?" vroeg ze gegeneerd.

Met twinkelende ogen antwoordde Myrte plagend: „Nou, dat had ik zonder die gedachtes van je ook wel geraden, hoor. Jij lag halfnaakt met een plaid over je heen op de bank en Dario deed de deur open met alleen zijn broek aan. Jullie waren vast en zeker een héél goed gesprek aan het voeren."

Lydia begon zachtjes te giechelen, maar lag al snel helemaal dubbel van het lachen. Wat een giller! Ze was vrijwel naakt betrapt door twee wildvreemde mensen die haar gedachten konden lezen, terwijl ze lag te vrijen met iemand die ze nauwelijks kende. Wat wás dit in vredesnaam voor een dag!? Tranen van het lachen rolden over haar wangen.

Myrte pakte glimlachend wat kruiden uit haar koffertje en deed ze in de theepot. Lydia moest het er allemaal maar eens uitgooien. Toen de fluitketel begon te fluiten, draaide ze het gas uit en pakte de ketel om het water over de kruiden te schenken. Waarderend snoof ze de geur van de thee op en bedacht zich dat het inderdaad een vreemde dag was geweest voor haar nieuwe vriendin.

Toen Lydia weer een beetje tot zichzelf was gekomen, veegde ze de tranen van haar wangen en schudde ongelovig haar hoofd. „Wat een maffe dag zeg, het lijkt wel alsof er geen einde aan komt."

„Nou," reageerde Myrte afwezig, „en dan is dit pas het begin."

Lydia wachtte af tot ze die opmerking zou verduidelijken, maar er kwam verder niets. „Eh, hoe bedoel je precies?" vroeg ze daarom.

Myrte schudde zuchtend haar hoofd en tikte met haar roodgelakte nagels op het aanrecht. Met een spijtige blik keek ze Lydia aan. „Sorry meid, hoe graag ik ook zou willen, ik heb Nick beloofd dat ik je nog niets zou vertellen en ik hou me graag aan mijn woord."

Smekend keek Lydia haar aan. „Maar je kunt me toch zeker wel iéts vertellen?"

Nogmaals schudde Myrte haar hoofd. Soms zou ze willen dat ze niet zo'n flapuit was. Ze schonk een kop thee in en schoof die naar Lydia toe. „Hier. Neem deze maar mee naar bed en probeer wat te slapen. Morgen praten we verder, dan zal ik kijken of ik je wat dingen kan uitleggen. Ik moet er eerst even over nadenken want ik wil Nick zijn vertrouwen niet beschamen." Ze gebaarde naar de huiskamer en zei: „Vannacht slaap ik op de bank, dus je hoeft je verder nergens zorgen over te maken."

Ondanks dat ze zich teleurgesteld voelde, besloot Lydia niet verder aan te dringen, want ook zij hechtte veel waarde aan beloftes. Dus nam ze de thee aan, wenste Myrte welterusten en trok zich terug in haar slaapkamer. Nadat ze haar pyjama had aangetrokken en in bed was gaan liggen vroeg ze zich voor de zoveelste keer af wat er toch allemaal gebeurde. Ze had zich vandaag tot twee keer toe bovenop een enorm sexy, vrijwel onbekende man gestort die uiteindelijk heel iemand anders bleek te zijn dan ze had gedacht. Een of andere gek had haar de stuipen op het lijf gejaagd door midden in de nacht een gedicht voor te dragen én er liepen vreemden in haar huis rond die deden alsof het de normaalste zaak van de wereld was dat ze daar waren. En dat alles op één dag. Normaal gesproken maakte ze zoiets nog niet mee in een jaar! Ze gaapte terwijl ze zich steeds slaperiger begon te voelen. Gelukkig waren al die vreemde mensen wel aardig, dacht ze, terwijl ze het laatste beetje thee opdronk en het kopje op haar nachtkastje neerzette. Terwijl ze zich achterover in de kussens liet zakken, keek ze naar het schilderij dat tegenover haar bed aan de muur hing. Er was een prachtige parelwitte eenhoorn op te zien, met op de achtergrond het betoverende park van Napos Transport. Kamilla had dat schilderij voor haar gemaakt, nadat ze haar verteld had over de droom waarin ze op de rug van een eenhoorn door de nacht was gevlogen, het avontuur tegemoet. Kamilla had haar gezegd de droom te koesteren, omdat dromen soms werkelijkheid werden. Ze giechelde slaperig. Gekke Kamilla. Eenhoorns bestonden helemaal niet. Langzaam zakten haar ogen dicht terwijl ze wegleed in een droomloze slaap.

9

Bedenkelijk stond Myrte in de keuken voor zich uit te staren. Lydia zou dankzij de kruidenthee de rest van de nacht en hopelijk een groot gedeelte van de ochtend slapen als een roos. Dat moest ook wel, dacht ze bezorgd, want ze zou haar krachten de komende tijd hard nodig hebben. Lydia had er geen idee van wat haar nog allemaal te wachten stond. Afwezig speelde ze met het collier dat haar moeder haar voor haar vertrek gegeven had en dacht aan het moment dat ze voor het eerst van de voorspelling had gehoord.

„Hey mam," riep Myrte naar beneden, „moet je dit zien! Wist jij dat tante Elizabeth al deze spullen had? Dit moet echt minimaal een paar eeuwen oud zijn!" Opgewonden liet ze haar blik over de inhoud van de antieke hutkoffer glijden. Er lagen dagboeken in en grimoires en perkamentrollen, samen met voorwerpen die gebruikt werden ter bescherming. Ze was blij dat zij aangeboden had de zolder voor haar rekening te nemen, want wat een vondst was dit! Ze was samen met haar ouders en oudere broer Casper bezig het huis van haar moeders overleden tante leeg te halen. Na de gebruikelijke periode van rouw, waarin ze rituelen hadden uitgevoerd om haar oudtantes ziel afscheid te laten nemen van het aardse bestaan, was het nu tijd om het huis klaar te maken voor de volgende bewoners. Wat er eigenlijk gewoon op neerkwam dat ze het hele huis fysiek en spiritueel moesten reinigen. Myrtes ouders hadden aangeboden om dat te doen en ze hadden haar en haar broer gevraagd om te helpen. Later zouden er ook nog andere familieleden komen om het laatste ritueel uit te voeren, maar voor nu waren ze met zijn vieren. Myrte glimlachte. Het was en bleef bijzonder om op te groeien in een familie van heksen. Ze had zich altijd bevoorrecht gevoeld dat ze er deel van uitmaakte en genoot met volle teugen van de magie in haar leven. Hoewel ze al op jonge leeftijd geleerd had dat het beter was om daar niet in het openbaar over te praten, omdat de meeste mensen magie maar vreemd of eng of gewoon onzin vonden, had ze geen gelegenheid voorbij laten gaan om te experimenteren met haar krachten. Samen met haar broer had ze spreuken en recepten uitgeprobeerd, ze had boeken over magie verslonden alsof haar leven ervan afhing en werd door haar familie al jaren als volwaardig heks gezien. En dat niet alleen, haar krachten waren ondanks haar jonge leeftijd sterker dan die van menig andere heks.

Nieuwsgierig pakte ze een van de perkamentrollen uit de koffer en rolde hem voorzichtig af. Het eerste wat ze zag was een tekening van het zonnestelsel met verschillende goden en magische tekens. Ze hield haar adem in terwijl ze met stralende ogen naar de in bladgoud geschilderde afbeelding keek en er lichtjes met haar vinger overheen streek. Ze kende dit soort documenten van horen zeggen, en als ze zich niet vergiste dan was dit een van de oudste documenten van haar volk dat bewaard was gebleven. Terwijl ze de perkamentrol verder afrolde, verscheen er een frons op haar gezicht. Onder de tekening was van alles geschreven, maar de taal waarin dat gedaan was, kwam haar niet bekend voor. Ze kneep haar ogen tot spleetjes en probeerde tevergeefs te ontcijferen wat er stond.

„Riep je?" hoorde ze haar moeder, Alice, vragen.

Ze snoof. Dit ging haar niet lukken, hier had ze toch echt haar grote broer voor nodig. Ze rolde met haar ogen bij het idee hem om hulp te moeten vragen. Hij zou het natuurlijk reuze grappig vinden dat hij haar hiermee moest helpen en haar daar de rest van haar leven mee blijven plagen. Ze snoof nogmaals. Nou ja, het was niet anders, ze moest en zou weten wat er stond!

„Ik kom!" Ze kroop naar de vlizotrap en stak haar moeder de rol toe, waarna ze zich omdraaide en naar beneden klauterde. Ze had niet gezien dat haar moeder na het aanpakken van de rol als bevroren was blijven staan, maar omdat ze het zicht van haar moeder geërfd had, wist ze precies wat er aan de hand was toen ze voet op de overloop zette en haar met een lege blik voor zich uit zag staren. Dus wachtte ze geduldig af tot het visioen voorbij zou zijn. Secondenlang gebeurde er niets, maar toen ineens trok haar moeder bleek weg en slaakte ze een ijzige gil.

Vrijwel direct stond haar vader op de overloop. „Wat is er aan de hand?" vroeg hij, zijn vrouw en dochter om beurten aankijkend.

Op hetzelfde moment riep haar broer „Wat gebeurt er!?" terwijl hij met twee treden tegelijk de trap op kwam stormen.

Alice schudde haar hoofd om de beelden te verjagen. „Niets. Laten we even naar buiten gaan, ik kan wel een korte pauze gebruiken." Daar had niemand bezwaar tegen, dus gingen ze samen naar beneden, haalden een kan citroenlimonade uit de koelkast en namen plaats in de zonnige tuin. Omdat de visioenen van Myrte en haar moeder wel vaker levendig waren, maakte niemand zich echt zorgen over hetgeen er net gebeurd was. Behalve Alice.

Casper had de perkamentrol die zijn moeder tijdens haar visioen had laten vallen, opgepakt en zat die nu vol interesse te bekijken. Af en toe maakte hij hummende geluidjes, waaruit Myrte opmaakte dat hij volledig opging in hetgeen hij las. Ze schraapte haar keel om zijn aandacht te trekken. „Zeg, grote broer, kun jij me misschien vertellen wat er op die rol staat? Zoals je weet zijn talen niet mijn sterkste punt. Het lijkt alsof de tekst een mix is van Soemerisch, Oud Grieks en Latijn, maar eerlijk gezegd kan ik er niet veel van maken dus ik hoopte dat jij me zou kunnen helpen met de vertaling."

Casper hief zijn hoofd en keek haar breed grijnzend aan. „O ja, joh? Ik dacht dat jij als superheks alles kon," plaagde hij haar.

Myrte zond hem een quasi vernietigende blik toe en wilde hem juist van repliek dienen toen ze haar moeder op serieuze toon hoorde zeggen „Jongens, wat op die rol staat, is niet iets om mee te spotten."

„Sorry mam, je hebt gelijk," zei Casper direct.

Myrte wist dat haar moeder zoiets niet zomaar zei, dus mompelde ook zij: „Sorry, mam."

Alice knikte om aan te geven dat ze hun excuses aanvaardde en richtte zich toen tot haar zoon. „Vertel je zusje maar wat er staat."

Casper duwde zijn bril wat verder op zijn neus en keek weer naar de rol. „Nou, eigenlijk komt het erop neer dat er al eeuwen een strijd gaande is tussen de goden, een strijd tussen licht en duister, en dat die strijd zich op een bepaald moment naar de aarde zal verplaatsen. Blijkbaar lopen er hier op aarde een aantal nazaten van de goden rond en die ... halfgoden zullen we ze maar noemen bij gebrek aan een beter woord, bepalen tijdens het laatste gevecht wie er zal winnen." Terwijl hij de tekst volgde met zijn vinger bromde hij zacht: „Hm, dit kan niet kloppen."

Hij las de tekst nogmaals, zonder iets te zeggen, tot Myrte hem een por gaf en vroeg „Wat kan niet kloppen?"

Hij keek haar een paar seconden aan alsof hij water zag branden en zei toen langzaam „Jouw naam staat in dit document."

„Hè!?" reageerde ze verbaasd, „Waar? Wat staat er dan?" Ze boog zich naar voren om mee te kijken.

„Hier, kijk," wees haar broer aan, „daar staat dat jij de uitverkorene zal onderwijzen en haar zal bijstaan tijdens het gevecht."

„Haar?" vroeg ze enthousiast. „Het is dus een vrouw?"

Casper knikte verstrooid en wees een woord aan. „Ja, dit woord geeft heel duidelijk aan dat het om een vrouw gaat."

„Cool! Staat er ook een naam bij?" vroeg ze nieuwsgierig.

Snel las hij de tekst nogmaals door en schudde zijn hoofd. „Nee, dat niet."

„Wacht eens even," zei Myrte terwijl ze haar hand hief, „hoe weet je eigenlijk zo zeker dat ík daar genoemd sta? Staat onze achternaam erbij ofzo? Er lopen waarschijnlijk miljoenen Myrtes rond op aarde."

Weer schudde Casper zijn hoofd. „Geen achternaam. Wat er staat is: ‚Myrte, dochter van Robert en Adalais, kleindochter van David en Elizabeth'. En hoewel iedereen mam Alice noemt is haar naam toch echt Adalais." Hij keek zijn zusje bezorgd aan.

Myrte keek naar haar ouders, die met verstrengelde handen naar haar en haar broer zaten te kijken. Vragend keek ze haar moeder aan. „Mam, wat heb je net gezien? Het ging hierover, toch? De perkamentrol gaf je een visioen." Dat laatste was een conclusie, geen vraag.

Haar moeder knikte zuchtend. „Ik wou dat ik het je kon vertellen, meisje, maar dat mag niet." Gelaten schudde ze haar hoofd. „Je weet dat we sommige dingen niet mogen onthullen."

Myrte trok bleek weg. Over het algemeen hielden de dingen die ze niet mochten delen weinig goeds in.

Haar moeder pakte haar hand beet en kneep er zacht in. „We zullen je helpen zoveel we kunnen," zei ze, bemoedigend glimlachend. „Je broer kan je vertellen wat er in dat document staat," – ze knikte naar de perkamentrol – „en we zullen de hutkoffer van zolder mee naar huis nemen om te kijken of er nog meer bruikbare informatie in zit." Toen Myrte haar verbaasd aankeek, zei ze: „Ja, ik wist van de koffer, tante heeft me er op haar sterfbed over verteld." Vervolgens richtte ze zich tot haar zoon: „Cas, denk je dat jij een paar dagen extra vrij kunt nemen, om Myrte te helpen met het onderzoek?"

Hij knikte en antwoordde: „Tuurlijk, geen probleem. Ik zal zo even wat belletjes plegen."

Myrte wist niet goed wat ze van de situatie denken moest, maar ze was er zoals altijd dankbaar voor dat ze haar ouders en broer had en dat die haar wilden helpen. Met hun hulp zou het vast en zeker goedkomen.

Myrte knipperde met haar ogen en was weer terug in het heden. Het was vijf jaar geleden dat ze hun zoektocht waren begonnen en in die jaren was er aardig wat gebeurd. Samen met haar broer was ze de wereld rondgereisd op zoek naar informatie over de uitverkorene, terwijl haar ouders en de rest van de familie thuis onderzoek hadden verricht. En toen, enkele weken geleden, was er totaal onverwacht een naam naar voren gekomen in een gecodeerd document: Lydia White. Ze was goed verstopt geweest, dacht Myrte glimlachend, maar niet goed genoeg om een familie van vastberaden heksen om de tuin te leiden.

Toen Myrte eenmaal wist waar Lydia zich bevond was ze gelijk op zoek gegaan naar woonruimte in hetzelfde dorp, en daar woonde ze dus nu. Via via hadden haar ouders gehoord over de organisatie waar Nick en Dario voor werkten en besloten contact te leggen om uit te zoeken wat zij wisten over de profetie. Blijkbaar kwam de informatie van beide partijen overeen en was hun doel hetzelfde, dus hadden ze besloten samen te werken. Helaas waren er ondertussen wel ook een aantal slechteriken wakker geworden die Lydia uit de weg wilden ruimen om de voorspelling te voorkomen, dus nu was het de taak van Myrte, Nick en Dario om ervoor te zorgen dat Lydia erachter kwam wie ze was en haar veilig te houden tot ze gereed was voor het grote gevecht. Wat haar terugbracht bij de reden dat ze hier was. Ze moest er nu echt eerst voor gaan zorgen dat het huis beschermd werd.

Ze ademde een paar keer diep in en uit, liep doelbewust naar haar koffertje en haalde er wierook, een witte kaars, stukken bergkristal en wat kruiden uit. Langzaam liep ze door het huisje en legde in ieder van de vier hoeken een stuk bergkristal neer terwijl ze de elementen aanriep en zich voorstelde dat het huis omringd werd door een bol van stralend wit licht. Vervolgens zei ze met heldere stem:

Veilig en beschermd, het kwaad kan hier niet komen
Harmonie en rust, verwerk en leer in dromen
Schild straal sterk, enkel goed mag hier naar binnen
Duister kruip terug, het licht zal overwinnen
Zoals ik het wil, zo zal het zijn!

Zachtjes liep ze daarna naar Lydia's slaapkamer, deed de deur op een kier open en maakte uit het zachte gesnurk op dat Lydia in diepe slaap was. Mooi zo, dacht ze tevreden, terwijl ze op haar tenen naar binnen sloop. Om het zekere voor het onzekere te nemen, wilde ze hier nog wat extra bescherming aanbrengen. Ze liep om het bed heen en strooide duizendblad, kruidnagel en rozemarijn in een ruime kring rond het bed, waarbij ze zich voorstelde dat ook dat omhuld werd door een bol van stralend wit licht. Om Lydia niet wakker te maken, zei ze de spreuk ditmaal in gedachten, waarna ze tevreden de kamer uitsloop en de deur zachtjes achter zich sloot. Toen ze terug in de woonkamer was, stak ze de witte kaars en de wierook aan en zette die in een groot windlicht zodat er niets met het vuur kon gebeuren. Ze dankte de elementen en bad tot de Godin voor kracht en bescherming. Niet lang erna zakte ook zij weg in een vredige slaap.

In de tijd dat Myrte werkte aan de bescherming van Lydia's huis verwelkomde Dario zijn ouders. Zoals altijd nam zijn moeder bij binnenkomst direct het heft in handen, en nadat ze koffie had gezet en een schaal met verse sandwiches op de eettafel had neergezet, dreef ze de drie mannen naar de keuken.

Dario was blij dat zijn ouders eten hadden meegenomen en graaide een sandwich van de schaal. Nadat hij er genietend een hap van had genomen leunde hij achterover op zijn stoel om zijn ouders eens goed te bekijken. Zelfs nu, midden in de nacht en na een week die toch op zijn minst vermoeiend moest zijn geweest, zagen Victor en Arabel er stijlvol uit en luisterden ze vol interesse naar iets dat Nick hen vertelde. Zijn vader was wat men noemde een echte alfa. Hij was knap, had een krachtige uitstraling en was zowel geestelijk als lichamelijk in topconditie. Victor kon veeleisend en bikkelhard zijn, maar dat was hij nog het meest voor zichzelf. En ondanks dat hij zijn kinderen steng had opgevoed, was hij altijd een liefhebbende vader geweest. Zijn moeder, die haar man op dat moment lachend aankeek, was een vrouw van ongekende schoonheid met een zachtaardig karakter. Hoewel dat zeker niet betekende dat ze over zich heen liet lopen! Indien nodig kwam Arabels Spaanse temperament omhoog en heimelijk wist iedereen dat zij uiteindelijk het laatste woord had. Hij was trots op hen. Zijn ouders waren sterk en rechtvaardig en ze straalden zelfs onder de huidige omstandigheden vertrouwen en positiviteit uit. Geen wonder dat mensen zich tot hen keerden voor leiding en advies. Peinzend speelde hij met de onderzetter die voor hem op tafel lag. Zijn ouders vormden een ijzersterk paar en zelfs na al die jaren samen waren ze nog stapelgek op elkaar. Hij hoopte maar dat hij op een dag net zo'n relatie zou hebben met zijn eigen vrouw. Het beeld van Lydia schoot door zijn hoofd en weer overviel hem dat onbekende gevoel. Hij schudde zijn hoofd om zijn gedachten te klaren en wendde vlug zijn blik af toen hij de onderzoekende blik van zijn moeder ontmoette. Toen hij zag dat Nick hem grijnzend aankeek gaf hij hem onder de tafel een trap tegen zijn schenen.

„Hey!" was de verontwaardigde reactie.

Zuchtend schudde Arabel haar hoofd en hief haar ogen dramatisch ten hemel. „Hoe oud zijn jullie ook alweer?"

De twee mannen keken elkaar dreigend aan.

„Voordat jullie elkaar te lijf te gaan," zei zijn vader op droge toon, „lijkt het me verstandig dat jullie ons eerst even vertellen wat er hier allemaal gebeurd is in onze afwezigheid."

„Ja," vulde zijn moeder aan, „we hebben uiteraard al wel het een en ander gehoord van Manuel, Gabor en Kamilla, maar we zijn heel benieuwd naar jullie kant van het verhaal."

Dario zag dat Nick hem een uitdagende blik toewierp, maar besloot te doen alsof hij het niet doorhad. Hij gaf zijn ouders een kort maar bondig verslag van de gebeurtenissen, waarbij hij voor het gemak de details van zijn ontmoetingen met Lydia maar even achterwege liet. „Ik maak me echt zorgen," besloot hij zijn verhaal, „ze weet werkelijk waar nog helemaal niéts. Was het niet handig geweest als Gabor en Kamilla haar de afgelopen jaren in ieder geval iéts hadden verteld over de situatie en haar rol binnen het geheel?"

„Dat achtten we niet noodzakelijk," reageerde zijn vader beheerst, „al moet ik toegeven dat dat achteraf gezien niet de beste keuze lijkt te zijn geweest. Om de een of andere reden is alles afgelopen dagen in een stroomversnelling geraakt. Wat dat veroorzaakt heeft, weten we niet, maar sinds jullie hier gestationeerd zijn, hebben we een sterke toename van vijandelijke activiteiten gezien."

Dario keek steels naar Nick en zag aan diens blik dat hij hetzelfde dacht als hij. Ongemakkelijk trommelde hij met zijn vingers op tafel. Het zag ernaar uit dat hij zijn ouders toch iets meer moest vertellen dan gepland. Hij schraapte zijn keel en zei langzaam: „Ik denk dat ik misschien wel weet waardoor dat op gang is gekomen."

Toen hij er verder het zwijgen toe deed, vroeg zijn vader enigszins geïrriteerd: „En, was je van plan om die details nu met ons te delen, of moeten we wachten tot de hel is losgebarsten?" Doordringend keek Victor eerst zijn zoon en daarna Nick aan.

Dario zat zich net te bedenken hoe hij de situatie op een tactische manier kon uitleggen aan zijn ouders toen hij Nick hoorde zeggen: „Zal ik het dan maar vertellen? Ze komen er uiteindelijk toch wel achter." Dario wilde hem tegenhouden, maar het was al te laat: voor hij ook maar iets had kunnen zeggen, flapte Nick eruit: „Dario en Lydia hebben iets met elkaar."

„Wát zeg je?" zei Victor zacht, terwijl hij zijn zoon een scherpe blik toewierp.

Arabel trok verbaasd een wenkbrauw op, maar deed er verder het zwijgen toe. Stiekem vond ze de situatie wel amusant, maar dat ging ze natuurlijk niet hardop zeggen. Ze was erg benieuwd hoe haar man dit ging aanpakken, daar de communicatie tussen Victor en zijn zoons nog wel eens ... lomp ... kon zijn.

Zuchtend schudde Dario zijn hoofd, hij had kunnen weten dat dit zou gebeuren. Nick had de stalen blik van zijn vader nooit kunnen weerstaan. „Geweldig man, bedankt," gromde hij, zijn vriend boos aankijkend.

„Dario," begon Victor zijn preek, „door de jaren heen hebben we veel van je getolereerd, maar dit kan écht niet. Niet met wat er op het spel staat." De ondertoon in Victor zijn stem verraadde dat hij op het punt stond zijn geduld te verliezen. „Hoe háál je het in je hoofd om achter dat meisje aan te gaan! Heb je verdorie enig idee wat voor consequenties je gedrag heeft? Lydia is niet zomaar iemand, ons lot ligt in haar handen!" Naarmate hij bozer werd, nam het volume van zijn stemgeluid toe.

Dario voelde zich op dat moment weer net een klein jongetje. „Ik weet het," reageerde hij met opeengeklemde kaken, denkend aan de prachtige vrouw die hem betoverd had. Langzaam steeg er een blos naar zijn kaken.

Terwijl Victor Dario de les las, nam Arabel haar zoon eens goed in zich op. Interessant, dacht ze bij zichzelf, heel interessant. Na een tijdje legde ze haar hand over die van Victor en zei op zachte maar besliste toon: „*Basta* Victor, laat die jongen met rust."

Alle drie de mannen keken haar aan zonder iets te zeggen. Victor was overduidelijk geïrriteerd, Nick deed een poging om zichzelf onzichtbaar te maken en Dario keek zowel schuldbewust als opstandig. Echt een kind van zijn ouders, dacht ze trots, met moeite een glimlach onderdrukkend.

„Zien jullie het dan niet?" vroeg ze haar man en Nick, hen daarbij om beurten aankijkend. De twee mannen staarden haar echter aan alsof ze water zagen branden. Mannen! Ze schudde zuchtend haar hoofd. „Kijk nou eens goed," zei ze nadrukkelijk, terwijl ze naar Dario gebaarde. „Die jongen is verliefd! En ik heb in zijn vierendertig jaar al heel wat gezien, maar nog nóóit dat hij verliefd was." Met een tevreden blik sloeg ze haar armen over elkaar.

Victor en Nick keken van haar naar Dario die zijn moeder verbluft aankeek. Híj verliefd? Hij mocht zich dan tot Lydia aangetrokken voelen, bij zijn weten stond hartstocht nog steeds niet gelijk aan liefde. Hij had haar nota bene pas een paar keer gezien! Dat de chemie tussen hen spectaculair was, wilde niet gelijk zeggen dat er liefde in het spel was. Zo zat hij helemaal niet in elkaar. Hij wilde haar gewoon beter leren kennen en dan zouden ze daarna wel verder zien. Dat hij om haar gaf en ervoor wilde zorgen dat ze veilig was, nou ja, dat deden de anderen toch zeker ook? Iedereen wist wat er van Lydia afhing. Hij stond op en verliet de keuken zonder nog een woord te zeggen. Ze moesten maar even wachten met de rest van hun gezeur, hij had er op dat moment absoluut geen zin in.

Sprakeloos keken Victor en Nick Arabel aan. Mannen! dacht ze nogmaals, terwijl ze inwendig kreunde om hun onbeholpenheid. Waarom waren het toch zulke klunzen wanneer het ging om zaken van het hart? „Ik ga wel met hem praten," zei ze zuchtend, terwijl ze opstond om haar zoon achterna te gaan.

10

Arabel vond haar zoon in de woonkamer, waar hij met zijn handen in zijn zakken gepropt naar buiten stond te staren. Ze ging naast hem staan en vlijde haar hoofd op zijn schouder. Haar kleine jongen was groot geworden, dacht ze met een glimlach, en hij leek meer op zijn vader dan beide mannen zich realiseerden.

Een tijd lang bleven ze zo staan, zonder iets te zeggen. Dario zag een uil door de nacht scheren en wist dat het wederom een teken was. Uilen waren boodschappers van de goden. Ze brachten intelligentie, kennis en bescherming, en waren verbonden met maanmagie. Hij zuchtte. Het begrijpen van omena was één van de vele dingen die hij tijdens zijn opleiding geleerd had en waar hij goed in was. Gevoelens daarentegen, waren een heel ander onderwerp.

„Ben je bang?" vroeg Arabel, zijn gedachten onderbrekend.

Dario liet de vraag op zich inwerken. Was hij dat? Bang? Hij moest toegeven dat hij het niets vond om de controle over zichzelf kwijt te zijn. En dat was wel wat er gebeurde wanneer hij bij Lydia in de buurt was. Bovendien waren de gevoelens die ze in hem losmaakte nieuw. Hij vond haar aantrekkelijk en wilde haar graag beter leren kennen, maar er was meer, iets waar hij zijn vinger niet op kon leggen. En ja, als hij eerlijk was vond hij dat doodeng. Met andere vrouwen was het altijd lang leve de lol geweest, maar met haar … Met haar was het anders. „Hm," reageerde hij daarom bedenkelijk.

Arabel voelde wat er door hem heen ging. „Om verliefd te zijn, of om haar kwijt te raken?"

Zijn hart kneep samen bij het idee Lydia kwijt te raken, en omdat hij wist dat hij zijn moeder toch niet voor de gek zou kunnen houden, zei hij zacht „Allebei, denk ik."

Ze knikte „Ik begrijp het."

Hij keek opzij en werd liefdevol door haar op zijn wang gekust. „Het komt allemaal wel goed, *chiquito*," sprak ze hem glimlachend toe: „Echt." Met ondeugende pretlichtjes in haar ogen vervolgde ze: „Denk je dat je vader het leuk vond om verliefd te worden op mij?"

Verrast keek hij haar aan „Hoe bedoel je? Jullie zijn voor elkaar gemaakt. Ik heb nog nooit twee mensen ontmoet die zo goed bij elkaar passen als jullie."

Arabel begon hartelijk te lachen. „Nou, dat moet je dan toch nog maar eens aan je vader vragen," zei ze knipogend, „wanneer hij in een iets betere bui is." Ze trok een gezicht om aan te geven hoe ze over zijn huidige stemming dacht.

Dario keek zijn moeder verbaasd aan. Hij kon zich niet voorstellen dat zijn vader ooit weerstand aan haar had geboden. Victor kon soms keihard zijn, maar wat zijn moeder betreft was het een softie.

„Ach, hou het er maar op dat je vader zich in het begin flink verzet heeft," zei ze met twinkelende ogen. „Zoals je weet was ons huwelijk gearrangeerd, maar dat nam niet weg dat het liefde op het eerste gezicht was toen we elkaar ontmoetten. Koppig als je vader was, wilde hij daar echter niets van weten; het enige dat hij wilde was zijn ouders dwarszitten." Arabel grinnikte zelfvoldaan. „Helaas voor hem heeft hij dat niet lang volgehouden."

Dario wist niet wat hij hoorde, deze kant van het verhaal kende hij helemaal niet. „Goh," was het enige dat hij wist uit te brengen.

„Mannen zijn niet opgewassen tegen vrouwen, liever. Vooral niet als het om hun levenspartner gaat."

Hij keek zijn moeder aan met een gezicht dat boekdelen sprak en mompelde. „Toch had pa wel gelijk. Dat ik gevoelens heb voor Lydia is niet goed, ze is veel te belangrijk."

Moedeloos schudde Arabel haar hoofd. „Je bent mijn zoon en ik hou van je, maar je kunt af en toe echt een druiloor zijn, weet je dat. Denk je nou serieus dat jouw liefde voor Lydia iets slechts is? Dat het haar zwak maakt? Het tegenovergestelde is juist waar, het maakt haar sterk en zal haar de kracht geven om zich te ontplooien tot de krijger die we nodig hebben. Liefde is het sterkste wapen dat we bezitten, *chico*. Vergeet dat nooit."

Dario keek zijn moeder fronsend aan terwijl hij haar woorden tot zich liet doordringen.

Arabel pakte zijn hand en trok hem achter zich aan naar de keuken. „Kom mee, onnozele man, we hebben het een en ander te bespreken met je vader en Nick."

„Maar pa –" begon Dario ongemakkelijk.

„Laat die maar aan mij over," onderbrak ze hem resoluut.

Toen ze de keuken binnenkwamen, nam Nick net een slok van zijn bier. Vragend keek hij hen aan. „Doe mij maar rosé," beantwoordde Arabel de onuitgesproken vraag, terwijl Dario naar het bier knikte. Nadat Nick ook hen voorzien had van drinken hief Arabel haar glas. „*Salud.*"

„*Salud*," reageerden de mannen in koor.

Nadat ze genietend een slok wijn had genomen, kwam Arabel ter zake. „Dario en ik hebben net wat dingen besproken en afgesproken dat hij per direct de persoonlijke beveiliging van Lydia op zich neemt. Nick en zijn vriendin zullen hem daarbij helpen, maar de rest van het team houdt zich voorlopig nog even op de achtergrond. Victor en ik zullen in de gaten houden hoe de training vordert, maar ik heb er alle vertrouwen in dat jullie ..." Bij dat woord keek ze haar zoon en Nick aan, „er samen met Myrte voor zullen zorgen dat Lydia op tijd klaar is voor de strijd." Toen ze gezegd had wat ze wilde, keek ze haar man uitdagend aan.

Victor, die precies wist hoe het spel gespeeld werd en bovendien niet twijfelde aan de intelligentie van zijn vrouw, hield wijselijk zijn mond en knikte ter bevestiging. Alleen het zenuwtrekje bij zijn mond verraadde hoeveel moeite hem dat kostte.

„Goed, dat is dan geregeld," zei Arabel met een tevreden glimlach. Ze hoorde Nick ongemakkelijk zijn keel schrapen en vroeg poeslief: „Wilde je nog wat zeggen, Nick?"

„Nou, eh, ja. Ze is mijn vriendin niet."

„Wie niet? Myrte? Maak je daar maar geen zorgen over," wapperde ze zijn bezwaar weg terwijl ze van haar wijn nipte, „dat komt nog wel."

Verloren keek Nick haar aan. Arabel was nu al de tweede vrouw die dat zei. Eerste Myrte zelf en nu zij. Waren ze gek geworden of zo? Hij hoorde Dario grinniken en keek hem met samengeknepen ogen aan.

„Nou, mooi is dat," zei Victor droog, „het ene moment zijn al onze zonen vrijgezel en nu zijn er ineens twee aan de vrouw." Hij gaf Nick een vriendschappelijke klap op zijn schouder. Officieel mocht Nick dan geen kind van hen zijn, na al die jaren dat hij met hun zoon was opgetrokken, zagen Arabel en hij hem wel degelijk als zoon.

Daar zaten ze dan, dacht Dario. Zijn vriend zag er ondertussen net zo ontreddert uit als hij zich voelde. Vrije wil? Vergeet het maar. Alles werd geregeld door de goden. En door vrouwen. Zelfs zijn vader had er niets tegenin te brengen. Hulpeloos keek hij naar zijn bier.

Nadat ze met zijn vieren nog een aantal details hadden doorgenomen, vertrokken Victor en Arabel naar hun tijdelijke onderkomen. Omdat het ondertussen al laat was, besloot Nick de nacht door te brengen in Dario's logeerkamer, en terwijl het stil werd in huis en de mannen in een diepe, droomloze slaap zakten, verscheen boven het huis een mysterieuze, zilverkleurige gloed.

De rest van de nacht en ochtend bleef het verder rustig, en tegen achten kwamen Dario en Nick hun bed uit om zich voor te bereiden op de dag en het gesprek dat ze met Lydia moesten voeren. Ze waren net begonnen aan hun ontbijt toen de stilte in huis verstoord werd door een zacht getik. Het leek vanuit de woonkamer te komen, en hoewel het niet agressief klonk, waren ze door de dreigende situatie direct alert. Voorzichtig slopen ze op het geluid af, om vervolgens opgelucht en enigszins gegeneerd naar elkaar te lachen toen ze zagen waar het vandaan kwam. Op de veranda, midden in een zonnestraal, zat een kraai met een schelp tegen een van de glazen deuren te tikken. De schelp was ondertussen opengesprongen, en nadat de kraai de inhoud naar binnen had gewerkt, gooide hij het ding van zich af en vloog weg. Dario schudde zijn hoofd, ze moesten nu natuurlijk niet paranoïde worden. Omdat hij ineens een enorme behoefte voelde aan frisse lucht opende hij de schuifpui en stapte naar buiten. Waarderend snoof hij de boslucht op en pakte zonder er verder bij na te denken de schelp op.

„Waarom verbaast dit me nou weer niet?" zuchtte hij, en gaf de schelp met een veelbetekenende blik aan zijn vriend.

Nick bekeek de afbeelding die aan de binnenzijde van de schelp te zien was aandachtig. „Een duif en een kraai verstrengeld in gevecht, de balans van leven en dood." Bedachtzaam keek hij Dario aan terwijl hij met zijn duim over de afbeelding streek. „Het lijkt erop dat de goden ons iets willen vertellen ..."

Begin van de middag werd Lydia wakker. Ze rekte zich loom uit en nestelde zich vervolgens nog eens behaaglijk onder haar dekbed. Wat was het toch heerlijk om uit te slapen! Normaal gesproken stond ze altijd vroeg op om met Fido te wandelen of nog even snel iets in huis te doen voordat ze naar haar werk ging, dus dat ze nu zo heerlijk kon wegkruipen in haar grote, warme bed was gewoonweg zalig. Met een kreetje schoot ze overeind. Hoe kwam ze er nou bij dat ze kon uitslapen? Het was een normale werkdag! Wild gooide ze het dekbed van zich af en sprong uit bed om zich aan te kleden. Toen ze echter iets onder haar voeten voelde, bleef ze als versteend staan en keek met ingehouden adem naar de vloer, half en half verwachtend dat ze op een of ander insectennest was gaan staan.

Juist op dat moment vloog de deur open en wervelde Myrte de kamer binnen in een wolk van zwartrode stof. Blijkbaar vond ze het helemaal niet vreemd dat Lydia midden in de kamer naar de vloer stond te staren, want ze begon meteen enthousiast te babbelen. „Ha mooi, je bent wakker! Ik vroeg me al af of alles in orde was; je hebt zo lang geslapen." Ze lachte vrolijk. „Hoe voel je je?"

Op slag was Lydia de insecten vergeten en keek ze gefascineerd naar de vrouw die haar slaapkamer was binnengestormd. Met haar zwierige kleding, lange zwarte haren en felrood gestifte lippen zag Myrte eruit als een zigeunerin. Een erg wakkere zigeunerin, dacht ze kreunend, terwijl ze „Hm, goed," wist uit te brengen.

Myrte stond ondertussen bij het raam en opende met een vloeiende beweging de gordijnen. „Het is nu nog wat grauw buiten," babbelde ze opgewekt verder, „maar het wordt een prachtige dag met veel zon. Zullen we zo even gaan wandelen? Een beetje frisse lucht zal je goed doen, dat weet ik zeker."

„Uh, nou," stamelde Lydia, „dat lijkt me heerlijk, maar ik had al op mijn werk moeten zijn." Ze wreef over haar gezicht en schudde haar hoofd. „Ik zal zo eerst maar even naar kantoor bellen, want Gabor en Kamilla zijn waarschijnlijk doodongerust. Normaal gesproken kom ik nooit te laat."

„Oh welnee, joh," wapperde Myrte haar ongerustheid weg, „dat is al geregeld. Gabor belde vanmorgen om door te geven dat je de rest van de week vrij bent. Hij wil dat je goed uitrust. Blijkbaar zijn hij en Kamilla nogal geschrokken gisteren." Toen ze Lydia's frons zag, haastte ze zich om er achteraan te zeggen „Niets om je zorgen over te maken, ze willen gewoon dat je even wat tijd voor jezelf neemt."

De frons werd dieper. „Ik kan toch niet zomaar thuisblijven? Wie doet mijn werk dan? En wat als er vragen zijn over het budget?"

„Hoe kun je dáár nou aan denken!?" reageerde Myrte lachend. „Ben je dan helemaal niet nieuwsgierig naar wat er allemaal aan de hand is?" Zonder op antwoord te wachten ging ze verder en zei: „Ach nou ja, daar hoef je je eigenlijk ook helemaal niet druk om te maken. Ik zou zeggen, trek prettig zittende kleding aan dan gaan we na het ontbijt gezellig op pad. Ik wil je wat laten zien." Na die woorden draaide ze zich om en verliet de kamer.

Lydia keek haar verbaasd na en mompelde: „Nou moe." Toen ze een stap in de richting van haar kledingkast deed, werd ze herinnerd aan het spul dat op de vloer lag. Het waren vast geen insecten, dacht ze opgelucht, want die lagen over het algemeen niet de hele tijd stil. Voorzichtig hurkte ze om te kijken wat er dan wel op de grond lag en riep vervolgens vragend: „Zeg Myrte, weet jij waarom er kruiden rondom mijn bed liggen?" Terwijl ze ernaar keek, bromde ze zacht „Ik mag toch hopen dat ik niet ook ineens ben gaan slaapwandelen."

„Oh, nee hoor, meis," klonk het opgewekt vanuit de keuken, „je hebt heerlijk liggen slapen en geen vin verroerd. Ik heb die kruiden om je bed gestrooid, ter bescherming."

Lydia keek naar de deuropening alsof ze water zag branden. Myrte had kruiden om haar bed gestrooid ter bescherming. Waar sloeg dat nou weer op? Ze zuchtte en schudde haar hoofd. Waarschijnlijk kon ze zich inderdaad maar beter aankleden en iets gaan eten. Misschien dat ze daarna weer helder kon denken en kon bevatten wat er aan de hand was.

Nadat de twee vrouwen ontbeten hadden gingen ze op pad. Omdat ze tijdens het eten gezellig hadden zitten praten over ditjes en datjes voelde Lydia zich weer ontspannen, en terwijl ze over de heide liepen, bedacht ze zich wat een schril contrast Myrte en zij voor een buitenstaander moesten vormen. Zij in simpele jeans, met haar haren samengebonden in een staart en slechts een vleugje make-up. Myrte met haar zwierige kleding, felle make-up en lange zwarte haar dat in een vlecht tot op haar billen viel. Ze glimlachte. Ondanks het ogenschijnlijk grote verschil leken ze best veel op elkaar, had ze gemerkt. Ze voelde zich bij Myrte zelfs zo op haar gemak dat het leek alsof ze elkaar al jaren kenden. Terwijl ze omlaag keek om een boomwortel te ontwijken, viel haar blik op Myrtes schoenen. „Wat zijn dát?" vroeg ze, terwijl ze ernaar gebaarde en haar wenkbrauwen verbaasd optrok.

„Dit?" reageerde Myrte, haar rechtervoet gracieus als een ballerina opzwiepend. „Dit zijn barefoot schoenen. Fivefingers. Die zorgen ervoor dat ik goed contact kan maken met de aarde."

Geïntrigeerd keek Lydia naar de vreemde schoenen. Het waren een soort van handschoenen voor je voeten, waarbij iedere teen zichtbaar was. „Doet het geen pijn om daarop te lopen? Die dingen zien eruit alsof je letterlijk ieder steentje voelt." Ze trok een pijnlijk gezicht bij het idee.

„Nee hoor, dat valt reuze mee. In het begin is het even wennen, en eerlijk is eerlijk; ik loop net zo lief op naaldhakken dus je ziet me echt niet alleen maar op deze dingen rondlopen, maar voor het werk dat we nu gaan doen, zijn ze perfect."

„Wat voor werk?"

„Nou," met enthousiast glinsterende ogen keek Myrte haar aan, „ik heb besloten dat ik je wat magische grondbeginselen ga bijbrengen. We moeten ergens beginnen, toch? En als we op die mannen van ons moeten wachten dan hebben we volgend jaar nog niets gedaan." Ze hief haar ogen dramatisch ten hemel.

Ongelovig keek Lydia haar aan. Op zich kon ze zich Myrte nog wel voorstellen als tovenares, omringd door elfjes en eenhoorns en andere fabelwezens, maar zijzelf was nou niet bepaald magisch te noemen. Trouwens, als ze had kunnen toveren dan zou ze dat toch zeker allang gemerkt moeten hebben?

Myrte schoot in de lach. „Daar gaan we zo ook eerst iets aan doen! We zijn er bijna hoor."

Tijdens het volgende deel van de wandeling spraken ze verder weinig. Zoals Myrte al gezegd had, was het een grauwige dag, maar door de aangename temperatuur, prachtige natuur en veelvoud aan dieren die onderweg te tevoorschijn kwamen om hen te bekijken was er meer dan genoeg te zien, en Lydia genoot dan ook volop.

Nadat ze nog een minuut of tien gewandeld hadden, bleef Myrte plotseling staan. „Hier is het," zei ze, „hier gaan we het bos in."

Verbaasd keek Lydia naar de plek die Myrte aanwees. Die was dichtbegroeid en leek ondoordringbaar. Net toen ze wilde zeggen dat het misschien beter was om een andere weg te zoeken, zag ze hoe Myrte vloeiende handgebaren begon te maken, alsof ze de struiken uit elkaar wilde duwen, waarna een hele reeks sierlijke bewegingen volgden die samenvloeiden tot een soepel geheel. Gefascineerd keek ze toe wat er gebeurde. Niets van wat ze de afgelopen vierentwintig uur had meegemaakt, leek ook maar enigszins logisch verklaarbaar te zijn en ze had werkelijk waar geen idee wat ze hier nu weer van moest denken, maar ze zou proberen zich open te stellen.

„Goed zo!" hoorde ze Myrte zeggen: „En dan mag je dat hoofd van je nu even uitzetten."

Lydia probeerde te doen wat haar gezegd werd en keek met grote ogen naar hetgeen zich voor haar neus afspeelde. Terwijl Myrte de gebaren met haar armen bleef herhalen, hief ze haar gezicht naar de hemel en zei met heldere stem:

„Aarde, vuur, water, lucht
Hoor mijn wens en voel mijn zucht
Om te leren en te groeien
Moeten struiken terzijde vloeien
Een doorgang voor ons, heksen van licht
Die zich na passeren onttrekt aan het zicht
Onze harten oprecht, onze zielen rein
Zoals ik het wil, zo zal het zijn!"

Ze herhaalde het vers driemaal, waarbij haar woorden iedere keer meer kracht leken te bevatten.

Vol verbazing zag Lydia hoe de struiken zich langzaam maar zeker ontwarden en uiteen weken, waardoor een smalle doorgang ontstond. Met open mond keek ze Myrte aan. Dit kon toch helemaal niet? Was ze aan het hallucineren?

„Je doet het weer," lachte Myrte, waarna ze Lydia's hand vastpakte en haar tussen de struiken door met zich meetrok.

11

„Zo, dat is beter," zei Myrte, „nu kunnen we tenminste ongestoord oefenen." Tevreden keek ze toe hoe de doorgang zich
weer sloot. Het struikgewas vormde nu een stevige haag die hen
afschermde van de buitenwereld.

Verbouwereerd keek Lydia haar aan. Wat was er zojuist gebeurd? Hoe konden die struiken in vredesnaam opzij zijn geschoven? Als door een waas draaide ze zich om. Ze stond op een
open plek in het bos en had het gevoel dat ze in een sprookje
terecht was gekomen. Heldergroen gras bedekte de grond als
hoogpolig tapijt en bloemen in de meest felle kleuren schitterden
als kostbare juwelen. Atalanta's en dagpauwogen fladderden in
het rond, bijen zoemden van bloem naar bloem en een ijverige
specht roffelde er vrolijk op los. Als gehypnotiseerd liep ze het
veld op terwijl de geur van gras, naaldbomen en zoete bloemen
haar neus vulde.

„Kom." hoorde ze Myrte achter zich zeggen, „het is tijd om
aan de slag te gaan. We zullen eens kijken hoe het met je zintuigen gesteld is. Draai rustig rond en vertel me wat je ziet, voelt
en ruikt."

Hoewel Lydia het een vreemd verzoek vond, besloot ze te
doen wat Myrte haar vroeg, ze had zich ten slotte voorgenomen
om zich open te stellen. Dus ging ze naast haar staan, ademde
een keer diep in en uit en draaide toen rond om de omgeving in
zich op te nemen, eerst met open en daarna met gesloten ogen.
Terwijl ze alles in zich opnam begon haar lichaam te tintelen,
en verwonderd bedacht ze zich dat het net was alsof de plek
pulseerde.

„Begin maar als je er klaar voor bent," zei Myrte.

Terwijl ze ronddraaide begon ze de omgeving te beschrijven.
Van de levendige kleuren en heldere geuren tot en met het gevoel

van het briesje op haar huid en de rups op het eekhoorntjesbrood aan toe. Ze besloot de omschrijving met: „En aan die blaadjes hangen fonkelende druppels en alles is gehuld in een sprankelende, goudgele gloed." Ze zuchtte verlangend: „Jeetje wat is het hier mooi zeg."

Myrte keek haar stralend aan. „Goed gedaan!" Ze applaudisseerde enthousiast en zei opgewekt: „Je bent door naar de volgende ronde!"

Lydia schoot in de lach. Myrtes vrolijkheid werkte zo aanstekelijk dat haar twijfels en onzekerheid naar de achtergrond verdwenen en ruimte maakten voor een onbezorgd gevoel. Ze besloot zich niet langer af te vragen wat ze aan het doen waren, maar gewoon haar best te doen om te begrijpen wat Myrte haar wilde leren.

Terwijl ze op het gras zaten en dronken van de limonade die ze hadden meegenomen keek Myrte naar Lydia, die lachend met een konijntje speelde. Ze was een voorbeeldige leerlinge, dacht ze bij zichzelf. Een natuurtalent. Gezien haar afkomst kon dat ook haast niet anders, maar het was toch fijn om de bevestiging te hebben. Alle oefeningen die ze tot dan toe gedaan hadden had ze met precisie en toewijding uitgevoerd, haar intuïtie bleek prima ontwikkeld te zijn en nu al kwam er een flinke hoeveelheid kracht vrij wanneer ze zich concentreerde. Lydia had dat zelf nog niet in de gaten, maar zij kon het duidelijk voelen. „Oké," zei ze, terwijl ze opstond om aan te geven dat de pauze voorbij was, „ik wil nog één dingetje proberen."

Ook Lydia stond op. Alle oefeningen die ze tot dan toe gedaan hadden, waren eigenlijk best leuk geweest en helemaal niet moeilijk, dus ze was benieuwd wat ze nu gingen doen.

Een paar tellen bleef het stil, toen ademde Myrte diep in, schraapte haar keel en zei op serieuze toon: „Goed. Sluit je ogen, concentreer je en vertel me wat je hoort."

Lydia sloot haar ogen en bedacht zich dat er iets was veranderd. Myrte leek ineens een beetje zenuwachtig te zijn. Ze wist niet waarom, maar om de een of andere reden had ze het gevoel dat dit het moment van de waarheid was. Ze schudde haar hoofd bij dat rare idee en bracht haar aandacht terug naar haar ademhaling. Ze waren gewoon wat aan het oefenen, bracht ze zichzelf in herinnering, meer niet. Door zich te concentreren op haar ademhaling, op de lucht die haar longen in- en uitstroomde, voelde ze zich langzaam maar zeker steeds meer ontspannen, tot ze uiteindelijk wegzakte in een diepere laag van bewustzijn. Gedachten losten op en maakten plaats voor heldere geluiden die haar hoofd en hart vulden.

Onbewust hield Myrte haar adem in. Als Lydia deze oefening tot een goed einde wist te brengen dan was het zeker, dan was zij écht degene naar wie ze al die tijd op zoek was geweest. Verwachtingsvol keek ze toe wat er gebeurde.

Lydia concentreerde zich op wat ze hoorde; een zacht briesje liet blaadjes ruisen en boomtoppen deinen, krekels tjirpten er lustig op los, vanuit het struikgewas keken een moedervos en haar jongen nieuwsgierig naar wat er gebeurde, en in de verte kabbelde een beekje. Hè, dacht ze verbaasd, hoe kon ze dat nou horen? Dat beekje was nog hartstikke ver weg.

„Concentreer je," beval Myrte haar op zachte maar besliste toon.

Lydia ademde nogmaals diep in en uit en hief haar gezicht op naar de hemel. Kom op, sprak ze zichzelf toe terwijl ze zich concentreerde op het gezang van de vogels om haar heen: je kunt dit!

En toen, van het ene op het andere moment, brak de zon door de wolken en sloeg Myrtes hart een slag over. Want daar, midden op het veld, beschenen door de meest felle zonnestraal die ze ooit gezien had, stond Lydia te stralen als een regenboog. Gevangen in het licht. Haar aura was puur en helder en er kwam zoveel energie vrij dat zelfs de meest schuwe dieren tevoorschijn kropen om te zien wat er gebeurde. Goddelijk, dacht Myrte, dat was het juiste woord.

Lydia luisterde ondertussen ingespannen naar de omgeving, zich totaal niet bewust van hetgeen Myrte zag. Ze hoorde het geschuifel van dieren die dichterbij kwamen, samen met een soort gezoem. Ze fronste. Het geluid klonk haar bekend in de oren. Waar had ze het toch eerder gehoord? Ze probeerde zich open te stellen, zoals ze bij de andere oefeningen geleerd had, zodat haar hart de indrukken kon verwerken.

Rustiger dan ze zich voelde, keek Myrte toe. Hoewel ze het bewijs dat Lydia de uitverkorene was zojuist had gekregen, wilde ze haar de oefening laten afmaken. Lydia moest in zichzelf leren geloven. Want al zou ze al haar kennis overdragen en haar zo goed mogelijk bijstaan tijdens wat komen ging; ze wist dat haar nieuwe vriendin er op een bepaald moment alleen voor zou komen te staan.

Lydia had ondertussen het idee dat ze allerlei stemmen hoorde. Ze kwamen binnen via haar hart en werden daar vertaald in woorden.

„Mama, wie is dat?"

„Is dat die mevrouw waarover je vertelde, opa?"

„Wat is ze mooi hè?"

„Nouhou! Mama, Eddy zit me te duwen!"

„Eh, zeg, Myrte," ongemakkelijk schraapte Lydia haar keel voor ze aarzelend verderging: „kan het kloppen dat ik de dieren hoor praten?"

Dolenthousiast kwam Myrte op haar afgerend, pakte haar handen beet en begon samen met haar in de rondte te zwieren. „Je bent het!" joelde ze. „Jij bent de uitverkorene!"

Lydia was zo van haar stuk gebracht dat ze niet wist wat ze moest zeggen. Uitverkorene? Wat voor uitverkorene? En waarom vond Myrte het niet vreemd dat ze dieren hoorde praten?

Buiten adem van opwinding stopte Myrte met ronddraaien. „Meid, je hebt er geen idee van wat dit betekent!"

„Eh, niet echt, nee," reageerde Lydia, terwijl ze de duizeligheid die haar overviel, probeerde te negeren.

„Sorry, sorry, je begrijpt er natuurlijk helemaal niets van!" Zonder Lydia's reactie af te wachten ratelde ze door. „Ik mag je nu nog niets vertellen, maar ik beloof je dat het je binnenkort allemaal duidelijk zal worden. Er moeten eerst nog een aantal dingen geregeld worden. Officieel gedoe, weet je wel." Ze draaide veelbetekenend met haar ogen.

Lydia keek haar aan alsof ze water zag branden. Wat moest er voor officieels geregeld worden? Zo zelfverzekerd als ze zich eerder had gevoeld, zo onzeker voelde ze zich nu.

Myrte zag het en kreunde. „Sorry, ik maak het er geloof ik niet echt beter op. Nu vraag je je natuurlijk helemaal af wat er aan de hand is." Ze keek Lydia blozend aan. „Het enige wat ik je op dit moment kan vertellen is dat we zo voorzichtig doen om jou te beschermen. Dat klinkt waarschijnlijk stom, maar het is echt nodig."

Lydia begreep niet wat er allemaal gebeurde. Sinds wanneer moest zij beschermd worden? Wat was er toch allemaal aan de hand? Ze zuchtte. Hoewel ze niet blij was dat Myrte haar niets wilde vertellen wist ze wel dat ze de waarheid sprak. Bovendien vertrouwde ze haar, dus haalde ze diep adem en knikte aarzelend: „Oké, als jij het zegt."

Myrte wist dat dat een grote stap voor Lydia was en omhelsde haar spontaan. „Dankjewel." Ze zou Lydia's vertrouwen niet beschamen, bezwoer ze zichzelf. Toen ze haar weer losliet, zei ze: „Voor we hier weggaan, wil ik je trouwens nog wel een trucje leren om je gedachten af te schermen, goed? Want die blijven echt alle kanten op vliegen."

Hoewel ze zich er nog steeds een beetje voor schaamde, kon Lydia er nu ook wel om lachen. „Laten we dat maar doen ja, want ik geloof dat ik sommige dingen toch echt liever voor mezelf wil houden."

Myrte was alweer veranderd in haar vrolijke zelf en grijnsde haar ondeugend toe. „Goed, laten we dan maar snel aan de slag gaan om dat kleine ongemakje te verhelpen." Ze liep bij Lydia vandaan en draaide zich na ongeveer vijf meter om. „Dit is om ons beide wat bewegingsvrijheid te geven," legde ze uit, gebarend naar de ruimte tussen hen in, „want hoe dichter we bij elkaar staan, hoe lastiger het voor je zal zijn om de oefening goed uit te voeren. In ieder geval in het begin."

Lydia knikte.

„Oké," begon Myrte, „we beginnen bij de basis. Je voeten staan op heupwijdte. Knieën iets gebogen en je bekken een beetje gekanteld. Zo sta je stevig op de grond en kan de energie ongehinderd door je lichaam stromen. Hoe minder blokkades, hoe beter."

Lydia nam de houding aan die Myrte voordeed.

„Je kunt je armen ontspannen langs je lichaam laten hangen," ging Myrte verder, „of je kunt ze in je zij plaatsen als je meer kracht wilt uitstralen. Op deze manier."

Weer deed Lydia haar na.

„Goed zo. Sluit nu je ogen en beeld je in dat er vanuit je voeten en stuitje wortels de grond in groeien, helemaal tot aan de kern van de aarde." Ze wachtte even voordat ze verder ging. „En wanneer je het gevoel hebt dat dat gelukt is stel je je voor dat je vanuit de hemel beschenen wordt door een helder wit licht. Dat licht zuivert en heelt, en terwijl het door je lichaam stroomt, absorbeert het alle negatieve gevoelens en laat die via je denkbeeldige wortels de aarde in vloeien."

Lydia visualiseerde zich de wortels en het licht, en ontdekte dat ook dat haar verbazingwekkend gemakkelijk afging.

Myrte knikte tevreden. „De laatste stap van deze oefening is dat je jezelf voorstelt in een bol van dat zuivere, witte licht. De bol is overal om je heen: boven, beneden, voor, achter, links en rechts. Hij gaat door materie heen, dus zelfs als je je in een kleine ruimte bevindt, kun je je een grote bol voorstellen. Zo groot als je maar nodig hebt. Voor nu is het voldoende om je de grens van de bol op ongeveer een meter afstand van je lichaam te visualiseren."

Lydia had haar ogen dicht en zag zichzelf in gedachten in een soort reuzenzeepbel staan.

„De wortels die je verbinding vormen met de aarde zorgen ervoor dat je contact houdt met het hier en nu, en het witte licht dat de bol binnenstroomt, zorgt ervoor dat je je geborgen voelt. In je bol ben je veilig, er kunnen geen negatieve gevoelens binnenkomen."

Lydia voelde een vredig gevoel over zich neerdalen. Hoe het kon wist ze niet, maar ze voelde zich inderdaad beschermd.

„En dan nu het trucje dat jij het hardst nodig hebt," zei Myrte met een lach in haar stem. „Alle gedachten en gevoelens die bij jou horen blijven in de bol. Niemand kan erbij komen of ze opvangen, tenzij jíj dat wilt. In dat geval kun je een opening creëren en je gedachten en gevoelens gericht vrijlaten."

Lydia visualiseerde zich dat de rand van de zeepbel werkte als een schild dat haar gedachten en gevoelens tegenhield.

„Goed zo, dat is het!" riep Myrte enthousiast. „Het enige wat je nu nog hoeft te doen is besluiten dat je die bol voortaan altijd om je heen wilt hebben. Neem het je voor, en zoals jij wilt, zal het zijn. Zeg me maar na: Zoals ik het wil, zo zal het zijn."

Lydia herhaalde de woorden „Zoals ik het wil, zo zal het zijn."

„Nog twee keer, met volle overtuiging nu."

Lydia herhaalde de zin tweemaal krachtig, als een soort mantra.

„Heel goed," knikte Myrte tevreden, „en dan gaan we nu de mannen op de hoogte brengen."

Lydia begon te lachen. „En wat gaan we ze precies vertellen dan? Want ik geloof nooit dat Dario en Nick dit," – ze gebaarde om zich heen – „gaan geloven." Als iemand haar voor vandaag verteld had dat struiken met handgebaren uiteen konden worden gedreven en dieren konden praten dan had ze die persoon voor gek verklaard, dus waarom zouden Dario en Nick hen in vredesnaam geloven?

Glimlachend opende Myrte de doorgang in het struikgewas en zei raadselachtig: „Het zal je nog verbazen wat ze allemaal geloven," waarna ze zich met pretlichtjes in haar ogen omdraaide en wegliep.

Verbaasd keek Lydia haar na. Ze keek nog één keer om zich heen en ging toen snel achter haar vriendin aan.

Eenmaal terug op de heide had Myrte haar vol enthousiasme mee naar huis gesleept en Nick gebeld om te vragen of ze die avond konden langskomen om iets te bespreken. Feitelijk had ze zichzelf gewoon uitgenodigd voor het eten, maar blijkbaar was dat geen probleem geweest want voor ze wist wat er gebeurde had Myrte haar thuis de badkamer in gedreven met het advies dat ze maar even lekker moest relaxen in een warm bad zodat ze helemaal klaar zou zijn voor hun date van die avond. Tot zover was alles nog prima geweest, maar juist toen ze eindelijk ontspannen in bad had gelegen, was Myrte de badkamer binnengestormd met de mededeling dat ze zich die avond wel sexy moest kleden. Ze had eraan toegevoegd dat zij haar wel zou helpen met het uitkiezen van een geschikte outfit en was, nadat ze Lydia's kast ondersteboven had gekeerd, teruggekomen met een kort zwart rokje en een nauwsluitend smaragdgroen truitje. Grijnzend had ze opgemerkt dat ze hoopte dat ze het eten zouden overleven, om direct daarna de badkamer weer te ontvluchten.

Ondertussen stond Lydia zichzelf van top tot teen te bekijken in de spiegel terwijl ze zich afvroeg waarom ze de kleding droeg die Myrte had klaargelegd. Natuurlijk wilde ze indruk maken op Dario, maar was dit niet een beetje té? Nerveus plukte ze aan haar truitje terwijl ze haar ogen nog een laatste keer over haar spiegelbeeld liet glijden. De groene kleur van het truitje stond haar goed en de hooggehakte zwarte pumps lieten haar lange, in kousen gestoken benen goed tot hun recht komen onder het zwarte rokje. Haar make-up was subtiel en de met maansteentjes afgezette ketting en oorbellen voegden net iets extra's toe aan het geheel. Ze zag dat haar ogen straalden en er een blos van verwachting op haar wangen lag. „Zullen we gaan?" hoorde ze Myrte vragen. Ze zuchtte nerveus en greep haar tasje van het bed. Ze kon dit.

Het ritje naar Dario's huis duurde niet lang, en toen ze er waren stonden ze als een stel opgewonden tienermeisjes te wachten tot de voordeur werd opengedaan. Lydia voelde zichzelf steeds nerveuzer worden en friemelde aan haar jas. Wat als Dario van gedachten was veranderd en haar niet meer wilde? Dan stond ze mooi voor gek.

Myrte stootte haar zacht aan en zei vrolijk: „Kijk niet zo bezorgd, joh, daar krijg je rimpels van!"

„Ik geloof dat ik een beetje zenuwachtig ben," fluisterde Lydia met dichtgeknepen keel.

Voordat Myrte daarop had kunnen reageren, ging de deur open en verscheen Nick in de deuropening. „Zo," een moment lang keek hij hen sprakeloos aan, maar toen herinnerde hij zich zijn manieren en toverde een charmante lach op zijn gezicht. „Dames, wat fijn dat jullie er zijn, jullie zien er allebei prachtig uit."

Myrte nam de leiding door naar voren te stappen en Nick met haar felrood gestifte lippen een kus op zijn mond te geven. „Bedankt," zei ze hees, terwijl ze hem zwoel aankeek.

Lydia zag Nick ongemakkelijk blozend zijn blik afwenden, terwijl Myrte haar een ondeugende knipoog gaf.

„Zeg Lydia," ging Myrte ongestoord verder, haar arm door die van Nick hakend, „als jij nou eens gaat kijken waar Dario uithangt, dan wil Nick mij ondertussen vast wel een rondleiding door het huis geven. Van buiten ziet het er zo prachtig uit, ik ben benieuwd of het van binnen net zo charmant is."

„Eh, ja, natuurlijk." Nick schraapte zijn keel en keek Lydia vluchtig aan. „Geef mij je jas maar. Dario staat te koken." Hij gebaarde vaag in de richting van de keuken terwijl zijn verhitte blik alweer op Myrte gericht was.

„Oké." Lydia trok haar jas uit en gaf hem aan Nick, waarna ze een stuk zelfverzekerder dan ze zich voelde op de deur afliep die hij had aangewezen.

Dario hoorde Lydia aankomen en legde de lepel waarmee hij in de saus had staan roeren neer. Nog een laatste keer sprak hij zichzelf streng toe dat hij zich niet als een of andere wildeman op haar zou storten. Hij was een volwassen man die zijn hormonen prima in bedwang kon houden, geen hitsige tiener. Helaas had alleen niets hem kunnen voorbereiden op haar sexy verschijning, dus toen hij zich omdraaide en haar in de deuropening zag staan, stokte de adem in zijn keel en laaide het vuur in zijn lichaam in volle hevigheid op. Langzaam liet hij zijn blik over haar heen glijden terwijl zijn mannelijkheid heftig begon te kloppen. Zoals ze daar stond, was ze de droom van iedere man. Een primitief verlangen schoot door zijn lijf. Als hij gedacht had dat hij zichzelf onder controle kon houden dan kwam hij nu mooi bedrogen uit. Zijn lichaam had een eigen wil, hij had helemaal niets te vertellen.

Als aan de grond genageld bleef Lydia staan. De uitdrukking op Dario's gezicht zei meer dan honderd woorden. Pure mannelijke lust was erop te lezen. Ergens ver weg hoorde ze Myrte en Nick lachen, terwijl de tijd in de keuken stil leek te staan.

Seconden verstreken waarin Dario haar verslond met zijn ogen. De kleding die ze droeg, benadrukte haar prachtige lichaam en met haar losse haren zag ze eruit als een ondeugende bosnimf. Zíjn bosnimf. Omdat hij bang was dat hij zich niet zou kunnen inhouden als hij bij haar in de buurt kwam, bleef hij staan waar hij stond toen hij begon te praten. „*Belleza*," zei hij met een stem die hees was van verlangen, „je ziet er oogverblindend uit." Zijn vurige blik boorde zich in de hare en terwijl ze verlegen naar hem lachte, zag hij hoe het rood van haar blosjes zich verdiepte. In zijn achterhoofd mompelde een stemmetje dat hij rustig aan moest doen omdat zij veel minder ervaring had dan hij, maar zijn lijf schreeuwde om ontlading. Terwijl hij zijn uiterste best moest doen om haar niet te bespringen, vervolgde hij op zachte toon: „Heb je enig idee wat je met me doet?"

Vlak voor ze haar blik afwendde, zag hij de pijn in haar ogen. Hij werd overvallen door een vlaag van hete woede en vervloekte de man die haar zo beschadigd had. Als hij dat monster ooit in zijn handen kreeg ... Maar Roy was op dat moment niet belangrijk, bracht hij zichzelf in herinnering, alleen Lydia deed ertoe. En Lydia stond daar, vlak voor zijn neus, kwetsbaar en onzeker. Met een paar passen overbrugde hij de afstand en trok haar met een gefrustreerde grom in zijn armen.

Lydia begreep niet waarom ze ineens aan Roy had moeten denken, maar toen Dario haar in zijn armen nam, was ze op slag alles behalve hem vergeten. Zijn gespierde lichaam drukte tegen het hare en het enige wat ze wilde, was hem voelen en proeven en één met hem worden. Terwijl ze zich hartstochtelijk aan hem vastklampte, hief ze haar gezicht naar hem op, zodat hij zijn lippen op de hare kon drukken en haar mond kon plunderen met zijn tong. Ze streelde zijn gespierde rug en slaakte een kreetje toen hij haar optilde alsof ze niets woog. Omdat ze de grens van schaamte ondertussen voorbij was, sloeg ze haar benen om zijn middel. Het kon haar niet schelen dat haar rokje daarbij omhoog kroop. Ook het feit dat er nog twee andere mensen in huis aanwezig waren, was haar op dat moment volkomen ontschoten.

Dario voelde kanten lingerie en hete, naakte huid tegen zijn vingers en wilde niets liever dan Lydia de kleren van het lijf scheuren en haar ter plekke de zijne maken. Zijn mannelijkheid drukte opgewonden tegen de sluiting van zijn jeans en hij had het gevoel dat hij zou ontploffen als hij zich niet heel snel in haar zou begraven. Op dat moment hoorde hij echter gelach, waardoor hij zich realiseerde dat Nick en Myrte ieder moment de keuken binnen konden komen. Met een spijtig gevoel zette hij Lydia daarom weer neer, terwijl hij diep inademde om zichzelf weer onder controle te krijgen. Terwijl hij een lok haar uit haar gezicht streek en haar intens aankeek fluisterde hij hees: „Straks," waarna hij verleidelijk met zijn tong over haar lippen streek en zijn zin afmaakte met: „De hele nacht."

Ineens verlegen met zichzelf sloeg Lydia haar blik neer en begon haar kleding te fatsoeneren.

Dario pakte haar nerveuze handen en drukte op iedere hand een kus. Terwijl hij één hand losliet om zijn hand onder haar kin te leggen en haar gezicht naar hem op te heffen, keek hij haar aan met ogen die donker waren van verlangen. „Vannacht blijf je hier, bij mij. Dan zal ik je laten voelen wat je met me doet." Bij die woorden zag hij haar ogen oplichten, waardoor het hem de grootste moeite kostte om haar niet over zijn schouder te gooien en als een holbewoner mee te slepen naar zijn bed. Nadat hij haar nog een laatste hete kus had gegeven liep hij naar het aanrecht om het eten te controleren.

Lydia's knieën knikten. Wow! Ze streek met haar vingers over haar lippen. Wat die man toch allemaal met haar deed! Ze had zich nog nooit gevoeld zoals nu, zo vrouwelijk en sexy en begeerlijk.

Op dat moment kwamen Myrte en Nick lachend de keuken binnen. Na één blik op Lydia en Dario wisten ze wat er tussen de twee was voorgevallen, maar om Lydia niet in verlegenheid te brengen, deden ze beiden alsof ze niets in de gaten hadden.

„Hoi Dario," zei Myrte, waarna ze op hem afliep en een kus op zijn wang drukte: „Hulp nodig, of heb je alles onder controle?"

Hij wist dat ze hem plaagde en donders goed wist dat hij zichzelf helemaal niet onder controle had, maar besloot het spel mee te spelen. „Tuurlijk, alles onder controle. Je had toch niet anders verwacht?" zei hij uitdagend. „Het eten is bijna klaar, ga lekker zitten en neem een wijntje."

„Prima," zei Myrte, terwijl ze moeite moest doen om haar gezicht in de plooi te houden. Nadat ze hem nog een kneepje in zijn arm had gegeven, liep ze naar de tafel.

12

Vragend hield Nick twee flessen wijn omhoog „Rood of wit?"

„Doe maar wat het beste bij het eten past," antwoordde Myrte.

„Oké, dan wordt het rood."

Lydia was ondertussen ook aan tafel gaan zitten en nam nadat Nick had ingeschonken een grote slok om haar zenuwen te kalmeren. De smaak van de wijn verraste haar en deed haar denken aan Dario, zowel krachtig en intens als zacht en romig. Terwijl ze voelde dat ze steeds roder werd, zag ze Nick vanuit haar ooghoeken grijnzend naar haar kijken. „Lekkere wijn zeg," zei ze daarom snel.

„Ja hè?" reageerde Dario vanaf het gasfornuis. „Hij komt van het landgoed van mijn ouders in La Rioja." Hij stond nog steeds met zijn rug naar hen toe. „De *Rojo Celestial* is een van hun beste wijnen, dus mochten ze je er ooit naar vragen dan kun je die wijn maar beter de hemel in prijzen," zei hij met een lach in zijn stem.

Lydia nam nog een slokje. Ze vond het ook echt een bijzondere wijn. „La Rioja?" vroeg ze zich hardop af.

„Hm-m," reageerde Dario bevestigend. „Nooit van gehoord? Het is het meest prestigieuze wijngebied in mijn geboorteland. Je zou er een keer mee naartoe moeten gaan, het is er prachtig. Wijnvelden zo ver het oog rijkt. Ik denk dat je het wel wat zou vinden."

Lydia zag Myrte het woord Spanje mimen en kon haar wel zoenen. Kon je nagaan hoe het met haar gesteld was dat ze zich wel zojuist op hem had gestort, maar niet eens wist waar hij vandaan kwam!

Dario had ondertussen de pasta afgegoten en zette die samen met de saus, Parmakaas, stokbrood en een frisse groene salade op tafel, waarna ook hij plaatsnam en ze op de maaltijd aanvielen als een stel uitgehongerde wolven. Opwinding, dacht Myrte, heimelijk lachend om de situatie, deed grappige dingen met een mens. Steels keek ze naar Dario en Lydia. Haar vriendin was een beetje van slag, maar dat zou wel goedkomen. Dario daarentegen wist precies wat hij wilde en ze vond het aandoenlijk om te zien hoe enorm hij zijn best deed om zich in te houden.

„En waar zit jij met je gedachten?" hoorde ze Nick ineens vragen.

„Oh, gewoon," reageerde ze quasi-nonchalant, „meidendingen." Een stuk enthousiaster vervolgde ze: „Lydia en ik hebben het vandaag zo gezellig gehad; we zijn naar het bos geweest en hebben een prachtige ontdekking gedaan!" Aangezien ze het van tevoren niet met hen had besproken, had ze op het juiste moment gewacht om de oefensessie ter sprake te brengen. Vragend werd er van haar naar Lydia gekeken, waarbij die laatste al haar aandacht op haar eten richtte en deed alsof ze niets in de gaten had. Terwijl ze een hand op Lydia's arm legde, spoorde Myrte haar aan: „Nou meid, aangezien jij al het werk hebt verricht aan jou de eer om te vertellen wat we gedaan hebben." Ze knikte haar bemoedigend toe.

Lydia kon nog net voorkomen dat ze zich verslikte in haar eten en vroeg zich opgelaten af hoe ze in vredesnaam kon uitleggen wat ze gedaan hadden zonder als volslagen idioot over te komen. Hoe kon ze hen nou vertellen dat Myrte struiken kon laten bewegen en zij met dieren kon praten? Ze kon het zelf nog niet eens bevatten, laat staan dat ze het kon uitleggen. Dus at ze haar mond zo langzaam mogelijk leeg en wierp Myrte ondertussen smekende blikken toe.

„Ze zijn echt wel wat gewend hoor," zei die echter opgewekt.

Onzeker en een beetje paniekerig keek Lydia de tafel rond terwijl ze aan haar servet frunnikte. Myrte keek haar opgewekt aan, Nick lachte haar bemoedigend toe en Dario keek nog steeds alsof hij haar wilde opeten. Ze kreeg het steeds warmer en wist niet hoe ze moest beginnen.

„Wij zijn ook heksen," hoorde ze Nick ineens zeggen, terwijl hij met zijn hand naar Dario en zichzelf gebaarde.

Met grote ogen keek Lydia hem aan, terwijl Dario en Myrte hem waarschuwende blikken toewierpen.

„Ja kom op, zeg," zei hij verdedigend, hen vermanend aankijkend, „jullie zien toch ook hoe moeilijk dit voor haar is? Wij mogen hier dan mee opgegroeid zijn, voor Lydia is het allemaal nieuw en waarschijnlijk begrijpt ze nog niet de helft van wat er gebeurt. Een beetje support lijkt me dus wel op zijn plek." Myrte had tijdens de rondleiding door het huis al wat laten doorschemeren over de aard van hun activiteiten van die dag, en hoewel hij vastbesloten was geweest er niet over te beginnen, kwam Lydia nu zo hulpeloos over dat hij wel moest.

Lydia wierp hem een dankbare blik toe en vroeg toen aarzelend „Jullie zijn ook heksen ...?"

„Klopt," antwoordde Dario gelaten, een zucht onderdrukkend.

Ze keek hem aan en vroeg: „Dus, eh, jullie kunnen alles wat Myrte ook kan?"

„Hm-m," humde hij bevestigend. „En andere dingen. Een deel van onze krachten en vaardigheden zijn hetzelfde, maar iedere heks heeft ook zijn of haar eigen unieke talenten."

Lydia bleef hem vragend aankijken. Misschien moest ze boos zijn dat hij haar dit niet eerder verteld had, maar eigenlijk was ze gewoon nieuwsgierig. En daarbij, als ze eerlijk was, moest ze bekennen dat ze hem waarschijnlijk ook helemaal niet geloofd had als hij dit voor vandaag verteld had.

„Neem mijn familie als voorbeeld," ging hij verder. „Wij zijn thuis met vijf kinderen die allemaal een andere gave hebben. Mijn oudste broer, Manuel, kan het verleden zien. De broer die na hem komt, Rico, het heden. Mijn oudere zus Carmen ziet de toekomst, mijn jongere zusje Isabel is helderhorend en ikzelf ben heldervoelend."

Tijdens zijn uitleg was Lydia steeds bedenkelijker gaan kijken, en na die laatste woorden keek ze zelfs een beetje boos.

„Even voor alle duidelijkheid," voegde hij er daarom snel aan toe, „gaven mogen alleen ten goede gebruikt worden en nooit voor eigen gewin. Wij zijn wat men noemt witte heksen. We leven volgens een strikte code en hebben gezworen om te vechten voor het licht. Eén van onze regels is dat we altijd eerlijk en oprecht moeten zijn en onze gaven niet mogen misbruiken."

Bij die woorden keek hij haar doordringend aan, om duidelijk te maken dat zijn gevoelens voor haar oprecht waren.

Lydia dacht na. Wat vond ze hier eigenlijk van? Ze had geen idee. Misschien was het beter als ze haar verstand op nul zette, want tot nu toe leek op iedere vreemde gebeurtenis of onthulling wel weer een andere te volgen. Was de wereld altijd zo geweest? En was zij al die jaren dan zo blind geweest? Ze nam nog een slok wijn, in de hoop de storm in haar binnenste daarmee tot bedaren te brengen.

Myrte pakte haar hand vast en keek haar vriendelijk aan: „Weet je, Lyd, niet iedereen is zoals jij. Zoals wíj. Het is een geschenk om zo te zijn." Terwijl ze het zei, kneep ze even zacht in Lydia's hand. „We begrijpen best dat het voor jou een hele schok moet zijn om dit te ontdekken, maar onthoud alsjeblieft dat we er voor je zijn, oké?" Krachtig voegde ze eraan toe: „Je bent niét alleen."

Met een kwetsbare blik keek Lydia haar vriendin aan. Myrte had de spijker op zijn kop geslagen, ze had zich inderdaad even alleen gevoeld. Terwijl ze de tafel rondkeek, zag ze echter niets dan steun en begrip op de gezichten van de mensen die in slechts twee dagen tijd een belangrijke rol in haar leven waren gaan spelen. Dus ademde ze diep in en besloot te vertellen wat ze die middag gedaan hadden. „Vandaag was inderdaad bijzonder," begon ze aarzelend.

Iedereen keek opgelucht en Myrte bedacht zich glimlachend dat haar vriendin echt veel sterker was dan ze zich realiseerde.

Nadat Lydia alles verteld had, stond ze op. Ze waren tussendoor naar de woonkamer verhuisd, waar ze nu voor de glazen pui stond en verlangend naar buiten keek. Het maanlicht gaf de tuin een zachte gloed en bracht bloemen en planten op magische wijze tot leven. Vuurvliegjes dansten vrolijk in het rond en een vosje sloop de tuin door.

Dario kwam achter haar staan en sloeg zijn armen om haar middel terwijl hij zijn hoofd op haar kruin liet rusten. „Mooie hè," zei hij zacht.

Lydia knikte, maar in plaats van naar buiten keek ze nu naar hun spiegelbeeld, dat weerkaatst werd in het glas.

„Wij gaan er vandoor hoor," hoorde ze Myrte achter zich zeggen. Ze probeerde zich om te draaien, maar Dario hield haar tegen.

„Jullie komen er zelf wel uit, toch?" reageerde hij.

Myrte lachte: „Ja hoor, komt goed. Bedankt voor het eten, we zien jullie morgen weer." Ondeugend voegde ze eraan toe „Slaap lekker."

„Hm-m, jullie ook," kaatste Dario de bal terug.

In het glas zag Lydia hoe Myrte Nick achter zich aan sleepte, alsof hij een wild dier was dat afgericht moest worden. Zachtjes begon ze te lachen en werd al snel bijgevallen door Dario, die het tafereel vol leedvermaak had gadegeslagen.

„Zou dat goedkomen, denk je?" vroeg ze hem. „Hij leek zo verloren en zij zo doelbewust."

Dario grinnikte: „Hij is een volwassen man hoor. En geloof me, als hij iets echt niet wil dan gebeurt het niet. Myrte overvalt hem, dat is alles. Volgens mij passen ze perfect bij elkaar. Hij kan wel een beetje spontaniteit in zijn leven gebruiken."

Spontaan was Myrte zeker, dacht Lydia glimlachend. En aardig. Hoewel ze genoeg vriendinnen had, moest ze toegeven dat ze nog nooit zo snel een band met iemand had gevoeld als met haar. Ze had gewoon iets innemends over zich waardoor je je direct op je gemak voelde en helemaal jezelf kon zijn.

Dario draaide haar om in zijn armen. „Waar denk je aan?"

Ze keek hem glimlachend aan: „Aan het feit dat ik Myrte in korte tijd in mijn hart heb gesloten en ook jij en Nick van het ene op het andere moment heel belangrijk voor me zijn geworden. Ik snap nog steeds niet wat er allemaal gebeurt, maar ik ben blij dat ik jullie heb ontmoet." Ze vlijde haar hoofd tegen zijn borst en sloot haar ogen.

Dario voelde een brok in zijn keel. Ze was zo kwetsbaar, zijn betoverende godin. Hij wilde haar alles geven en meer. Hij vreesde dat zijn moeder gelijk had; hij was als een blok voor haar gevallen. Juist toen zijn lichaam zich roerde omdat het meer nodig had dan een simpele omhelzing voelde hij zijn mobieltje trillen in zijn broekzak. „Sorry," mompelde hij tegen Lydia, terwijl hij een kus op haar kruin drukte en zich van haar losmaakte, „ik moet even checken of dit iets belangrijks is." Het feit dat hij om half twaalf 's avonds gebeld werd voorspelde weinig goeds, maar hij wilde haar niet onnodig ongerust maken. Hij keek op het scherm en zag dat het telefoontje afkomstig was van zijn ouders. Terwijl hij naar de keuken liep, vroeg hij „Wil je nog een glas wijn?" Hij zag haar knikken en stak zijn duim op terwijl hij het gesprek aannam. „Pa, ma."

„Dario," hoorde hij zijn vader opgelucht zeggen, „alles goed daar?" De bezorgde ondertoon in zijn stem deed gelijk allerlei alarmbellen rinkelen.

„Ja hoor, alles prima. Wat is er aan de hand?"

„Ik werd net gebeld door Miguel." Even was het stil. „Ze weten het, van Lydia. Xezbeth en zijn volgers zijn onderweg."

„Shit!" gromde hij tussen opeengeklemde kaken door. Xezbeth was een van de demonen van illusie en bedrog. Hij genoot ervan mensen tegen elkaar op te zetten, creëerde overal waar hij kwam chaos en was een van de handlangers van Typhon.

„Zeg dat wel, ja." Wederom stilte.

Dario luisterde naar het tikken van de klok terwijl hij wachtte op instructies. Hij wist dat zijn vader op dat moment nadacht en alle mogelijkheden tegen elkaar afwoog. „Ik geloof dat het tijd is om Lydia een spoedcursus geven," hoorde hij hem uiteindelijk zeggen. „Het wordt te gevaarlijk, we mogen geen tijd meer verliezen."

„Hoe ver zijn jullie?" hoorde hij zijn moeder gelijk daarop vragen.

„Ze heeft vandaag ontdekt dat zij een heks is en dat wij ook heksen zijn, dat is hoe ver we zijn," antwoordde hij enigszins bokkig.

„Oké, momentje nog," hoorde hij zijn vader zeggen, waarna hij in de wacht werd gezet zodat dat zijn ouders samen konden overleggen. Na een paar minuten kwamen ze weer aan de lijn met de mededeling: „We willen dat jullie met zijn vieren naar Zweden gaan, naar de villa. Vandaag nog. Lydia heeft veel te leren en moet ongestoord kunnen oefenen. Ze moet op de hoogte gebracht worden van de voorspelling en alle gevaren die op de loer liggen en zichzelf leren verdedigen, zowel fysiek als spiritueel. De villa in Zweden is daarvoor de meest geschikte plek." Dario wreef over zijn gezicht. Dit was waar hij al bang voor was geweest; hij had haar net pas gevonden en nu al was ze in gevaar.

„Dario," de stem van zijn vader klonk ineens meelevend, „het komt allemaal wel goed, echt, daar zijn je moeder en ik van overtuigd. Op dit moment is het alleen zaak om Lydia extra goed te bewaken. Jij en Nick weten wat jullie moeten doen, jullie zijn hier je hele leven voor getraind. En volgens je moeder weet Myrte ook van aanpakken, die twee hebben elkaar vanmorgen ontmoet. Dus nu moet alleen Lydia nog klaargestoomd worden, en we hebben er alle vertrouwen in dat jullie dat op korte termijn voor elkaar kunnen krijgen."

Nadat ze de details hadden besproken en zijn vader bevestigd had dat hij contact zou opnemen met Nick en Myrte om hen op de hoogte te brengen van het plan, pakte Dario de wijnfles. Hij moest Lydia ervan zien te overtuigen dat het noodzakelijk was om komende tijd in een villa in Zweden te bivakkeren om meer over haar afkomst te leren. Hij wist alleen niet of hij haar moest vertellen dat dat ook in verband met haar veiligheid noodzakelijk was. Hij wilde niet tegen haar liegen, maar hij wilde haar ook niet onnodig overstuur maken; ze had momenteel al genoeg te verwerken. Terwijl hij terugliep, dacht hij na over zijn dilemma en besloot dat hij het zou laten afhangen van haar reactie. Wat hij in de woonkamer aantrof, leidde hem echter zo af dat hij besloot dat het bericht van zijn vader nog wel even kon wachten. Lydia had haar pumps uitgedaan en lag in een sexy pose op de bank terwijl ze hem verlangend aankeek. Dat was meer dan hij aankon, dus zette hij de wijnfles op tafel en tilde haar met een snelle beweging op in zijn armen.

Terwijl Dario met twee treden tegelijk de trap op liep, keek Lydia hem met grote, verwachtingsvolle ogen aan. Hij maakte de deur van de slaapkamer met zijn ellenboog open en liep in een rechte lijn op het bed af. Kalm aan! sprak hij zichzelf in gedachten toe, terwijl hij haar voorzichtig op het bed liet zakken en een paar keer diep in- en uitademde om zichzelf weer enigszins onder controle te krijgen.

Lydia streek met haar hand over het beddengoed en kon een glimlach niet onderdrukken. Satijn, hoe kon het ook anders. Ze sloeg haar ogen op en zag dat ze op een prachtig houten hemelbed lag. Een enórm hemelbed. Tijd om de rest van de kamer in zich op te nemen had ze niet, want op dat moment eiste Dario al haar aandacht op door zich langzaam op haar te laten zakken. Steunend op een ellenboog, zodat hij haar niet plette onder zijn gewicht, keek hij haar verlangend aan en ze voelde hoe ze over heel haar lichaam begon te trillen. Zijn blik zette haar in vuur en vlam. De wilde beloftes die daaruit spraken, maakten dat ze zich op en top vrouw voelde en zich met hart en ziel aan hem wilde geven.

Dario vond het heerlijk om naar haar te kijken en te zien hoe ze op hem reageerde. Ze was zo puur en ongeremd, zo oprecht. Haar ogen waren donker van hartstocht en haar lichaam reageerde op zelfs de lichtste aanraking. Hij wilde iedere centimeter van haar verkennen en zich in haar begraven tot ze zijn naam uitschreeuwde van genot. Terwijl hij diep in haar ogen keek zag hij zowel verlangen als angst, en voordat hij haar mond met de zijne bedekte, beloofde hij zichzelf plechtig dat hij haar van dat laatste zou bevrijden.

Toen zijn lippen de hare eindelijk raakten, had Lydia het gevoel dat ze getroffen werd door de bliksem. Het was net alsof er een miljoen volt door haar lichaam raasde en Dario de enige ter wereld was die haar kon ontladen. Ze wist niet wat ze meemaakte! Al haar eerdere ervaringen verdwenen naar de achtergrond terwijl hij haar opeiste. Ze voelde de angst van zich afvallen en wilde zich aan hem geven. In haar hart wist ze gewoon dat hij haar nooit pijn zou doen.

Dario voelde haar overgave. Voelde hoe ze haar terughoudendheid en angst losliet en haar verrukkelijke, zachte lichaam naar het zijne voegde. Hoewel de intensiteit van het gebaar hem overviel en hij het liefst alle remmen los zou gooien wist hij zijn hoofd erbij te houden. Lydia schonk hem haar vertrouwen en hij zou voorzichtig met haar zijn, hoe sterk zijn eigen drang tot ontlading ook was. Hij verdiepte de kus met een tederheid die diep uit zijn hart kwam terwijl hij zijn vingers zacht over haar wang liet dwalen.

Lydia had niet geweten dat haar lichaam zo gevoelig kon zijn. Hoe was het mogelijk dat Dario haar zó opwond? Alsof ze geen eigen wil meer had. Vol genot draaide en kronkelde ze onder hem en gaf zich over aan zijn vaardige handen en tong. Hij plaagde de gevoelige huid van haar hals met zijn lippen, trok een spoor van vurige kusjes en beet zachtjes in haar nek. Ze kreunde van genot en duwde zich tegen hem aan terwijl ze haar handen over zijn sterke, gespierde rug liet dwalen. Ze genoot van het gevoel van zijn soepele spieren onder haar vingers en de wetenschap dat zij de sidderingen die door zijn lijf gingen veroorzaakte. Even maakte Dario zich van haar los om zijn overhemd uit te trekken en de aanblik van zijn gespierde, gebronsde lijf deed haar adem stokken. Jemig, wat was hij mooi, net een Griekse god. Ze stak haar handen naar hem uit en liet haar vingers genietend over zijn borst en buik dwalen. Terwijl zijn lichaam zachtjes schokte, bevochtigde ze haar lippen met haar tong. Ze voelde zich baldadig, alsof de wereld op dat moment van haar was en alles kon en mocht.

Dario bleef doodstil zitten, volledig in haar ban. Sissend haalde hij adem terwijl hij de grootst mogelijke moeite moest doen om zich in te houden. Hij sloot zijn ogen en voelde zijn lichaam reageren op haar strelingen. Daar waar haar vingers hem aanraakten, ontvlamde zijn huid en trokken zijn spieren samen. Bij de goden, wat wilde hij haar graag bezitten! Zijn mannelijkheid duwde hard tegen de sluiting van zijn jeans, wachtend om bevrijd te worden.

Lydia zag welk effect ze op hem had en genoot van haar macht. Met een brutale glimlach veerde ze overeind om haar lippen op zijn borst te drukken en zijn zalige geur te inhaleren. Hij rook mannelijk en kruidig en heet. Plagend likte ze aan zijn tepel, om er vervolgens zacht haar tanden in te zetten.

Grommend schoof Dario zijn handen onder haar truitje, waarna hij het kledingstuk met één snelle beweging uittrok.

Bewonderend keek hij naar het smaragdgroene kant dat haar borsten omhulde. Ze had de prachtigste borsten, vond hij. Vol en stevig, en door het kant heen zag hij haar tepels fier vooruit steken. Zonder aarzeling ontdeed hij haar van het kledingstuk, waarna hij zijn mond eerst om de ene en daarna om de andere tepel sloot, genietend van haar gekronkel en het gekreun dat aan haar lippen ontsnapte.

Lydia kromde haar rug en was blij dat Dario haar ondersteunde met zijn arm. Hij zoog en beet zachtjes, en ze voelde hoe het tussen haar benen steeds heter en vochtiger werd. Ze was verloren, realiseerde ze zich vaag, compleet verloren.

Voorzichtig liet Dario haar achteroverzakken om zich weer op haar mond te storten. Ze smaakte naar vrouw en wijn en passie. Terwijl hij haar mond veroverde met zijn tong streek hij vederlicht met zijn vingers over haar huid en merkte daarbij tot zijn verrassing dat hij niet alleen haar maar ook zichzelf daarmee stapelgek maakte. *Dios,* wat was ze verrukkelijk! Zo puur en hartstochtelijk. Hij gromde diep in zijn keel en streelde zacht de binnenkant van haar dijen, waardoor ze onbeheerst begon te schokken. Hij liet zich verder op haar zakken zodat hun naakte bovenlichamen elkaar raakten en wreef met zijn lichaam over het hare. Het verlangen om één met haar te worden was bijna niet meer te houden.

Lydia kon niets anders doen dan zich volledig aan hem overgeven en genieten. Genieten van zijn aanrakingen, genieten van zijn geur, genieten van zijn smaak. Hij was de fantasie van iedere vrouw en op dat moment was hij van haar.

Dario wist dat hij het niet lang meer zou volhouden. Hij streelde haar heupen en maakte zijn mond los van de hare om die tergend langzaam via haar hals, borsten en buik naar beneden te laten glijden. Zijn vingers bewogen ondertussen steeds dichter naar haar meest intieme plekje toe, tot hij ze uiteindelijk onder haar smaragdgroene, kanten slipje liet glijden en zacht haar knopje begon te masseren.

Kronkelend, kreunend en week van verlangen lag ze onder hem. Ze duwde haar nagels verlangend in zijn schouders, woelde door zijn dikke zwarte haren en trok er zachtjes aan, en terwijl hij zich ophief, bedacht ze nogmaals dat hij eruitzag als een god.

Even maakte Dario zich van haar los om haar rokje uit te trekken. Ze had ellenlange, betoverende benen, bedacht hij zich. Hij streelde en masseerde ze, gebruikte zijn vingers en lippen om ze te verkennen en bewonderde ze net zolang tot hij zag dat Lydia het niet meer uithield. Pas toen stroopte hij haar kousen af, waarbij zijn tong iedere vrijgekomen centimeter van haar huid onderzocht.

Lydia lag te kronkelen en te draaien en hield de satijnen lakens vast in haar tot vuisten gebalde handen. Ze wilde niet meer wachten en moést hem in zich voelen. Nu! Terwijl Dario zijn mond op haar slipje wilde drukken, greep ze hem beet en trok hem omhoog, waarna ze aan zijn riem begon te sjorren.

Hij keek haar vurig aan en fluisterde schor van verlangen „Heb je haast, *mi cielo*?"

Lydia kreunde iets instemmends en morrelde verder aan de sluiting van zijn jeans. Het feit dat hij Spaans tegen haar sprak, wond haar enorm op.

„Laat mij maar," gromde hij, terwijl hij opstond en zich vlug van zijn resterende kleding ontdeed.

In al zijn pracht stond hij voor haar, mannelijk en trots en gespierd. Ze kon haar ogen niet van hem afhouden, wat was hij groot!

Met een onverwacht snelle beweging ontdeed hij ook haar van haar slipje, waarna hij weer op bed klom en haar gezicht overlaadde met kusjes. Hij wilde haar geruststellen en laten weten dat hij niets zou overhaasten, maar juist toen hij omlaag wilde dwalen om haar vrouwelijkheid te verwennen met zijn mond hield ze hem tegen. Ze keek hem hartstochtelijk aan en zei met hese stem: „Ik wil je in me voelen." Dario aarzelde, hij wilde haar niet bang maken, maar toen ze hem smekend bleef aankijken en ademloos „alsjeblieft" fluisterde was hij verloren. „Kijk me aan," zei hij schor, terwijl hij haar benen spreidde en er tussen ging liggen, „ik wil dat je me in mijn ogen kijkt als we één worden."

Verwachtingsvol hield Lydia haar adem in, en terwijl Dario alles op alles zette om zich in te houden, voelde ze hem voorzichtig bij zich naar binnenglijden. Verrukt kreunend sloot ze haar ogen. Dit was wat ze nodig had. Dit was wat ze wilde. Dit was hoe het hoorde te zijn.

Dario sabbelde op haar oorlelletje en beet er plagend in, waarna hij fluisterde: „Kijk me aan." Ze deed wat hij zei en opende haar ogen, en terwijl hij langzaam en uiterst geconcentreerd begon te bewegen, zag hij een vloed aan emoties over haar gezicht glijden. Verbazing, hartstocht, overgave, genot, plezier.

Lydia wist niet wat haar overkwam, zoals nu had ze zich nog nooit gevoeld. Ze sloeg haar benen om Dario's heupen om hem dieper in zich op te nemen en begon samen met hem te bewegen.

Dario kon zich niet langer inhouden. Hij voerde het tempo op en stootte keer op keer in haar. Nog nooit had zijn samenzijn met een vrouw zo perfect aangevoeld. Dit was meer dan lust en lichamelijke bevrediging; het was een samensmelten van lichaam en ziel. Hij gaf zich over aan de ervaring, gaf zich over aan de vrouw die hem haar vertrouwen had geschonken en legde op dat moment zijn hart in haar handen.

Lydia bevond zich in een wervelwind van sensaties waarin Dario haar enige houvast was. Hij zweepte haar op en nam haar mee, steeds hoger en hoger, tot haar lichaam gilde om ontlading.

Dario voelde haar hoogtepunt naderen en fluisterde hees: „Kijk me aan, *mi cielo*, ik wil je zien als je klaarkomt." Lydia opende haar ogen, en terwijl ze haar hoogtepunt bereikte, liet ook hij zich gaan en stegen ze samen op naar de sterren.

13

Hijgend lagen ze na te genieten in het grote hemelbed. Lydia had haar hoofd op Dario's borst gevlijd en streelde zacht zijn buik, wat hem een warm gegrinnik ontlokte.

„Als je zo doorgaat, kunnen we vannacht een seksmarathon houden, *cariña*," klonk het loom en uitdagend.

Met een ondeugend lachje keek ze hem aan terwijl ze omhoogschoof om hem een kus te geven. „Goed idee," reageerde ze hees, haar lichaam verleidelijk tegen het zijne aanwrijvend. Ze voelde zich wonderbaarlijk ontspannen en onbeschaamd.

Kreunend greep hij haar bij haar billen om haar dichter tegen zich aan te trekken zodat ze kon voelen dat hij alweer helemaal klaar voor haar was. Helaas schoot hem op dat moment het gesprek met zijn ouders te binnen, waardoor hij gefrustreerd zuchtte. Toen hij Lydia's vragende blik zag, verklaarde hij: „Zoals je waarschijnlijk wel doorhad, waren dat mijn ouders aan de telefoon daarstraks. Ze willen dat we een tijdje naar de villa in Zweden gaan. En met we bedoel ik jij en ik, Myrte en Nick."

Lydia wist niet goed wat ze zeggen moest. De villa in Zweden? Hun villa? Hoeveel huizen hadden die mensen wel niet? „De villa in Zweden," echode ze daarom, waarna ze haar keel schraapte en vroeg: „Hoeveel huizen heeft jouw familie eigenlijk?"

Dario zag haar ongemakkelijk kijken en probeerde het uit te leggen: „Aardig wat, maar dat zijn allemaal huizen die al generaties lang in de familie zijn en van ouder op kind worden doorgegeven. Door dat systeem komt er steeds iets bij." Toen Lydia na die uitleg nog steeds bezorgd keek, besloot hij dat afleiding de beste oplossing was. „We hoeven pas over twee en een half uur op het vliegveld te zijn, dus we kunnen nog even wat slapen als je wilt," zei hij op onschuldige toon, terwijl hij zijn vingers in een spiraalvormige beweging over haar rug en billen liet dwalen.

Spottend keek ze hem aan: „Denk maar niet dat ik niet doorheb wat je aan het doen bent, meneertje."

Grijnzend keek hij terug. „Echt? Wat doe ik dan?"

Ze trok een gezicht en zei quasi-hooghartig: „Als je denkt dat ik me zomaar aan je voeten werp omdat je rijk en sexy bent dan heb je het mooi mis. Daarvoor zul je met iets beters moeten komen."

Dat was de enige aanmoediging die Dario nodig had. Soepel rolde hij haar op haar rug en stortte zich enthousiast op haar om haar te overtuigen.

Na een hartstochtelijke vrijpartij, gevolgd door een gezamenlijke douche waarbij ze nogmaals de liefde bedreven, stonden ze eindelijk aangekleed in de keuken. Lydia keek op de klok en zag dat er in de tussentijd bijna anderhalf uur was verstreken. „O nee, dat halen we nooit!" streste ze. „We hebben nog maar een uur om op het vliegveld te komen en ik moet nog langs huis om kleding te pakken en meneer en mevrouw Lahtinen te vertellen dat ik op vakantie ga en komende tijd dus niet met Fido kan wandelen." Ze keek Dario paniekerig aan.

Hij keek geamuseerd terug en zei op droge toon „Dus jij denkt dat het een goed idee is om om vier uur 's nachts bij je buren aan te bellen? Hoe oud zijn die mensen ook alweer? Ik zou het vervelend vinden als we ze een hartaanval bezorgen."

Ze zag zijn ogen ondeugend glinsteren en wist dat hij haar plaagde. Natuurlijk had hij gelijk, dacht ze, maar ze wilde haar buren toch laten weten waar ze heenging en hoe ze haar konden bereiken in geval van nood. Bovendien vond ze het helemaal geen fijn idee dat ze hen de komende tijd niet kon helpen met Fido. Ze zette haar handen in haar zij en wierp hem een opstandige blik toe.

„We kunnen Kamilla vragen of ze wat kleding voor je wil inpakken en nasturen, en ook of ze even bij je buren wil langsgaan om uit te leggen dat je onverwachts de mogelijkheid had om op vakantie te gegaan," opperde Dario. „Dat wil ze vast wel doen."

Lydia dacht na. Waarschijnlijk was dat inderdaad wel beter dan midden in de nacht aanbellen.

Dario zag dat ze bijna overstag ging en deed er nog een schepje bovenop: „Je kunt de eerste paar dagen vast wel wat kleding van Myrte lenen, cariña. Volgens mij hebben jullie ongeveer dezelfde maat en ik weet zeker dat ze dat geen probleem zal vinden. En als je dat niet wilt, ligt er waarschijnlijk ook nog wel wat kleding van mijn zussen en moeder in de villa. Of jij en Myrte gaan gezellig winkelen."

Met samengeknepen ogen keek Lydia hem aan. „Je hebt het al helemaal uitgedacht, hè?"

„Hm-m," humde hij bevestigend, om er quasi-voldaan aan toe te voegen: „Voordeel van onze training. We leren om snel te denken en handelen."

Ze maakte een geluidje om haar onvrede te uiten, maar gaf zich toch gewonnen en zuchtte schouderophalend: „Oké, laten we maar snel gaan dan, anders komen we echt te laat. Als we dat niet al zijn." Ze wierp een bezorgde blik op de klok. „We hebben drie kwartier om op het vliegveld te komen, in te checken en te boarden. Dat redden we nooit."

„Tuurlijk wel," reageerde hij nonchalant. „Nick en Myrte zijn al op het vliegveld om alles voor te bereiden dus we kunnen straks in één keer door. Als we met de Harley gaan, redden we het makkelijk."

Ze keek sceptisch naar haar korte rokje. Moest ze hiermee op zijn motor gaan zitten? Charmant.

Dario grijnsde ondeugend en trok haar naar zich toe. „Weet je hoe sexy een vrouw in een kort rokje eruitziet op een Harley?" gromde hij tussen twee kussen door. „Het is dat we echt weg moeten, anders had ik nu iets heel anders met je gedaan op die motor." Hij wierp haar een hete blik toe. Ze hadden elkaar nu drie keer bemind, maar dat was bij lange na niet genoeg om zijn honger naar haar te stillen.

Plagend beet Lydia hem in zijn lip, waarna ze zich uit zijn armen losmaakte en uitdagend heupwiegend naar de deur liep. Hij wist haar zo af te leiden dat haar zorgen alweer bijna vergeten waren. En wat hij kon, dat kon zij ook! In de deuropening bleef ze staan en keek hem over haar schouder heen aan. Toen ze zag dat hij met een verlangende blik naar haar billen keek kon ze een grijns niet onderdrukken: gelukt! „Nou, kom op dan. Als we dan toch met de Harley gaan kun je me maar beter een helm geven, anders worden we straks aangehouden door de politie en missen we onze vlucht zeker."

Dario kreunde gepijnigd, wat een vrouw! Helaas had ze wel een punt. Wilden ze hun tijdslot niet missen dan moesten ze nu echt wel gaan. Dus pakte hij zijn reservehelm, zette die op haar hoofd en nam haar mee naar buiten. „Klaar?" vroeg hij, nadat hij zijn eigen helm had opgezet en op de Harley was gestapt. Toen Lydia knikte en lachend achter hem ging zitten verspreidde zich een warm gevoel door zijn borst.

Doordat Dario er onderweg flink de vaart in hield, kwamen ze een kwartier voor tijd aan op het vliegveld. Ze hadden het geluk dat ze niet bij de normale ingang hoefden te zijn, maar konden doorrijden naar de privé-ingang aan de zijkant van het terrein. De bewaker die bij de poort zat, opende de slagboom zonder dat Dario hoefde te stoppen en hief slechts zijn hand op als groet. Lydia's mond viel open terwijl ze om zich heen keek. Ze reden met de Harley op het vliegveld! Dat kon toch niet zomaar!?

Dario reed naar een van de hangars, waar hij de motor tot stilstand bracht en zijn helm afzette. „We zijn er."

Lydia stapte zo charmant mogelijk af, trok haar rokje naar beneden en zette haar helm af, om vervolgens met grote ogen naar de privéjet te kijken die voor haar stond. Blijkbaar was de familie Los Velez nog vele malen rijker dan ze in eerste instantie gedacht had, dacht ze perplex.

„Goh, kon je de weg nog vinden," hoorde ze Nick op droge toon aan Dario vragen, waarna hij serieus werd en zei: „Ze is helemaal afgetankt, dus wat mij betreft kunnen we gaan. Over tien minuten moeten we de lucht in." Hij wendde zich lachend tot Lydia en zei knipogend „Heeft onze macho zich een beetje gedragen onderweg?"

Net toen ze antwoord wilde geven hoorde ze Myrte roepen. „Lydia! Kom kijken hoe gaaf dit vliegtuig is!" Ze stond enthousiast te zwaaien vanuit de deuropening van de jet.

Terwijl Lydia zich samen met Dario en Nick in de richting van de trap begaf, kwam er een oudere man in een overall op hen aflopen.

„*Miss*," groette hij Lydia, terwijl hij lachend tegen zijn pet tikte.

Verlegen lachend beantwoordde Lydia zijn glimlach.

„*Sir*," knikte hij vervolgens naar Dario, „ze is klaar voor vertrek."

„Dank je Joe, ik zie dat je weer goed voor haar gezorgd hebt." Dario schudde de man zijn hand, wisselde wat woorden met hem en ging vervolgens samen met de anderen het vliegtuig binnen.

Eenmaal binnen zag Lydia hoe Nick de deur vergrendelde, waarna Joe de trap wegreed van het vliegtuig. Vragend keek ze Dario aan en vroeg: „Is de piloot er al?" Met een stralende blik voegde ze eraan toe: „Denk je dat ik straks even in de cockpit mag kijken? Dat heb ik altijd al een keer willen doen!"

Hij keek haar met twinkelende ogen aan en zei: „Uiteraard, *Miss*. De bemanning staat volledig tot uw beschikking en laat uw wensen graag in vervulling gaan." Terwijl hij het zei, maakte hij een kleine buiging, waarna hij haar hand pakte om er een kus op te drukken.

„Jaja, straks, tortelduifjes," kwam Nick ertussen, „anders zijn we te laat voor ons tijdslot!" Ongeduldig trok hij de breed grijnzende Dario achter zich aan naar de cockpit.

De mannen waren zelf piloot, dacht Lydia stomverbaasd.

„Is het niet opwindend!?" zei Myrte, terwijl ze Lydia's hand pakte en haar meetrok naar iets dat eruit zag als een salon. „Moet je kijken wat een luxe!" Met gespreide armen draaide ze een rondje om haar as en zei lachend: „Ongelofelijk, vind je niet!?"

„*Liefallige dames, neem alstublieft plaats in een van de fauteuils en maak uw stoelriem vast. Over enkele ogenblikken zullen we naar de startbaan taxiën om aan onze vlucht naar Arvidsjaur te beginnen. Zodra het veilig is om de stoelriemen weer los te maken, komen we bij u terug,*" klonk Dario's stem over de luidspreker.

Lydia ging braaf zitten en keek met grote ogen om zich heen. In wat voor sprookje was ze in vredesnaam terechtgekomen? Overal waar ze keek zag ze warme tinten bruin en beige, zachte stoffen en dik tapijt. Er waren comfortabele leren fauteuils, notenhouten tafeltjes, grote tv schermen en zelfs een bar met barkrukken! Alles in het vliegtuig straalde luxe en goede smaak uit.

„Heb je ooit zoiets gezien?" fluisterde Myrte, die tegenover haar was gaan zitten, opgewonden.

„Nou nee," reageerde Lydia, terwijl ze een hand op haar buik legde om de kriebels van opwinding in bedwang te houden.

„Eh, je hebt al wel eerder gevlogen, toch?" vroeg Myrte ongerust, terwijl het vliegtuig zich in beweging zette.

„Ja, dat wel, maar nog niet zo vaak en al helemaal niet zo luxe als dit." Lydia zag hoe ze het grote gebouw van de luchthaven voorbij taxieden en bedacht zich dat het toch echt wel zijn voordelen had om rijk te zijn. Je hoefde niet te wachten voor de incheckbalie, stond niet eeuwig te wachten bij de gate en hoefde niet de hele vlucht naast iemand te zitten die stonk. Zachtjes begon ze te giechelen. Toen ze zag dat Myrte haar vragend aankeek, zei ze vrolijk „Helemaal niet verkeerd dit, het gaat allemaal een stuk sneller dan normaal en je hebt geen last van vervelende medepassagiers."

Nu moest ook Myrte lachen. „Tja," reageerde ze, haar vriendin een plagende knipoog gevend, „het heeft zo zijn voordelen om een rijk vriendje te hebben."

Tijdens het opstijgen zeiden ze verder niet veel. Af en toe wezen ze elkaar op iets in het steeds kleiner wordende landschap, maar verder waren ze beiden in gedachten verzonken. Lydia legde haar hoofd tegen de stoelleuning en sloot haar ogen. Waar was ze toch in verzeild geraakt? Magie, rijkdom, seks. Zaken waar ze eerder niets mee te maken had gehad, leken nu ineens de boventoon te voeren in haar leven.

„Je zit toch niet te piekeren, hè?" hoorde ze Myrte vragen.

„Mwah, misschien een beetje." Ze opende haar ogen en wierp haar vriendin een sceptische blik toe. „Ik had mezelf toch afgeschermd?"

„Klopt," reageerde Myrte lachend, „maar als je piekert ga je zitten fronzen, dan krijg je van die schattige denkrimpels tussen je wenkbrauwen."

„Oh, aha." Even was Lydia stil. „Ik zat me te verwonderen over het feit dat dit allemaal zo onrealistisch is. Een week geleden kende ik jullie niet, dacht ik dat magie alleen in boeken en films bestond en was er nihil activiteit binnen mijn seksleven. Mijn leven was zó anders dat dit gewoon een hele andere realiteit lijkt, alsof er twee werelden zijn. Straks word ik wakker en blijkt alles een droom te zijn geweest." Bij dat idee voelde ze haar hart samenknijpen.

„Geloof me meid, dat gebeurt niet. Jij bent voorbestemd voor grote dingen en dat je daar nu pas achter komt, heeft zo zijn redenen. Vraag me niet hoe of waarom, het enige wat ik weet is dat het universum dingen op haar eigen tijd en manier doet." Ze tikte peinzend met haar vingers tegen haar lippen. „Ze zeggen dat de mentor zich aandient als de leerling er klaar voor is, dus misschien dat we er nu pas allemaal klaar voor zijn."

„*Lieve dames, het vliegtuig heeft zich ondertussen gestabiliseerd dus de stoelriemen mogen weer losgemaakt worden. Rondlopen is toegestaan en het ontbijt staat klaar in de keuken. Neem gerust een kijkje in het toestel, en mochten er verder nog vragen zijn dan staan uw piloten Nicolae de la Soare en Dario los Velez geheel tot uw beschikking. Wij wensen u verder een prettige vlucht naar Zweden en komen tegen het einde van de vlucht nogmaals bij u terug.*"

De twee vrouwen keken elkaar opgewonden aan en begonnen te lachen. „Kom!" Lydia had de riem losgemaakt en was opgesprongen uit haar fauteuil. „Heb jij alles al bekeken?" fluisterde ze terwijl ze de ruimte rondkeek. Waarom ze fluisterde wist ze niet, om de een of andere reden leek dat bij een vliegtuig te horen.

Myrte glunderde „Zeker! Van binnen en buiten. Nick en ik waren namelijk wél ruim op tijd op het vliegveld, in tegenstelling tot twee andere personen die ..." Ze zweeg even en knipperde veelbetekenend met haar wimpers. „... zo druk bezig waren met andere dingen dat ze alles om hen heen vergeten waren en op de valreep binnen kwamen vallen." Toen ze Lydia rood zag worden, schaterde ze het uit „Maak je toch niet zo druk, joh! Seks hoort bij het leven, hoor."

Lydia keek haar schaapachtig aan: „Ik weet het. Het is gewoon ... Ik ben dit niet gewend, weet je. Na Roy –" ze kapte zichzelf af en trok een gezicht. Ze had helemaal geen zin om over hem en het verleden te praten. Ze wilde gewoon lol maken en genieten van alles wat ze meemaakte met haar nieuwe vrienden.

„Moeilijke relatie gehad?" zei Myrte begrijpend. Nick had haar erover verteld, maar ze wilde Lydia niet in verlegenheid brengen door te laten blijken dat er achter haar rug om over haar gepraat werd. Ze hoorde Lydia een instemmend geluidje maken en zei: „Tja, je hebt er altijd klootzakken tussen zitten. Wie hij ook was, vergeet hem, hij is niet belangrijk." Ze maakte een wapperend gebaar met haar hand, alsof ze een vervelend insect wegjoeg. Op suggestieve toon ging ze vervolgens verder: „Dario daarentegen ..."

Juist op dat moment stapte Nick de ruimte binnen. Hij lachte hen warm toe en zei tegen Lydia „Mocht je een kijkje willen nemen in de cockpit, er is zojuist een stoel vrijgekomen."

Met stralende ogen keek Lydia naar Myrte, die in de richting van de cockpit knikte. „Wegwezen jij, er zit iemand op je te wachten. Nick houdt mij wel gezelschap."

Lydia had het gevoel dat ze zweefde, zowel letterlijk als figuurlijk, en stormde opgewonden de cockpit binnen.

Dario voelde haar al voordat hij haar zag en draaide zijn hoofd lachend in haar richting. Hoewel hij gewend was aan de luxe in zijn leven en tijdens zijn opleiding veel had gevlogen bleef het ook voor hem bijzonder om in de lucht te zijn. En dat hij die ervaring nu met Lydia kon delen, maakte het alleen nog maar beter.

Even dwaalden zijn gedachten af naar zijn opleiding. Los van alle vechtsporten en wapentraining was het onderdeel van de opleiding geweest om alle mogelijke voertuigen te leren besturen; ter land, ter zee en in de lucht. Je kon het zo gek niet bedenken of het eliteteam kon ermee uit de voeten. Ze leerden ook duiken met en zonder zuurstof, parachutespringen, klimmen met en zonder uitrusting, en moesten een maand zien te overleven in de natuur zonder ook maar enig hulpmiddel. En dan waren er natuurlijk nog de magische aspecten van de training. Al met al zorgden de vele uitdagingen ervoor dat alleen de beste leerlingen de opleiding wisten af te ronden. Hij was als beste van de besten geslaagd en zou ervoor zorgen dat niemand Lydia kwaad zou doen.

„Waar denk je aan?" vroeg ze. „Je leek even heel ver weg."

Teder pakte hij haar hand beet. „Ik dacht eraan hoe fijn ik het vind om dit met je te delen."

Door de warme glimlach die hij haar schonk, maakte haar hart een sprongetje en begonnen haar knieën te knikken.

„Ga lekker zitten," hij gebaarde uitnodigend naar de stoel van de copiloot, „dan mag je ook even vliegen."

„Wat," reageerde ze ademloos, „mag dat zomaar!?"

„Nou, eigenlijk niet, maar ik zit naast je en er is hierboven niemand om ons op de vingers te tikken." Hij knipoogde ondeugend en zei grijnzend: „Af en toe is het best leuk om een beetje stout te zijn."

Opgewonden ging ze naast hem zitten terwijl hij uitlegde hoe alles werkte en vervolgens de stuurknuppel aan haar overdroeg. Ze genoot met volle teugen, en nadat ze de eerste helft van de vlucht samen met hem in de cockpit had doorgebracht, kwamen Nick en Myrte hen aflossen en had ze de gelegenheid om het vliegtuig te bekijken. Dario leidde haar rond, waarbij hij haar vermaakte met grappige anekdotes over zijn familie en Nick, en voor ze het wist was de vlucht ten einde en zat ze weer samen met Myrte in de salon terwijl de mannen de daling inzetten. Alles bij elkaar was het een vlucht om nooit te vergeten, en toen het toestel de grond raakte in Zweden leek de magische reis zich voort te zetten in winterwonderland.

14

Nadat ze in Arvidsjaur geland waren en de Volvo XC90 hadden opgehaald die voor hen was achtergelaten op het vliegveld gingen ze op weg naar de villa. Onderweg genoot Lydia met volle teugen van het landschap, waar ondanks dat het pas oktober was al een flink pak sneeuw lag. Door die witte donzige deken zag de omgeving eruit als een scene uit een boek van Dickens, en ze bedacht zich voor de zoveelste keer dat het net was alsof ze in een sprookje terecht was gekomen. Terwijl ze haar raam op een kiertje opende om de heldere lucht in te ademen dacht ze vol verwondering terug aan de afgelopen uren. Niet alleen had ze volop genoten van de vrijpartij met Dario, ze had ook voor het eerst achterop een motor gezeten en was erachter gekomen dat ze dat heerlijk vond. Ze was met een privéjet naar Zweden gevlogen en had de jet zelfs mogen besturen. En nu was ze samen met haar minnaar en vrienden op weg naar een of andere villa. Een villa! Ze kon er nauwelijks bij met haar hoofd. En Dario was ook meer dan alleen maar een minnaar, realiseerde ze zich. Katie had gezegd dat ze plezier moest maken en van hem moest genieten en dat deed ze dan ook met volle teugen, maar toen hij daarstraks in het vliegtuig haar hand had gepakt en zijn vingers met de hare had verstrengeld, was haar hart gesmolten. Bovendien had ze ontdekt dat ze veel meer gemeen hadden dan ze in eerste instantie gedacht had, wat haar had doen inzien dat ze hem toch echt wel heel erg leuk vond. Vanaf de achterbank wierp ze hem een verliefde blik toe. Hij bezorgde haar niet alleen kriebels in haar buik, maar zorgde er ook voor dat ze zich op haar gemak voelde. Zo had hij bijvoorbeeld gezien dat ze overrompeld was geweest door de luxe en comfort in het vliegtuig en had hij geprobeerd haar af te leiden met zijn charme en grappige verhalen. Hoewel ze echt niet zo dom was om dat niet door te hebben, had ze het gebaar gewaardeerd, en toen hij haar hand naar zijn mond had gebracht om er een kus op te drukken, had haar hart een sprongetje gemaakt. Ze zuchtte verliefd.

Ondertussen waren ze aangekomen bij de villa, en nog voor de auto goed en wel tot stilstand was gekomen had Myrte haar al mee naar buiten getrokken. Een paar seconden keek ze met grote ogen om zich heen, om vervolgens „Jeetje, wat een huis" te mompelen. Verbouwereerd staarde ze naar het vier verdiepingen tellende houten bouwwerk dat in haar ogen meer weghad van een hotel dan een huis.

„Er is een zwembad!" joelde Myrte enthousiast.

De mannen waren ondertussen ook uitgestapt en Nick zei op droge toon „Eén zwembad? Er zijn er twee; een binnen- en een buitenbad."

Myrte pakte zijn hand beet en begon als een malle door de sneeuw te rennen, waarbij ze een paar keer bijna onderuitging. Nick deed zijn best om zich staande te houden bij haar rare gehuppel, maar dat bleek nog niet zo makkelijk te zijn in de kniehoge sneeuw, waardoor ze bijna samen voorover in de sneeuw belandden.

Dario en Lydia stonden ondertussen vol leedvermaak te kijken hoe de overenthousiaste Myrte een wederom verbouwereerde Nick achter zich aan sleepte.

„Denk je nog steeds dat hij het redt?" grinnikte Lydia.

Breed grijnzend keek Dario haar aan. „Ja hoor. Misschien dat zijn mannelijke trots hier en daar een deukje oploopt, maar verder zal het best goedkomen." Hij sloeg zijn arm om haar heen en liep lachend naar de voordeur, zich ineens realiserend hoezeer hij Zweden gemist had. Het was veel te lang geleden dat hij hier geweest was. Vlug deed hij de deur open zodat ze binnen konden stappen in de behaaglijke, ruime hal waar de heerlijke geur van versgebakken zoetigheid hen tegemoet zweefde.

„Zo! Wat ruik ik voor lekkers?" vroeg Lydia watertandend.

„Dat, *cariña*," antwoordde Dario met glinsterende ogen, „is de geur van verse *kanelbullar*. Zweedse kaneelbroodjes. Het is een van de specialiteiten van mevrouw Lundström, de dame die hier in huis de scepter zwaait. Ze weet hoe gek ik erop ben, dus waarschijnlijk heeft ze ze vanmorgen speciaal voor mij gebakken," grijnsde hij kwajongensachtig.

Alsof dat het teken was waarop ze gewacht had, kwam er een klein, gezet vrouwtje de gang ingelopen. Ze had grijs haar en een vrolijk gezicht dat gesierd werd door gezonde roze blosjes en vriendelijke rimpels. Lydia vond haar eruitzien als een wat oudere versie van Vrouwtje Theelepel en na even nagedacht te hebben, herinnerde ze zich dat die tekenfilm gebaseerd was op een Noors verhaal. Met de huishoudster voor haar neus kon ze zich goed voorstellen hoe de Scandinavische auteur aan zijn inspiratie was gekomen.

„Jonkheer Los Velez, wat een aangenaam genoegen om u weer eens in de villa te mogen verwelkomen!" zei het oude vrouwtje met een zwaar Zweeds accent. Stralend liep ze op Dario af en omhelsde hem warm. Ze kende Dario al vanaf zijn geboorte en hij had altijd een speciaal plekje in haar hart gehad.

„*Mormor*, wat zie je er weer beeldschoon uit," zei Dario, terwijl hij haar in zijn armen nam en samen met haar door de gang begon te zwieren.

De oude vrouw giechelde als een klein meisje en vertederd zag Lydia hoe ze liefdevol met haar hand over Dario's wang streek.

Nadat ze een rondje door de gang hadden gemaakt, pakte Dario de huishoudster galant bij haar arm en nam haar mee naar zijn vrienden. „Mevrouw Lundström," zei hij, „mag ik u voorstellen aan twee goede vriendinnen van de familie? Dit zijn Lydia en Myrte." Hij gebaarde naar hen terwijl hij hun namen zei, en terwijl de vrouwen elkaar lachend de hand schudden vervolgde hij: „Mijn partner Nick kent u denk ik nog wel van de vorige keer dat we hier waren?"

„Jazeker!" reageerde ze enthousiast, terwijl ze zich glunderend tot Nick wendde. „Jij bent de jongeman met de gezonde eetlust, als ik me niet vergis. Daar hou ik van!"

„Nou," reageerde Nick lachend, „dan kunt u de komende tijd uw hart ophalen, want voorlopig zitten we hier nog wel even."

Ineens keek iedereen vragend zijn kant op.

Oeps, niet handig. „Dat wil zeggen, we weten nog niet precies hoé lang we blijven, maar mij kan het niet lang genoeg duren met die heerlijke kookkunst van u om ons te verwennen!"

Juist op dat moment kwam er een pezige man met grijs haar de hal binnengelopen, waardoor de anderen werden afgeleid. Nick slikte, dat was een domme fout die hij zojuist had gemaakt, Lydia was ten slotte nog niet overal van op de hoogte.

„*Morfar*, wat goed om je te zien! Hoe gaat het?" Dario liep met gespreide armen op de man af en omhelsde hem warm.

Terwijl de oudere man hem toelachte, zag Lydia dat hij een voortand miste. „Goed om u weer eens in Arvidsjaur te zien, *Sir*."

„*Morfar*! Waar is je voortand gebleven?" vroeg Dario verbaasd.

„Oh dat," wimpelde de oude man zijn bezorgdheid weg: „Een opstandig rendier. Wilde zich niet laten betuigen en werd woest toen ik het toch probeerde. Maar uiteindelijk moest hij het onderspit delven." Quasi-voldaan veegde hij een denkbeeldig pluisje van zijn mouw.

„Serieus!?" Dario bromde in het Zweeds iets over een stoofschotel, waarop het echtpaar hartelijk begon te lachen. Nadat ze nog wat gekeuveld hadden over familiezaken, het wel en wee in Arvidsjaur en het reilen en zeilen in de villa, pakte meneer Lundström zijn vrouw bij de arm en liepen ze smoezelend terug naar de keuken.

„Dat wordt trouwen," hoorden ze Nick ineens zeggen.

Wederom keken drie paar ogen hem vragend aan.

„Ja, zag je niet hoe *mormor* en *morfar* je net aankeken?" zei hij met een duivelse grijns tegen Dario. „Geloof me nou maar, die zien je al trouwen met één van deze twee prachtige dames."

Dario en Lydia keken hem aan alsof hij gek was geworden, terwijl Myrte een glimlach niet kon onderdrukken. Nick had gelijk.

„Waar wedden we om," zei hij uitdagend, „dat die lieve oudjes je er aan het eind van ons verblijf hier ervan overtuigd hebben dat je Lydia ten huwelijk moet vragen?"

„Zeg, ik sta er gewoon bij hoor!" opstandig zette Lydia haar handen in haar zij en wierp Nick een boze blik toe, maar het enige wat die deed, was ondeugend terug grijnzen.

„Mannen!" viel Myrte haar vriendin gemaakt gepikeerd bij, Nick onderwijl een heimelijke knipoog gevend. „Kom mee," zei ze, haar arm door die van Lydia hakend, „tijd om op onderzoek uit te gaan. Laat het manvolk dit maar samen uitzoeken, dan gaan wij ons een aantal kamers toe-eigenen." Ze draaide zich om en nam Lydia mee, nog even doormopperend over de lompheid van het mannelijk geslacht.

„Nou jongen," zei Dario, Nick een vriendschappelijke por gevend, „ik moet je nageven dat je wel altijd erg effectieve manieren weet te verzinnen om de vrouwtjes weg te jagen."

Met een duivels lachje keek Nick hem aan. „Dus je bent niet boos?"

„Waarom zou ik boos zijn? Je lulde maar wat uit je nek."

„Is dat zo?"

Sceptisch keek Dario hem aan. Trouwen... Pfff! Wie dacht daar nu aan met alles dat hen op dat moment boven het hoofd hing.

„Dus, waar wedden we om? Aangezien je toch zo zeker van je zaak bent ..." grijnsde Nick.

Dario schudde zuchtend zijn hoofd. „Best joh. Een kratje bier."

„Een kratje bier. Wat is dat nou voor inzet, man!"

„Gewoon, inzet. Wat zou ik volgens jou moeten inzetten dan?"

Even was het stil.

„Weet ik veel ..." Stilte. „Je Harley?"

Dario nam zijn beste vriend eens goed op „Hm."

„Wat, hm?"

Even was het stil, toen zei Dario langzaam „Stel dat ik mijn Harley inzet, wat zet jij dan in?"

Nick dacht na. Hij wist hoe duur de Harley was en hoeveel het ding voor Dario betekende, dus daar moest hij wel iets gelijkwaardigs tegenoverstellen. „De Rolex van mijn grootvader," zei hij daarom uiteindelijk.

Dario floot tussen zijn tanden door. „Zo, dat is nogal wat. Als je dat durft in te zetten ben je wel érg zeker van je zaak."

Heel even aarzelde Nick, bijna onmerkbaar, maar toen knikte hij. „Klopt. Dus, wat zeg je ervan," zei hij, zijn hand uitstekend, „Jouw Harley tegen mijn Rolex?"

Een paar tellen lang keek Dario naar de uitgestoken hand, toen nam hij hem aan en zei „Deal."

Nick lachte zijn tanden bloot en zei met twinkelende ogen „Dan wens ik je bij deze veel succes, partner. Moge de beste winnen."

Lydia en Myrte dwaalden ondertussen door het grote huis en vielen van de ene in de andere verbazing.

„Wie had dat ooit gedacht," zei Myrte, die zich in een lege badkuip had laten zakken en een dik, zacht badlaken als deken over zichzelf heen had gedrapeerd, „Ik dacht dat dit soort weelde alleen voorkwam bij beroemde mensen en zakenlui met een florerend bedrijf, maar blijkbaar kunnen heksen er ook wat van! Zouden ze zichzelf rijk hebben getoverd?"

Omdat Lydia begreep dat het een hypothetische vraag was, gaf ze verder geen antwoord. Ook zij was onder de indruk van alle ruimte en de manier waarop de kamers waren ingericht. Zou dat het werk zijn van een binnenhuisarchitect, vroeg ze zich af, of was iemand binnen de familie gewoon heel erg goed met kleuren en materialen? Zou diezelfde persoon ook de inrichting van de privéjet voor zijn of haar rekening hebben genomen?

„Weet je," hoorde ze Myrte ineens grinniken, „ik geloof dat ik hier best aan zou kunnen wennen!" Ze veerde overeind, stapte de badkuip uit en trok Lydia met zich mee naar de volgende kamer.

Ook hier bleven de vrouwen met open mond staan kijken. Ze waren beland in een enorme kamer, die qua oppervlakte even groot was als Myrtes appartement boven het winkelcentrum. De muren waren parelwit, op de vloer lag hoogpolig zilvergrijs tapijt en voor de ramen hingen dikke, antracietkleurige gordijnen die doorliepen tot vlak boven de grond. De kamer was opgesplitst in drie delen, waarbij het middelste gedeelte dienstdeed als badkamer. Die ruimte werd door glazen wanden van de rest van de kamer gescheiden en had crèmekleurige tegels op de vloer. Een groot bad, luxe badkamermeubel en toilet in parelwitte kleur sierden de glazen ruimte. Eén van de glazen wanden werd aan de achterkant afgeschermd door een grote, notenhouten kastenwand waartegen een kingsize boxspring was geplaatst, met links en rechts van het hoofdeinde nissen met grote vazen heerlijk geurende bloemen.

Myrte liep er naartoe om aan de bloemen te ruiken. Het waren witte rozen, haar lievelingsbloemen. „Deze kamer neem ik," zei ze beslist, om daar terwijl ze Lydia aankeek aan toe te voegen: „Tenminste, als jij dat goed vindt."

„Natuurlijk!" reageerde Lydia, terwijl ze naar haar vriendin toeliep om haar een spontane knuffel te geven: „Hij past bij je."

„Ja hè?" Myrte genoot van het idee dat ze deze kamer de komende tijd de hare mocht noemen. Ze keek om zich heen en nam de rest van de ruimte in zich op. Rechts van het bed stond een drie meter brede, notenhouten boekenkast met diverse soorten lectuur, aan de muur tegenover het bed hing een groot tv-scherm en direct eronder bevond zich een elektrische haard. Links daarvan was een zitje gemaakt met een salontafel, een chaise longue en een fauteuil die bekleed waren met zachte, crèmekleurige stof, en om het geheel af te maken was aan de andere kant van de badkamer een grote inloopkast gemaakt. Ze kon niet wachten om die te vullen met haar kleding en schoenen! „Wat zeg je ervan om morgen te gaan shoppen?" vroeg ze daarom opgewonden aan Lydia, enthousiast in haar handen klappend. „We moeten die inloopkast ten slotte toch zien te vullen!" Ze liep terug naar het bed en liet zich met een dramatische zucht achterovervallen, waarna ze Lydia dromerig aankeek: „Ja, hier zou ik écht aan kunnen wennen hoor."

Lachend schudde Lydia haar hoofd: „Goed, morgen gaan we winkelen. Blijf jij maar lekker liggen, dan ga ik op zoek naar een kamer voor mezelf. Oh, en mocht ik Nick tegenkomen," zei ze, een veelbetekenende blik op Myrte werpend, „dan zal ik zeggen dat je hier ligt te wachten." Myrtes lach achtervolgde haar terwijl ze de kamer uit liep en de trap naar de volgende verdieping beklom. Terwijl ze ronddwaalde bedacht ze zich dat het huis ondanks de enorme afmeting warm en gezellig overkwam. Waarschijnlijk kwam dat deels doordat het hele gebouw van hout was, maar het kwam ook door de details die overal te zien waren. Dalapaardjes, elandgeweien en boeken met Pippi Langkous en Nils Holgersson in de hoofdrol. Grote canvas doeken met prachtige foto's van het noorderlicht, de middernachtzon en Zweedse natuurgebieden. Verschillende soorten edelsteen geoden, bronzen beeldjes en ga zo maar door. Ze verloor zichzelf in het huis, totdat ze bij een kamer terechtkwam waarvan ze zeker wist dat het die van Dario was. Niet alleen rook ze zijn geur, ook voelde ze zijn energie.

Langzaam liep ze de kamer in en keek om zich heen, zich half en half een indringer voelend. De inrichting paste bij hem, een combinatie van hout, steen en leer in verschillende bruintinten. Door de donkere kleuren en natuurlijke materialen had de kamer een robuuste, mannelijke uitstraling terwijl er tegelijkertijd ook een gevoel van geborgenheid van uitging. Het middelpunt van de ruimte was een kingsize bed, dat op een verhoging van cognackleurig leer in Chesterfield stijl geplaatst was. Datzelfde leer was ook gebruikt om het hoofdbord te bekleden, dat helemaal doorliep tot aan het plafond en daar overging in een grote hemel die de gehele afmeting van het bed bestreek. Ze zag dat er her en der spotjes in waren verwerkt en wist vrijwel zeker dat die konden worden gedimd om een romantische sfeer te creëren. Terwijl ze naar het bed toe liep, viel haar blik op de dierenhuiden die her en der op de donkere houten vloer lagen. Zouden die echt zijn? vroeg ze zich af. Ze draaide een rondje om haar as om de kamer verder in zich op te nemen. Donkerbruine muren, een open haard tegenover het bed, een grote spiegel die bijna de hele wand links van het bed besloeg, terwijl de rechterwand bestond uit kasten. Ze keek uit het raam dat zich links van de open haard bevond, waarbij haar kreetjes van verrukking ontsnapten toen ze eerst het prachtige uitzicht op de bergen ontdekte en daarna de jacuzzi op het balkon in de gaten kreeg.

„Ik zie dat je mijn kamer hebt gevonden," hoorde ze Dario ineens zeggen.

Met blosjes van opwinding en een lach op haar gezicht draaide ze zich om naar de plek waar zijn stem vandaan kwam, waarna de adem stokte in haar keel omdat hij in de deuropening stond met alleen zijn jeans nog aan. Terwijl ze net als eerder die dag overvallen werd door hete golven van verlangen liet ze haar ogen genietend over hem heen gaan. Hij was een en al gespierde mannelijkheid en de kracht straalde van hem af. Opgewonden likte ze haar lippen af.

Dario zag het vroeg op dubbelzinnige toon: „En, bevalt het je?" Hij was alweer helemaal klaar voor haar.

Lydia lachte en liep heupwiegend op hem af. „Zeker weten, ziet er goed uit," antwoordde ze, voordat ze op haar tenen ging staan en zijn hoofd naar zich toetrok voor een kus.

Wat een metamorfose had ze ondergaan, bedacht Dario zich. Van schuchter hertje tot femme fatale. Ze wond hem enorm op. Hij had van begin af aan geweten dat er een grote kracht in haar school en dat die nu beetje bij beetje vrijkwam was prachtig om te zien. Nog even en dan zou ze – Zacht werd er op de deur geklopt. Hij besloot het geluid te negeren en manoeuvreerde Lydia achterwaarts richting zijn bed. Wat het ook was, het kon vast en zeker wel even wachten. Er werd echter nogmaals geklopt, dringender dit keer, en met een spijtig en ietwat geïrriteerd gevoel onderbrak hij de kus. Hij wierp haar een verontschuldigende blik toe en riep: „Ja?"

Het bleek meneer Lundström te zijn. „Sir, uw vader heeft net gebeld. Hij heeft voor over tien minuten een telefonische vergadering ingepland met u, de heer Nick, uw team en een aantal Europese leiders."

Bedenkelijk keek Dario Lydia aan. Dat voorspelde weinig goeds. „Oké, bedankt voor het doorgeven, ik kom er zo aan."

„Prima, Sir."

„Wat is er?" vroeg Lydia, toen ze hoorde dat meneer Lundström weer wegliep. „Je keek ineens zo bezorgd."

„Hm-m," humde Dario, terwijl hij zich afvroeg wat hij haar moest vertellen. De waarheid, besloot hij. „Over het algemeen voorspelt het niet veel goeds als mijn vader op korte termijn een vergadering zoals deze belegt."

Lydia keek hem bezorgd aan.

Ze wist echt nog helemaal niets, realiseerde Dario zich, en gaf haar een geruststellende kus op haar voorhoofd. „Blijf je bij mij slapen, of wil je liever je eigen kamer hebben?"

Ineens weer verlegen met zichzelf keek Lydia hem aan. „Als je het goed vindt, zou ik graag hier bij jou slapen."

Met een opgetrokken wenkbrauw keek Dario haar aan. „Als ik het goed vind?" antwoordde hij plagend. „Als jij niet hier komt slapen dan zoek ik je iedere nacht op in je eigen slaapkamer. Beantwoordt dat je vraag?"

Lydia ontspande zich terwijl ze in zijn prachtige bruine ogen keek en blozend „Ja" zei.

Nadat Dario zich had aangekleed en Lydia nog een laatste kus had gegeven begaf hij zich naar de vergaderkamer aan de achterzijde van het huis. Nick zat al op hem te wachten in een van de crèmekleurige leren fauteuils en nam net een slok van zijn koffie toen Dario de kamer binnen kwam lopen. „Heb jij enig idee waar dit over gaat?" vroeg Dario hem, terwijl hij de deur achter zich dichtdeed en ook plaatsnam aan de grote tafel.

„Geen idee, maar het zal niet veel goeds zijn, denk ik zo."

„Ja, dat zei ik ook al tegen Lydia."

Verbaasd keek Nick hem aan. „Heb je haar verteld wat er aan de hand is?"

„Nee, dat niet, maar ik heb wel gezegd dat het over het algemeen weinig goeds inhoudt wanneer pa ons op korte termijn optrommelt voor een grote vergadering."

„Hm," reageerde Nick. „Ik heb aan Myrte gevraagd of zij Lydia wil bezighouden zolang wij in vergadering zitten. Geen idee hoelang dit gaat duren en ik weet dat we veilig zijn hierbinnen, maar het leek me toch beter als er voorlopig constant iemand bij Lydia in de buurt is. Je weet maar nooit."

Dario knikte instemmend, blij met Nicks initiatief. „Bedankt."

Nick keek hem indringend aan. „Je bent echt gek op haar, hè?"

Dario wist dat hij eerlijk kon zijn tegen zijn vriend en knikte. „Maar dat wil nog niet zeggen dat ik haar op korte termijn ten huwelijk ga vragen," zei hij spottend.

Nick begon te lachen en toetste het nummer in dat ze gekregen hadden voor de vergadering. „We zullen zien ..."

15

Het was een lange, vermoeiende vergadering en tegen de tijd dat ze alle agendapunten hadden doorgenomen, plannen hadden gemaakt en Victor de vergadering had beëindigd, was het al laat. Dario en Nick waren het erover eens dat ze op een later tijdstip wel konden bespreken wat er verder van hen verwacht werd, dus gingen ze ieder naar hun kamer om zich op te frissen voor het avondeten.

Blij dat hij Lydia eindelijk weer in zijn armen kon nemen, stapte Dario zijn slaapkamer binnen, en hoewel hij eigenlijk al verwacht had haar daar niet aan te treffen, werd hij toch overspoeld door een gevoel van teleurstelling toen de kamer leeg bleek te zijn. Hij verlangde ernaar om bij haar te zijn en had zichzelf erop betrapt dat zijn gedachten tijdens het overleg steeds naar haar waren afgedwaald. Hoewel hij zijn uiterste best had gedaan om dat voor de anderen te verbergen en zich te concentreren op het gesprek, had hij uit het gegrijns van zijn teamleden opgemaakt dat dat niet al te best gelukt was. Terwijl hij zich uitkleedde en onder de douche stapte, dacht hij eraan hoe de meiden 's middags langs de vergaderruimte waren gestormd, opgewonden kwetterend over geheime kamers en ondergrondse gangen. *Morfar* had hen blijkbaar het hoofd op hol gebracht met wilde verhalen uit zijn jeugd. Waarschijnlijk waren ze op dat moment dus op onderzoek uit in huis of probeerden ze *morfar* informatie over de locaties te ontfutselen. Daar wilde hij graag bij zijn, dacht hij grinnikend, want er was niemand die zo'n pokerface had als *morfar*. Dus douchte hij zich snel en ging nadat hij schone kleding had aangetrokken naar hen op zoek. Terwijl hij systematisch alle kamers naliep, zweefden hem de meest heerlijke geuren tegemoet, en omdat hij zich realiseerde dat hij sinds de *kanelbullar* niets meer gegeten had, besloot hij zijn zoektocht even te staken en zijn neus te volgen naar de keuken om wat eten los te peuteren bij *mormor*. Eenmaal daar aangekomen zag hij nog net hoe de huishoudster wild met haar armen stond te zwaaien terwijl Lydia en Myrte dubbelgevouwen van het lachen aan het kookeiland hingen. Toen de oudere vrouw hem in het oog kreeg hoorde hij haar in het Zweeds: „Als je het over de duvel hebt ..." mompelen, waarna ze zich met een onschuldig gezicht omdraaide naar het gasfornuis en deed alsof ze druk bezig was.

„Ik spreek nog steeds een beetje Zweeds, *mormor*," bracht hij haar droog in herinnering.

Met ondeugend twinkelende ogen en een brede lach op haar blozende gezicht draaide de oudere vrouw zich naar hem om. „Ach, *Sir*, ik vertelde uw vriendinnen net over Rudolph ..."

Kreunend hief hij zijn ogen ten hemel; dat verhaal blééf hem maar achtervolgen! Scherp keek hij van Lydia naar Myrte, die slechts met veel moeite hun gezicht in de plooi wisten te houden. Toen hij Nick de keuken binnen zag komen en zich naar hem omdraaide barstten de vrouwen echter opnieuw in lachen uit.

„Sorry," hikte Lydia.

„Wat is er zo grappig?" vroeg Nick geïnteresseerd, waarop Dario hem een geïrriteerde blik toewierp.

„Nou zeg, je hoeft mij niet zo giftig aan te kijken," reageerde hij, zijn handen omhoogstekend in een gebaar van overgave. „Ik kom net binnen en heb geen idee waarover dit gaat."

„Laat maar," reageerde Dario gelaten, waarna hij zich tot de huishoudster richtte. „Hebben we nog tijd om iets te drinken, *mormor*, of moeten we al aan tafel?"

„Jullie gaan nu eerst eten," antwoordde de oudere vrouw beslist, terwijl ze met haar pollepel naar één van de deuren gebaarde die op de keuken uitkwam. „Neem jij je vrienden maar mee," instrueerde ze hem, waarna ze er in het Oud Zweeds nog iets aan toevoegde wat niemand verstond.

Dario knikte en ging de anderen voor. Omdat ze met zijn vieren waren, was de kleine eetkamer gedekt, die was knusser en informeler dan de grote eetzaal en bood meer dan voldoende ruimte.

„Prachtig," zei Myrte, nadat ze de kamer waren binnengestapt. Ze keek aandachtig rond en nam de sfeer in zich op. Wederom veel hout en bruintinten, maar daarnaast was er ook gewerkt met de kleuren rood en oranje. Een robuuste houten tafel met felgekleurde velours stoelen vormde het middelpunt van de kamer en op de tafel stond een sierlijke vaas van rood en oranje glas met daarin crèmekleurige rozen. Diverse waxinelichthouders in dezelfde stijl als de vaas stonden in een kringetje rondom de rozen en verspreidden met hun brandende kaarsjes een aangenaam licht. Ze keek naar de muren waaraan grote schilderijen waren opgehangen, in het oosten een zonsopkomst en in het westen een zonsondergang. De kunstwerken waren zo levendig geschilderd dat de warmte en het licht van de zon bijna tastbaar waren. In de hoeken van de kamer stonden stevige, met houtsnijwerk versierde pilaren met daarop grote glazen schalen in dezelfde stijl als de vaas. De schalen waren gevuld met edelstenen, zag ze, van schaal naar schaal lopend om te kijken wat erin lag en steeds even de stenen aanrakend om hun energie in zich op te nemen. Dalmatiër jaspis, mahonie obsidiaan, rookkwarts en granaat. Interessante keuze, dacht ze bij zichzelf. Iemand had de moeite genomen om het huis niet alleen fysiek maar ook spiritueel goed te beveiligen.

Ook Lydia liep vol belangstelling door de ruimte, hier en daar iets aanrakend of van dichtbij bekijkend. „Het is toch echt een bijzonder huis hoor dit," verzuchtte ze, „wie heeft het toch zo mooi ingericht?"

„Mijn moeder," antwoordde Dario trots, „die heeft er gevoel voor. Ze wilde de nadruk leggen op warmte, gezelligheid en rust, en bij de slaapkamers heeft ze onze wensen en ideeën in haar ontwerp opgenomen."

Lydia had nu al bewondering voor de vrouw en zei waarderend: „Ze heeft er inderdaad gevoel voor, het is werkelijk prachtig."

Dario glimlachte en keek uit naar het moment dat hij Lydia aan zijn moeder zou kunnen voorstellen, hij was ervan overtuigd dat de twee vrouwen het goed met elkaar zouden kunnen vinden.

Toen Myrte en Lydia hun nieuwsgierigheid hadden bevredigd en plaats hadden genomen aan tafel kwam meneer Lundström binnen om de wijn in te schenken en het eten op te dienen. Met volle teugen genoot het viertal van de maaltijd die *mormor* voor hen bereid had: een typisch Zweedse stoofschotel met varkenshaas, wortel en aardappel, met als nagerecht *Semla*, een zoet broodje gevuld met amandelspijs en slagroom, bestrooid met poedersuiker.

Tegen de tijd dat ze het dessert verorberd hadden, waren Dario en Nick het erover eens dat ze de vrouwen zo snel mogelijk moesten inlichten over de situatie. Tijdens hun training hadden ze geleerd om telepathisch te communiceren, en hoewel ze dat niet heel vaak deden, kwam het in situaties als deze wel erg goed van pas. Nadat ze ter afsluiting van de maaltijd nog een kop koffie hadden gedronken, stelde Dario dan ook voor om nog even naar de salon te gaan voor een afzakkertje. Dat voorstel werd door de vrouwen enthousiast verwelkomd, dus verplaatsten ze zich naar de eerste verdieping.

Lydia keek bewonderend om zich heen terwijl ze de gezellige salon inliep, net zoals ze eerder die dag gedaan had toen Myrte en zij er beland waren tijdens hun zoektocht. De kamer werd gevuld door grote banken die rondom een haard waren opgesteld en ook was er een heuse bar. Verder waren er glazen deuren die uitkwamen op een groot balkon met een adembenemend uitzicht dat je al je zorgen deed vergeten: een en al besneeuwde bomen en berghellingen, met in de verte de lichtjes van een dorpje die oplichtten als bakens in de nacht, en de maan die het dikke pak sneeuw met haar zilverwitte licht deed sprankelen. Ze had zich ondertussen met een plaid op een van de comfortabele sofa's gevlijd en genoot van de mooie villa, de prachtige omgeving en het gezelschap van haar vrienden. Ze voelde zich gelukkig.

Dario ging naast haar zitten, sloeg een arm om haar heen en keek peinzend voor zich uit. „Ik wil je graag wat meer vertellen over onze afkomst," zei hij na een tijdje. „Over de geschiedenis en toekomst van de mensheid, en een voorspelling die lang geleden is gedaan."

Lydia dacht dat hij een grapje maakte en keek hem lachend aan: „Wil je het hebben over de oerknal, onze ontwikkeling van holemens naar homo sapiens en onze toekomst als cyborgs? Ik wist niet dat je zo filosofisch was aangelegd," grapte ze.

„Nee," antwoordde hij serieus, terwijl hij haar ernstig aankeek en een lok haar achter haar oor streek, „ik wil het hebben over het échte verleden." Even was hij stil. „Er zijn tegenwoordig nog maar weinig mensen die weten dat hetgeen heden ten dage betiteld wordt als mythologie in feite het werkelijke ontstaan van de wereld omschrijft. De meeste mensen geloven niet meer in goden en magie, en zelfs voor degenen die daar wel in geloven is het moeilijk te bevatten."

Onderzoekend keek Lydia hem aan. Ze vond het nogal raar klinken wat hij zei, maar hij keek zo serieus dat ze dat zelf ook werd. Als ze de afgelopen dagen iets geleerd had, dan was het wel dat Dario niet dom was en dat als hij serieus was er ook echt iets aan de hand was.

„Ik kan me voorstellen dat het onwerkelijk overkomt wat ik je zo ga vertellen, omdat het indruist tegen alles wat je ooit op school hebt geleerd, maar als je terugdenkt aan de gebeurtenissen van afgelopen dagen, dan hoop ik dat je in ieder geval bereid bent te accepteren dat er meer is tussen hemel en aarde dan je altijd gedacht hebt. Dat is alles wat ik voor nu van je vraag."

Lichtelijk verbaasd knikte ze, nieuwsgierig naar zijn verhaal.

Dario trok haar dichter tegen zich aan en wierp een snelle blik op Nick en Myrte. Hij zag dat ook zij gespannen waren en begreep het volkomen, de tijd drong. Voordat de strijd losbarstte, moesten ze Lydia overtuigd zien te hebben van haar rol binnen het geheel en haar getraind hebben om die te vervullen, anders waren ze verloren.

Lydia vroeg zich af wat er zo belangrijk was dat haar vrienden ineens zo serieus keken. Zo erg kon het toch niet zijn wat Dario te vertellen had? Ze nestelde zich tegen hem aan en trok de plaid nog wat verder over zich heen terwijl hij begon aan zijn verhaal.

„Ooit, tienduizenden jaren geleden, werd de wereld geregeerd door goden en godinnen. Binnen iedere cultuur hadden deze goden en godinnen andere namen en kwaliteiten, maar afgezien van een aantal kleine verschillen kwamen hun eigenschappen veelal overeen. Voor het gemak zal ik de Griekse namen aanhouden, die zijn het meest bekend." Even pauzeerde hij om te bedenken hoe hij het verhaal het beste kon vertellen, toen ging hij verder. „Zoals te verwachten viel, was een deel van de goden en godinnen liefdevol, goedaardig en vervuld van licht. Helaas was het andere deel duister, kwaadaardig en machtslustig. En net als op aarde streden goed en kwaad doorlopend met elkaar om de macht. Het ene gevecht werd gewonnen door het licht en het andere door het duister, maar alle oorlogen die er écht toe deden werden gewonnen door de kant die streed voor liefde en licht en goedheid.

Op een dag vlak na één van deze vele oorlogen besloot Hera, de vrouw van oppergod Zeus, dat zij meer macht wilde hebben. Ze besprak dit met haar man, ervan overtuigd dat hij haar alles zou geven wat haar hartje begeerde, maar kwam van een koude kermis thuis: Zeus was bang dat Hera te machtig zou worden en hem zou bedriegen, en wees haar verzoek af. Hera was woest en realiseerde zich dat ze haar man uit de weg zou moeten ruimen om machtiger te worden. Omdat zijzelf daar echter niet toe in staat was, moest ze een god of godin zien te vinden die sterker was dan Zeus, een *deity* die enkel haar zou gehoorzamen en Zeus en iedere andere god die in haar weg stond zou verpulveren. Ze bedacht een slinks plan, dat erin resulteerde dat Gaea, godin van de aarde, het kind baarde van Tartarus, de derde oergod. Dat kind werd Typhon genoemd en hij was de sterkste en meest angstaanjagende god die ooit had bestaan.

Typhon was zowel god als monster en een verschrikking om te zien. Zijn torso was als dat van een mens, met lange armen die zich uitstrekten van oost naar west en benen als de staart van een ratelslang. Hij had tientallen hoofden die deels menselijk en deels dierlijk waren en ieder een angstaanjagend geluid voortbrachten dat doordrong tot in de ziel. De lucht die hij uitademde, was giftig en het vuur in zijn rode ogen weerspiegelde de vernietiging die hij bracht. Bij zijn vrouw Echidna verwekte

Typhon duizenden kinderen, die net als hun ouders monsterlijk waren en de wereld teisterden met hun aanwezigheid. Een aantal van hen ken je vast wel. De Sphinx, die iedereen vermoordde die haar raadsels niet kon oplossen. Cerberus, de driehoofdige hellehond, bewaker van de onderwereld. De Hydra, een slangachtig watermonster met meerdere koppen die na afhakken in tweevoud teruggroeiden. De Chimera, een vuurspuwend monster met het lichaam en hoofd van een leeuw, een geitenkop op haar rug en een staart die eindigde in een slangenkop. En dat zijn slechts vier van hun kinderen." Weer stopte hij even om na te denken.

Ook Lydia dacht na. Ze herinnerde zich dit soort verhalen van de lessen Griekse mythologie op school. Beweerde Dario nou dat dit allemaal écht was gebeurd? Misschien probeerden ze een grap met haar uit te halen, dacht ze fronsend. Toen ze echter naar Myrte keek en de bezorgde blik zag die haar vriendin met Nick wisselde, moest ze concluderen dat haar vrienden wel erg serieus keken. Te serieus voor een grap. Waar wilde Dario in vredesnaam heen met zijn verhaal? vroeg ze zich af, terwijl een onrustig gevoel zich in haar lijf begon te nestelen.

Nick stond op om voor Dario en zichzelf een glas whisky in te schenken. Dario zag eruit alsof hij behoefte had aan een borrel en zijn eigen zenuwen konden ook wel wat ontspanning gebruiken. Al sinds de vergadering pompte de adrenaline door zijn lijf. „Dames?" vroeg hij, de whiskyfles omhooghoudend.

Myrte keek ernaar en schudde haar hoofd: „Nee dank je, doe mij maar een cognacje."

Hij liet zijn ogen over de flessen gaan en knikte. „Lydia?" Vragend keek hij haar aan.

„Doe maar hetzelfde, alsjeblieft."

Nadat Nick iedereen van een borrel had voorzien en weer was gaan zitten, hervatte Dario zijn verhaal. „Goed," hij nam een slok whisky en schraapte zijn keel, „veel gevaarlijke monsters dus. Ik zou nu heel uitgebreid kunnen vertellen wat er gebeurd is met Zeus en Hera, Typhon en Echidna en hun ontelbare kinderen, maar dan zitten we hier morgenvroeg nog en ik denk eerlijk gezegd dat we allemaal wel wat slaap kunnen gebruiken, dus zal ik het bij de korte versie houden. Tijdens het laatste, grote gevecht van de goden, waarbij Typhon bergketens en steden vermorzelde alsof het kaartenhuisjes waren, trokken bijna alle Olympische goden zich terug uit de strijd en doken onder in hun dierlijke verschijningsvormen. Enkel Dionysos, Athena en Zeus hielden stand. Zeus wilde koste wat kost voorkomen dat Typhon de berg Olympus innam, enerzijds om zijn geliefde mensen te redden en anderzijds om zijn eer te verdedigen omdat Athena hem had uitgemaakt voor lafaard. Hij viel Typhon aan met alle kracht die hij nog in zich had, verwondde de monstergod met een spervuur van hete bliksemschichten, en na een dagenlang uitputtend gevecht werd Typhon uiteindelijk verslagen. Hij werd verbannen naar tartaros, het meest duistere en afgelegen gedeelte van de onderwereld waar zielen tot in de eeuwigheid ronddolen, wanhopig op zoek naar vergiffenis. Nadat Typhon in het hellegat gesmeten was, sloot Zeus de toegang af met een enorme berg, zodat de monstergod nooit meer vrij kon komen en de wereld voortaan veilig was."

Dario keek even naar Nick, die hem haast onzichtbaar toeknikte. „Afijn, waarschijnlijk kunnen jullie al wel raden waar dit heen gaat," sprak hij fronsend. „Blijkbaar komt zelfs aan het zogenaamde ‚voor altijd en eeuwig' ooit een einde, want de berg die de toegang tot het hellegat verspert, is de Etna op Sicilië, en rondom deze berg, die tegenwoordig beter bekend staat als vulkaan in rust, zijn de laatste tijd nogal veel onverklaarbare waarnemingen geweest. Los van de toegenomen seismische activiteit – dat wil zeggen zachte trillingen en grotere aardschokken – het rommelende geluid in de omgeving en de zwavelgeur die te ruiken is bij waterbronnen op het eiland, zijn ook de paranormale activiteiten sterk toegenomen. Om wat voorbeelden te geven: een lokale bewoner is opgenomen in een gesticht omdat hij dagenlang verkondigde dat er een geit met twee wolvenkoppen in zijn achtertuin rondspookte; een groep toeristen heeft aangifte gedaan tegen een vrouw met lichtgevende ogen en slangenhaar die hen lastig viel in het bos; en een Italiaanse zakenman die afgelopen week een villa huurde aan de oostkust van het eiland beweert dat hij 's nachts een adelaar van onmenselijke afmeting heeft zien vliegen. Hoewel de lokale politie alle verhalen afdoet als hersenspinsels van seniele en feestende mensen hebben wij reden om aan te nemen dat al deze mensen de waarheid spreken en dit de voorbode is van een groot probleem." In de loop van het verhaal was Dario's stem steeds zakelijker gaan klinken, alsof hij een briefing gaf aan zijn team.

Toen het verder stil bleef, keek Lydia hem van opzij aan: „En, eh, wat hebben wij daar precies mee te maken?" vroeg ze aarzelend.

Ja, dacht Dario, zie dat maar eens uit te leggen.

Lydia nam een slokje van de cognac en voelde de vloeistof branden in haar keel. Ze hield van sprookjes en sciencefiction-verhalen en had een groot inbeeldingsvermogen, maar op dit moment had ze toch echt moeite om fantasie en werkelijkheid samen te voegen. Als ze Dario moest geloven dan was alles wat ze op school geleerd had dus onzin. Althans, mythologie was dus eigenlijk werkelijkheid en de zogenaamde waarheid was een leugen. Dat was nogal wat. Ze voelde een onaangename rilling door haar lijf gaan. Haar verstand zei haar dat ze vast moest houden aan hetgeen ze altijd als waarheid gekend had, maar haar gevoel vertelde haar het tegenovergestelde. Verward stond ze op om naar buiten te kijken. De hemel was helder en er stond een briesje dat de sneeuw deed opwaaien en met vlagen door de lucht verplaatste. Afwezig keek ze naar het schouwspel. Volgens Dario bestonden monsters dus echt. Niet alleen in menselijke vorm, dacht ze, terwijl het beeld van Roy in haar gedachten opdoemde, maar ook zoals je ze normaal gesproken in films zag. Hoewel ze er met heel haar wezen naar verlangde dat iemand begon te lachen en zei dat het een grap was, wist ze dat dat niet zou gaan gebeuren. In haar hart wist ze dat Dario de waarheid had gesproken en dat maakte haar enorm bang.

Dario keek met pijn in zijn hart naar de vrouw van zijn dromen. Ze stond er zo verloren bij. Het liefst zou hij haar nu in zijn armen nemen, maar hij begreep best dat ze wat ruimte nodig had om te verwerken wat hij zojuist verteld had. Ze moest zich verschrikkelijk in de war voelen. Het ene moment dacht ze te weten hoe de wereld in elkaar stak en het volgende moment vertelde hij haar doodleuk dat alles wat ze ooit als waarheid had beschouwd complete onzin was. En dan waren er nog de monsters. Hoezo onwerkelijk? Als hij niet opgegroeid was met deze kennis dan zou hij het ook niet zomaar geloofd hebben, het klonk gewoon te absurd. En toch was het waar, dacht hij zuchtend.

Nadat ze een tijdje uit het raam had gestaard, draaide Lydia zich weer om, een verwarde blik in haar ogen. „Los van het feit dat ik het nogal moeilijk vind om dit allemaal zomaar te geloven, begrijp ik eerlijk gezegd ook nog steeds niet wat ík hiermee te maken heb. Waarom heb je me dit verteld?"

Het was erop of eronder, dacht Dario. „Je bent bijzonder," zei hij daarom, haar indringend aankijkend. „Je bent een afstammeling van één van de alleroudste goddelijke bloedlijnen die strijd voor licht en liefde, en je bent cruciaal voor de toekomst."

Naast verwarring blonk er nu ook nieuwsgierigheid in haar ogen. „Van wie stam ik af dan?"

Dario keek kort naar Nick, die wederom knikte om aan te geven dat hij het prima vond om haar alles te vertellen. Terwijl hij zijn blik weer op Lydia vestigde, antwoordde hij: „Artemis."

Ze keek hem aan alsof hij gek was geworden. „Artemis..."

Hij knikte. „Artemis. Godin van de jacht en de maan, beschermer van zwangere vrouwen en tweelingzus van Apollo."

„Artemis," mompelde ze nogmaals, verdwaasd voor zich uit starend. Ze wist even niet wat ze zeggen moest, dit was gewoon te maf voor woorden.

„Ik begrijp dat het moeilijk voor je is om dit te geloven," zei Dario zacht, „dat snappen we allemaal. Niet alleen wij drieën, maar iedereen die op de hoogte is van de situatie. Daarom willen we je de komende tijd ook helpen het beter te begrijpen." Het leek hem verstandiger om haar nog even niets over haar goddelijke krachten te vertellen.

Wazig bleef Lydia voor zich uit staren.

Myrte stond op, liep naar haar vriendin toe en nam haar handen in de hare. Die waren ijskoud, voelde ze. Ze was in shock.

Ze wisselde een blik met de mannen en begon op kalme toon tegen haar vriendin te praten: „Weet je, liever, misschien is het goed als je hier even een nachtje over slaapt. Gewoon even alles rustig laten bezinken en het een plekje geven. Het is ten slotte niet zomaar iets wat je net allemaal te horen hebt gekregen."

Verward keek Lydia haar aan. „Ik weet het niet, het voelt allemaal zo ... zwaar." Even was ze stil, toen vroeg ze: „Wist jij hiervan?"

„Niet precies alle details, nee," reageerde Myrte, „maar ik wist wel dat je belangrijk was. Dat je belangrijk bént. Niet alleen als verwant van Artemis, maar ook als vriendin." Ze gaf een kneepje in Lydia's handen. „Ik geef om je. Nee, correctie, wíj geven om je."

Lydia voelde tranen opwellen, maar wilde er niet aan toegeven. Het liefst was ze op dat moment heel hard weggerend, zodat ze de angst en onzekerheid die door haar hart raasden kon vergeten, maar Myrte hield haar handen nog steeds vast en weigerde die los te laten.

„Lieverd, ik wil dit niet nog moeilijker voor je maken dan het al is, maar we moeten eerlijk tegen je zijn. Dus om te zeggen waar het op staat: er zal binnenkort een oorlog losbarsten en de enige manier waarop we die oorlog kunnen winnen is met behulp van jou en jouw krachten."

Lydia trok nog bleker weg. „Maar ik kán helemaal niets," stamelde ze. „Ik kan niet toveren en ik kan niet vechten en ik ben ook niet superslim. Ik ben gewoon niet zoals jullie. Dus hoe kan ik dan in vredesnaam hélpen?" Niet in staat om verder nog iets te zeggen, trok ze haar handen los en stormde overstuur de kamer uit.

Dario wilde haar achterna gaan, maar werd tegengehouden door Nick. „Laat haar maar even, *amice*, het is nogal veel om te behappen."

Radeloos keek Dario hem aan. Hij wist dat zijn vriend gelijk had, maar het deed hem pijn om Lydia zo overstuur te zien. Ze moest niet denken dat ze er alleen voor stond. Ze zou er nooit meer alleen voor staan. Hij hield verdorie van haar! Hij slaakte een vermoeide zucht en sloeg het restant whisky in zijn glas in één teug achterover. „Wat moeten we nu?" vroeg hij aan niemand in het bijzonder, terwijl hij naar de bar liep om zijn glas nogmaals bij te vullen.

„Geef haar eventjes wat tijd voor zichzelf," antwoordde Myrte. Ze liep naar Dario toe en gaf hem een knuffel. „Wat Lydia nodig heeft, is liefde, warmte en geborgenheid, en dat kun jij haar allemaal bieden. Jullie twee horen bij elkaar, dat weet jij net zo goed als ik. Zelfs Lydia weet het, alleen durft ze er nog niet helemaal aan toe te geven. Geef haar wat ze nodig heeft, want zonder jou kan ze dit niet."

Dario slaakte een diepe zucht.

„Het komt goed," hoorde hij Nick zeggen.

Dario knikte en liep terug naar de bank. Nadat hij zichzelf ertoe had gedwongen om nog een half uur bij Nick en Myrte te blijven, vond hij het welletjes en ging op zoek naar Lydia.

16

Zoals verwacht trof Dario Lydia aan in zijn slaapkamer. Ze zat met een deken over zich heen op de bank genesteld, zich warmend aan het vuur van de haard. Zacht sloot hij de deur achter zich, liep op haar af en ging voorzichtig bij haar zitten. Ze had gehuild, zag hij, liefdevol met zijn vingers over haar wang strijkend. Hij omvatte haar gezicht en gaf haar een tedere kus, waarna hij met een aarzelende glimlach vroeg: „Zullen we even in de jacuzzi gaan? Het is er een prachtige nacht voor."

Lydia knikte. Nu ze tijd had gehad om na te denken, voelde ze zich volkomen belachelijk. Het sloeg nergens op dat ze zo overstuur was weggestormd. Dario had haar een verhaal verteld en dat moest ze gewoon even rustig op zich laten inwerken. Er was geen enkele reden geweest om zo paniekerig te doen. Bovendien zouden haar vrienden er snel genoeg achter komen dat zij niet degene was die ze zochten. „Het spijt me," zei ze daarom.

Vragend keek Dario haar aan „Wat spijt je?"

Ze voelde zich rood worden. „Dat ik net zo ben weggestormd. Dat sloeg helemaal nergens op, ik schaam me dood."

„Geloof me, *cariña*, dat is nergens voor nodig. We begrijpen het alle drie. Het is niet niks wat je te horen hebt gekregen en we snappen best dat je bewijs nodig hebt om te accepteren dat wat ik je verteld heb waar is. Een strijd tussen goden, godinnen en monsters klinkt als iets uit een film," grimaste hij. „Ik zou willen dat dat zo was, maar helaas bestaan ze echt." Even wist hij niet wat hij zeggen moest, toen keek hij haar ernstig aan en zei: „Je bent belangrijk en we hebben je nodig." Terwijl zijn blik zich verzachtte, voegde hij eraan toe: „Ík heb je nodig."

Lydia keek hem onzeker aan. Ze durfde nog niet te bekennen dat zij hem ook nodig had. Niet aan hem, maar ook niet aan zichzelf.

Dario las het in haar ogen en stak zijn hand naar haar uit. „Kom," was het enige dat hij zei, en terwijl hij haar meeloodste naar het balkon beloofde hij zichzelf dat hij ervoor zou zorgen dat ze die nacht niet aan monsters en goden zou denken, maar alleen maar aan hem.

Lydia stapte het balkon op en keek om zich heen. Dario's slaapkamer bevond zich op de bovenste verdieping van het huis en het balkon was alleen vanuit deze kamer bereikbaar. Wanneer je je ergens anders in huis bevond was het balkon niet zichtbaar, dus aan privacy geen gebrek. Terwijl haar blik naar de jacuzzi getrokken werd, maakte haar hart een sprongetje. Her en der stonden kaarsen die een betoverend licht verspreidden, en naast de jacuzzi stond een tafeltje met daarop een koeler met een fles champagne, twee champagneflûtes en verschillende heerlijk uitziende hapjes. Dat was haar daarstraks helemaal niet opgevallen, dacht ze verbaasd. Geraakt door het gebaar keek ze Dario aan, niemand had ooit zoiets voor haar gedaan. Toen haar ogen de zijne ontmoetten, maakte haar hart nog een sprongetje. Hij keek haar aan met een blik vol verlangen en ... liefde? Ze durfde het niet te geloven en sloeg haar ogen neer.

Dario was blij dat hij meneer Lundström gevraagd had de jacuzzi klaar te maken, want al had hij zich de omstandigheden ietwat anders voorgesteld, ze konden dit goed gebruiken. Hij liep op Lydia af en draaide haar teder om, zodat ze met haar rug tegen zijn gespierde borst kwam te staan en uitzicht had op de omgeving. Terwijl hij zijn armen om haar heen sloeg om haar te beschermen tegen de kou wees hij en fluisterde in haar oor „Kijk daar eens, de Aurora Borealis. Speciaal voor je eerste nacht in Zweden."

Ze hield haar adem in terwijl ze naar het bijzondere fenomeen keek. Licht en kracht. Het was zo adembenemend mooi dat ze niet wist wat ze zeggen moest en alleen maar „Wow..." kon stamelen.

„Mooi hè? Ik kan er ook geen genoeg van krijgen, hoe vaak ik het ook zie."

„Ik ..." Lydia wist eigenlijk niet wat ze zeggen wilde en schudde haar hoofd.

„Kom, ga mee de jacuzzi in voordat je het koud krijgt," mompelde Dario in haar oor. Plagend knabbelde hij aan haar oorlelletje terwijl hij langzaam in de richting van de jacuzzi begon te schuifelen. Toen ze vlak naast de jacuzzi stonden, draaide hij haar naar zich om en zei met een ondeugende grijns: „Als je eenmaal begint met uitkleden, kun je maar beter opschieten, want als je niet snel genoeg in het warme water springt, raak je onderkoeld."

„Dat beschouw ik dan maar als een uitdaging," lachte ze alweer iets opgewekter, terwijl ze zich van hem losmaakte en zich vliegensvlug van haar kleding begon te ontdoen.

Dario was verrast door haar reactie, maar herstelde zich binnen een paar tellen en trok snel zijn eigen kleding uit, waardoor hij zich maar een paar seconden later dan zij in het warme water liet zakken.

Lydia sloot haar ogen en slaakte een zucht van genot. Ze had niet verwacht dat het zo verrukkelijk zou zijn om poedelnaakt in een hete jacuzzi te dobberen terwijl het buiten ijskoud was. Hemels gewoon!

Dario liet zijn ogen ondertussen bewonderend over haar heen glijden. Het kaarsvuur verspreidde een warmgouden gloed over haar blozende gezicht, en met haar uitwaaierende haar, licht geopende lippen en perfecte lichaam zag ze eruit als een godin. Hij verlangde zo intens naar haar dat het haast pijn deed, dus schoof hij langzaam naar haar toe.

Lydia sloeg haar ogen op en keek hem vol verlangen aan. Vergeten waren de angst en ongeloof, alleen zij twee en het hier en nu telden. Dario plantte zijn armen aan weerszijden van haar hoofd en bracht zijn mond naar de hare. Zachtjes begon hij op haar onderlip te sabbelen terwijl hij verder ieder lichaamscontact vermeed, zowel haar als zichzelf kwellend.

Lydia voelde schokjes van genot door haar lichaam schieten, vanaf haar hals via haar borsten en buik helemaal tot in haar vrouwelijke kern. Ze begon te trillen en besefte dat ze hem nodig had. „Ik heb je nodig," fluisterde ze daarom tegen zijn lippen. Ze slikte en voegde er heel zacht aan toe: „Blijf alsjeblieft bij me …"

Dario voelde zijn hart hoopvol opspringen terwijl er een hete flits van verlangen door zijn lichaam schoot. Een paar seconden keken ze elkaar alleen maar aan, toen stortten ze zich bovenop elkaar, verloren in lust en liefde. Terwijl Lydia met haar handen door zijn haren woelde en zijn hoofd naar zich toetrok voor een zinderende kus omvatte Dario haar heupen. Tijd voor voorspel was er niet, op dat moment telde alleen de behoefte om één te worden. Hij manoeuvreerde haar op zijn schoot en liet haar op zijn stijve lid zakken, en toen hij haar helemaal vulde, begonnen ze te bewegen in het oeroude ritme van de paringsdans. Hij liet zijn vingers over haar borsten dwalen, omvatte en kneedde ze en kneep zachtjes in haar tepels tot die vragend naar voren staken, wachtend op zijn tong. Vaag realiseerde hij zich dat hij dit niet lang ging volhouden.

Lydia had het gevoel dat ze bevangen werd door een onzichtbare kracht. Al haar remmen waren los en het enige dat ze wilde was samensmelten met de man van wie ze hield. Steeds hartstochtelijker bereed ze hem, alsof hun leven ervan afhing. Dario had haar billen omvat zodat hij nog dieper in haar kon stoten en Lydia voelde haar hoogtepunt naderen. Toen het kwam, was het stormachtiger dan alles wat ze ooit had meegemaakt en terwijl ze schokkend om hem heen samenkneep, liet hij zijn eigen ontlading de vrije loop. De kracht die hun lichamen op dat moment verenigde was zo sterk dat hij wist dat Lydia voor altijd in zijn hart gegraveerd stond. En terwijl ze zich daar in de jacuzzi, onder de Aurora Borealis, op zielsniveau met elkaar verbonden, werd hun lot bezegeld.

Toen ze de volgende ochtend wakker werd, voelde Lydia zich als herboren. Dario had die nacht keer op keer de liefde met haar bedreven, waardoor ze geen tijd had gehad om te piekeren over wat hij verteld had. En nu ze er bij daglicht over nadacht, voelde het allemaal gelukkig een stuk minder zwaar. Ze had altijd al het gevoel gehad dat er meer was tussen hemel en aarde en nu kreeg ze de kans om te ontdekken wat dat ‚iets' precies was. Peinzend beet ze op haar lip. Eerlijk was eerlijk, het feit dat er een oorlog in aantocht was waar zij volgens de anderen een hoofdrol in te spelen had, was niet iets om naar uit te kijken, maar –

„Goedemorgen," hoorde ze Dario naast zich mompelen.

Op slag was ze alles vergeten en keek glimlachend opzij. „Hoi."

„Je bent toch niet aan het piekeren, hè, *cariña*?" vroeg hij, met zijn vingers over haar arm strijkend.

„Mwah, niet echt," reageerde ze half ontkennend.

„Hm, ik geloof er niets van," bromde hij, terwijl hij zich loom uitrekte en op zijn zij rolde om naar haar te kijken. „Hoe laat is het?"

Met een schuine blik keek ze over zijn schouder naar de klok. „Tien over acht."

Een tevreden lachje verscheen op zijn gezicht. „Mooi, dan hebben we nog even," gromde hij, terwijl hij zich over haar heen boog en haar met zijn bovenlichaam vastpinde op het matras. Terwijl hij haar plagend in haar nek beet en vervolgens haar sleutelbeen kriebelde met zijn tong hoorde hij haar hees lachen.

„Mijn hemel," kreunde ze: „Krijg jij er dan ooit genoeg van!?"

Nadat hij haar de adem had benomen met een hartstochtelijke kus fluisterde hij hees in haar oor: „Nope. Jij wel?"

Ze lachte en gaf zich met een gelukzalig gevoel in haar lichaam en ziel aan hem over.

Nadat ze voor de zoveelste keer hadden gevreeën en zich daarna van het bed naar de douche hadden gesleept, gingen ze op zoek naar kleding voor Lydia. Als bij toeval bleek ze dezelfde maat te hebben als Dario's zus Carmen die, efficiënt als ze was, blijkbaar in alle huizen wel een paar outfits had liggen. Hoewel ze blij was met de schone kleding wilde Lydia ook graag wat andere dingen aanschaffen, dus zei ze tijdens het ontbijt: „Myrte en ik hadden ons bedacht dat we vandaag wel konden gaan winkelen. Is dat goed of staat er iets anders op de planning? Gezien, eh … alles."

De mannen wisselden een blik van verstandhouding. Ze waren zich er heel goed van bewust dat alles binnenkort zou veranderen en dat er dan geen tijd meer zou zijn voor onbetekenende zaken zoals winkelen, dus antwoordde Dario „Prima hoor," terwijl hij ontspannen achterover leunde op zijn stoel en de mok met koffie naar zijn mond bracht.

„Hm-m," reageerde Nick bevestigend, terwijl hij genietend een hap roerei met bacon doorslikte. Zijn bord lag afgeladen vol met het eten dat *mormor* speciaal op zijn verzoek en met veel liefde voor hem bereid had. „Is goed, dan kunnen we vanavond het plan voor de komende tijd doornemen en morgen beginnen met onze training."

„Zolang we vandaag mogen shoppen, vind ik het prima." zei Myrte met een knipoog naar Lydia. „Trouwens," ging ze onschuldig verder, quasi-nonchalant haar felrood gelakte nagels bestuderend, „gezien het feit dat Lydia helemaal geen tijd heeft gehad om haar koffers te pakken omdat we haar zo'n beetje ontvoerd hebben naar dit koude oord, is er vast wel een mogelijkheid om op kosten van de zaak wat kleding aan te schaffen. Toch?"

„Wat? Nee, dat hoeft echt niet hoor!" ging Lydia er gelijk tegenin, „ik kan mijn kleding echt wel zelf betalen."

„Nonsens," wapperde Myrte haar bezwaar weg, „het is toch niet jouw schuld dat je zonder kleding in Zweden bent beland? Er is vast wel iets dat Dario voor ons kan doen." Bij die laatste zin keek ze hem grijnzend aan, uitdagend een wenkbrauw optrekkend.

Dario keek geamuseerd terug en zei droog: „Ik vraag me toch af hoe je aan dat soort interessante ideeën komt." Veelbetekenend keek hij zijn partner aan, die deed alsof hij verdiept was in zijn ontbijt. „Hoe dan ook, jullie kunnen mijn creditcard wel meenemen."

Triomfantelijk keek Myrte Lydia aan. Die schudde grinnikend haar hoofd en zei lachend: „Je bent echt onverbiddelijk, weet je dat?"

„Hoe laat zijn jullie van plan om te gaan?" vroeg Dario, een blik op zijn horloge werpend. „Nick en ik willen even bij een oude kennis langs, dus we kunnen jullie eventueel wel afzetten in de stad."

Vragend keek Myrte Lydia aan: „Over een half uur?"

Lydia knikte bevestigend.

„Oké prima," knikte Dario, „dan kunnen jullie mooi met ons meerijden. Bel maar wanneer jullie uitgewinkeld zijn, dan komen we jullie weer oppikken."

Kreunend keek Lydia haar vriendin aan: „Nee …"

„Oh jawel!" zei Myrte beslist, de tegenstribbelende Lydia een pashokje in duwend.

„Ik kan niet meer!"

„Tuurlijk wel! Ik beloof je dat we hierna gezellig ergens koffie met gebak gaan nemen en de mannen bellen, goed?"

Lydia wist dat het een retorische vraag was. Het feit dat ze zich op dat moment alweer in een pashokje bevond, betekende dat ze ook deze strijd had verloren. Bedenkelijk keek ze naar de smaragdgroene jurk die Myrte haar in handen had gedrukt voordat ze haar het pashokje in had gewerkt. Natuurlijk hield ze van mooie kleding, ze was ten slotte een vrouw, maar dít …

„Ik weet het niet hoor," zei ze door het gordijn van het pashokje tegen haar vriendin. „Als ik dit aantrek, kan ik net zo goed niets aantrekken."

„Trek nou maar aan, je zult zien dat het je geweldig staat!"

Lydia gromde iets onverstaanbaars en stak haar tong uit naar het gordijn terwijl ze Myrte hoorde gniffelen.

„Denk aan je bol," hoorde ze haar vriendin zeggen, gevolgd door een vrolijk: „Ik ga schoenen zoeken!"

Oh, dacht Lydia, hoe kon dat nou? Ergens onderweg moest ze haar bescherming zijn kwijtgeraakt. Nogmaals keek ze weifelend naar de glanzende stof van de jurk. Hoe zou ze zich daar in vredesnaam in kunnen vertonen? Nou ja, ze zou de jurk in ieder geval aantrekken, want eerder zou Myrte toch niet tevreden zijn.

„Ik heb echte killerpumps voor je gevonden, meid, precies wat je nodig hebt!" jubelend trok Myrte het gordijn van het pashokje iets opzij en stak haar de pumps toe. „Nou, kom op, trek aan!" Lydia keek haar zogenaamd boos aan terwijl ze het gordijntje weer dichttrok. „Geloof me," lachte Myrte vrolijk, „ooit zul je me dankbaar zijn!"

Ja ja, dankbaar, vast en zeker. Weer hoorde ze Myrte lachen.

„Wat zei ik nou tegen je? Denk aan je bol!"

Lydia schoof het gordijntje iets opzij en keek nieuwsgierig om het hoekje. „Hoe kan het eigenlijk dat mijn bescherming weg is? Ik heb er helemaal niets mee gedaan."

„Hm, dat wil wel eens gebeuren. We hebben het er thuis wel over."

Lydia wilde het liefst meteen weten wat er verkeerd was gegaan, maar ze begreep dat het niet echt handig was om zoiets midden in een winkel te bespreken. Bovendien snakte ze naar een kop koffie, dus besloot ze het er voor het moment maar bij te laten.

„Herstel eerst je bescherming even voordat je je omkleedt," hoorde ze Myrte door het gordijn heen fluisteren, waarna er lachend aan toegevoegd werd: „En hou op met mokken!"

Nadat Lydia haar tong nog een keer had uitgestoken, haalde ze diep adem en concentreerde zich. Ze herhaalde de oefening die ze samen met Myrte in het bos had gedaan en voelde zich gelijk een stuk beter.

„Goed zo," hoorde ze Myrte zeggen: „Geregeld."

Tevreden dat het haar in haar eentje gelukt was, begon Lydia zich om te kleden. De smaragdgroene jurk zat als gegoten en de luxe stof voelde heerlijk zacht aan op haar huid. En toch durfde ze niet in de spiegel te kijken. Dus, terwijl ze de spiegel zorgvuldig ontweek, trok ze de pumps aan die Myrte haar gegeven had en opende het gordijn op een klein kiertje. Ongemakkelijk keek ze haar vriendin aan. „Ik geloof toch echt niet dat dit iets voor me is, hoor."

„Onzin!" wuifde Myrte haar bezwaar weg. „Laat me je eens goed bekijken."

„Nou, liever n –" verder kwam ze niet, want Myrte had het gordijn al wagenwijd opengetrokken. Vlug deed ze een stapje naar achteren, waardoor ze bijna struikelde over een van haar eigen schoenen.

„Prachtig!" jubelde Myrte, „Je ziet er echt geweldig uit! Heb je al in de spiegel gekeken?"

„Nou nee, maar –" en weer kwam ze niet verder omdat Myrte haar vliegensvlug naar de spiegel omdraaide.

„Doe je ogen open joh, suffie! Waar ben je toch zo bang voor?"

Ja, vroeg Lydia zich af, waar was ze eigenlijk bang voor? Ze haalde diep adem en opende voorzichtig een oog. „Jeetje ..."

„Zeg dat wel," reageerde Myrte lachend. „Wacht maar tot Dario je zo ziet!"

„Oh nee, vergeet het maar! Ik kan me hier echt niet in vertonen hoor, wat zal iedereen wel niet denken!?"

„Nou, onder andere dat je een prachtige vrouw bent," lachte Myrte. „Trouwens, er zit een feestje aan te komen, en naar dat feestje ga jij deze betoverende jurk dragen!"

Via de spiegel keek Lydia haar vragend aan. „Een feest? Wat voor feest? Hebben de mannen dat gezegd?"

„Nee, dat niet," antwoorde Myrte, „hou het er maar op dat ik een heldere ingeving heb gehad."

„Hm," reageerde Lydia sceptisch, „en in jouw heldere ingeving droeg ik dit nauwsluitende groene ding?"

„Zoiets, ja," reageerde Myrte grijnzend, „dus we nemen hem mee." Na die woorden trok ze het gordijn van het pashokje weer dicht en zei: „Nou, kom op, trek je andere kleren weer aan en laten we wat gaan drinken, ik ben uitgedroogd!"

Lydia schudde haar hoofd. Ze had tijdens het winkelen ontdekt dat Myrte geen genoegen nam met ‚nee' als ze ‚ja' wilde horen, dus kon ze het maar beter opgeven. Dat jurkje en de pumps gingen mee naar huis, of ze het er nu mee eens was of niet. „Oké," hoorde ze zichzelf dus zeggen, „we nemen hem mee."

17

Met een zucht van opluchting liet Lydia zich op een stoel zakken. „En nu verzet ik geen stap meer totdat ik koffie met gebak heb gehad!" verklaarde ze opstandig als een kind.

Myrte schoot in de lach. „Prima hoor, we hebben toch alles wat we nodig hebben." Tevreden dacht ze aan de prachtige groene jurk met bijpassende pumps. Morgen zou alles beginnen, dan zouden ze –

Haar gedachten werden onderbroken doordat Lydia vroeg: „Heb jij vaak visioenen? Hoe werkt dat eigenlijk?"

Ze begreep dat haar vriendin behoefte had aan uitleg en humde instemmend: „Hm-m. Visioenen, ingevingen, voorspellende dromen. Soms komen ze spontaan, bijvoorbeeld als ik slaap of iets vastpak, maar ik kan ze ook opwekken. Het ligt een beetje aan de situatie, zeg maar."

Nadenkend keek Lydia haar aan. „Kun je mij dat ook leren?"

„Ja hoor. Iedereen kan beelden en gevoelens leren oproepen, het is een kwestie van concentratie en je openstellen voor het universum. Er bestaan ook wat je noemt zieners, zoals Dario's zus Carmen, die dingen kunnen zien zonder dat ze er iets specifieks voor hoeven te doen, maar dat is vrij uniek. Ikzelf ontvang informatie vaak via mijn dromen, omdat ik me daar het prettigst bij voel."

„Ben je zo ook bij mij terecht gekomen, via een droom?"

„Half en half," knikte ze. „In een van de manuscripten die binnen onze familie al generaties lang wordt doorgegeven las ik over de op handen zijnde oorlog. Het manuscript verhaalde over een bijzondere vrouw, een halfgodin, die zich aan het begin van de oorlog nog niet bewust zou zijn van haar afkomst en hulp nodig zou hebben om haar krachten te ontdekken. Ik besloot naar je op zoek te gaan en die nacht heb ik over je gedroomd."

Ze dacht even terug aan het moment voor ze verderging. „Toen ik Nick voor het eerst ontmoette, wist ik dat hij en ik in voorgaande levens geliefden waren geweest. Ik zag vlagen van onze levens samen en ik wist in mijn hart dat hij degene was die me naar jou zou brengen. En toen ik jou ontmoette, leek alles op zijn plek te vallen. Het voelde alsof mijn lotsbestemming eindelijk was begonnen, en alles wat ik tot dan toe had gedaan en geleerd naar dat ene moment had geleid. Hoe overdreven dat ook mag klinken. We worden naar elkaar toe getrokken, weet je. Jij en ik, Dario, Nick en alle anderen die een rol spelen binnen dit verhaal. Ieder leven komen we weer bij elkaar terecht, net zolang tot we onze taak hier op aarde hebben volbracht."

Een serveerster kwam hun bestelling opnemen en nadat ze die hadden doorgegeven keek Lydia haar vriendin peinzend aan. „Dus eigenlijk hebben we geen eigen wil?"

Myrte begon te lachen en keek haar vrolijk aan. „Natuurlijk wel! Het universum wil graag dat we een bepaald pad bewandelen en ons volledige potentieel benutten, maar uiteindelijk is de keuze aan ons. Bovendien ken je de uitdrukking ‚Er zijn meerdere wegen die naar Rome leiden' toch wel? Er zijn oneindig veel mogelijkheden om dingen te realiseren, oneindig veel paden die naar hetzelfde eindpunt leiden. Zoveel dat wij het simpelweg niet kunnen bevatten. Weet je nog dat ik je tijdens onze eerste ontmoeting vertelde dat verleden, heden en toekomst met elkaar vervlochten zijn en dat ze in feite gelijktijdig plaatsvinden?"

Lydia knikte.

„Tegenwoordig wordt die theorie het *blok-universum* genoemd. De theorie is zo oud als het universum zelf, maar mensen verzinnen nu eenmaal graag nieuwe namen voor oude dingen." Ze glimlachte en nam een slokje van haar cappuccino. „De blok-universumtheorie stelt zich het universum voor als een vierdimensionaal geheel: drie eenheden tijd en één eenheid ruimte. Stel je bijvoorbeeld eens voor dat er een glazen kubus om het universum heen wordt geplaatst. Als je je binnenin die kubus bevindt, lijkt het alsof verleden, heden en toekomst na elkaar plaatsvinden, in chronologische volgorde. Kijk je van buitenaf de kubus in dan is het alsof verleden, heden en toekomst gelijktijdig plaatsvinden. Het is allemaal een kwestie van perceptie." Ze hield op met praten omdat de serveerster de rest van hun bestelling kwam brengen en zei vervolgens: „Heerlijk zeg, die *fika*, dat zouden ze in ieder land moeten hebben. Koffie, zoetigheid, ontspanning en écht even tijd nemen voor elkaar. Wat kan een mens zich nog meer wensen?"

„Nou, een beetje meer duidelijkheid zou wel fijn zijn," antwoordde Lydia droog.

Myrte begon hartelijk te lachen. „Het is wel erg veel hè, zo op de nuchtere maag."

Lydia grimaste instemmend terwijl ze een hap kruimeltaart met bosbessen in haar mond stak.

„Hoe dan ook," ging Myrte verder, „maak je maar niet te druk om de theorie, want uiteindelijk gaat het om de praktijk. Om gevoel en energie en dingen doen. We zijn hier niet om droge lesstof in je hoofd te stampen, de enige reden dat ik de achterliggende theorieën ken, is omdat ik ermee ben opgegroeid. Datzelfde geldt voor Nick en Dario, maar niemand verwacht dat jij dit binnen een dag allemaal uit je hoofd kent."

Lydia had haar stuk taart ondertussen naar binnen gewerkt en nam een slok van haar latte macchiato terwijl ze rondkeek. Iedereen leek zo ... normaal. Niemand leek zich ervan bewust te zijn dat de wereld veel magischer was dan op het eerste oog te zien was. Aan de andere kant, Myrte en Dario en Nick wisten er ook van en die gedroegen zich ook als normale mensen, dus wie weet hoeveel heksen zich hier bevonden. Waarschijnlijk meer dan ze dacht.

„Maak je je zorgen?" vroeg Myrte. „Je zit weer te fronsen."

Lydia keek haar vriendin aan. „Ik vroeg me af hoeveel mensen in deze ruimte zich bewust zijn van ... alles. Er zijn toch zeker wel meer mensen op de wereld die weten wat er speelt?"

„Oh ja, hoor," bevestigde haar vriendin. „Er zijn mensen die ervan weten en er niets mee doen, er zijn mensen die ervan weten en er wel iets mee doen, en er zijn mensen die erover gehoord hebben en alles afdoen als nonsens. En dan is er natuurlijk de eeuwenoude verdeling in de twee groepen waar Dario het over had, goed en kwaad. De ene groep wil de wereld naar het volgende niveau tillen en de aanwezige krachten positief aanwenden, de andere groep denkt alleen maar aan macht en eigen gewin. Daarom zal er ook oorlog uitbreken. Feitelijk is dat altíjd de reden dat er oorlog uitbreekt," verzuchtte ze.

„Uiteindelijk draait het dus allemaal om macht," reageerde Lydia.

Myrte knikte. „Het verschil is alleen dat de ene groep haar macht wil gebruiken om orde en vrede te handhaven terwijl de andere groep de wereld zoals we die kennen wil vernietigen en de mensheid aan zich wil onderwerpen. En dat laatste moeten we koste wat kost zien te voorkomen, dat is ónze taak in dit leven."

Lydia haalde maar eens diep adem. „Het is me het dagje wel weer."

„Geloof me, je raakt eraan gewend."

Terwijl Lydia en Myrte nog volop aan het winkelen waren, liet Dario het bestuurdersraam van de Volvo zakken en drukte op de intercom bij de poort van het indrukwekkende landgoed. Hij hoorde de zoemer overgaan, gevolgd door een beleefd „Goedemorgen, zegt u het eens," in het Zweeds.

„Goedemorgen," reageerde hij. „De heren Los Velez en De la Soare voor graaf Magnusson."

Even bleef het stil, toen ging de poort langzaam open en zei de stem: „Komt u alstublieft verder, u wordt verwacht."

In een rustig tempo reed Dario de oprit over naar het prachtige landhuis. Ook hier was alles bedekt met een dikke laag helderwitte sneeuw, wat het geheel een puur en maagdelijk aanzien gaf.

„Precies zoals ik het me herinner," mompelde Nick, om zich heen kijkend naar de prachtige omgeving. Het landgoed straalde zo'n rust uit dat het haast misdadig voelde om er met een auto doorheen te rijden. Een koets met paarden leek meer op zijn plek.

Statig rees het landhuis voor hen op. Met de spierwitte muren en het zwarte dak leek het gemaakt te zijn voor de sprookjesachtige omgeving. De kleine ruitjes van de uitbouw aan de zijkant van het huis weerkaatsten het zonlicht, en potten met felgekleurde bloemen brachten kleur in het zwart-witbeeld.

Dario knikte instemmend. „Hopelijk vinden we hier wat we nodig hebben." Terwijl hij de auto parkeerde, werd de deur open-gedaan door een gezette man van middelbare leeftijd die vrolijk naar hen zwaaide. Dario herinnerde zich grinnikend dat graaf Magnusson nooit veel op had gehad met de etiquette die gepaard ging met zijn titel. Hij deed liever zelf de deur open dan dat hij dat door zijn bedienden liet doen en schonk zijn gasten liever zelf iets te drinken in dan dat hij een ander daartoe opdracht gaf. Uiteraard gedroeg hij zich bij openbare aangelegenheden altijd precies zoals dat van een man met zijn status verwacht werd, maar wanneer hij onder vrienden was, lapte hij de regels aan zijn laars.

Met uitgestoken armen kwam hij op hen aflopen en omhelsde beide mannen hartelijk. „*Pojkar*, dat is lang geleden!"

„*Kära vän*, dat is het inderdaad! Je moet jezelf hier ook niet zo opsluiten," reageerde Dario lachend.

„Inderdaad," haakte Nick erop in, „het is eeuwen geleden dat je bent afgedaald naar het zonnige zuiden. Het wordt tijd dat je de familie weer eens komt verblijden met je gezelschap. Je weet dat tante Rosita een zwak voor je heeft."

Ze zagen hoe de graaf lichtjes begon te bozen. „Ach ja, Rosita ..." reageerde hij dromerig, voordat hij zich haastig omdraaide en naar de deur liep. „Kom toch binnen, jongens, daar is het een stuk warmer dan hierbuiten. Hebben jullie zin in koffie?"

Dario en Nick wisselden een geamuseerde blik alvorens de graaf te volgen. Iedereen wist dat hij en tante Rosita stapelgek op elkaar waren; het was alleen de vraag wanneer ze dat eindelijk eens zelf zouden toegeven. Om hun vriend echter niet verder in verlegenheid te brengen veranderde Dario van onderwerp toen ze zich van hun jassen ontdaan hadden en in de herenkamer waren gaan zitten. In de grote haard brandde een aangenaam vuur en de geur van pijptabak vulde de ruimte. „Hoe is het je verder vergaan afgelopen maanden, oude vriend? Ben je nog op reis geweest, of heb je echt alleen maar met je neus in de boeken gezeten en je als kluizenaar gedragen?" plaagde hij de graaf.

„Ach," reageerde die, schouderophalend zijn pijp aanmakend, „je weet hoe het gaat: feestje hier, verplichtinkje daar en af en toe een uitstapje naar een onbekende bestemming." Zijn ogen twinkelden ondeugend. „Straks zal ik jullie alles vertellen over mijn avonturen, maar nu zou ik eerst graag wat meer horen over de reden van jullie bezoek. Je klonk nogal opgewonden aan de telefoon," zei de graaf, Dario geïnteresseerd aankijkend.

Nick begon te grinniken. „Je moet hem zijn opwinding maar niet kwalijk nemen. Onze vriend hier is namelijk tot over zijn oren verliefd."

„Is het werkelijk?" reageerde de graaf verbaasd. „Bij de goden, dat ik dat nog mag meemaken! Wat zal je moeder blij zijn, die dacht volgens mij dat je eeuwig vrijgezel zou blijven." Zoals altijd nam de graaf zich geen blad voor de mond. Even dacht hij na, om vervolgens enthousiast uit te roepen: „Dat vraagt om een feest!"

Dario kreunde terwijl Nick hem vol leedvermaak aankeek. „Dat is heel aardig, echt, maar ik vrees dat we op dit moment belangrijkere zaken aan ons hoofd hebben."

„Welnee jongen, er is altijd tijd voor een goed feest, dat geeft de burger weer moed!"

Dario zuchtte gelaten, hij wist dat de graaf helemaal in zijn nopjes was als hij een feest kon geven. Zijn grote, veelal ietwat extravagante feesten genoten wereldwijde bekendheid en waren erg gewild onder de adel en rijkere bevolking. Telepathisch wisselde hij van gedachten met Nick. Misschien was het voor de vrouwen wel goed om hier in de omgeving wat mensen te leren kennen, dat kon zomaar van pas komen.

De Graaf zag aan Dario's gezicht dat hij gewonnen had. „Mooi, dat is dan geregeld! Ik verzorg een feest ter ere van jou en je toekomstige vrouw."

Op dat moment proestte Nick het uit. „Op je toekomstige vrouw," zei hij grijnzend, zijn koffiekopje heffend in een proostend gebaar.

Zuchtend schudde Dario zijn hoofd.

„Mis ik hier iets?" vroeg de graaf peilend.

Dario bromde iets onverstaanbaars terwijl Nick bleef grijnzen.

„Hm," met een inschattende blik keek de graaf van de één naar de ander, „ik krijg zomaar het gevoel dat hier een weddenschap in het spel is ..." Eén blik op het tweetal zei hem genoeg, dus vroeg hij met pretlichtjes in zijn ogen: „Kan ik nog inzetten?"

Nadat ze de graaf hadden bijgepraat over de weddenschap was het de hoogste tijd om hem ook de rest te vertellen, dus zei Dario zonder omwegen: „We hebben haar gevonden."

De graaf wist gelijk over wie hij het had en zijn ogen begonnen te stralen. „Is het werkelijk!? Hebben jullie de laatste nakomeling van Artemis opgespoord? Die van de profetie?"

Dario knikte.

„En drie keer raden wie die dame is," zei Nick knipogend.

De graaf keek van Nick naar Dario. „Wel heb je ooit ... Zíj is je toekomstige vrouw?" Er ontsnapte de graaf een bulderende lach. „Dat doe je goed! Zoals altijd weer hoog ingezet."

Enigszins gekwetst keek Dario hem aan: „Zo zit het helemaal niet."

„Ach jongen toch, zo bedoelde ik het niet," reageerde de graaf, die zag dat hij een gevoelige snaar had geraakt. „Het is gewoon weer een grappige speling van het lot dat juist zíj degene is aan wie jij je hart hebt verloren." Hij hief zijn hand toen hij zag dat Dario daarop wilde reageren. „Nee, nee, zeg maar niets. We weten alle drie dat de goden ons soms op vreemde manieren bespelen. Gezien het feit dat wij aan de kant van licht en liefde staan, zullen we er maar vanuit gaan dat ze ons goedgezind zijn en jou en de afstammeling van Artemis een lang en gelukkig leven toewensen. Trouwens," vroeg hij, met zijn pijp gebarend: „hoe heet de dame in kwestie eigenlijk?"

„Lydia White," antwoorde Dario, met een stem waarin zijn gevoelens voor haar doorklonken.

„Lydia," de graaf liet haar naam over zijn tong rollen, alsof hij van een goede wijn proefde. „Als ik me niet vergis betekent dat ..." Hij fronste zijn wenkbrauwen terwijl hij zijn geheugen afspeurde naar het antwoord. „Schoonheid," zei hij, triomfantelijk een vinger opstekend. „Lydia betekent schoonheid."

Dario grijnsde als een verliefde dwaas. „Klopt. En al zeg ik het zelf, ze doet haar naam eer aan."

„Ik had niet anders verwacht, jongen," reageerde de graaf.

„Goed, genoeg verliefd gezwets," kwam Nick tussenbeide. Hij wist dat de graaf een eeuwige romanticus was en zijn partner was op dat moment niet veel beter, dus aan hem de taak om iedereen bij de les te houden. „Je vroeg ons naar de reden van onze komst."

De graaf knikte opgewonden.

„Lang verhaal kort: we zijn op zoek naar de boog van Artemis. Heb jij enig idee waar we die kunnen vinden?"

„De boog van Artemis." De graaf dacht even na. „De laatste keer dat ik daarover gehoord heb, was tijdens een bijeenkomst in India." Peinzend nam hij een trekje van zijn pijp. „Als ik me niet vergis, was daar een Turkse professor die claimde dat de Grieken haar boog hadden gestolen uit het museum in Istanbul." Hij schudde zijn hoofd om aan te geven dat hij dat als onzin beschouwde. „Dat eeuwige gezeur tussen de Grieken en de Turken. Je zou toch verwachten dat ze daar ondertussen wel een keer overheen zouden zijn." Weer schudde hij zijn hoofd. „Hoe dan ook, volgens die professor hebben de Grieken de boog van Artemis dus weer in hun bezit en als dat echt zo is, hebben ze hem waarschijnlijk opgeborgen in de schatkamer van Olympus."

Nadenkend keek Dario hem aan. „En hoe realistisch is het om te hopen dat de Grieken die boog op korte termijn aan ons afstaan? Al is het maar tijdelijk."

„Hm, erg twijfelachtig," reageerde de Graaf bedenkelijk. „Eerlijk gezegd denk ik niet dat dat ooit gaat gebeuren. Het is toch erfgoed."

„Daar was ik al bang voor," zuchtte Dario.

„We kunnen er een team op afsturen," peinsde Nick, „maar dat gaat wel even duren en zoveel tijd hebben we volgens mij niet meer. Ik voel aan m'n water dat er iets staat te gebeuren."

„Hier nog één," reageerde Dario instemmend, met zijn vingers op de armleuning van de oorfauteuil trommelend.

„Misschien dat ik iets anders voor jullie kan regelen," zei de Graaf nadenkend. „Iets dat net zoveel kracht heeft als de boog, of misschien zelfs wel meer."

Vragend keken de mannen hem aan.

De graaf schudde zijn hoofd. „Vraag maar niets, dat is veiliger voor ons allemaal. Ik kan helaas nog niets beloven, maar als jullie ervoor zorgen dat jullie morgenavond hier zijn voor het feest, probeer ik jullie hetgeen ik in gedachten heb dan te overhandigen."

18

Nadat de mannen beloofd hadden naar het feest te komen, reden ze terug naar de stad. Myrte had ondertussen gebeld om door te geven dat ze klaar waren met winkelen en hen de naam gegeven van het cafeetje waar ze zich hadden geïnstalleerd. Toen de deur van het café openging en Lydia begon te stralen wist ze genoeg. De mannen gingen bij hen aan tafel zitten en zagen er tevreden uit, waaruit ze opmaakte dat ook hun tripje naar wens was verlopen.

„En," vroeg Dario, „geslaagd?"

„Nou en of!" reageerde Myrte snel, zodat Lydia niet de kans kreeg om te klagen over het feit dat ze haar vrijwel iedere winkel in en uit had gesleept. „Jullie ook?"

Nick moest grinniken om de boze blik die Lydia Myrte toewierp en antwoordde: „Zeker. Het was een interessant bezoek."

„En," haakte Dario aan, „we zijn gelijk uitgenodigd voor een feest. Morgenavond, in het landhuis van graaf Magnusson."

Lydia wierp Myrte, die haar triomfantelijk grijnzend aankeek, een verbaasde blik toe en richtte haar aandacht toen weer op Dario. „Graaf Magnusson? Wie is dat?"

„Een oude vriend van de familie," reageerde hij. „Een hele slimme man, met status en connecties en een hart van goud."

„Die smoorverliefd is op Dario's tante Rosita, maar dat niet durft toe te geven," vulde Nick met pretogen aan.

„Aha," reageerde Myrte droog, „nog zo'n man die zijn gevoelens niet durft te onderkennen."

„Touché," grijnsde Dario.

Nick wierp hem een geïrriteerde blik toe en bromde: „Let jij nou maar op jezelf."

Lydia schudde haar hoofd. „Eh, dat feest. Wat is dat precies voor een feest? Ik bedoel, wat moeten we aan?"

„Nou," zei Dario, „de graaf kennende wordt het waarschijnlijk een exclusief feestje. Hij wil pronken."

„Pronken?" vroeg ze niet begrijpend.

Hij knikte. „Pronken ja, met jou."

„Hè? Ik ken hem niet eens."

Dario schraapte zijn keel en keek enigszins ongemakkelijk. „Nou, in het kort komt het erop neer dat hij weet van de profetie en erg blij is dat we jou hebben gevonden. En toen hij hoorde dat jij en ik een, eh, relatie hebben, moest en zou hij een feestje geven. Ter ere van jou."

Met samengeknepen ogen keek ze hem aan, hij verzweeg iets.

Myrte dacht er hetzelfde over, maar had al verzonnen dat ze Nick later de waarheid wel zou ontfutselen, daarom gaf ze haar vriendin onder de tafel een zacht schopje tegen haar been.

Lydia begreep de hint en zei: „Oké. Nou, dat is heel aardig van hem. Hoe moeten we hem noemen? Graaf Magnusson?"

Opgelucht dat ze niet doorvroeg, begon Dario te grinniken. „Zijn officiële titel is Graaf Maximilian August Fredrik Vilgot Magnusson, maar hij wordt liever gewoon Max of graaf Magnusson genoemd. En misschien is hij een beetje extravagant, maar hij heeft altijd het beste met iedereen voor. Ik zal je later nog wel wat meer over hem vertellen."

Toen ze klaar waren met de *fika* en weer thuis waren, trokken Dario en Nick zich terug voor een korte telefonische vergadering terwijl Lydia en Myrte gebruik maakten van de sauna.

„Wat is dit hemels, zeg," spinde Myrte, zich zwetend uitrekkend.

„Hemels?" kreunde Lydia. „Ik zou het hier in de hitte eerder hels noemen."

Myrte schaterde het uit en schudde haar hoofd. „Wat ben je soms toch een heerlijk watje."

„Ja wat nou!? De halve dag heb je me winkel in- winkel uitgesleept om van alles te passen, en nu zitten we hier in een stoompan. Ik vind dat ik het recht heb om te klagen," mopperde Lydia.

„Nou," reageerde Myrte vrolijk, „klaag jij nog maar even door, dan ga ik verzinnen wat de mannen vandaag hebben uitgespookt."

Dat was waar, realiseerde ze zich, Myrte had iets met haar willen bespreken. „Nu je het zegt, wat was er vanmiddag?"

Triomfantelijk keek Myrte haar aan. „Toch goed hè, dat we die jurk hebben meegenomen?"

Lydia stak haar tong naar haar uit.

Myrte negeerde het en ging op serieuze toon verder. „Morgen gaat het beginnen, dan zal de tegenpartij zich aan ons tonen. Ik heb erover gedroomd. En ik ben van plan om Nick straks te ontfutselen wat hij en Dario vandaag bekokstoofd hebben met die graaf."

Lydia onderdrukte de neiging om haar armen om zich heen te slaan en voelde ondanks de hitte van de sauna een koude rilling door haar lijf gaan.

„Hey," Myrte zag de paniek over haar gezicht flitsen en legde haar hand even op Lydia's arm. „Niet bang zijn meid, wij zijn bij je."

Lydia verbeet haar angst en begon diep in en uit te ademen. „Weet je," zei ze ineens, „ik denk niet dat ik degene ben naar wie jullie op zoek zijn. Ik ben niet speciaal. Ik ben opgegroeid in een weeshuis waar ik er één in een dozijn was en heb nog nooit gemerkt dat ik over magische krachten of speciale talenten of wat dan ook beschik. Ik weet niet wat jullie in me denken te zien en wat jullie van me verwachten, maar ik geloof nooit dat ik kan helpen." Zo, het hoge woord was eruit.

Even bleef het stil, toen zuchtte Myrte „Ik begrijp het. Ik kan me voorstellen dat dit allemaal heel erg eng voor je is. Je leven is op zijn kop gezet en je hebt ook nog eens te horen gekregen dat de uitkomst van een op handen zijne oorlog tussen goed en kwaad afhangt van jou. Dat is niet niets. We hadden dit het liefst ook anders aangepakt, zodat je meer tijd zou hebben gehad om te wennen aan het idee, maar helaas is die tijd ons niet gegund. De problemen komen eraan en het is onze taak om jou voor te bereiden op de strijd."

Had Myrte überhaupt wel iets gehoord van wat ze net gezegd had? „Ja maar, ik ben niet bijzonder," herhaalde ze, de laatste vier woorden ieder met klem uitsprekend.

„Dat ben je wel, Lydia, alleen moet je dat zelf nog leren inzien. En je hebt nog een hoop te leren, daar gaan we morgen gelijk mee aan de slag. Vandaag hebben de mannen ons onze gang laten gaan, omdat ze wisten dat we het nodig hadden, maar vanaf morgen moeten we keihard aan de slag. Magie, wapens, vechtsporten, je moet alles leren beheersen."

Bedenkelijk keek Lydia haar aan. „Ik weet het niet. Volgens mij is dit verspilde tijd en kunnen jullie beter op zoek gaan naar degene die jullie écht kan helpen."

Myrte schudde haar hoofd. „Sorry meid, jij bent de uitverkorene. Ik begrijp dat je het liever anders zou zien, maar het is nou eenmaal zo. Wíj hebben alle vertrouwen in je, dus hopelijk kun jij ook leren om vertrouwen in jezelf te hebben."

Verslagen keek Lydia voor zich uit. Myrte wilde haar niet geloven.

„Kom," zei Myrte opgewekt, dan gaan we in ons blootje door de sneeuw rennen."

Lydia keek haar verbijsterd aan. „Hoe kun jij toch altijd zo vrolijk zijn? Ik vertel je net dat ik niet de persoon ben die jullie zoeken en jij doet alsof er niets aan de hand is."

Met een blik vol medeleven keek Myrte haar aan. „Om het maar even recht voor z'n raap te zeggen: ik mag me niet laten beïnvloeden door jouw onzekerheid. Wij zijn hier om jou alles te leren wat we weten, of in ieder geval zoveel mogelijk. Ik snap dat je onzeker bent, maar jij bent de uitverkorene. Of je dat nu wilt of niet. Het enige probleem waar wij mee zitten, is dat jij moet willen leren. Want als je dat niet wilt, dan houdt het op. Dus, lieve Lydia, ben je bereid om je de komende tijd volledig in te zetten voor het goede doel, al ben je er op dit moment niet zeker van dat je de uitverkorene bent?"

Lydia keek weifelend naar de hand die Myrte haar toestak.

„Denk eraan," zei Myrte streng, „als je mijn hand schudt, wil ik niet meer horen dat je niet degene bent die we zoeken. Je mag ons best laten weten dat je je onzeker voelt, maar als je mijn hand schudt, ga je ermee akkoord dat wij je alles gaan leren wat je weten moet en stribbel je niet meer tegen."

Nog even keek Lydia naar de hand, toen pakte ze hem beet en knikte. „Oké, ik ga mijn best doen."

Myrte glimlachte tevreden. „Dat is alles wat we van je vragen."

's Avonds tijdens het eten werd er gepraat over het trainingsplan dat de mannen hadden opgesteld. Myrte was verantwoordelijk voor Lydia's inwijding in de magie, Nick zou haar leren hoe ze wapens moest hanteren, en Dario zou haar diverse vechtsporten aanleren. Verder waren ze tot de conclusie gekomen dat er nog heel veel gelezen moest worden over de verschillende vijanden die achter hen aan zaten, omdat het erop leek dat er verbonden waren gesloten die nu ook samenwerkten. Tijdens het korte overleg eerder op de dag waren Dario en Nick door het thuisfront bijgepraat over de meest recente ontwikkelingen, die op zijn minst zorgwekkend te noemen waren. Iedereen die Lydia liefhad, werd nu dag en nacht bewaakt om ervoor te zorgen dat hun vijand haar niet via die weg te grazen kon nemen.

Lydia hoorde alles met angst in haar hart aan. Dit ging niet alleen meer om haar; haar familie en vrienden waren er nu ook bij betrokken. Ze moést wel slagen, om hen te beschermen.

Dario legde zijn hand op de hare en keek haar vol genegenheid en vertrouwen aan. „Dus, morgen om zes uur ontbijt en daarna gaan we aan de slag."

Ze knikte.

„Zullen we ons dan nu excuseren en een ritje in de sneeuw gaan maken? *Morfar* is zo aardig geweest om de slee met rendieren voor ons klaar te maken."

„Kan dat?" vroeg ze, haar ogen oplichtend bij het idee.

„Jazeker. Morgen moeten we aan de bak, maar vanavond mogen we nog even genieten." Hij hielp haar opstaan en zei plagend tegen Nick en Myrte „Jullie vermaken je verder wel, toch?" Zonder op antwoord te wachten, draaide hij zich om en trok Lydia achter zich aan naar de hal.

„Gaat *morfar* met ons mee om de slee te besturen?" vroeg Lydia, zich klaarmakend om naar buiten te gaan.

„Nee, dat doen we zelf," antwoordde Dario, terwijl hij glimlachend een muts over haar hoofd trok. Hij keek verlangend naar haar lippen en drukte er een tedere kus op. Niet meer dan dat, sprak hij zichzelf streng toe, anders kom je hier niet weg. Hij pakte haar hand en nam haar mee naar buiten.

Met stralende ogen keek Lydia naar de slee die voor het huis stond. Er stonden twee prachtige rendieren voor die er zo lief uitzagen dat ze zich niet kon inhouden. „Mag ik ze aaien?" vroeg ze opgewonden.

„Als zij dat willen dan mag dat. Ze hebben over het algemeen een nogal uitgesproken mening, dus als ze je niet aardig vinden dan merk je dat vanzelf."

Ze wist dat hij haar alleen maar plaagde en liep op de rendieren af. Die bleven rustig staan en keken haar nieuwsgierig aan, waardoor ze het idee kreeg dat zij haar net zo interessant vonden als zij hen. „Ik heb nog nooit een rendier in het echt gezien," zei ze, terwijl ze haar hand over hun vacht liet gaan. „Wat zijn ze mooi en lief."

De rendieren vonden het allemaal prima, zag Dario. Wederom een bewijs dat Lydia de uitverkorene was, want dit waren de twee dieren uit de kudde die zich normaal gesproken niet zomaar lieten aanraken. „Wil je hun namen weten?"

Lydia knikte en hoorde tegelijkertijd twee stemmen in haar hoofd. „Rudolph en Comet," herhaalde ze, en keek hem met grote ogen aan.

Hij knikte en lachte haar toe, blij dat ze zich begon open te stellen voor haar krachten. „Klopt."

Verbaasd keek ze naar de rendieren. Kon ze met hen praten? De dieren waren echter alweer druk bezig met het mos dat voor hen op de grond lag en besteedden verder geen aandacht aan haar. „Hey," zei ze ineens, „is dit dé Rudolph? Degene die zijn gewei in jouw bil heeft geplant?" Dat laatste zei ze met twinkelende ogen.

Enigszins zuur keek Dario haar aan. „Ja, dat is dé Rudolph. Wij hebben een haat-liefde relatie. Zolang we elkaar respecteren gaat het prima, maar als één van ons de baas probeert te spelen over de ander dan gaat het mis." Hij aaide Rudolph over zijn hals en hoorde hem een instemmend geluid maken. „Kom," hij stak zijn hand naar haar uit, „dan gaan we op pad." Hij hielp haar de slee in en ging nadat hij de rendieren had losgemaakt naast haar zitten. Met wat geklik van zijn tong en aanmoedigende Zweedse woordjes motiveerde hij de rendieren om zich in beweging te zetten, en al snel lieten ze de villa achter zich.

Ze zaten heerlijk weggedoken onder een warme deken en genoten van de schoonheid van het landschap. Bomen en struiken verstopt onder een dikke laag sneeuw, kuddes wilde elanden, waarvan Dario haar uitlegde dat die eigenlijk helemaal niet wild waren, maar bij een elandenfarm hoorden die hen vrij liet rondlopen, en een betoverend uitzicht. „Het is net winterwonderland," zuchtte Lydia,

Dario humde instemmend en sloeg zijn arm om haar heen. Kon het maar altijd zo blijven. Hij wilde niet denken aan wat er voor hen lag, aan de strijd op leven en dood. Het was erop of eronder en dat wisten ze allemaal. Eeuwenlang had dit gevecht in het verschiet gelegen en nu was de beslissende tijd aangebroken. Diep ademde hij de heldere berglucht in. Maar niet vanavond. Deze avond was van hen, om te genieten.

„Kijk," hoorde hij Lydia opgewonden zeggen, „een klein hutje!"

Hij genoot van haar enthousiasme en zei: „Klopt, dat is een *stuga*, daar gaan we even pauze houden." Hij reed naar het kleine, falurode huisje toe, zette de rendieren vast aan de daarvoor bestemde paal en gaf hen nog wat mos. Daarna hielp hij Lydia de slee uit en opende de deur van het knusse huisje, waar het haardvuur al brandde.

Lydia keek om zich heen om alles zo goed mogelijk in zich op te nemen en bewonderde de eenvoud van het geheel. De *stuga* bestond uit een woonkamer met sofa en open haard, met in dezelfde ruimte ook een keuken met een eettafel en vier stoelen. Ze zag dat Dario naar het hout gestookte fornuis liep om de chocomelk die ze hadden meegenomen op te warmen en dwaalde zelf nog even verder door het huisje. Een slaapkamer met tweepersoonsbed en kledingkast, en een kleine badkamer met wastafel, douche en toilet waren de enige andere kamers die ze vond. Op de bank en het bed zag ze kleurige, gehaakte kleedjes en kussentjes liggen, voor de ramen hingen kanten gordijntjes en op de vloer lagen dierenhuiden. Ze vond het prachtig.

Dario had ondertussen zijn dikke overkleding uitgetrokken en het leek haar een goede idee om zijn voorbeeld te volgen. Toen ze zich ervan ontdaan had, bood hij haar een mok warme chocomelk aan en gebaarde naar de bank. „Zullen we even gaan zitten?" Ze knikte en vlijde zich naast hem op de bank, genietend van de warmte van het haardvuur. Nadat ze een tijdje gezellig hadden zitten praten vroeg ze nieuwsgierig: „Wat is dit eigenlijk voor een hutje?"

„Dit is een jacht-*stuga*, een hutje dat gebruikt wordt als uitvalsbasis voor de jacht. Mijn vader heeft het lang geleden aan *morfar* gegeven, zodat die er af en toe even tussenuit kon met zijn zoon. *Morfar* heeft mijn broers en mij hier leren jagen, toen we een jaar of zeven waren."

„Zeven jaar!" reageerde Lydia onthutst.

Nonchalant haalde hij zijn schouders op. „Mijn ouders wisten dat mijn broers en ik in hun voetsporen zouden treden en vonden het geen probleem. Jong geleerd oud gedaan, zullen we maar zeggen."

Lydia keek hem aan alsof hij gek was geworden. Ze had niets tegen zijn ouders, maar een kind van zeven leren schieten, klonk nou niet bepaald verantwoord.

Dario zag dat ze ontdaan was en probeerde haar gerust te stellen. „Je moet weten dat ik ben opgegroeid met het besef dat ik een rol te vervullen heb in de komende strijd. Ik ben opgeleid tot een van de besten in mijn vakgebied, gewoon omdat dat moést. Al zolang als ik me kan herinneren, heb ik het gevoel gehad dat ik hiervoor bestemd ben. Misschien lijkt het onverantwoord dat mijn ouders ons op zo'n jonge leeftijd zijn gaan trainen, maar dat is een keuze die ze heel bewust hebben gemaakt. Ze wilden ons voorbereiden. Op alles."

Lydia liet zijn uitleg bezinken. Als je het zo bekeek, vond ze het eigenlijk wel logisch dat zijn ouders die keuze hadden gemaakt. Feitelijk was hun handelen gelijk aan het handelen van ouders met een kind dat wist dat hij profvoetballer wilde worden, zulke ouders moesten ook van alles doen en laten om het kind vooruit te helpen. Nou ja, zolang hij hun kinderen niet op zevenjarige leeftijd ging leren schieten, vond zij het prima. Ze verslikte zich en voelde zich rood aanlopen. Hún kinderen!? Hoe kwam ze daar nou ineens bij?

„Hey, alles oké?" vroeg Dario bezorgd.

Ze hoestte en proestte en stak haar duim op om aan te geven dat het goedging. „Alles oké," piepte ze, „ik verslikte me alleen."

Hij wachtte tot ze was uitgehoest en zei toen spijtig: „Helaas moeten we zo wel weer terug naar de villa, hoe heerlijk ik het hier ook vind. We kunnen best nog een keer terugkomen en dan blijven slapen, maar aangezien we morgen om zes uur klaar moeten staan voor het ontbijt en de daaropvolgende training lijkt het me beter om de nacht thuis door te brengen, anders moeten we wel heel vroeg opstaan."

Lydia knikte. Hoe jammer ze het ook vond dat ze hier niet konden blijven; ze wist dat hij gelijk had. Morgen was een belangrijke dag, dan zou ze moeten bewijzen wat ze waard was. Ze had voor zichzelf besloten dat ze er voluit voor zou gaan. Myrte had gelijk, ze kon zich niet blijven verschuilen achter het verleden en haar leven laten regeren door onzekerheid en angst. Ze was sterker nu en ze zou haar vrienden en zichzelf bewijzen dat ze hun vertrouwen waard was. Ze zou alles geven wat ze in zich had en ging haar uiterste best doen om zo goed mogelijk voorbereid de strijd in te gaan.

Dario zag de verschillende emoties over haar gezicht gaan en was er trots op dat ze haar lot probeerde te omarmen, hoe moeilijk ze dat ook vond. Hij kuste haar zacht en stond op. „Tijd om ons weer in te pakken."

Terwijl hij het vuur in de haard doofde en ze zich gereedmaakten om naar buiten te gaan, scheerde een vallende ster rakelings over de *stuga*. Dario zag nog net het staartje van de ster toen ze in de slee stapten en voelde een verwachtingsvolle rilling door zijn lijf gaan.

19

Klokslag zes uur zat het viertal de volgende ochtend aan tafel voor het ontbijt. Slaperig maar voldaan werkte Lydia haar yoghurt met banaan naar binnen. Toen ze de vorige avond terug waren gekomen van hun tochtje met de rendieren hadden Myrte en Nick al op bed gelegen. Dat voorbeeld hadden Dario en zij al snel gevolgd, maar van slapen was weinig terechtgekomen! Blozend bij de gedachte aan hun innige liefdesspel keek ze Dario aan, die haar blik ving en zelfvoldaan terug grijnsde. Hij was nog steeds die ontembare wilde hengst, schoot het door haar hoofd.

Myrte begon te grinniken en vroeg: „En, hoe was het gisteravond?"

Lydia voelde zich betrapt en werd nog roder, maar Dario reageerde grijnzend: „Heerlijk. Goed gezelschap, een magische omgeving en de stille roep van de wildernis. Ik kan het je van harte aanbevelen."

„Nou," antwoordde ze met twinkelende ogen, „wie weet wat er nog allemaal te gebeuren staat in onze tijd hier."

Nick was de eerste die zijn ontbijt op had. „Goed, wat is het plan? Beginnen we met magie, vechtsport of wapens?"

Lydia keek van hem naar de anderen en zei aarzelend: „Eh, magie …?"

„Lijkt me een goed idee," knikte Myrte. „Ik denk dat dat de meeste energie en concentratie gaat vergen, dus waarschijnlijk is het slim om daarmee te beginnen." Ze dronk haar glas verse jus d'orange leeg en stond op. „Kom, laten we meteen maar aan de slag gaan. Dario heeft ons een aparte kamer gegeven om te oefenen zodat we geen al te groot gevaar vormen voor onze omgeving."

Met grote ogen keek Lydia haar aan. Gevaar voor de omgeving? Wat gingen ze in vredesnaam doen!?

Myrte schudde lachend haar hoofd. „Grapje, Lyd, niet zo serieus."

Eenmaal in de oefenkamer keek Lydia haar ogen uit, het was net alsof ze in een Harry Potter film terecht was gekomen! Twee zijden van de kamer werden geheel in beslag genomen door enorme houten boekenkasten. Er stonden prachtig bewerkte ladders tegenaan die met een rail aan de bovenzijde van de kast bevestigd waren, waardoor ze gemakkelijk opzij geschoven konden worden en ook de bovenste planken goed bereikbaar waren. Vaag drong het tot haar door dat Myrte vertelde dat de grote ramen die de derde zijde van de kamer besloegen, voorzien waren van een speciaal soort folie, waardoor je vanuit de kamer wel naar buiten kon kijken, maar andersom niet. Hoewel het haar niet zou moeten verbazen, deed het dat toch: wat was het toch een wonderbaarlijk huis! Nieuwsgierig liep ze naar een van de kasten om te bekijken wat er allemaal in lag: schappen vol edelstenen, wierook, kaarsen, kruiden, poedertjes, toverstaven, messen, bellen, kelken, schaaltjes en flesjes blonken haar tegemoet. En dan waren er nog de bezems en zwaarden en allerlei magische voorwerpen waarvan ze geen idee had wat het waren en wat je ermee kon doen. Verbluft keek ze ernaar terwijl de moed haar in de schoenen zonk. Moest ze van al die dingen leren hoe ze ermee om moest gaan? Dat zou jaren gaan duren!

„Gaaf, hè?" zei Myrte enthousiast.

Ze draaide zich om en zag dat de andere kast in zijn geheel gevuld was met boeken. „Bizar," reageerde ze hoofdschuddend. „Hoe komen ze hieraan? Is het de bedoeling dat ik dit allemaal leer gebruiken?" Eigenlijk verwachtte ze geen antwoord op die vragen en blijkbaar had Myrte dat ook door, want er kwam verder geen reactie. Ze liep naar de boeken en streek met haar hand langs de kaften. „Wat is dit allemaal? Bescherming van huis en haard; Droomwandelen; Elfen, Engelen en Elementalen; Spirituele bescherming; Vampiers, Folklore en Fictie; Waterwezens, Weerdieren en Woestijngeesten." Er stonden ook boeken tussen waarvan ze de titel niet kon lezen omdat ze in een andere taal geschreven waren. „Tjongejonge, gezellige bibliotheek hebben ze hier," mompelde ze.

Myrte gniffelde om de spottende ondertoon. „Ja, er staan heel wat unieke exemplaren tussen. Het is maar goed dat mijn broer Casper er niet bij is, want die zou deze kamer de eerstkomende jaren niet meer verlaten." Toen Lydia haar vragend aankeek zei ze: „Hij is oudheidkundige van beroep en een genie op het gebied van klassieke, dode en vergeten talen, oude geschiedenis en archeologie. En daarbij is hij ook nog eens een heks, dus tel uit je winst."

„Ik wist helemaal niet dat jij een broer had," zei Lydia verbaasd.

„Dat is niet zo vreemd," reageerde Myrte met twinkelende ogen, „want daar hebben we het ook nog nooit over gehad. Zoals er nog zoveel dingen zijn die we niet besproken hebben. Maar goed, helaas zal dat allemaal moeten wachten tot een andere keer, wanneer we niet aan het werk zijn, want we moeten nu echt aan de slag."

Eerst legde Myrte uit waarvoor de voorwerpen in de kast gebruikt werden, en daarna namen ze de basisbeginselen van magie door. Lydia leerde het belang van de sabbats, maanfasen, elementen en elementalen, en symboliek. Ze leerde over kaarsen, kleuren, kristallen en kruiden, en moest een aantal spreuken uit haar hoofd leren. Met de spreuken zelf zouden ze de volgende dag pas aan de slag gaan, had Myrte besloten, omdat ze Lydia eerst wat tijd wilde geven om alles te verwerken.

Met een hoofd dat tolde van de informatie liet Lydia zich na de les op een van de sofa's in de salon vallen. Ze vond het reuze interessant wat ze die morgen allemaal geleerd had, maar kon zich nog niet voorstellen hoe het haar ging helpen om Typhon te verslaan. Bovendien was het best veel om te onthouden.

„Wil je niets eten?" hoorde ze Dario, die geruisloos binnen was gekomen, vragen.

Te moe om na te denken bracht ze een geluid voort dat zowel een bevestiging als ontkenning kon zijn.

Glimlachend ging hij bij haar zitten. „Vermoeiende ochtend?"

„Nogal ja," kreunde ze, „die vrouw is een slavendrijver! Ik heb in één ochtend honderden dingen moeten leren en tussendoor stelde ze me ook nog allerlei vragen om te kijken of ik wel oplette. Het was verdorie net alsof ik weer terug op school was bij juffrouw Anne."

„Arme schat," reageerde Dario plagend, „wacht maar tot je mijn les gehad hebt, daarbij vergeleken, lijkt Myrte straks een lieverdje."

Zuchtend hees ze zich overeind en vroeg pruilend: „Wat eten we?"

„Ik hoorde iets over broodpudding met rabarber, wortelcake en bosbessen-vlierbloesemtaart. En er zijn natuurlijk broodjes."

Oké, dacht ze, hij had haar interesse gewekt. „*Mormor* kookt voor een weeshuis," zei ze hoofdschuddend, alweer een stuk opgewekter door het vooruitzicht van een heerlijke maaltijd.

„Ze weet dat we hard trainen en dus goed moeten eten."

„Weet ze eigenlijk wie Myrte en ik zijn?"

„Ja, mijn ouders hebben *mormor* en *morfar* op de hoogte gebracht voordat we hier aankwamen. Ook voor hen kan het straks gevaarlijk worden, dus ze moesten kiezen of ze wilden blijven."

„En?"

„En wat? Ze zijn hier toch, dat zegt genoeg."

Lydia voelde een knoop in haar maag. Nog meer mensen die door haar in gevaar werden gebracht.

„Kop op. Ze mogen er dan oud uitzien, ze weten heel goed hoe ze zich moeten weren, hoor. *Mormor* en *morfar* hebben zelf ook veldwerk gedaan toen ze jonger waren."

Nieuwsgierig keek ze hem aan. „Hebben zij ook magische krachten?"

„Dat niet, maar ze hebben andere kwaliteiten en vechten bovendien als de beste. Geloof me, je wilt *mormor* niet als tegenstander hebben," zei hij met twinkelende ogen, „ik kan het weten."

„Ha, daar hebben we het verloren schaap," hoorde ze Nick ineens zeggen. „Ik was al bang dat je gevlucht was na Myrtes les." Al pratend hadden ze de kleine eetkamer bereikt, waar de heerlijkste gerechten op tafel stonden uitgestald. Dario had niet overdreven.

„Was ik ook. Ik had me begraven in een van die heerlijke sofa's, maar toen kwam iemand me lekker maken met verhalen over al dat daar," ze knikte naar de tafel, „en zei m'n buik dat ik moest opschieten omdat jij anders alles zou opeten."

„Heel verstandig," grijnsde Nick. „Dat is één van de dingen die ik al op jonge leeftijd geleerd heb: altijd naar je buik luisteren want die heeft het nooit mis."

Lachend gingen ze zitten en vielen aan op al het lekkers. Dario en Nick vertelden tijdens het eten nog wat anekdotes over de graaf en tante Rosita, en Lydia vertelde wat ze die ochtend allemaal geleerd had, hier en daar aangevuld door Myrte.

„Zo, zo," zei Nick, „dat is niet mis. Dan ben je zeker wel moe?" Hij keek Lydia vragend aan.

„Ach, het gaat wel weer," reageerde ze stoer, wat Dario een grijns ontlokte.

„Nou, dat is mooi, want nu ben ik aan de beurt." Nick stond op en hielp haar overeind. „We moeten trouwens wel naar de kelder, want daar is de schietbaan. Niet dat je iets vreemds gaat denken als je zo met me meeloopt," zei hij lachend.

Dario keek hen na terwijl ze wegliepen en richtte zich vervolgens tot Myrte. „Hoe ging het vanmorgen?"

„Heb je net niet zitten luisteren of zo," reageerde ze plagend. Toen ze zag dat hij haar serieus bleef aankijken, verzachtte haar blik. Hij was bezorgd. „Ze heeft het heel goed gedaan. Ze let erg goed op als je iets uitlegt en is echt een pietje precies. Ik heb haar flink gepusht vanmorgen want de hoeveelheid informatie die ik haar gegeven heb was niet misselijk, maar het leek allemaal goed aan te komen. Even afwachten wat ze er morgen nog van weet en dan gaan we aan de slag met het echte werk."

Dario knikte en nam een slok koffie. Eigenlijk had hij wel geweten dat ze er goed in zou zijn, maar toch was het fijn om de bevestiging van iemand anders te krijgen. Zijn gedachten leken toch een beetje vertroebeld te zijn wanneer het Lydia betrof.

„Gaat het goed met jullie twee?" hoorde hij Myrte vragen.

Hij keek haar aan en knikte. „Meer dan goed. Ze vertrouwt me, wat zoals je weet een hele grote stap voor haar is."

Ze lachte hem warm toe. „Dat is het zeker, mooi zo. Trouwens, nog even over dat feest van vanavond ..."

„Dus, wat zeiden we net?"

„Nooit op iemand richten als je wapen geladen is, en altijd twee handen aan het wapen houden in verband met de terugslag."

„Heel goed. Dan gaan we nu het schieten oefenen." Nick liep naar een schakelaar aan de muur waarmee hij ervoor kon zorgen dat de schietschijf dichterbij kwam. Het zou waarschijnlijk moeilijk voor Lydia worden om een bewegend doelwit te raken, in ieder geval op korte termijn, maar hij wilde toch dat ze leerde omgaan met een pistool en het probeerde. Terwijl hij naar de baan terugliep en zijn gehoorbescherming opzette, zei hij „Oké, ik heb de schijf op vijftien meter gehangen. Zet je gehoorbescherming maar op en schiet er vijf keer op, zo dicht mogelijk bij het midden."

Lydia zette wat ze eruit vond zien als een koptelefoon over haar oren en pakte het wapen met twee handen beet. Stevig staan, dacht ze bij zichzelf, en dan zachtjes de trekker overhalen. Pang! Er klonk een harde knal die zelfs de gehoorbescherming niet helemaal kon tegenhouden. Pang! Nog een keer. Pang! Pang! Pang! En toen was het stil. Het wapen had een flinke terugslag, maar naar haar idee was het best goed gegaan.

Terwijl Lydia het pistool neerlegde zoals Nick haar geleerd had, liep hij naar de schakelaar om de schijf dichterbij te halen. „Zo," zei hij toen hij zag dat de kogelgaten allemaal in de binnenste ring zaten: „Beginnersgeluk."

„Helemaal niet," grijnsde ze. „Wedden?"

„Zeker weten!" Hij verving de schietschijf, liep naar de schakelaar om hem naar vijftien meter terug te zetten en zei: „Go!"

Lydia had de smaak te pakken. Pang! Pang! Pang! Pang! Pang! De harde knallen vond ze irritant, maar het schieten zelf vond ze tegen alle verwachting in leuk.

Nick haalde de schijf weer naar voren en floot tussen zijn tanden door toen hij zag waar de kogels terecht waren gekomen: weer in de binnenste ring. „Volgens mij ben je een natuurtalent," zei hij vrolijk, terwijl hij de schietschijf nogmaals verwisselde.

Zo gingen ze een tijdje door, en iedere keer wist ze de binnenste twee ringen te raken. Zelfs toen Nick de schijf op twintig en daarna op dertig, veertig en vijftig meter had ingesteld. „Knap gedaan, meid! Je kunt trots zijn op jezelf, er zijn niet veel mensen die je dit nadoen," complimenteerde hij haar na de laatste keer. „Ik stel voor dat we het hier voor vandaag bij laten en gaan kijken waar de andere helft van ons team uithangt. Morgen zullen we een wat zwaarder kaliber uitproberen, eens kijken of het dan weer zo goed gaat."

Ze vonden Dario en Myrte uiteindelijk in de bibliotheek, waar het tweetal verdiept was in naslagwerken over demonen. Dario zat met een Spaans boek in handen en Myrte had een Latijnse rol voor zich op tafel liggen. „Ha mooi, daar zijn jullie," zei ze, toen ze Lydia en Nick zag binnenkomen. „Kom eens kijken," gebaarde ze, terwijl ze met een vreemd soort brilletje op haar neus naar de rol keek.

De anderen kwamen om haar heen staan.

„Komt dit jullie bekend voor?" vroeg ze, gebarend naar de tekening op de rol.

„Dat is het verhaal van Zeus die Typhon verslaat, hem de krochten van de aarde in gooit en de berg Etna over de ingang plaatst om hem voor altijd op te sluiten," zei Dario.

Myrte knikte. „Klopt helemaal." Ze rolde het document verder af en wees naar een andere tekening. „En dit?"

„Dat lijkt –" Dario kapte zichzelf af en keek nog eens goed. „Dat is verdorie ons verhaal, het verhaal van de op handen zijnde strijd."

„Precies!" zei Myrte. „En wat zie je?"

„Een vrouw met een kristallen bol en een staf, die in het water staat en omringd wordt door dolfijnen," antwoordde Nick. „Een tovenares. Dat ben jij."

Ze knikte. „En verder?"

„Twee mannen. Krijgers. De één met een zwaard en schild en een roofvogel op zijn arm, de ander met een lans en een wolf als metgezel. Een wolf? Jij mag die met de wolf zijn, vriend." zei hij tegen Dario.

„En *last but not least* de ster in ons verhaal," zei ze opgewonden.

Lydia boog zich naar voren om het beter te kunnen zien. Ze zag een vrouw met een grote hond aan haar zijde en een pijl en boog in handen. Aan het uiteinde van de pijl was vuur te zien en het leek alsof het vrouwtje zweefde. „Ga je me leren vliegen?" vroeg ze Myrte opgewonden. „Kan dat echt?"

Myrte begon te grijnzen. „Oké, het was te verwachten dat je alleen dat zou zien. Ja, ik ga je leren vliegen, of nou ja, het is meer zweven. Maar daar gaan we pas mee aan de slag als je er klaar voor bent," zei ze streng.

Lydia keek haar stralend aan. Ze zou leren vliegen!

Quasi-wanhopig schudde Myrte haar hoofd. „Goed, wat ik jullie dus eigenlijk wilde laten zien, is dat ieder van ons een element vertegenwoordigt: de strijder met de wolf vertegenwoordigt de aarde, die met de roofvogel de lucht, de tovenares het water, en jij," zei ze terwijl ze Lydia aankeek, „vertegenwoordigt het vuur."

„Hey," zei Dario verrast, „ik denk dat ik hier een aanvulling op heb. Toen ik een paar dagen geleden in het schaduwrijk was om mijn voorouders te raadplegen over de situatie zei mijn betovergrootvader iets dat ik niet begreep. Ik heb het opge-schreven." Hij pakte zijn notitieblokje en las voor. *Door de wind gefluisterd. Uit de aarde ontstaan. Water stroomt waar het gaan moet. Naar het vuur van inspiratie. Dat brandt vanbinnen, fel en puur. Wanneer elementen samensmelten. En liefde de poorten sluit. Wordt het lot bezegeld.*"

Ze keken elkaar aan zonder iets te zeggen, tot Myrte tenslotte zei: „Nou, daar moet ik even over nadenken hoor."

De anderen humden instemmend. Op dat moment wisten ze nog niet wat die cryptische boodschap precies inhield, maar ze begrepen allemaal dat het belangrijk was en betrekking had op de tekening die voor hun neus lag.

Dario schraapte zijn keel. „Oké, als jullie nou eens een po-ging doen om uit te vinden waar dat raadsel over gaat," bij die woorden had hij Nick en Myrte aangekeken, „dan neem ik Lydia mee voor haar volgende les. Goed?"

Nick wilde een grappige opmerking maken, maar besloot zich in te houden.

Myrte was alweer verdiept in de rol die ze voor zich had liggen en zei afwezig. „Oké, maar put haar niet teveel uit, we moeten vanavond nog naar een feestje." Over haar vreemde brilletje heen wierp ze hem een strenge blik toe.

Hij knikte en pakte Lydia's hand beet om haar mee te nemen naar de trainingsruimte.

Verwonderd keek Lydia om zich heen. Ze waren wederom in de kelder, maar dit keer in een ruimte waar de vloer bestond uit dikke matten en er op bepaalde plekken aan het plafond boks zakken waren bevestigd. „Het lijkt hier verdorie wel een middeleeuws fort, met al die verschillende kamers. Volgens *morfar* zijn er ook nog verborgen kamers en geheime gangen, maar die hebben Myrte en ik niet kunnen vinden." Ze keek hem aan toen hij zachtjes begon te lachen.

„Ze zijn er wel degelijk, hoor," zei hij ondeugend, „en ik beloof je dat ik je een geheime kamer zal laten zien als je tijdens het trainen goed je best doet."

Ze hief haar kin op en zei uitdagend „Kom maar op dan!"

Weer begon hij te lachen. „Zullen we niet eerst even bespreken met welke vechtsport we van start gaan? Of wilde je gaan freestylen?

Opstandig stak ze haar tong naar hem uit. „Best."

Hij moest zijn best doen om zich niet bovenop haar te storten. Hij verlangde er al de hele dag naar om haar lichaam tegen het zijne te voelen en zou haar het liefst nu de kleren van het lijf scheuren, maar goed, dat kon niet, ze moesten nu eerst trainen. Straks in de geheime kamer mocht hij zich laten gaan, beloofde hij zichzelf.

Tijdens de eerste les besloot hij het rustig aan te doen en Lydia de basis van judo te leren. Myrte had gelijk gehad toen ze hem eraan had herinnerd dat hij Lydia niet teveel moest uitputten. Ze moest vanavond stralen als de ster die ze was, en daarbij was het niet handig als ze moe was en onder de blauwe plakken zat. De les verliep dan ook redelijk rustig, en nadat hij haar een aantal worpen, houdgrepen, klemmen en wurgingen had geleerd en ze wat gespard hadden, besloot hij dat het genoeg was voor die dag.

„Kom," zei hij, zijn hand naar haar uitstekend, „je hebt goed je best gedaan en beloofd is beloofd."

Nog nahijgend van hun laatste sparpartij lag ze op de grond. Hij had gelijk gehad, haar ochtend met Myrte was een makkie geweest in vergelijking tot dit. Ze wist dat hij rustig aan had gedaan, maar voelde zich desalniettemin geradbraakt. Kreunend nam ze zijn hand aan en liet zich door hem overeind trekken. „En ik maar denken dat mijn conditie wel redelijk was."

„Je hebt het prima gedaan. Vergeet niet dat je spieren gebruikt hebt die je normaal gesproken niet gebruikt. En," hij liep naar het lichtknopje toe, draaide dat een kwart, zette het knopje om en draaide het weer terug, „omdat je zo goed je best hebt gedaan, krijg je nu het beloofde cadeautje."

Met open mond zag Lydia hoe een deel van de muur naar voren kwam en opzijschoof, waarna een verborgen ruimte zichtbaar werd. „Wow, hoe gaaf is dat!" riep ze enthousiast uit terwijl ze de ruimte binnenstapte en om zich heen keek. Erg groot was de kamer niet, ze schatte zo'n drie bij drie meter, maar er stonden een tafel met vier stoelen en een kast, en ze zag nog drie andere deuren, in iedere muur één. „Wat is dit voor een ruimte?" vroeg ze verwonderd.

„Een van de vele vluchtruimtes die het huis rijk is en nog weleens gebruikt wordt voor een stiekem potje poker," grijnsde Dario. Hij gebruikte de schakelaar in de kamer om de geheime deur weer te sluiten en ging achter haar staan met zijn armen om haar middel.

„Aha, ik vroeg me al af waarom het er allemaal zo schoon uitzag."

„Daarom dus." mompelde hij, knabbelend aan haar hals. „Ik wil je de hele dag al aanraken, weet je dat."

„Hm-m." humde Lydia, „ik jou ook. Ik dacht dat we nooit alleen zouden zijn. Ze liet haar hoofd opzij zakken zodat hij beter bij haar hals kon komen terwijl hij haar borsten door haar topje heen begon te masseren. Haar verlangen laaide gelijk in alle hevigheid op en een warme gloed trok door haar lichaam tot tussen haar benen.

„Weet je wel hoe sexy je eruitziet als je zo geconcentreerd bezig bent? Echt onweerstaanbaar," mompelde hij. En plotseling was zijn geduld op. In één beweging trok hij haar legging en slipje naar beneden en liet vervolgens zijn joggingbroek op zijn enkels zakken. „Ik moet je voelen."

„Ja," kreunde Lydia ademloos. Ze wist niet wat haar overkwam. Sinds ze Dario kende, had ze de ene na de andere seksuele openbaring. De ene keer beminde hij haar langzaam en teder, de andere keer, zoals nu, was er geen houden aan en nam hij haar vrijwel zonder voorspel. En het meest wonderbaarlijke vond ze nog wel dat ze overal evenveel van genoot. Hij kwam in één stoot bij haar binnen, groot en hard en verrukkelijk, en ontlokte haar een kreet van genot.

Dario boog haar naar voren zodat ze op de tafel steunde en hij haar prachtige billen kon bewonderen terwijl hij keer op keer in haar stootte. Het duurde niet lang voor hij zijn ontlading voelde opkomen en bracht zijn hand naar haar gevoelige knopje om haar hetzelfde genot te kunnen schenken. Blijkbaar was ook zij erg opgewonden, want al snel voelde hij haar om zich heen samentrekken, de voorbode van haar ontlading. Terwijl hij haar bleef strelen, stootte hij steeds harder en harder in haar, totdat ze kreunend samensmolten en hij zich diep in haar ontlaadde.

20

Moe maar voldaan van de drukke dag en haar heerlijke uit-spatting met Dario keek Lydia in de spiegel. Ze had zich samen met Myrte opgesloten in Myrtes kamer, waar ze zich zojuist hadden omgekleed voor het feest van de graaf. Bewonderend keek ze naar haar vriendin, die een zilvergrijze jumpsuit droeg die haar prachtige figuur op een elegante manier benadrukte en de kleur van haar ogen nog sprekender maakte. Haar donkere haren droeg ze los, en haar felrood gestifte lippen voegden op een sexy manier kleur toe aan het geheel. Haar hele voorkomen straalde zelfvertrouwen en klasse uit, bedacht Lydia zich.

„Je ziet er werkelijk betoverend uit," zei Myrte op haar beurt tegen Lydia.

Die wierp verlegen een blik op zichzelf in de spiegel en mom-pelde: „Ik blijf erbij dat die jurk te opvallend is."

„Tuurlijk niet!" wapperde Myrte haar bezwaar weg. „Vanavond is een belangrijke avond en jij bent de ster. Het is juist de be-doeling dat je opvalt. Bovendien is een goede eerste indruk van onschatbare waarde."

Lydia liet haar ogen nogmaals over haar spiegelbeeld dwa-len. De groene jurk viel soepel om haar lichaam en gaf haar de flair van een zelfbewuste, sexy vrouw. En dat terwijl ze zich in werkelijkheid zo onzeker als wat voelde! Maar goed, Myrte had natuurlijk wel gelijk dat de eerste indruk belangrijk was: hun vijand moest denken dat ze een sterke vrouw was die nergens voor terugdeinsde, en dat was wat ze in deze jurk uitstraalde.

„Niet op je lip bijten, dan komt je lippenstift op je tanden terecht." Ze probeerde Lydia af te leiden door te zeggen: „Heb je dat wel eens gezien, zo'n vrouw die denkt dat ze het helemaal is en iedereen stralend toelacht terwijl er lippenstift op haar tanden zit?" Meewarig schudde ze haar hoofd. „Ziet er niet uit, dus dat gaat ons niet gebeuren." Ze gaf Lydia de bruinrode lippenstift aan die perfect bij haar haarkleur paste en pakte vervolgens haar zilverkleurige clutch van het bed. „Als je nou nog even een nieuwe laag aanbrengt, zijn we daarna volgens mij klaar om naar beneden te gaan."

Lydia deed braaf wat haar gezegd werd, ademde diep in en wierp haar vriendin via de spiegel een nerveuze blik toe. „In je droom, kon je toen ook zien hoé we de tegenpartij zouden ontmoeten?"

Myrte schudde haar hoofd. „Jammer genoeg niet, het was allemaal nogal symbolisch."

„Oké, dan hoop ik maar dat alles goedkomt ..."

„Natuurlijk komt het goed, we zullen hen eens laten zien met wie ze te maken hebben! Probeer je maar niet al te druk te maken, de graaf is een invloedrijk man en Nick is ervan overtuigd dat niemand iets tegen ons zal durven ondernemen terwijl we in zijn huis zijn."

Lydia was er helemaal niet gerust op maar probeerde het van zich af te zetten. Ze had beloofd dat ze zich voor de volle honderd procent zou inzetten, dus dat zou ze doen ook. Ze rechtte haar schouders, pakte de clutch die bij haar pumps hoorde en deed de lippenstift erin. „Oké," knikte ze dapperder dan ze zich voelde, „laten we maar naar beneden gaan dan, anders komen de mannen ons zo nog halen."

Myrte haakte haar arm door die van Lydia en zei lachend: „*Party time!*"

„Pfff," verzuchtte Nick, „waarom hebben vrouwen toch altijd zoveel tijd nodig om zichzelf klaar te maken? Wij zijn al een half uur klaar."

Dario haalde zijn schouders op. Of hij nou een uur op Lydia moest wachten, een dag, een maand of een jaar, het maakte hem niets uit. Hij zou wachten zo lang als nodig was. Om zichzelf af te leiden, zei hij „Ik ben wel benieuwd wat de graaf ons wil geven vanavond. Het is in ieder geval iets dat volgens hem qua kracht gelijk staat aan de boog van Artemis. Kun jij iets verzinnen?"

Nick schudde zijn hoofd. „Geen idee."

Dario stak een hand in de zak van zijn pantalon en liep naar het raam om naar buiten te kijken. „Vraag je je wel eens af waarom juist wíj zijn uitgekozen voor deze queeste?"

Nick lachte zacht. „Nee, want dat heeft absoluut geen zin. Je weet hoe die dingen gaan: de goden verzinnen iets en het lot helpt hen een handje. We mogen dan een eigen wil hebben, ik denk toch dat de grote lijnen van ons leven al bepaald zijn."

Dario zei verder niets en bleef naar buiten staren. Plots werd zijn aandacht getrokken door een zilverkleurig licht dat bij de stal van de rendieren verscheen. Hij kneep zijn ogen tot spleetjes om beter te kunnen zien wat het was, maar kon niets specifieks onderscheiden. Hij kon wel zien dat de rendieren er verder rustig bij stonden, wat betekende dat er geen gevaar dreigde. „Ik ga even naar buiten, kijken of alles goed is met de rendieren," deelde hij Nick mee.

„Wat? Nu? In díe kleren? We gaan zo weg, man."

Dario haalde zijn schouders op. „Even iets controleren, ik ben zo weer terug."

Nick keek hem verbaasd na, maar hield hem niet tegen.

Terwijl hij met grote passen op het schuurtje afliep, vroeg Dario zich af wat hij aan het doen was. Waarom had hij Nick niet gewoon gezegd dat hij iets had gezien, zodat ze dat met zijn tweeën hadden kunnen checken? Hij had geen idee. Het enige dat hij wist, was dat het licht een sterke aantrekkingskracht op hem uitoefende, een beetje zoals Lydia dat ook deed. Wat een rare vergelijking, dacht hij, terwijl hij naar de rand van het schuurtje sloop om voorzichtig om het hoekje te kijken.

Wat hij zag, deed zijn adem stilstaan. Voor hem stond een prachtige vrouw, met vlammend rood haar en twee grote witte honden aan haar zijde. Ze droeg een lavendelkleurige tunica en straalde een zilverwit licht uit. Ze had haar blik op hem gericht zodra hij zijn hoofd om de hoek had gestoken en keek hem nu met een intense blik aan.

„Treed naar voren, Dario los Velez."

Niet in staat weerstand te bieden aan het verzoek deed hij een stap naar voren. Wat was er in vredesnaam aan de hand, vroeg hij zich af, hij leek wel betoverd!

„Betoverd ben je niet," beantwoordde de vrouw zijn gedachten, „ik doe je slechts denken aan de vrouw van wie je houdt. Eigenlijk zou dat me moeten kwetsen, maar ik kan alleen maar blij zijn dat mijn vlees en bloed eindelijk een waardige partner heeft gevonden."

Sprakeloos staarde hij haar aan. Haar vlees en bloed? Langzaam begon het tot hem door te dringen wie er voor hem stond.

„Normaal gesproken ben je sneller van begrip. Blijkbaar vertroebelt de liefde je zintuigen en beoordelingsvermogen," diende de vrouw hem van repliek. „Maar dat is prima," voegde ze er met een lachje aan toe, „dat bewijst dat het echt is."

Dario wilde zich op een knie laten zakken om zijn eerbied te tonen aan de godin, maar voor hij dat kon doen hief ze haar hand. „Je moet je pak niet vies maken, jullie moeten zo naar een feest. Een belangrijk feest. De reden dat ik hier ben is om je dit te geven." Ze overhandigde hem een houten doosje met daarop het teken van de drievoudige godin.

Vragend keek hij haar aan. „Mag ik het openmaken?"

Ze knikte en trok een wenkbrauw op. „Hoe kun je anders weten wat erin zit?"

Langzaam opende hij het doosje, dat een prachtige sieradenset van maansteen en smaragd bevatte. Op een kussentje van zwart fluweel lagen een armband, een collier en een paar oorknopjes te schitteren dat het een lieve lust was.

„Die zijn voor Lydia," hoorde hij de godin zeggen.

Hij sloot het doosje en keek haar weer aan. „En, eh, doen ze ook nog iets?" vroeg hij aarzelend.

„Behalve dat ze ervoor zorgen dat ze er betoverend uitziet?" zei ze plagend. „Uiteraard. Deze stenen zullen ervoor zorgen dat ze helder kan blijven denken in zelfs de allermoeilijkste situaties, en dat leugens wegvallen zodat alleen de waarheid overblijft."

Dario slikte. „En vanavond? Wat kunnen we verwachten?"

„Dat kan ik je helaas niet zeggen. Maar weet dat jullie samen alles aankunnen wat op jullie pad komt."

Dario wilde de godin nog van alles vragen, maar voor hij wist wat er gebeurde veranderden zij en haar honden met een flits in een ster, en schoot ze er door de heldere hemel vandoor, hem in verwarring achterlatend.

Achter zich hoorde hij voetstappen en toen hij zich omdraaide, zag hij dat Nick vragend van hem naar het doosjes en vervolgens naar de hemel keek. „Alles goed?" vroeg hij fronsend.

„Ik geloof het wel," zei hij bedenkelijk. „Dat was Artemis."

„Artemis?"

„Ja. Ze kwam dit afgeven." Hij hield het doosje omhoog.

„Wat zit erin?"

„Een sieradenset voor Lydia, om ervoor te zorgen dat ze moeilijke situaties die zich vanavond voordoen, aankan en mensen doorziet."

„Goh," zei Nick alleen.

„Ja, dat dacht ik ook," zei Dario tam. Nog eenmaal keek hij naar de hemel, maar de ster was nergens meer te bekennen. „Kom, laten we maar naar binnen gaan, misschien dat de vrouwen eindelijk klaar zijn." Nick bromde iets instemmends en liep met hem mee.

„Klaar?" vroeg Myrte.

„Klaar," bevestigde Lydia, waarna ze samen de trap afschreden alsof ze op weg waren naar hun afspraakjes voor *High School Prom*.

Het eerste wat ze hoorden was gefluit, gevolgd door een „Wow!" uit Nicks mond.

Dario stond hen met zijn mond vol tanden aan te kijken en hoewel hij best zag dat Myrte er ook prachtig uitzag, had hij alleen maar oog voor Lydia.

„Blijf je daar staan staren," fluisterde Nick hem toe, „of krijgt Lydia ook nog te horen hoe mooi ze is?"

Dat schudde hem wakker. Hij liep op haar af en zei schor: „Je ziet er werkelijk betoverend uit."

Myrte had zich ondertussen losgemaakt van Lydia en was bij Nick gaan staan, die zijn ogen niet van haar af kon houden en bijna begon te kwijlen. Missie vervuld, dacht ze voldaan.

Verlangend keek Dario Lydia aan en zei: „Ik heb wat voor je, van Artemis. Dat kwam ze net brengen."

Gelijktijdig hoorde hij haar en Myrte uitroepen: „Wat!?"

„Heb je Artemis gezien?" vroeg Lydia met grote ogen. „Is ze hier?"

Hij schudde zijn hoofd. „Niet meer, ze is alweer weg. Maar ze heeft dit voor je achtergelaten." Hij pakte het doosje en maakte het open.

„Wow," stamelde ze.

„Werkelijk een godin naar m'n hart," grijnsde Myrte. „Maansteen en smaragd. Weet je nog waar die voor staan?" vroeg ze Lydia.

„Eh, even denken ..." Ze probeerde zich de les van die morgen voor de geest te halen. „Maansteen is natuurlijk sowieso een van de stenen van Artemis. Hij bevordert intuïtie, versterkt paranormale gaven en zwakt heftige negatieve emoties af. Smaragd is verbonden met het hart. Hij stimuleert evenwicht, doelgerichtheid, helderheid van geest en alertheid."

„Precies!" zei Myrte trots.

„Dat zijn inderdaad de redenen dat ze je dit cadeau wilde geven," zei Dario, „zodat je vanavond helder kunt blijven denken, wat er ook gebeurt, en mensen kunt doorzien."

Aarzelend raakte Lydia de sieraden aan. „Ze zien er wel erg duur uit, ik weet nie –."

„Oh nee," viel Myrte haar resoluut in de reden terwijl ze bezwerend een hand opstak, „je gaat die sieraden gewoon dragen. Je gaat toch zeker geen godin beledigen door haar cadeau af te slaan!?"

Daar had Myrte een punt, dacht ze. Ze wilde de godin ook helemaal niet beledigen, ze wist alleen niet of ze het wel waard was om die dure sieraden te dragen.

Myrte was ondertussen al bezig om de sieraden die Lydia droeg los te maken zodat ze de set van Artemis kon omdoen. „Dit wordt de kers op de taart," mompelde ze, Lydia stralend aankijkend. Toen ze de oorbellen had ingedaan en ook het collier en de armband had omgedaan, nam ze Lydia mee naar een spiegel. *Et voilá!*

Lydia keek met grote ogen naar haar verschijning, ze zag er nu nog chiquer uit en het leek bijna alsof ze zelf net zo straalde als de stenen. Wat zouden al die mensen straks wel niet denken? „Jeetje," stamelde ze, „is het niet –"

„Nee," viel Myrte haar wederom in de rede, „het is perfect. Het laat zien wie je bent en dat je Artemis haar bescherming geniet. Een prima boodschap om af te geven bij een eerste ontmoeting."

Lydia raakte het collier even aan en draaide zich om. „Oké, zullen we maar gaan dan? Ik ga me steeds nerveuzer voelen."

Dario kwam op haar aflopen met de chique zwarte mantel die hij speciaal voor deze gelegenheid voor haar gekocht had en sloeg hem om haar schouders. „Past er perfect bij," zei hij warm.

Ze bloosde en zei zacht: „Dankjewel."

Hij knikte en keek verlangend naar haar lippen, maar hield zich in om haar make-up niet te ruïneren.

„Kom tortelduifjes," hoorden ze Nick zeggen, „er is werk aan de winkel."

Toen ze aankwamen bij het landhuis van de graaf was het feest in volle gang. De parkeerplaats en oprit stonden vol met auto's en de gehele benedenverdieping was verlicht.

„Het moet toch niet gekker worden," mompelde Lydia toen ze het huis zag, wat haar een zacht gegniffel van Myrte opleverde.

„Gaaf, hè?" fluisterde haar vriendin met stralende ogen. „Ik voel me net een filmster!"

Toen ze de auto voor de deur hadden stilgezet en de sleutel aan een bediende hadden gegeven kwam de graaf met open armen op hen afgelopen, net alsof hij op hen had staan wachten.

„Daar zijn jullie dan!" zei hij hartelijk. „Kom toch binnen, zo warm is het hierbuiten niet." Hij ging hen voor en hielp de vrouwen galant uit hun mantel. „Nou, de jongens hebben geen woord te veel gezegd," zei hij glunderend, terwijl hij hen eens goed bekeek.

Lydia voelde dat ze begon te blozen, maar Myrte zei ad-rem: „Dan ben ik toch benieuwd wat ze u op de mouw hebben proberen te spelden."

De graaf begon hartelijk te lachen. „Geloof me, jongedame, je zou het misschien niet zeggen, maar deze oudere man is nog redelijk bij de pinken en laat zich niet zomaar iets op de mouw spelden. Maar goed, om je nieuwsgierigheid te bevredigen: de jongens vertelden me dat jullie twee prachtige dames zijn, en nu ik jullie met eigen ogen zie, kan ik dat alleen maar bevestigen.

„Charmeur," plaagde Myrte hem.

„Ach, gun een oude man ook wat," glunderde hij.

Dario had zijn hand op Lydia's onderrug gelegd om haar steun te bieden en zei lachend „Zullen we jullie anders eerst even aan elkaar voorstellen?"

„Ach ja, natuurlijk," zuchtte de graaf, „eerst het officiële gedoe."

Dario schudde lachend zijn hoofd. Wat was de graaf soms toch een warhoofd. „Max, mag ik je voorstellen aan Lydia en Myrte?" Terwijl hij hun namen zei, gebaarde hij naar hen, zodat de graaf wist wie wie was. „Dames, mag ik jullie voorstellen aan Graaf Magnusson, een oude vriend van de familie."

„Zeg maar Max hoor," reageerde die hartelijk, terwijl hij bij ieder van hen een kus op de hand drukte. Al pratend nam hij hen vervolgens mee naar de balzaal, waar een kleine band sfeervolle muziek speelde.

Lydia keek om zich heen. Het was verdorie een heuse balzaal waar ze in stonden, met een glanzend geboende, houten dansvloer, sprankelende kroonluchters en grote schilderijen aan de wanden. Verbazingwekkend.

„Vind je het mooi?" vroeg Dario lachend.

„Ik denk dat indrukwekkend een beter woord is. Majestueus. Ik kan me helemaal voorstellen hoe koningen en koninginnen hier zouden dansen."

De graaf hoorde hen praten en zei lachend: „Oh, dat gebeurt op zijn tijd ook weleens."

Met open mond keek Lydia hem aan, totdat Dario „Je mond staat open" in haar oor fluisterde en ze hem snel weer sloot.

„Op zich hou ik niet heel erg van officiële gelegenheden, maar eens in de zoveel tijd moet het er toch van komen," verzuchtte de graaf. „Dan moet er een liefdadigheidsbal of zo georganiseerd worden en komt de elite hierheen om te laten zien wie ze zijn en wat ze allemaal hebben. De zogenaamde weldoeners," snoof hij. „Uiteraard ligt het anders voor de koningen en koninginnen – die zijn nu eenmaal wie ze zijn – maar alle anderen ..." Hij schudde meewarig zijn hoofd. „Oh, mochten jullie trouwens iets willen eten dan is daar het buffet." Hij gebaarde naar twee openstaande deuren, waarachter lange tafels met eten te zien waren. „Momentje, alsjeblieft."

Toen hij wegliep om iemand te begroeten, vroeg Lydia „Is hij altijd zo chaotisch en direct?"

Dario en Nick begonnen te grinniken en zeiden tegelijk: „Ja."

„Ik vind hem wel grappig," zei Myrte. „Hij mag dan chaotisch zijn, hij heeft inderdaad een hart van goud en –"

„Gloeiende!" barstte Nick ineens uit. „Wat doet híj hier?" Boos keek hij naar de ingang.

Lydia draaide zich om en voelde hoe haar nekhaar overeind ging staan. „Dat is hem," bracht ze uit, van schrik in Dario's arm knijpend.

De anderen keken haar vragend aan.

„Hij is degene die zich aan ons moest tonen vanavond," verklaarde ze, kijkend naar de knappe man die vergezeld werd door een viertal even knappe vrouwen.

„Zo, waar hadden we het over?" vroeg de graaf terwijl hij zich weer bij hen voegde.

„Wat doet Oskar Hedlund hier in vredesnaam?" gromde Nick boos.

De graaf keek naar de deur en werd op slag zo rood als een tomaat. „Dat is een hele goede vraag," gromde hij, „want hij staat zeker weten niét op de gastenlijst." Hij keek naar de blonde vrouw in de rode jurk die haar arm door die van het gespreksonderwerp stak en siste boos „Dom wicht."

Terwijl de man en vrouw doelbewust op hen af kwamen lopen, onderdrukte Lydia de neiging om hard weg te rennen en rechtte haar schouders. Artemis had haar een cadeau gegeven, haar vrienden steunden haar en Myrte had gezegd dat er niets zou gebeuren. Daar moest ze op vertrouwen.

21

„Dag allerliefste oom," kirde de vrouw in de rode jurk overdreven, hen omringend met haar zware parfum. „Mag ik je voorstellen aan Oskar Hedlund, mijn verloofde?"

Sceptisch keek de graaf hen aan. „Ik kan me niet herinneren dat ik jullie uitgenodigd heb voor dit feest."

„Ach," kirde de vrouw weer, „familie is toch zeker altíjd welkom?"

De graaf snoof en bromde: „Dat valt nog te bezien."

De vrouw deed net alsof ze niets hoorde en ging onverstoorbaar verder. „Oskar, lieverd, dit is nou oom Max waar ik je over verteld heb."

„Zeg maar Graaf Magnusson," zei hij kil tegen de man, diens uitgestoken hand nadrukkelijk negerend. „Ik geloof dat wij elkaar al eens zijn tegengekomen."

„Klopt," reageerde Oskar op mierzoete toon, niet in het minst uit het veld geslagen door de graaf zijn openlijke afkeer. „In Athene, als ik me niet vergis. Heerlijke stad. Griekenland heeft zo'n geweldige historie. Er worden daar prachtige voorwerpen gevonden, vaak van onschatbare waarde. Gewoonweg uniek wat je er allemaal aantreft."

De graaf keek alsof hij een citroen had ingeslikt. Hij had bij een opgraving in Athene een Oudgrieks artefact opgegraven, alleen was het betreffende voorwerp gestolen voor hij het in veiligheid had kunnen brengen. Hij durfde er zijn hand om te verwedden dat Oskar iets met de diefstal te maken had, maar had daar helaas nooit bewijs voor kunnen vinden. Knarsetandend zei hij daarom „Zeker."

Oskar wendde zich tot de rest van het gezelschap en zei charmant: „En, hoe komen jullie hier verzeild geraakt? Werk? Vakantie?"

„Een beetje van beide," antwoordde Dario quasi nonchalant. Oskar knikte. „En jullie zijn kennissen van de graaf?"

„Eerder familie," reageerde die. „En als jullie ons dan nu zouden willen excuseren, we stonden net op het punt om iets te gaan eten."

„Ja maar, oom," pruilde de vrouw, „ik heb je al zo lang niet gezien! En Oskar wil je dolgraag leren kennen. Wil je niet even wat met ons komen drinken?" Ze keek hem met haar grote blauwe ogen smekend aan.

„Ik ga eerst eten," zei de graaf onvermurwbaar.

„Schatje," zei Oskar sussend, „laat je oom nou maar even, zoals je ziet, heeft hij het momenteel nogal druk met zijn gasten. We proberen het straks nog wel een keer, en mocht hij dan nog steeds geen tijd hebben, dan gaan we binnenkort gewoon een keer op visite. Goed?"

Bij die woorden klaarde het gezicht van de blondine op, maar terwijl de graaf het tweetal zijn rug toekeerde en wegliep gromde hij: „Om de dooie dood niet! Hoe halen ze het zich in hun hoofd!? Onuitgenodigd binnenvallen in mijn huis en me dan tarten met dat gestolen artefact. Ik weet zeker dat hij ermee te maken had!"

Dario wisselde een blik van verstandhouding met Nick en vroeg: „Is hij degene die Aphrodites kam gestolen heeft?"

„Zeker weten! Ik kan het niet bewijzen, maar ik wéét gewoon dat hij het was. In de dagen voor de diefstal hing hij steeds bij ons rond, stelde honderden vragen over Griekse mythologie en de opgraving en alle voorwerpen die we hadden gevonden. In eerste instantie zagen we er geen kwaad in, gewoon weer een enthousiaste amateurarcheoloog dachten we, maar toen de kam eenmaal gestolen was en hij ons niet meer kwam opzoeken, was het wel duidelijk hoe de vork in de steel zat. Verdomde rotzak!"

„En wat komt hij hier nu doen, denk je?" vroeg Nick.

De graaf snoof. „Vast niet veel goeds. Ik vermoed dat iemand zijn mond voorbij heeft gepraat over het feit dat Lydia hier vanavond zou zijn. Het is te hopen dat hij niet weet dat ik jullie iets wil geven." Er ontsnapte hem een gefrustreerde zucht. „Afijn, nu we het daar toch over hebben, loop even mee naar mijn werkkamer, dan zal ik het jullie gelijk geven. Je weet tenslotte maar nooit wat de avond nog allemaal in petto heeft."

Het was dus geen al te groot voorwerp dat de graaf hen wilde geven, dacht Dario. Ze konden hier immers moeilijk de hele avond met een zwaard of een lans in hun handen gaan rondlopen, dat zou zelfs de graaf begrijpen, al was hij nogal eens verstrooid.

De graaf deed zijn werkkamer van het slot en knipte het licht aan. „Kom snel binnen, jongens, want wat we gaan bespreken is niet voor een ieders oren bestemd." Toen ze alle vijf in de kamer stonden, deed hij de deur weer op slot. „Sorry dat het zo moet, maar afgezien van jullie vertrouw ik op dit moment helemaal niemand. Het is me veel te toevallig dat die Oskar," hij spuwde zijn naam uit, „hier vanavond zijn gezicht laat zien. Mijn nichtje Anna is een lieve meid, maar niet erg pienter. Zijn gladde praatjes en rijkdom zullen haar het hoofd wel op hol hebben gebracht." Zuchtend schudde hij zijn hoofd voor hij verderging. „Hoe dan ook, de reden dat we hier nu staan, is omdat het me gelukt is het voorwerp te bemachtigen waarvan ik denk dat het jullie zal helpen." Hij liep naar zijn bureau en tikte een code in op wat er op het eerste oog uitzag als een rekenmachine. Na een paar seconden verschoof achter hem een schilderij en werd er een muurkluis zichtbaar.

„Krijg nou –" Lydia hield snel haar mond dicht toen ze Myrte zag gebaren.

„Dit, mijn lieve vrienden," zei de graaf, zijn boosheid vergetend terwijl hij glunderend een doosje uit de kluis haalde en het zwierig voor hen openende, „is de *Blue Moon Diamond*."

Verbluft keek het viertal naar de grote, helderblauwe diamant die op een bedje van fluweel lag en de vorm van een volle maan had. De steen straalde zo'n schoonheid en kracht uit dat ze geen van allen in staat waren om iets uit te brengen en er alleen maar naar konden staren.

Na een paar seconden begon de graaf te grinniken. „Ik wist dat deze beauty indruk zou maken, maar dat ze jullie zo zou betoveren ..." Met twinkelende ogen keek hij het viertal aan. „Zal ik het verhaal achter de steen vertellen, of willen jullie liever nog even in stilte genieten?"

Lydia was de eerste die weer bij haar positieven kwam en toen ze zag hoe ze erbij stonden begon ze te giechelen. „Moet je ons nou toch zien, we lijken wel niet wijs!" Die opmerking schudde ook de anderen wakker.

Verbaasd knipperde Dario met zijn ogen. Wat was er net gebeurd?

„Geloof me," zei de graaf grijnzend, „dat wat jullie net overkwam, is mij de eerste keer ook overkomen. Het is de kracht van de diamant. Volgens de legende is de edelsteen ontstaan toen Dionysos, Athena en Zeus hun krachten bundelden in de strijd tegen Typhon. Daar kwam zoveel energie bij vrij dat een deel van hun krachten zich afsplitste en terechtkwam in deze diamant. De voorspellende en reinigende gaven van Dionysos, de wijsheid en bescherming van Athena, en de rechtvaardigheid en het licht van Zeus. Die combinatie van eigenschappen zorgt ervoor dat de diamant een nogal heftige uitwerking op iedereen heeft."

„Dat is een schitterend verhaal," zei Dario, „maar wat wil je precies dat wij met die diamant doen?"

„Hem gebruiken," was het simpele antwoord.

„Eh, ja, maar hoé?"

„Tja, daar moeten jullie zelf achter zien te komen, vrees ik. Het zal vast iets met magie te maken hebben en zoals je weet beschik ik niet over magische krachten."

„Nou," zei Nick, „misschien niet op de manier zoals wij dat doen, maar je weet heel goed dat kennis ook een zekere magie bevat."

„Hm-m," humde de graaf. „Goed, ik zal erover nadenken hoe jullie de diamant eventueel kunnen gebruiken."

„Graag," zei Nick dankbaar.

„En, eh, wat doen we nu dan met de steen?" vroeg Lydia weifelend. „Want het lijkt me nou niet echt handig als mensen zien dat wij hem hebben."

Dario pakte het doosje van de tafel en stopte hem in zijn binnenzak. „Daar is hij voorlopig veilig en als we straks thuis zijn gaat hij de kluis in, totdat we bedacht hebben wat we ermee moeten doen."

De andere knikten.

„Fijn," zei de graaf opgewekt, „nu dat geregeld is, zullen we ons maar weer in het feestgedruis gaan storten, anders vraagt iedereen zich straks af waarom ik de eregasten ontvoerd heb."

De rest van de avond verliep verder zonder enige problemen en het viertal vermaakte zich prima. De graaf stelde hen aan iedereen voor en zorgde ervoor dat ze zich niet hoefden te vervelen. Het was wel duidelijk dat hij er trots op was om hen te kennen en daarmee liep te pronken, maar dat gebeurde op zo'n grappige manier dat zelfs Lydia zich wist te ontspannen. Op een gegeven moment wist hij haar zelfs over te halen om met hem te dansen, terwijl ze nog nooit stijldansles had gehad. De graaf bleek echter zo'n geweldige danspartner te zijn dat ze met gemak in zijn armen over de dansvloer zwierde. Foxtrot, Quick step, Wals; ze danste de sterren van de hemel en genoot met volle teugen.

Ondertussen had Dario tijd om bij te praten met de mensen die hij nog kende uit de tijd dat zijn familie regelmatig op vakantie ging naar Zweden. Hoewel het lang geleden was dat hij hen gezien had, leek het alsof de jaren wegvielen toen ze herinneringen begonnen op te halen. Terwijl hij luisterde naar wat iedereen tegenwoordig deed, verloor hij Lydia echter geen moment uit het oog, en toen hij zag dat Oskar de graaf afklopte om met haar te kunnen dansen voelde hij een stekende jaloezie. Voordat hij zich besefte wat hij deed had hij zich al geëxcuseerd en was de dansvloer opgelopen om in te grijpen, maar uit de blik die Lydia hem toewierp, maakte hij op dat ze wilde dat hij op afstand bleef. Dus knikte hij vrijwel onmerkbaar, lachte haar ondanks de jaloezie en ongerustheid bemoedigend toe, en boog af naar de bar.

„Ik vraag me af wat hij van haar wil." Myrte had gezien wat er gebeurd was en was naast hem komen staan.

„Hm-m," humde hij, niet in het geheel verbaasd dat zij en Nick er ineens waren. „Laten we hopen dat hij zich gedraagt."

„Wel dapper van haar, hè?" Er klonk trots door in haar stem. „Van angstig muisje tot heldin, en dat binnen een paar dagen. Ik geloof dat je haar goeddoet."

Toen hij opzij keek, zag hij haar warm lachen. „Vlak jezelf niet uit, heksje," zei hij plagend, „we hebben hier allemaal ons aandeel in." Hij richtte zijn blik weer op de dansvloer en keek boos naar Lydia en Oskar, die naar zijn mening veel te close dansten op een langzaam nummer.

„Dat is zijn schuld," zei Nick, die voelde wat er in zijn vriend omging, „hij heeft de muzikanten gevraagd een intiem nummer te spelen."

Dario gromde diep in zijn keel. Zijn oerinstinct wilde zijn verstand overnemen en de vrouw waarvan hij hield redden uit de klauwen van dat monster, maar hij werd tegengehouden doordat Myrte haar hand op zijn arm legde.

„Laat haar maar even, ik denk dat ze een plan heeft. Als ze wil dat we haar helpen dan laat ze dat echt wel weten. En kijk niet zo boos, want dan gaan mensen zich afvragen wat er aan de hand is."

Dario bromde iets onverstaanbaars, maar wist dat ze gelijk had, dus probeerde hij zich een ontspannen houding aan te meten. Hij wist dat hij binnen een paar tellen bij Lydia zou zijn als ze hem nodig had.

„Zo," zei Oskar allercharmantst tegen Lydia, „dus jij bent Lydia?"

„Dat klopt. Ik geloof overigens niet dat wij officieel aan elkaar zijn voorgesteld?"

„Ach, vergeef me, familiebanden zijn soms nogal gecompliceerd. Anna was ervan overtuigd dat haar oom het leuk zou vinden als we hem zouden verrassen met onze aanwezigheid, maar ik geloof dat hij er niet erg blij mee was. Enfin," nonchalant haalde hij zijn schouders op, „dat is iets voor hen om te bespreken. En ondertussen genieten wij van deze heerlijke dans." Met een gladde blik keek hij haar aan.

Lydia moest haar uiterste best doen om haar uitdrukking neutraal te houden. Oskar bezorgde haar de rillingen, en dan niet op een aangename manier. Ze walgde ervan om met hem te dansen, maar wilde weten wat hij hier vanavond kwam doen. Hij mocht dan in eerste instantie overkomen als een knappe, gedistingeerde man, zijn hart was zo koud als ijs en ze wist vrijwel zeker dat hij over lijken zou gaan om te krijgen wat hij begeerde. Hij –

„Maar goed, om nog even terug te komen op wat je zei," onderbrak hij haar gedachten, „ik ben Oskar Hedlund, vastgoedmagnaat en kunstverzamelaar. Ik hou ervan om oud en nieuw te combineren en geniet van de uitdagingen die het leven ons biedt. Als iemand zegt dat iets onmogelijk is, zal ik bewijzen ik dat het wel degelijk mogelijk is, en als me gezegd wordt dat ik iets niet kan krijgen, wel, dan zorg ik ervoor dat ik het toch krijg. Ik zeg altijd maar zo: je moet het heft in eigen handen nemen, want als je op anderen moet wachten dan is het over een jaar nog niet geregeld."

Wat een verschrikkelijk arrogante kwast! dacht Lydia walgend. Ze wist haar gezicht nog steeds in de plooi te houden, maar toen haar ogen kort die van Myrte ontmoette en ze haar bescherming heel even liet zakken wist ze dat haar vriendin precies doorkreeg hoe ze over Oskar dacht. Ze zag dat Myrte zich grijnzend tot Dario wendde en hem iets in zijn oor fluisterde.

„En wat doe jij in het dagelijks leven?" hoorde ze Oskar vragen.

Ze keek hem aan en zei gemaakt aardig: „Ach, niet veel bijzonders. Ik werk op kantoor en in mijn vrije tijd sport ik een beetje en geniet ik ervan om te wandelen in de natuur. Allemaal lang niet zo boeiend als wat jij uitspookt, ben ik bang."

Hij keek haar intens aan en vroeg: „Dus afgezien van je dagelijkse bezigheden doe je nooit eens iets spannends? Geen vakanties naar exotische bestemmingen, afspraakjes met knappe mannen, uitjes met vriendinnen of wat dan ook? Dat klinkt alsof ik je hoognodig een keer moet ontvoeren om je te laten zien hoe je lol moet maken." Met een brutale glimlach liet hij zijn ogen op haar decolleté rusten en ze voelde zijn hand afzakken naar haar onderrug. „Zo'n prachtige jonge vrouw als jij zou toch wat meer van het leven moeten genieten."

Lydia's haar stond recht overeind en op dat moment was ze haast dankbaar voor haar ervaring met Roy, want Oskar was precies zoals hij. Wat een walgelijk mannetje, gatver! Ze wist echter in haar rol te blijven en zei zoetsappig: „Ach, lichamelijk gezien, kom ik prima aan mijn trekken, hoor." Ze keek veelbetekenend over zijn schouder en wierp Dario een zwoele glimlach toe.

Toen Oskar zag naar wie ze keek, voelde ze hem verstijven. „Ah, ik begrijp het, je valt op Zuid-Europees. Tja, wij Scandinaviërs zijn toch vaak iets ruiger hè, denk maar aan de Vikingen die rovend en plunderend de wereld onveilig maakten. Zuiderlingen zijn toch vaak iets softer, naar mijn idee. Maar goed, waarschijnlijk weet jij dat beter dan ik. Ik vraag me af wie er zou winnen als het heden ten dage tot een oorlog zou komen. Wat denk je? Woeste Noormannen of weekhartige Zuiderlingen?" Hij keek haar kil aan en kneep net iets harder in haar hand dan nodig was.

„Dan ga ik toch voor de Zuiderlingen, ben ik bang," antwoordde ze met een koel lachje. „Over het algemeen lijken mensen die zich met hart en ziel ergens voor inzetten toch geneigd om meer aan en om een ander te geven dan mensen die alleen hun hoofd gebruiken."

„Ach jeetje, zeg je nou dat mensen uit het koele noorden geen hart hebben?" zei hij zogenaamd gekwetst.

„Nee hoor," antwoordde ze zoetsappig, „ik heb hier in Lapland al genoeg mensen ontmoet die het hart op de juiste plek hebben zitten." Ze zag dat Oskars gezicht nog verder vertrok en onderdrukte een zelfvoldaan lachje. Blijkbaar verliep het gesprek niet geheel zoals hij gehoopt had.

„Sorry vriend," hoorde ze Dario ineens zeggen terwijl hij Oskar afklopte, „ik kom mijn vrouw opeisen."

„Oh, ik wist niet dat jullie getrouwd zijn?"

„Nog niet, maar als het aan mij ligt duurt dat niet lang meer. En als je de dame dan nu zou willen loslaten ..."

Boos keek Oskar van hem naar Lydia, drukte een kus op haar hand en zei met een veelbetekenende blik: „Ik zie je snel weer ..."

Toen Dario haar in zijn armen nam, vlijde ze zich tegen hem aan. „Gatver!"

Grinnikend vroeg hij: „Zo erg?"

„Zo erg, ja. Bah!"

„Wat moest hij van je?"

Ze haalde haar schouders op. „Ik denk dat hij gewoon even wilde kijken hoe ik op hem zou reageren. Misschien had hij zelfs de hoop dat hij me kon overhalen om naar hun kant over te lopen." Ze snoof en vertelde hem toen hoe het gesprek was verlopen. Hij grinnikte. „Goed gedaan, dat vond hij vast niet leuk." Hij keek haar met glinsterende ogen aan, drukte een kus op haar lippen en zei glimlachend: „Ik geloof nooit dat hij verwacht had dat je zo sterk zou zijn. Ik ben trots op je."

„Nou, zo sterk hoefde ik nou ook weer niet te zijn hier tussen al die mensen."

„Jawel. Hij deed je aan Roy denken en probeerde je te intimideren. In het verleden zou je daar hard van zijn weggerend, maar nu ben je de confrontatie aangegaan. Weet je hoe knap dat is?"

Lydia voelde dat ze begon te blozen en legde haar hoofd weer tegen zijn borst. Misschien had hij wel een klein beetje gelijk. In het verleden zou ze inderdaad gevlucht zijn als ze in zo'n situatie terecht was gekomen. Nu had ze die drang niet gevoeld omdat ze wist dat Dario en de anderen haar in de gaten hielden en steunden. Ze voelde zich beschermd omdat ze wist dat haar vrienden haar nooit iets zouden laten overkomen. En omdat Artemis aan hun kant stond.

„Alles oké?" hoorde ze Nick ineens vragen. Zonder dat ze het in de gaten had gehad, had Dario haar van de dansvloer geleid.

Ze knikte. „Ja, alles goed, maar wat een griezel is dat, zeg!" Ze deed alsof ze rilde.

„Wie? Dario?" vroeg hij grijnzend.

Ze gaf hem een speelse por. „Oskar natuurlijk. Echt een eersteklas engerd."

„Wat wilde hij van je?" vroeg Myrte.

Terwijl ze een rustig plekje opzochten, vertelde Lydia nogmaals wat er gebeurd was.

„Ik zei al dat ik trots op haar ben," zei Dario met een stem waarin die trots duidelijk hoorbaar was.

„Anders ik wel!" zei Myrte, haar vriendin hartelijk omhelzend. „Ik vind het zo stoer dat je hem getrotseerd hebt! Eerlijk is eerlijk, toen ik zag dat hij de graaf afklopte, kneep ik hem wel even, maar toen ik vervolgens zag hoe goed je je staande hield, kon ik alleen maar trots op je zijn!"

„Ja, je hebt het goed gedaan," deed ook Nick een duit in het zakje, om er knipogend aan toe te voegen, „dat komt vast en zeker doordat je vandaag schietles hebt gehad van een geweldige leraar. Goed voor je zelfvertrouwen."

Lydia lachte. „Vast."

„Zeg jongens," zei Dario, „wat denken jullie ervan om afscheid te nemen van de graaf en naar huis te gaan? Het is al laat, morgen is het weer vroeg dag en Oskar houdt ons continu in de gaten, dus dit lijkt me een mooi moment om er vandoor te gaan.

„Strak plan," reageerde Nick, „ik ga alvast doorgeven dat ze de auto kunnen voorrijden, ik zie jullie zo." Hij liep weg om de daad bij het woord te voegen terwijl de anderen op zoek gingen naar de graaf.

22

De dagen na het feest verliepen rustig en volgens een vast patroon: om zes uur 's morgens ontbijt, daarna kreeg Lydia de hele ochtend les in magie, tussen de middag lunchten ze samen en de middag werd besteed aan wapen- en vechtsporttraining. 's Avonds genoten ze uitgebreid van de heerlijke maaltijden die *mormor* met veel liefde voor hen bereidde, en daarna hadden ze de tijd aan zichzelf. De boog kon niet altijd gespannen staan, vonden de mannen, en het was belangrijk om tussendoor te ontspannen. Zo kwam het dat ze de ene avond gezellig met zijn allen in de salon doorbrachten, Lydia en Myrte de avond erna een *girls' night* hadden terwijl de mannen gingen ijsvissen, en Dario en Lydia zich de avond erop opsloten in hun slaapkamer.

Dagen werden weken, en toen de weken een maand werden, begon Lydia zich rusteloos te voelen. Het was avond en ze was samen met Myrte baantjes aan het trekken in het verwarmde binnenzwembad terwijl de mannen een vergadering hadden met het thuisfront. „Hoelang denk je dat het nog duurt voordat er iets gaat gebeuren?" vroeg ze Myrte, hangend aan de rand van het zwembad.

„Goeie vraag," reageerde die zuchtend. „Enerzijds zou ik willen dat er nu iets gebeurde, maar anderzijds mag het van mij ook nog héél lang duren."

Fronsend keek Lydia haar aan.

„Vergis je niet, meid, het is niet niks wat ons te wachten staat. Ik begrijp je ongeduld, maar als we straks midden in het gevecht zitten, zou je willen dat je de tijd kon terugdraaien en we weer hier waren."

Ook Lydia zuchtte nu. „Je hebt vast gelijk."

„Natuurlijk heb ik gelijk," grijnsde Myrte. Even dacht ze na. „Weet je wat, wat denk je ervan om ons nog eens op dat gedicht van

Dario's betovergrootvader te storten? Ik weet dat we daar iets mee moeten, maar ik heb nog geen tijd gehad om me erin te verdiepen. Oh, en als we dan toch bezig zijn, kunnen we misschien ook meteen verzinnen wat we met die magische diamant moeten doen."

„Goed idee," reageerde Lydia terwijl ze het zwembad uit klom, opgelucht dat ze iets nuttigs kon doen, „zo moeilijk kan het toch niet zijn?"

Eenmaal aangekleed begaven ze zich naar de bibliotheek, waar ze het Latijnse document uitrolden op tafel en het briefje met de tekst van Dario's betovergrootvader ernaast legden.

„Oké, even ter herinnering, dit is wat Dario heeft doorgekregen," zei Myrte, waarna ze voorlas wat er op het briefje stond. *„Door de wind gefluisterd. Uit de aarde ontstaan. Water stroomt waar het gaan moet. Naar het vuur van inspiratie. Dat brandt vanbinnen, fel en puur. Wanneer elementen samensmelten. En liefde de poorten sluit. Wordt het lot bezegeld."* Ze trok een gezicht. „Was Casper maar hier, die is stukken beter met raadsels dan ik."

Peinzend keek Lydia van de rol naar de tekst en weer terug en vroeg toen: „Zei je niet dat ieder van ons voor een element staat?"

Myrte knikte. „Jij vertegenwoordigt vuur, Dario aarde, Nick lucht en ik water."

„Oké," weer keek ze van de rol naar de tekst. „dus ieder zinnetje zou op één van ons kunnen slaan?"

Nadenkend keek Myrte haar aan. „Zou kunnen. Even kijken ..." Ze streek met haar vingers langs de tekst en stelde zich open voor de wijsheid van het universum. *„Door de wind gefluisterd* zou kunnen betekenen dat Nick een spreuk moet opzeggen. En *Uit de aarde ontstaan* kan erop duiden dat Dario daar dan iets bij tevoorschijn moet toveren. *Water stroomt waar het gaan moet. Naar het vuur van inspiratie* zou dan betekenen dat ik ervoor moet zorgen dat datgene wat hij getoverd heeft bij jou terechtkomt. *Dat brandt vanbinnen, fel en puur* slaat er volgens mij op dat jij vertrouwen moet hebben in het goddelijke in jezelf. *Wanneer elementen samensmelten. En liefde de poorten sluit. Wordt het lot bezegeld."* Fronsend zweeg ze.

„Dat slaat op ons alle vier," zei Lydia vastberaden, „het betekent dat we dit alleen met zijn vieren kunnen doen."

Myrte knikte nadenkend. „Ik denk dat je gelijk hebt, maar het voelt alsof er nog iets mist. Maar goed, allereerst de vraag: wat moeten we tevoorschijn toveren, met welke spreuk en wat moeten we daar dan vervolgens mee doen?"

Lydia keek naar de rol en zei afwezig. „Als dit een weergave is van wat ons te wachten staat, dan zal Nick me ook nog met pijl en boog moeten leren schieten."

„Nee!" Myrte sloeg zichzelf voor het hoofd. „Dat ik daar niet gelijk aan gedacht heb! Dat is het natuurlijk: we moeten een pijl en boog tevoorschijn toveren om Typhon te kunnen verslaan. En ik weet nu ook wat we met de diamant moeten doen," zei ze beslist.

„Wow, wat een opwinding," klonk Nicks droge commentaar vanuit de deuropening.

Myrte grijnsde opgewonden. „We weten hoe we Typhon kunnen verslaan! Lydia kwam met het idee. Haar hadden we hier gelijk naar moeten laten kijken."

Dario was ondertussen ook binnengekomen en keek van de een naar de ander. „En, wat moeten we volgens jullie precies doen dan?"

Myrte legde uit wat ze bedacht hadden en wachtte hun reactie af.

„Het zou kunnen werken," zei Dario, Nick nadenkend aankijkend. „We hebben de zilveren pijl en boog dan wel niet, maar als we zelf een boog en pijlen smeden en de diamant daarin verwerken, dan denk ik dat we een kans maken."

„Ik denk het ook," knikte Nick, waarna hij zich met twinkelende ogen tot Lydia richtte. „En ik vermoed dat het je niet al teveel moeite zal kosten om te leren hoe je een pijl en boog moet hanteren, gezien het feit dat je wonderbaarlijk goed overweg kunt met wapens. We zullen er morgen tijdens de training gelijk mee aan de slag gaan."

„Super," zei Myrte, „dan moeten we alleen nog bedenken hoe alle stukjes precies in elkaar passen en wat er eventueel nog ontbreekt, maar daar moeten we nog maar een nachtje over slapen." Even was ze stil. „Hoe was jullie vergadering?"

„Verontrustend," antwoordde Dario.

Bezorgd keken de vrouwen hem aan.

„Het ziet ernaar uit dat het allemaal niet lang meer gaat duren, dus ik ben blij dat jullie het raadsel grotendeels hebben opgelost. Ik zal straks gelijk contact opnemen met de graaf om te vragen of hij verder nog ideeën heeft, en daarna bel ik pa en ma nog een keer. Ze hadden hier afgelopen week naartoe willen komen om met eigen ogen te zien hoe de training vordert, maar de situatie in Sicilië is momenteel zo explosief dat ze daarheen moesten." Even zweeg hij. „We zullen van nu af aan extra voorzichtig moeten zijn, wat betekent dat we ons niet zomaar meer buitenshuis kunnen begeven, vooral niet in het donker. Tenzij we met zijn vieren zijn en goed voorbereid op pad gaan – en met goed voorbereid bedoel ik dus dat we wapens bij ons dragen – vrees ik dat we een avondklok moeten instellen."

Myrte trok een gezicht, ze had een hekel aan wapens. Maar goed, wat moest dat moest natuurlijk.

„Weten jullie ook of er al, eh, monsters in de buurt gesignaleerd zijn?" vroeg Lydia aarzelend.

„Afgezien van Oskar, bedoel je?" zei Nick knipogend.

Dario keek hem vermanend aan en besloot om open kaart te spelen. „Ja, er zijn meldingen geweest, niet zo ver hier vandaan. Blijkbaar heeft Oskar na onze ontmoeting de achterban ingelicht en zijn er in de week na het feest aardig wat slechteriken deze kant op gekomen. Het exacte aantal weten we niet, maar we zijn in ieder geval op de hoogte van een stuk of vijftig man. Het lijkt erop dat ze nogal wat van ons verwachten." Hij kon de trots die doorklonk in zijn stem niet helemaal onderdrukken.

Onrustig keek Lydia van Dario naar Nick en Myrte en weer terug. Alles kwam nu ineens wel heel erg dichtbij. En ze hadden nog niet helemaal uitgevogeld hoe ze Typhon konden verslaan. Ze slikte de brok in haar keel weg.

„Hey meis," hoorde ze Myrte zeggen, „niet nerveus worden nu, dit is waar we zo hard voor getraind hebben."

Dario pakte haar hand en gaf er een kneepje in. „Ik ga even die telefoontjes plegen en daarna gaan we lekker naar bed. We kunnen beter zoveel mogelijk rust nemen nu het nog kan. Nick en ik hebben net de beveiliging van het huis nog een keer gecheckt en alles ziet er vooralsnog rustig uit. De rendieren hebben we voor de nacht naar de binnenstal verplaatst en *mormor* en *morfar* weten ook hoe de zaken ervoor staan, dus ook zij zullen de villa 's avonds niet meer verlaten."

Ze was er nog niet veel geruster op, maar wist dat ze zich erbij neer zou moeten leggen. Dat wat nu komen ging, was inderdaad waar ze de afgelopen weken voor getraind hadden. Zuchtend wreef ze over haar voorhoofd om het opkomende bonzende gevoel te verdrijven.

„Hoofdpijn?" vroeg Myrte.

Ze knikte en hoorde haar zeggen: „Daar heb ik wel wat voor, loop maar even mee naar m'n kamer." Voordat Lydia verder nog iets kon zeggen, was Myrte verdwenen, en nadat ze een verontschuldigende blik op Dario en Nick had geworpen, haastte ze zich achter haar aan.

„Slimme meid," grinnikte Nick. „Lydia op zo'n manier weglokken dat ze niets in de gaten heeft en wij tijd hebben om te overleggen."

„Inderdaad," was Dario het met hem eens. „Goed, wat doen we als eerst? De graaf bellen?"

„Ja, laten we dat maar doen, misschien heeft hij nog tips of ideeën. Ik ben blij dat de meiden het raadsel hebben ontcijferd, nu zijn we in ieder geval op de goede weg."

„Inderdaad. En niet voor z'n tijd, vermoed ik. Myrte had gelijk, we hadden Lydia veel eerder moeten inschakelen. Ze leert onze wereld dan misschien net pas kennen, er stroomt goddelijk bloed door haar aderen en ze is echt niet dom."

Ondertussen waren ze naar de vergaderruimte gelopen, waar Dario het nummer van de graaf intoetste op de conferentietelefoon.

„Ja?" Klonk het slaperig aan de andere kant van de lijn.

„Sorry Max, storen we?" vroeg Dario enigszins overbodig. „Dario en Nick hier."

„Nee hoor, helemaal niet, ik lag net te slapen, maar voor jullie heb ik altijd tijd." Uit het gekraak en gerommel dat volgde, maakten ze op dat hij overeind ging zitten in bed. „Zo, nu ben ik er klaar voor. Zeg het eens, jongens.”

„Sorry dat we nog zo laat bellen.” zei Dario, „maar er zijn dringende ontwikkelingen.” Ze praatten de graaf bij en vertelden hem over hun idee voor het gebruik van de diamant.

„Een stel slimme dames, die twee meiden van jullie,” zei de graaf waarderend. „Dat klinkt me als een prima plan in de oren. En waar kan ik dan verder nog mee helpen? Want het lijkt me dat jullie alles onder controle hebben.”

„Nou,” zei Nick, „ten eerste willen we je waarschuwen. Op het feest hebben mensen ons samen gezien, dus ook jij bent niet veilig meer. Helemaal als Oskar aan de kant van de slechteriken staat, waar het alle schijn van heeft. We zouden ons er een stuk prettiger bij voelen als je de komende tijd hier komt logeren.”

„Dat is heel vriendelijk van jullie maar ik blijf liever hier, in mijn eigen huis. Ik heb de beveiliging na dat onverwachte bezoekje van Oskar flink aangescherpt, dus als het goed is, zal me niets overkomen. Overigens kennen jullie de jongens die hier nu extra rondlopen, het is het team van Christian.”

„Dat is een geruststelling,” reageerde Dario opgelucht, „die weten wat ze doen.” Even was hij stil. „Kunnen we in ieder geval afspreken dat je ons, zolang we ons in deze penibele situatie bevinden, iedere dag rond een uur of vier even laat weten dat alles goed met je gaat? Gewoon voor de zekerheid?”

„Tuurlijk jongen. Bovendien kunnen jullie dan niet alleen mij in de gaten houden, maar ik jullie ook, want zoals je zult begrijpen ben ik er niet geheel gerust op dat jullie daar veilig zijn.”

„Uiteraard,” reageerde Dario. „Trouwens, misschien is het handig als we ook een codewoord afspreken, dan weten we ten minste dat er iets mis is als een van ons dat woord gebruikt. Je weet maar nooit.”

„Helemaal goed,” stemde de graaf in. „Welk woord spreken we af?”

„Poolster,” antwoordde Nick direct. „Dat is geen woord dat we dagelijks gebruiken en het is zowel normaal als vreemd genoeg om in een van onze gesprekken te verwerken.”

„Akkoord," bevestigde de graaf. „Van nu af aan spreken we elkaar iedere dag, en als één van beide partijen niets van zich laat horen of het woord Poolster in de mond neemt, dan weet de andere partij dat de hulptroepen ingeschakeld moeten worden."

„Precies," reageerde Dario instemmend.

„En wat is het dat jullie verder nog wilden bespreken?"

„Nou, we vroegen ons af of je nog suggesties hebt voor ons plan, en of je weet of er ergens in de literatuur nog melding gemaakt wordt van Typhons eventuele zwakke plekken."

„Ha ja, daar kan ik wel mee helpen, ik heb de afgelopen weken alle boeken doorgespit waarin ook maar iets over dat monster vermeld staat. Het slechte nieuws is dat Typhons huid volgens de verhalen ondoordringbaar is, net zoals de huid van de Nemeïsche leeuw. Dat maakt hem vrijwel onschendbaar. De enige zwakke plek die ik heb kunnen ontdekken zijn zijn ogen. Als jullie hem willen verslaan, zal Lydia de pijl met de diamant daarin moeten schieten. Jullie zullen hem daarmee niet kunnen vernietigen, maar het zal hem wel dusdanig verzwakken dat hij verbannen kan worden naar de plek waar hij thuishoort: tartaros. En bid alsjeblieft tot Artemis en de andere goden dat ze jullie komen helpen, want zonder hun hulp kunnen jullie hem daar niet krijgen."

„Oké," knikte Nick, „goed om te weten. We hebben nog één laatste vraag en dan laten we je weer slapen."

De graaf grinnikte. „Ik weet niet of het vannacht nog van slapen komt na al deze informatie, maar kom maar op met jullie vraag."

„Nou," begon Dario, „aangezien we zelf een boog en pijlen moeten maken en daar niet alle materialen voor in huis hebben vroegen we ons af of jij iemand kent die ons op zeer korte termijn, dat wil zeggen morgen, een grote hoeveelheid zilver kan leveren."

„Ha!" riep de graaf enthousiast uit. „Laat ik daar nou precies het juiste mannetje voor hebben! Toen ik mijn vriend Jens Larsson laatst sprak, vertelde hij me dat zijn bedrijf hier in Zweden een grote partij zilver heeft opgegraven. Ik ben ervan overtuigd dat hij bereid is om te investeren in onze zaak en zal hem zo meteen bellen om te vragen of hij morgen wat bij jullie kan afleveren. Hij heeft een helikopter, dus dat moet volgens mij geen probleem zijn."

Opgelucht keken Dario en Nick elkaar aan. „Je bent geweldig, Max, weet je dat?" zei Dario.

„Ach welnee," wapperde de graaf het compliment weg. „We zullen dit varkentje met zijn allen moeten wassen, anders zijn we nergens. Bovendien wil ik binnenkort weer eens op visite bij je tante Rosita, en ik mag hangen als ik dat monster daartussen laat komen!"

Dario en Nick keken elkaar grijnzend aan. „De volgende keer dat ik mijn ouders spreek, zal ik vragen of ze tante Rosita de hartelijke groeten van je willen doen," zei Dario, waarop hij de graaf iets onverstaanbaars hoorde mompelen.

Nadat ze het gesprek hadden afgerond en Victor en Arabel hadden gebeld om ook hen bij te praten, gingen ze naar bed. Zachtjes opende Dario de deur van de slaapkamer om te voorkomen dat hij Lydia wakker zou maken, maar toen hij naar het bed keek, zag hij dat het onbeslapen was. „Hoi," hoorde hij haar zeggen, en toen hij opkeek zag hij dat ze opgekruld op de bank voor de haard zat.

„Ik kon niet slapen," verklaarde ze.

Hij liep naar haar toe en ging met een zwaar hart naast haar zitten. „Niet zo vreemd, toch? Het zijn spannende tijden."

Even bleef het stil, toen vroeg ze: „Denk je dat we een kans maken?"

Dario zuchtte. „Ik vrees dat die vraag niet zo makkelijk is als hij lijkt. Het antwoord is ja, als we vertrouwen in onszelf en elkaar en de goden hebben. In mijn hart weet ik dat we dit kunnen, weet ik dat jíj het kan. Maar als we ons vertrouwen verliezen, om welke reden dan ook, is deze missie gedoemd te mislukken."

Weifelend staarde ze in het vuur. Ze hadden de laatste weken hard getraind, maar zou dat voldoende zijn? Ze leerde haar krachten net pas kennen en zou het moeten opnemen tegen een van de meest angstaanjagende monstergoden die ooit had bestaan. Was ze daar wel klaar voor? Het antwoord leek haar nogal voor de hand liggend: absoluut niet! Maar dat betekende uiteraard niet dat ze zou opgeven. Haar vrienden hadden haar afgelopen weken keer op keer bewezen dat ze vertrouwen in haar hadden en haar als gelijke zagen, al moest ze alles nog leren. Ze zou haar uiterste best doen om Typhon dapper tegemoet te treden en hen niet teleur te stellen, wat er ook gebeurde. Ze zuchtte en keek opzij naar de man van wie ze afgelopen weken zielsveel was gaan houden. Ze kon zich geen leven meer zonder hem voorstellen, maar hij had haar nooit enige belofte voor de toekomst gedaan. Wat als de missie afgelopen was, zou hij dan uit haar leven verdwijnen en haar achterlaten met een gat in haar hart en ziel?

„Gaat het?"

„Hm." Ze slikte de brok in haar keel weg en besloot ook nu dapper te zijn. „Ik vroeg me af ..." Stilte.

„Wat vroeg je je af?"

Ze haalde diep adem en zei zacht: „Ik vroeg me af wat er met ons gaat gebeuren, als alles straks voorbij is."

Er verscheen een liefdevolle glimlach op zijn gezicht. „Wat zou je willen?"

„Ik ..." Ze haalde haar schouders op en schudde haar hoofd, waarna ze heel snel zei: „Ik wil niet dat het dan voorbij is, wat we hebben."

Teder streek hij een lok haar achter haar oor. „Dat hoeft toch ook niet? Wat denk je eigenlijk dat dit voor me is, een pleziertje?"

Onzeker keek ze hem aan.

„Ach *cariña*." Hij pakte haar gezicht beet tussen zijn handen en gaf haar een kus die haar alles deed vergeten. Toen hij zich voorzichtig van haar had losgemaakt, ging hij verder: „Wat wij hebben is meer dan lichamelijk genot, ik voel me op zielsniveau met je verbonden. Ik weet niet wat mijn ouders precies van me verwachten na deze missie, maar eigenlijk had ik al besloten dat ik wat meer vastigheid in mijn leven wil. En ik ben erachter gekomen dat jij onderdeel van die vastigheid uitmaakt. Het liefst zou ik me hierna ergens settelen, maar als pa en ma willen dat ik veldwerk blijf doen, hoop ik met heel mijn hart dat je me daarbij wilt vergezellen." Toen Lydia haar mond opende om iets te zeggen, hief hij zijn hand. „Ik weet het, je hebt je eigen leven en ik begrijp heel goed dat je het misschien helemaal niet ziet zitten om de wereld over te zwerven, van gevaar naar gevaar, maar ik moet er gewoon niet aan denken dat ik je hierna niet meer zal zien. Ik hou van je, Lydia. Je hoeft op dit moment nog niet te beslissen wat je wilt, maar denk alsjeblief na over wat ik gezegd heb."

Haar ogen begonnen te stralen en haar hart bloeide op. Wat er ook gebeuren zou, Dario hield van haar! Ze wierp zich in zijn armen en drukte haar lippen op de zijne. Toen ze zich na een hartstochtelijke kus hijgend van hem losmaakte, kon ze nog net „En ik hou van jou" uitbrengen, voordat Dario haar optilde en naar het bed droeg om haar te beminnen alsof zijn leven er vanaf hing.

23

De volgende ochtend rond half vijf werd Dario abrupt gewekt door het geluid van een laagvliegende helikopter. Vlug schoot hij in het donker zijn kleren aan, greep zijn wapen van het nachtkastje en pakte zijn mobiel om Nick te waarschuwen. Pas toen hij zag dat de graaf 's nachts nog een berichtje had gestuurd om door te geven dat zijn vriend Jens de volgende dag al vroeg bij hen voor de deur zou staan, voelde hij zijn hartslag weer kalmeren. Omdat hij Lydia niet wakker wilde maken, sloop hij de gang op, waar hij Nick tegen het lijf liep.

„Ha mooi, daar ben je al, ik wilde je net komen halen," zei die. „Volgens mij is dat onze bestelling, aangezien er net geen alarmbellen zijn afgegaan." Om zich ervan te verzekeren dat vijanden het huis niet ongemerkt konden benaderen hadden ze het terrein de voorgaande avond extra beveiligd.

„Ik denk het ook," reageerde Dario. „Ik kwam er net achter dat Max vannacht nog een berichtje heeft gestuurd om door te geven dat zijn vriend hier al vroeg zou zijn, dus ik vermoed inderdaad dat dat hem is."

Nadat ze hun jassen hadden aangetrokken en voor de zekerheid nog wat wapens bij zich hadden gestoken, gingen ze naar buiten om hun bezoeker te verwelkomen. Het bleek inderdaad Jens te zijn, die er na het afgeven van het zilver weer snel vandoor moest naar zijn volgende afspraak. Nadat hij vertrokken was, maakten ze vlug een ronde over het terrein om te checken of alles in orde was, en toen ze daarvan terugkwamen, troffen ze Myrte aan in de hal.

„Alles oké?" vroeg ze ongerust.

Dario knikte. „Dat was Jens, een vriend van de graaf, die kwam ons het zilver brengen." Hij gebaarde naar de koffers die ze mee naar binnen hadden genomen. „Denk je dat jij en Lydia je vandaag op die spreuk kunnen storten? Dan gaan wij aan de slag met de wapens. Hout hebben we meer dan voldoende en met de hoeveelheid zilver die we net hebben gekregen, kunnen we aardig wat pijlen maken, dus met een beetje geluk krijgen we vandaag alles af." Bezorgd voegde hij eraan toe: „Dat moet ook wel, want de tijd begint te dringen."

Ook Lydia was door het helikopterlawaai wakker geworden en had zich in de tussentijd bij hen gevoegd. Ze voelde een nerveuze kriebel in haar buik. De tijd begon inderdaad te dringen, dacht ze ongerust. Binnen niet al te lange tijd zou de confrontatie plaatsvinden, dan zou ze zich moeten bewijzen tegenover haar vrienden, de wereld en niet te vergeten Typhon.

Nadat ze vlug hadden ontbeten ging het viertal aan de slag. Lydia en Myrte namen hun intrek in de bibliotheek terwijl Dario en Nick zich buiten in de schuur opsloten. De mannen werkten hard door, en tegen de tijd dat het halverwege de middag was, hadden ze een flink aantal pijlen gemaakt. „Zullen we ze helemaal verzilveren?" dacht Dario hardop na, terwijl hij het laatste exemplaar liet balanceren op zijn wijsvinger. „Ik heb het gevoel dat dat hun kracht vergroot."

Nick knikte. „Lijkt me een goed plan. En laten we ze dan ook maar insmeren met dat brouwsel dat Myrte gisteren gemaakt heeft. Het stinkt als de pest, maar zorgt er als het goed is wel voor dat de pijlen ontvlammen zodra ze worden afgeschoten."

Aangezien ze alle mogelijkheden wilden benutten om hun kans om te winnen te vergroten, wreven ze de pijlen na het verzilveren in met het stinkende goedje. Het laatste wat gedaan moest worden was de diamant bevestigen, en omdat ze Lydia wilden laten kiezen welke pijl daarvoor gebruikt moest worden, namen ze alles mee naar het huis en gingen op zoek naar de vrouwen.

„Mijn hemel!" riep Myrte uit, nog voor ze bij de bibliotheek waren aangekomen. „Hadden jullie je niet eerst even kunnen douchen, jullie stinken een uur in de wind!" Vol afgrijzen trok ze haar neus op.

„Arbeiderszweet," grijnsde Nick haar vanuit de deuropening toe.

„Arbeiderszweet me hoela, het is verdorie net alsof de duivel hier rondloopt."

„Dat is mede dankzij je eigen creativiteit, schoonheid," viel Dario zijn vriend bij. „We hebben de pijlen ingesmeerd met dat speciale brouwsel van je."

Myrtes blik klaarde op slag op. „Ah, oké, dat verklaart het."

„Allemaal leuk en aardig," zei Lydia met een vies gezicht, „maar jullie stinken écht enorm. Kunnen jullie je alsjeblieft even omkleden voordat we het over de spreuk gaan hebben?"

Dario sprong naar voren om haar vast te pakken, maar ze maakte een schijnbeweging en wist hem behendig te ontwijken. „Ik kan wel zien dat je een goede leraar hebt gehad," grijnsde hij, om zich na een quasi-boze blik van haar uit de voeten te maken.

„Man wat een stank!" klaagde Lydia. „Ik word er misselijk van."

„Waarschijnlijk heb je last van de zwavel," reageerde Myrte, „dat stinkt naar rotte eieren. Helaas komen we er niet onderuit om vuur met vuur te bestrijden, dus die stank zul je voor lief moeten nemen, ben ik bang."

Lydia haalde haar neus op en bromde iets onverstaanbaars, waarna ze weer naar de spreuk keek. „Denk je dat dit het is?"

Myrte trok een wenkbrauw op en beantwoordde de vraag met een wedervraag. „Denk jíj dat dit het is?"

Zuchtend keek Lydia haar aan.

„Kom op meid, luister naar je gevoel. Wat zegt je hart? Er stroomt goddelijk bloed door je aderen, gebruik dat."

Lydia sloot haar ogen, haalde diep adem en stelde zich open voor de onzichtbare krachten die ze afgelopen weken beetje bij beetje had leren kennen. Myrte had gelijk, ze moest vertrouwen hebben en de kracht in zichzelf gebruiken om dit tot een goed einde te brengen. Ze concentreerde zich en zei even later: „Ja, dit is het."

Tevreden keek Myrte haar aan. „Mooi zo, d–" Plotseling klonk er een hoop gerommel, terwijl het huis trilde op zijn grondvesten.

„Wat gebeurt er?" vroeg Lydia geschrokken.

Myrte greep de spreuk van tafel en trok haar achter zich aan de kamer uit. „We worden aangevallen, kom mee!"

In een helder moment besefte Lydia dat ze de pijlen en boog nodig hadden om Typhon te verslaan, dus rukte ze zich los en rende terug om ze te pakken.

Terwijl Dario en Nick vrijwel tegelijk de trap af kwamen stormen en ook *mormor* en *morfar* de gang in renden, riep Dario „We hebben bezoek!"

„Typhon?" vroeg Lydia paniekerig.

„Nee, nog niet, dit zijn zijn soldaten." Hij nam de pijlen en boog van haar over en drukte haar een pistool in handen. „Denk je dat je deze kunt gebruiken?"

Een paar seconden lang kon ze alleen maar naar het wapen kijken, toen vermande ze zich. „Ja. Ja, dat moet wel lukken."

Hij drukte een snelle kus op haar lippen en richtte zich toen tot de rest. „Oké, Nick neemt het noorden voor zijn rekening, *mormor* en *morfar* het oosten, jullie," hij keek Lydia en Myrte aan, „het westen en ikzelf het zuiden. Kom mee, dan laat ik jullie zien vanaf waar jullie het huis kunnen verdedigen." Hij haastte zich voor de vrouwen uit naar de kamer die ze gebruikten voor de magielessen en opende de deur van het kamertje ernaast. „Hier zijn jullie veilig. Deze muren zijn sterker dan de muren van een bankkluis en via die schietgaten daar," hij gebaarde naar de buitenmuur, waarop verschillende luikjes te zien waren, „kunnen jullie in de gaten houden wat er buiten gebeurt en de vijand uitschakelen." Hij wees naar de stevige kast die naast de deur stond. „Daar zitten water, EHBO-spullen, munitie en extra wapens in, mochten jullie dat nodig hebben. Ik kom terug zodra het kan. Succes!"

Lydia keek hem na terwijl hij wegrende en wendde zich toen met grote ogen tot Myrte. „Shit. Is het nou serieus de bedoeling dat we iemand gaan doodschieten?" vroeg ze benauwd.

„Ik vrees van wel, ja," was het wrange antwoord. „Ik geloof dat dit een typisch geval is van schieten of beschoten worden. Die mensen daarbuiten hebben opdracht gekregen om ons te vermoorden, dus als wij hen niet neerschieten dan schieten ze ons neer. Of ze nemen ons gevangen, wat waarschijnlijk nog veel erger is dan doodgeschoten worden. Hoe dan ook zijn ze weinig goeds van plan."

Lydia knikte en probeerde zichzelf te kalmeren door een paar keer diep in en uit te ademen. „Oké, laten we dit maar doen dan." Dapper liep ze naar een schietgat, prepareerde haar wapen zoals Nick haar dat geleerd had en opende het luikje om naar buiten te kijken. „Ik zie vier mensen lopen. Het lijkt erop dat ze geen idee hebben dat wij hier zitten, dus dat is in ons voordeel." Ze probeerde haar hoofd koel te houden en er niet aan te denken dat ze op het punt stond om iemand zijn leven te beëindigen.

Myrte was bij een ander schietgat gaan zitten en keek ook naar buiten. „Ja, als we snel zijn, kunnen we ze uitschakelen voor ze ook maar iets in de gaten hebben. Neem jij die twee aan de rechterkant voor je rekening? Dan richt ik me op de andere twee. Zal ik aftellen?"

Lydia slikte de brok in haar keel weg. „Doe maar, ja."

„Oké." Even kneep Myrte haar ogen dicht. „Drie, twee, één, *go!*"

Ze zetten zich schrap en schoten hun magazijnen helemaal leeg, en toen ze zeker wisten dat hun aanvallers niet meer opstonden, lieten ze zich tegen de muur zakken en keken elkaar buiten adem aan.

„Ik haat wapens, weet je dat?" zei Myrte dof.

„Ja?" reageerde Lydia, terwijl ze het gesuis in haar hoofd probeerde te negeren. „Je schoot die twee anders best soepel neer."

„Met dank aan Nick. Die heeft me afgelopen weken bijles gegeven, om mijn aversie tegen wapens te verminderen."

„Ah, vandaar. Nou, fijn," was de enige reactie die ze op dat moment kon verzinnen. Even waren ze allebei stil, toen keek ze Myrte aan en vroeg: „En nu?" Ze hoorde dat er in de rest van het huis nog geschoten werd en vroeg zich af of ze moesten gaan helpen. Aan de andere kant hadden zij de opdracht gekregen om de westzijde van het huis te verdedigen, dus ze konden natuurlijk niet zomaar van hun plek gaan. Ze keek voorzichtig naar buiten om te checken of er eventueel nog andere vijanden bij waren gekomen en was opgelucht toen dat niet zo bleek te zijn. Terwijl ze naar de levenloze lichamen in de sneeuw keek, zei ze zacht: „Dit is de eerste keer dat ik iemand vermoord heb."

„Jij niet alleen. Ik weet dat dit erbij hoort, maar ik had niet verwacht dat ik me zo ..." Myrte gebaarde hulpeloos met haar handen. „Nou ja, dat ik me zoals dit zou voelen. Ik snap niet dat de mannen dit zomaar kunnen doen."

Lydia keek haar aan. Ze had gelijk. Dario en Nick waren tegenover hen altijd heel aardig en attent, maar wat er zojuist gebeurd was, was ook onderdeel van hun werk. Hoe zouden zij zich hierbij voelen? Ze zouden het toch zeker niet leuk vinden om dit te doen? Ze drukte een hand tegen haar opspelende maag. Stel je voor dat ze he–

„Hoor je dat?" onderbrak Myrte haar gepieker. „Het is stil. Zou dat een goed of een slecht teken zijn?"

Lang hoefden ze niet op antwoord te wachten, want een paar tellen later kwam Nick de kamer binnen. Hij keek bezorgd naar hun bleke gezichten en zei „Het is voorbij. Alles oké hier?"

„Ik geloof dat we ons wel eens beter hebben gevoeld," reageerde Myrte met een bibberend lachje.

Lydia kon alleen maar knikken en was blij dat Dario zich op dat moment bij hen voegde en haar in zijn armen trok. „Gaat het?" vroeg hij, een lok haar uit haar gezicht strijkend.

„Nu wel, ja," antwoordde ze, terwijl ze haar hoofd tegen zijn borst legde en haar armen om hem heen sloeg. „Wat verschrikkelijk om iemand te vermoorden."

Hij drukte haar stevig tegen zich aan. „Ik weet het. Ik zou willen dat het niet nodig was, maar helaas is het dat wel."

„En wat doen we nu met de lichamen?" vroeg ze mat. „Die kunnen we toch niet zomaar buiten laten liggen? Iedereen kan ze zien."

„Maak je daar maar geen zorgen over, *cariña*, dat regelen wij wel."

„Maar eerst gaan jullie eten," zei *mormor* vanuit de deuropening. „Een mens kan niet nadenken of sjouwen op een lege maag. Jullie zijn al de hele dag druk in de weer en hebben na het ontbijt geen hap meer gegeten, dat is niet gezond."

Ondanks de situatie had eigenlijk iedereen wel trek, dus nadat de mannen er door middel van een spreuk voor hadden gezorgd dat de puinhoop buiten aan het zicht onttrokken werd, stortten ze zich op de maaltijd die *mormor* hen voorzette. Lange tijd werd er niets gezegd, tot Dario ineens vroeg: „Is het trouwens gelukt?" Myrte wist gelijk waarover hij het had en haalde het papier met de spreuk uit haar zak, blij met de afleiding. Ze schoof het over de tafel heen naar hem toe en zei: „Ik zat te denken dat het misschien het beste is om alleen de speciale pijl tevoorschijn te toveren. Als Lydia de normale pijlen en boog bij zich draagt tijdens het gevecht kan ze alvast oefenen met schieten op bewegende ... figuren. Want als het eenmaal zover is, zal het vast niet makkelijk zijn om goed te richten." Verontschuldigend keek ze haar vriendin aan. „Sorry, ik wil je niet ontmoedigen, maar dat denk ik nou eenmaal."

„Jij niet alleen," reageerde Lydia met een wrang lachje.

Nick knikte instemmend en Dario zei: „Goed plan. Niet alleen kun je dan oefenen, op die manier vermoedt Typhon waarschijnlijk ook niet dat we hem daadwerkelijk kunnen uitschakelen." Hij vouwde het papier open om te lezen wat de vrouwen bedacht hadden en gaf het vervolgens zonder enig commentaar door aan Nick. Wat hem betreft was het perfect, maar zijn vriend was degene die zich ermee moest kunnen verbinden, dus hij moest beslissen.

„Hm, ja, hiermee zou het moeten lukken. Goed gedaan, dames." zei hij tevreden.

Zwijgend keken ze elkaar aan. Ze waren er bijna klaar voor, dacht Dario. Of in ieder geval zo klaar als ze maar konden zijn. Het zou niet gemakkelijk worden, maar met de wapens die ze hadden en alle training van afgelopen maanden maakten ze een goede kans. „Oké," zei hij dus, „het ziet ernaar uit dat we er zo goed als klaar voor zijn." Terwijl hij Lydia aankeek, voegde hij eraan toe: „Je moet alleen de pijl waarop de diamant bevestigd moet worden nog uitkiezen."

Ze knikte en vroeg aarzelend: „Hoe moet ik dat precies doen?"

„Weet je wat," zei Myrte, Dario en Nick om beurten aankijkend, „als jullie het buiten nou eens gaan opruimen dan zullen wij die pijlen even rustig bekijken." De mannen besloten daar gelijk gehoor aan te geven, zodat ze even later alleen met Lydia in de eetkamer was. Ze stalde de pijlen uit op tafel en zei: „Wat je het beste kunt doen, is met gesloten ogen en je hand boven de pijlen langs de tafel lopen. Als het goed is, voel je bij bepaalde pijlen een ander soort trilling, en als je bij de pijl bent aangekomen die we nodig hebben om Typhon te verslaan, dan weet je dat in je hart."

Lydia knikte. „Oké, goed." Ze liep naar de tafel toe, hield haar hand erboven en begon met haar ogen dicht langs de tafel te schuifelen. Een paar keer voelde ze de trilling waarover Myrte had gesproken, maar geen enkele pijl sprong er echt uit. Teleurgesteld opende ze haar ogen. „Het lukt niet. Ik voel wel af en toe die trilling waarover je het had, maar verder niets."

„Waar denk je aan?"

„Hoe bedoel je?"

„Nou, gewoon, waar denk je op dit moment aan? Of beter gezegd, waar dacht je aan toen je de pijlen aan het scannen was?"

Lydia keek haar fronsend aan. „Ik dacht aan wat de mannen nu aan het doen zijn en dat we ze eigenlijk zouden moeten helpen."

„Dat is waarschijnlijk het probleem. Probeer het zo nog eens, maar dan met Typhon en het gevecht in gedachten."

Lydia vertrok haar gezicht. Eigenlijk wilde ze daar helemaal niet aan denken. Ze begreep echter dat het nodig was, dus maakte ze haar hoofd leeg en dacht alleen aan Typhon en alles wat ze over hem wist. Ze sloot haar ogen en ging met haar hand nogmaals over de pijlen. Weer voelde ze niets bijzonders. „Het lukt echt niet, hoor."

Myrte fronste haar wenkbrauwen en begon door de kamer te ijsberen. Ze liep naar de schalen met edelstenen die in de hoeken van de kamer stonden en legde haar handen erop, alsof de stenen het antwoord bevatten dat ze zocht. „Een spreuk," zei ze uiteindelijk, „laten we dat eens proberen. Stel je hart open en vraag de goden om hulp. Artemis, Zeus, Athena en Dionysos. Ik weet zeker dat die willen helpen, het is ten slotte ook in hun belang."

„Oké," Lydia haalde diep adem, sloot haar ogen en spreidde haar armen. „Op hoop van zegen:

Artemis, Athena, Dionysos en Zeus
Help ons bij deze belangrijke keus
Een wapen om Typhon te stoppen op aarde
Een wapen van onschatbare waarde
Uw krachten verenigd, verstand, licht en moed
Zodat zal vloeien uw vijand zijn bloed
Help ons te kiezen en wij zijn van u
Help ons te kiezen en doe het nu!"

Er ging een windvlaag door de kamer en ze hoorde de pijlen trillen op tafel. Ze zou de goden toch niet boos hebben gemaakt met die laatste zin, dacht ze ineens benauwd. Van Dario had ze begrepen dat ze nogal wispelturig konden zijn. Toen ze Myrte naar adem hoorde happen, deed ze haar ogen weer open en keek verbaasd naar de pijl die voor haar neus in de lucht zweefde.

„Oef! Ik was even bang dat er iets anders ging gebeuren," zei Myrte met een hand op haar hart.

Lydia hief haar hand om de pijl te pakken en voelde een schok toen ze haar vingers er omheen sloot. Haar hart maakte een sprongetje en het was net alsof er een verbinding ontstond tussen haar en de pijl. Ze knipperde verbaasd met haar ogen.

„Gaat het?" vroeg Myrte bezorgd.

„Ja, gaat goed." Ze vertelde wat ze voelde.

„Oh wow, dat is hun cadeau voor jou!"

„Cadeau?"

„Ja! Ik heb erover gelezen, dit is hun manier om je te steunen in de strijd. Probeer de pijl eens te sturen," zei ze met een stralend gezicht.

Lydia stond op om de boog te pakken.

„Nee, nee, met je gedachten!"

„Met mijn gedachten ..." Ze keek haar sceptisch aan.

„Ja! Hou gewoon je hand op en stel je voor dat je de pijl wilt laten vliegen."

Lydia had er niet veel vertrouwen in, maar als ze in de afgelopen tijd iets geleerd had, dan was het wel dat de meest vreemde dingen soms mogelijk bleken te zijn. Dus hield ze haar hand op en bedacht zich dat ze de pijl om Myrte en haarzelf heen wilde laten cirkelen. Zonder problemen kwam de pijl los van haar hand en deed wat ze vroeg.

Enthousiast begon Myrte te springen. „Onze winkans is zojuist met honderd procent toegenomen! Wat zeg ik, duizend procent! Weet je wat dit betekent!?"

Lydia voelde haar hart een sprongetje maken en grijnsde blij. „Het betekent dat we Typhon kunnen uitschakelen, zelfs als ik verkeerd schiet."

„Ik kan het niet geloven, dit is geweldig! Niets ten nadele van jou, maar het is best een opgave om één specifieke pijl in het heetst van de strijd in iemand zijn oog te schieten. Nu hoeven we ons daar geen zorgen meer om te maken! We moeten er alleen voor zorgen dat zijn onderdanen je niet in de weg lopen. Ik kan echt niet wachten om dit aan de mannen te vertellen!" Ze stormde naar de deur en liep er hard met haar hoofd tegenaan toen die ineens openzwaaide. „Au!"

„Wat de ... Gaat het?" vroeg Nick, die verbaasd naar haar keek.

„Ja, ja, alles goed," wuifde ze zijn bezorgdheid weg. „Vertel jij het ze maar," gebaarde ze naar Lydia terwijl ze over haar hoofd wreef.

Dat deed ze, en toen ze uitgesproken was, waren ook Dario en Nick ineens een stuk vrolijker. „Lang leve de goden!" zei Nick grijnzend, zijn vuist triomfantelijk de lucht in stekend.

Op dat moment ging Dario's mobiel. Hij zag dat het de graaf was en nam vrolijk op. „Max, je raad nooit wat er net gebeurd is!" Terwijl hij luisterde, betrok zijn gezicht. „Verdomme! We komen er gelijk aan. Sluit jezelf op in je schuilkelder en kom er niet uit, wat er ook gebeurt. Absoluut niet, geen haar aan m'n hoofd die eraan denkt! We zijn onderweg, hou je taai." De anderen keken hem bezorgd aan. „Shit, shit, shit!" foeterde hij. „Ze zijn bij de graaf. Wat hier gebeurd is, was slechts een afleidingsmanoeuvre. Afgezien van de graaf hebben ze iedereen daar afgeslacht." Hij begon de pijlen bij elkaar te rapen. „We moeten erheen. Nú."

„Maar de pijl is nog niet klaar," zei Lydia met een klein stemmetje. „Als Typhon nu komt, kunnen we nog steeds niets."

Nick pakte de pijl die ze opzij hadden gelegd van tafel. „Wees daar maar niet bang voor. Geen idee hoe het kan, maar het ziet ernaar uit dat de goden ook dit probleem voor ons hebben opgelost." Hij hield de pijl omhoog zodat de anderen konden zien dat de diamant erin gesmeed was.

Dario voelde in zijn broekzak en pakte het doosje waar de diamant in had gezeten. Toen hij het opende, bleek het inderdaad leeg te zijn. Hij haalde zijn schouders op en zei: „Laten we maar gewoon dankbaar zijn. Kom mee, we moeten wapens halen en naar Max toe, ik weet niet hoe lang hij het daar nog volhoudt."

24

Met gierende banden kwamen ze aan bij het landgoed van de graaf. Sneeuw wervelde in het rond en maakte het onmogelijk om meer dan een paar meter vooruit te kijken, maar Nick hield de vaart erin.

„Ik weet niet of dit wel zo verstandig is," zei Myrte weifelend.

„Verstandig of niet, we moeten wel. We kunnen Max niet aan zijn lot overlaten," reageerde Dario. „Laten we uitgaan van het ergste en voorbereid zijn op de confrontatie met Typhon. Als hij zich laat zien, moeten we onze kans grijpen."

De poort stond open. Zonder af te remmen, stuurde Nick de auto er doorheen en reed op zijn gevoel verder. „Het is veel te stil," bromde hij, „waar zijn ze allemaal gebleven?" Voor hij het wist, waren ze bij het huis. Hij moest het stuur met een ruk omgooien om te voorkomen dat ze een pilaar ramden en trapte hard op de rem. De auto kwam slippend tot stilstand. „*La naiba!*" vloekte hij. „Iedereen oké?"

Er werd bevestigend gemompeld.

„Oké," zei Dario grimmig, „jullie weten wat je te doen staat als we tegenover Typhon komen te staan." Ze hadden onderweg besproken hoe ze het zouden aanpakken en iedereen wist wat zijn of haar rol was. Hoewel de voorbereiding te wensen overliet, moesten ze erop vertrouwen dat ze er klaar voor waren. Ze werden in ieder geval gesteund door de goden die Typhon al eerder hadden verslagen, dus er was hoop.

„Denk eraan dat jullie te allen tijde bij ons blijven," zei hij tegen Lydia en Myrte. „Wat er ook gebeurt, laat je niet van ons scheiden. Jullie hebben nog geen ervaring in het veld en daar zullen ze gelijk gebruik van maken. Hou je ogen open en blijf alert."

De vrouwen knikten en keken elkaar benauwd aan. Zou dit het dan zijn? Hadden ze hier zo hard voor getraind? Lydia voelde de neiging om ergens in een hoekje weg te kruipen en te wachten tot het voorbij was. Jammer genoeg was dat geen optie, want zij was de uitverkorene en alleen zij kon Typhon terugsturen naar zijn gevangenis. Ze keek Dario angstig aan.

„Weet je nog wat ik je gezegd heb?" vroeg hij, haar hand vastpakkend en er bemoedigend in knijpend. „Alleen als je vertrouwen hebt, kunnen we dit tot een goed einde brengen."

Ze knikte en probeerde zich te vermannen, hij had gelijk.

Nick keek scherp naar de geforceerde voordeur. „Het zint me niets, het is veel te stil hier. Volgens mij lopen we regelrecht de val in."

„Val of niet, we moeten door," reageerde Dario, „zijn jullie er klaar voor?" De anderen knikten, en nadat hij het teken had gegeven, stapten ze uit en renden met hun wapens in de aanslag naar de deur. Nick legde een vinger tegen zijn lippen om aan te geven dat ze stil moesten zijn en keek voorzichtig naar binnen. Hij zag een enorme puinhoop, maar van de vijand was geen spoor te bekennen. Op zijn tenen sloop hij naar binnen om de kamer te controleren, en toen die veilig bleek te zijn, gebaarde hij dat ook zij binnen konden komen.

„Mijn hemel," zei Lydia, om zich heen kijkend naar de ravage die was aangericht. Meubels lagen omver, er zaten gaten in de muren en de vloer was besmeurd met bloed.

„Waar is iedereen?" fluisterde Myrte. „Ik voel helemaal niemand."

Nick schudde zijn hoofd om aan te geven dat hij het ook niet wist, terwijl Dario de kamers die op de ruimte uitkwamen één voor één begon te checken. „Leeg," zei hij zacht tegen Nick toen hij klaar was, „allemaal. Ik vraag me af waar de lijken zijn gebleven, er klopt iets helemaal niet..."

„Goh, zou je denken?" zei een sarcastische stem vanuit het niets.

Met een ruk draaiden ze zich om, maar er was nog steeds niemand te bekennen.

„Ruggen tegen elkaar!" beval Dario.

Er klonk een hatelijke lach. „Ach, kijk jullie nou toch! Onze helden ... Geloven jullie het zelf?" Weer die hatelijke lach. „Oh, jullie krijgen trouwens de groeten van Max."

„Laat jezelf zien, lafaard!" snauwde Dario. „Waar is hij? Wat heb je met hem gedaan!?"

„Kom ons maar zoeken, dan kun je het met eigen ogen zien ..."

„Volgens mij is het Oskar," fluisterde Myrte.

„Ach, hoor nou toch, ons popje doet ook een poging om iets zinnigs te zeggen," klonk het gemeen. „Bravo!"

„Als ik die lamzak zie dan vil ik hem levend!" brieste Nick.

„Haha! Dan zul je me toch eerst moeten vinden ..." Ze hoorden hoe de stem zich verwijderde.

„Oké, we weten allemaal dat dit een val is, maar we moeten achter hem aan," zei Dario tussen opeengeklemde kaken door. „Het klonk alsof hij daarheen ging," gebaarde hij.

„Verdomme, ik háát dit," gromde Nick. „Goed, we gaan achter hem aan. Ik voorop, jij achteraan en de vrouwen tussenin. En zoals Dario al zei, zorg ervoor dat jullie bij ons blijven." Hij keek Lydia en Myrte doordringend aan.

Buiten werd de storm steeds heviger. De wind trok aan en spookte door het huis. Hagel en sneeuw zwiepten door gebroken ruiten naar binnen, papieren die ooit in nette stapeltjes op bureaus en tafeltjes hadden gelegen, vlogen in het rond, en schilderijen klapperden tegen de muren. Terwijl ze zich tussen scherven en brokstukken door een weg baanden, hoorden ze plots geroep. „Nee! Hou op! Laat me gaan!" Het was de graaf. Ze hoorden hem een wanhopige kreet slaken en daarna werd het doodstil.

Angstig keken Lydia en Myrte elkaar aan. Was hij dood?

„Doorlopen!" fluisterde Dario, hen achter Nick aan duwend. „We moeten hem zien te vinden!"

Ze waren bij de balzaal aangekomen en slopen voorzichtig naar binnen. „Verdomme!" zei Nick boos, „Ook leeg."

„Kom op jongens, jullie dachten toch niet echt dat het zó makkelijk zou zijn?" schamperde Oskar. „Wat triest." Om zijn woorden kracht bij te zetten slaakte hij een dramatische zucht.

„Hij speelt met ons," zei Lydia. De situatie deed haar verdacht veel aan haar tijd met Roy denken, maar in plaats dat ze zich daardoor geïntimideerd voelde, begon ze steeds bozer te worden. „Laat hem gaan, rotzak!" Haar ogen schitterden fel.

„Ach, kijk nou wie er klauwtjes heeft gekregen! Sorry katje, maar de graaf is van mij. Hij is mijn onderpand, zullen we maar zeggen. We kunnen natuurlijk wel ruilen: jouw leven tegen dat van hem. Denk er maar over na. Je hebt vijf minuten, daarna ga ik eens kijken hoe lang jullie lieve graaf zijn adem in kan houden."

„Ze zijn buiten bij de vijver," zei Dario beslist, „ik weet het zeker."

„Waar is die?" vroeg Myrte hem.

„Achter het huis, bij de eetkamer." Toen ze aanstalten maakte om er naartoe te gaan, voegde hij er bars aan toe. „Ho eens even! Waar ga je heen? We gaan Lydia niét ruilen."

„Natuurlijk niet!" riep ze geschokt, om er fel aan toe te voegen: „Ga me nou niet vertellen dat je dacht dat ik dat van plan was!?"

„Kalm aan," kwam Nick tussenbeide, „dit is precies wat hij wil, ons tegen elkaar opzetten."

Dario schudde zijn hoofd en gromde gefrustreerd. „Je hebt gelijk. Sorry, dat sloeg nergens op, ik weet dat je er alles aan doet om Lydia te beschermen."

„Ik denk dat we ons moeten opsplitsen," zei Lydia ineens.

„Nee, we moeten bij elkaar blijven," ging Dario er gelijk tegenin.

„Nee luister nou, dat is wat ze verwachten, omdat we maar met zijn vieren zijn. Ze weten dat Myrte en ik geen ervaring hebben en zoals je zelf al zei, willen ze daar gebruik van maken. Alleen niet door ons af te splitsen, maar juist door ons bij elkaar te houden. Ze weten dat jullie er alles aan doen om ons te beschermen en dat maakt ons allemaal kwetsbaar. Ik denk dat Myrte en ik naar de graaf op zoek moeten terwijl jullie het huis uitkammen. Geen idee waar iedereen gebleven is, maar je maakt mij niet wijs dat Oskar de enige is die nog hier is."

Dario keek haar aan alsof ze gek was geworden. Geen haar op zijn hoofd die eraan dacht om haar en Myrte alleen op pad te sturen.

„Ik vind het vervelend om te zeggen," zei Nick verontschuldigend, „maar daar zit iets in."

Dario keek hem boos aan.

„Denk even na. Ze denken inderdaad dat de vrouwen zwak zijn en dat wij hen moeten beschermen." Hij snoof laatdunkend.

„Ze mogen dan niet zoveel ervaring hebben als wij, onze meiden hier zijn verre van hulpeloos en kunnen zich prima weren, daar hebben we wel voor gezorgd." Omdat hij zag dat Dario het er nog steeds niet mee eens was, zei hij „Weet je wat, laten we stemmen. Iedereen die voor Lydia haar plan is, steekt zijn hand op en iedereen die tegen is, doet dat niet. Meiden?" In totaal gingen er drie handen de lucht in, alleen die van Dario bleef omlaag.

Boos keek hij hen aan. „We mogen Lydia's leven niet op het spel zetten. Alles is voorbij als er met haar iets gebeurt."

Lydia keek hem doordringend aan. „Volgens mij zei je net nog dat ik vertrouwen moest hebben. Wel, ik heb er vertrouwen in dat dit de manier is om de graaf te bevrijden."

Uitdrukkingsloos keek hij haar aan. Hoeveel ervaring hij ook had, het zag ernaar uit dat hij deze strijd ging verliezen.

„Kom op, Max heeft ons nodig," zei Nick.

Dario knikte langzaam en zei onwillig. „Oké, we splitsen ons op. Maar laat me daar alsjeblieft geen spijt van krijgen." Hij gaf Lydia een harde kus en zei: „Ga. Voordat ik me bedenk."

De vrouwen keken elkaar even aan en gingen toen op weg naar de eetkamer. We kunnen dit! bleef Lydia maar tegen zichzelf zeggen. Ze slopen de ruime kamer in en verplaatsten zich langs de muur naar de openslaande deuren.

„Eh, wat is het plan eigenlijk?" fluisterde Myrte.

„Ik heb geen idee," fluisterde Lydia terug. Ze deed een poging om te zien wat er buiten gebeurde, maar de storm maakte dat onmogelijk. Even dacht ze na, toen nam ze een beslissing. „Als ik nou naar buiten sluip om te kijken of ik de graaf kan vinden, dan kun jij me vanaf hier rugdekking geven."

„Eh, ik geloof niet dat dat een goed idee is, Lyd. We kunnen beter bij elkaar blijven."

Lydia schudde haar hoofd. „Nee, het is beter dat een van ons hulp kan gaan halen, mocht dat nodig zijn."

Weifelend keek Myrte haar aan. Dat was natuurlijk wel zo. „Oké," zei ze daarom, „ik zal je vanaf hier rugdekking geven, maar wees alsjeblieft voorzichtig."

Lydia knikte, haalde diep adem en stapte de storm in om de graaf te gaan zoeken. En vanaf dat moment ging het helemaal mis. In haar ooghoek zag ze iets bewegen, maar toen ze zich omdraaide en er naartoe ging, zag ze dat het niet de graaf was die daar stond, maar een wolf. Althans, in eerste instantie leek het dier op een wolf, maar toen ze beter keek, zag ze dat het de vleugels van een vleermuis, de staart van een schorpioen en de tong van een slang had. Terwijl het beest gemeen grijnsde, kwam het overeind op zijn achterpoten en deed een stap in haar richting. Lydia schrok er zo van dat ze als aan de grond genageld bleef staan. Alle training van de wereld had haar hier niet op kunnen voorbereiden.

„Rennen!" schreeuwde Myrte, terwijl ze het monster belaagde met vuurballen. „Nu!"

Dat zorgde ervoor dat Lydia weer bij haar positieven kwam, en met een schok zette ze zich in beweging. Het ene na het andere monster dook uit de sneeuw tevoorschijn om haar te pakken en het kostte haar de grootst mogelijke moeite om ze te ontwijken. Ze rende steeds verder bij het huis vandaan en schoot op alles wat op haar afkwam, biddend dat het niet een van haar vrienden was. Vaag vroeg ze zich af waar al die monsters ineens vandaan kwamen, maar veel tijd om daarover na te denken, had ze niet want plots voelde ze een vlammende pijn aan haar arm. Ze slaakte een kreet en liet haar wapen vallen, maar bleef rennen. Dan maar verder met de pijlen, ging het door haar hoofd. Al rennend spande ze er één op haar boog, blij dat ze dat met Nick geoefend had, en schoot hem recht in het hart van het monster dat plots voor haar opdook. Achter zich hoorde ze een hoop lawaai, en toen ze omkeek zag ze dat een deel van het huis was weggeslagen en dat er brand was ontstaan. Dario! Haar hart kneep samen. Ze draaide zich om en begon weer richting het huis te rennen, ze moést weten of hij in orde was. Terwijl ze al rennend pijlen bleef afschieten zag ze ineens de graaf voor zich. Hij was vastgebonden aan een boom en toen ze bij hem was, zag ze dat hij zwaar gehavend en buiten westen was. Wat nu? dacht ze paniekerig. Ze was niet sterk genoeg om hem te verplaatsen, maar ze kon hem daar ook niet zomaar laten zitten. Ondertussen werd ze van alle kanten belaagd en had de grootste moeite om zich staande te houden. Er zat niets anders op dan hem toch achter te laten, dacht ze, terwijl ze vocht voor haar leven. Ze stak de man die op haar af dook een mes in zijn zij en begon weer richting het huis te rennen, maar toen was er plots een explosie die zo krachtig was dat ze werd opgetild en meters verder tegen een schuur werd gesmeten.

Happend naar adem rolde Lydia zich op haar zij, de enorme knal had alle lucht uit haar longen geperst. Haar ogen draaiden weg, en met een laatste gesmoorde kreet zakte ze weg in het duister.

Een paar seconden later voelde ze hoe haar ziel zich losmaakte van haar lichaam. Ze was niet bang voor wat er nu komen ging, maar het deed wel pijn om haar geliefde en vrienden achter te laten. Ze had hen teleurgesteld, dacht ze verslagen. Ze had alles gegeven wat ze in zich had en gevochten tot het laatste moment, maar het had geen verschil gemaakt, ze had gefaald. Terwijl ze langzaam omhoogzweefde keek ze om naar haar lichaam, dat gebroken tussen het puin lag. Een nietig figuurtje in de eeuwigdurende strijd van de goden. Ze snikte en voelde een steek in haar hart. Hoe had ze ooit kunnen denken dat zíj het verschil zou kunnen maken?

Nee! schreeuwde heel haar wezen uit, zo kon het niet aflopen, dat mocht niet! Niet nadat ze zo hun best hadden gedaan! Dag na dag hadden ze getraind om sneller, sterker en behendiger te worden. Ieder boek en document dat ook maar enigszins van waarde leek te zijn hadden ze gelezen. Ze hadden gevechtsstrategieën uitgewerkt, hun plannen zorgvuldig voorbereid en geen enkel risico genomen. En toch was ze nu dood.

Ze sloot haar ogen en voelde tranen branden. Tranen voor zichzelf en haar geliefde. Tranen voor haar familie en vrienden. Tranen voor de mensheid. De droom om gelukkig oud te worden was vernietigd, de wereld zou ondergedompeld worden in duisternis, haat en pijn.

Terwijl ze haar handen samenvouwde en de goden smeekte om een laatste kans zag ze vanuit haar ooghoeken een licht op zich afkomen. Een vallende ster, leek het, maar juist toen ze opzij wilde duiken om een botsing met de ster te voorkomen remde die af en veranderde met een flits in de meest beeldschone vrouw die ze ooit had gezien. Sprakeloos staarde Lydia haar aan. De vrouw had een roomblanke huid, doordringende groene ogen en vlammend rood haar. Ze droeg een korte Griekse tuniek en had een zilveren pijl en boog bij zich en twee grote witte jachthonden die, net als de vrouw zelf, straalden als de maan. Lydia's adem stokte toen ze zich realiseerde wie er voor haar stond: Artemis! Snel boog ze haar hoofd en zakte respectvol op een knie.

Even keek de godin vertederd op haar neer, toen zei ze met heldere stem „Sta op, dochter van het licht, er wordt op je gewacht."

Onzeker keek Lydia naar haar op. „Op mij?"

De godin keek haar doordringend aan en knikte. „Op jou. Je vroeg om een laatste kans en die zul je krijgen." Ze zweeg om de betekenis van haar woorden te laten doordringen en ging pas verder toen ze een hoopvolle gloed in Lydia's ogen zag verschijnen. „Gebruik je tijd wijs, Lydia White. Zoek je vrienden en zorg ervoor dat jullie dat monster verslaan. Jullie zijn sterker dan hij want jullie bezitten iets dat hij nooit zal begrijpen." Ze pakte Lydia's handen beet om haar overeind te helpen en beantwoordde de vragende blik in haar ogen met slechts één simpel woord „Liefde."

Lydia voelde de levenskracht van de godin in zich vloeien, en voor ze goed en wel doorhad wat er gebeurde, werd ze teruggezogen naar het rijk der levenden. Terwijl haar lichaam en ziel zich herenigden en haar hart met een schok op gang kwam, hoorde ze Artemis roepen „De overwinning is aan jullie!"

Met een enorme knal belandde ze op aarde, waar een woeste storm het landschap teisterde. Harde windstoten zwiepten puin in het rond en zwarte bliksemflitsen verschroeiden de aarde. Lydia voelde hoe ze loskwam van de grond en probeerde zich vast te grijpen, maar de wind was onverbiddelijk en sleurde haar mee, steeds hoger en hoger, tot ze ver boven het strijdgewoel rond wervelde, verstrikt in een chaos van vuur en puin en bloed.

Doodsbang gilde ze het uit. Ze tolde in het rond tot ze niet meer wist wat voor en achter, boven en beneden was, en de laatste gedachte die door haar hoofd schoot voordat alles zwart werd, was dat ze de godin niet nogmaals mocht teleurstellen.

Toen ze weer bijkwam, voelde het aan alsof er een eeuwigheid was verstreken. Ze voelde haar hart onregelmatig kloppen en besefte zich vaag dat ze in een vreemde houding tussen de rotsen hing. Dodelijke rotsen, klonk Dario's stem waarschuwend in haar hoofd, en ze herinnerde zich wat hij gezegd had. „Zorg ervoor dat je wegblijft bij de rotsen van Tartaros! Die zijn illusie en werkelijkheid in een en de doorgang naar een plek waar zielen gekweld worden op manieren die je nooit voor mogelijk had gehouden. Beloof me alsjeblieft dat je erbij uit de buurt blijft!" Ze rilde en probeerde de brok die in haar keel zat weg te slikken. Ze moest hier weg zien te komen, nu! Ze beet haar kiezen op elkaar en slaagde er na een aantal pogingen in om zichzelf overeind te hijsen. Terwijl ze langs de scherpe rotswand opzij begon te schuiven en zich door het doolhof van kieren en spleten wurmde probeerde ze zichzelf moed in te praten. Het was maar een illusie, zei ze keer op keer, het was een illusie, het was niet echt, ze kon dit. Maar toen ze tussendoor heel even stopte om op adem te komen, greep de twijfel meteen om zich heen. Zweet droop van haar gezicht en haar spieren trilden van de inspanning. Wat als het haar niet lukte om hieruit te komen? Wat als ze opgeslokt werd en verdween? De anderen zouden haar niet kunnen redden want die wisten niet dat ze hier was. Het voelde alsof haar keel steeds verder werd dichtgeknepen. Kom op, doorgaan! beval ze zichzelf. Gewoon doorgaan tot je weer vaste grond onder je voeten voelt, daarna zien we wel. Trillend duwde ze zichzelf weer een stukje opzij, terwijl ze de stemmen die in haar oor fluisterden, probeerde te negeren.

„Doe je ogen maar open, meisje, wij kunnen je helpen."

„Je bent niet alleen, wij zijn er ook."

„Laat ons je toch helpen, wij weten de weg."

„Kom, vertrouw ons, doe je ogen open."

Hoe verleidelijk het ook klonk en hoe graag ze er ook aan wilde toegeven, ze zou het verdorie niet doen! Want ook hiervoor was ze gewaarschuwd: dwalers. Dolende zielen die je hypnotiseerden met hun blik. Ze beloofden je het paradijs terwijl je in werkelijkheid werd meegenomen naar de hel. Pas als ontsnappen niet meer mogelijk was, viel de illusie weg, en de enorme wanhoop die op dat moment vrijkwam, zorgde ervoor dat je ziel voor eeuwig gevangen kwam te zitten. Dapper hief ze haar hoofd terwijl ze haar ogen dichtkneep. Dwalers konden je alleen meenemen wanneer ze je gehypnotiseerd hadden, en dat zou ze verdorie niet laten gebeuren! Ze veegde haar handen af aan haar gescheurde broek en begon verder te schuiven. Hoewel haar hoofd aanvoelde alsof het ieder moment uit elkaar kon barsten en haar handen en voeten weggleden over de glibberige rotswand, beval ze zichzelf om door te gaan. Er leek geen einde te komen aan het doolhof, maar juist toen ze de wanhoop nabij was, voelde ze lucht trekken. Daar! Dat moest de uitgang zijn! Haar hart maakte een hoopvol sprongetje, en zo snel als ze kon begon ze zich er naartoe te wurmen. Met een laatste krachtsinspanning duwde ze zichzelf naar buiten, en terwijl ze op de grond viel, loste de illusie op in het niets.

Ze rolde op haar rug en bleef uitgeput liggen terwijl de wereld om haar heen naar de achtergrond verdween. Het enige wat ze voelde waren de pijn in haar lichaam en de vermoeidheid. Ze kon niet meer. In een poging haar hoofd weer helder te krijgen probeerde ze diep in te ademen, maar de naar zwavel stinkende lucht veroorzaakte zo'n brandend gevoel in haar longen dat ze onbeheerst begon te hoesten. Ze balde haar handen tot vuisten en probeerde na te denken. Wat moest ze in vredesnaam doen? Waar waren de anderen? Er ontsnapte haar een snik terwijl het beeld van Dario haar hoofd en hart vulde. Kom op nou, smeekte ze zichzelf, de goden hebben je nog een kans gegeven, je moét hem zien te vinden! Met trillende armen duwde ze zichzelf overeind en deed haar ogen eindelijk open, maar toen er vervolgens een helse pijn door haar hoofd schoot, viel ze gelijk weer achterover.

Alle goden wat deed dat pijn! De wereld flitste in rood en wit aan haar voorbij en heel even verloor ze zichzelf in de wirwar van angst en pijn en wanhoop. Ik wil dit niet! schreeuwde ze van binnen. Ik kan de wereld niet redden, ik ben de uitverkorene niet, de echte uitverkorene zou nóóit in deze situatie terecht zijn gekomen! Paniek klauwde zich om haar heen. Tartaros zou haar vinden. Hij zou haar vinden en haar martelen tot ze alles deed wat hij wilde. Hij zou iedereen die ze liefhad pijn doen en de wereld veranderen in een hel!

„Lydia!" Hoewel het ver weg klonk was het alsof iemand haar riep. „Lydia!" Weer die stem. Ondanks de uitputting en de wens zich te verstoppen totdat alles voorbij was, keerde ze langzaam terug naar de werkelijkheid. Ze kon hier niet blijven liggen. Wat als Tartaros haar echt vond? Voorzichtig bracht ze een hand naar haar hoofd om te kijken waarom die zo'n pijn deed, maar toen ze de snee voelde die over de zijkant van haar gezicht liep, trok ze hem snel terug. Kom op, maande ze zichzelf terwijl haar maag zich omdraaide, je moét weten hoe erg het is! Terwijl ze haar kiezen op elkaar beet en slikte bracht ze haar hand nogmaals omhoog. Dat was bot, dacht ze, terwijl het haar begon te duizelen. Ze dwong zichzelf door te gaan maar toen ze voelde dat de snee doorliep tot in haar oog begon ze ongecontroleerd te trillen. Even leek het erop dat ze in shock zou raken, maar toen weerklonken plots de woorden van de godin in haar hoofd. „Er wordt op je gewacht, de overwinning is aan jullie!" Ze slaakte een kreet en sloeg met haar vuist op de grond. Ze mocht niet opgeven! Kreunend draaide ze zich op haar buik en opende haar nog bruikbare oog. Het kostte haar al haar wilskracht om het open te houden, maar ze hield vol en keek vervuld van afschuw om zich heen. Bomen en struiken gingen op in de vlammen en overal waar ze keek zag ze vuur en puin en lijken. Haar hart ging als een bezetene tekeer. Hel op aarde, flitste het door haar hoofd. Wat hadden ze gedaan ...

Plots werd er van achter een arm om haar middel geslagen terwijl er tegelijkertijd een hand over haar mond werd gelegd. Ze gilde het uit en probeerde zich ondanks de hevige pijn in haar lichaam uit alle macht te verzetten. Ze zouden haar niet zomaar krijgen!

„Sssst!" werd er in haar oor gesist, terwijl de greep om haar middel verstrakte. „Ik ben het! Nick!"

Nick! Ondanks de schorre klank herkende ze zijn stem, en meteen verslapte ze in zijn armen. De hemel zij dank, dacht ze opgelucht, ze hadden haar gevonden!

Even drukte Nick haar stevig tegen zich aan, de goden dankend dat ze hem naar Lydia hadden geleid, toen draaide hij haar om en bracht verschrikt uit „Verdomme, Lydia! Wat is er gebeurd!?"

Met een pijnlijk gezicht haalde ze haar schouders op om aan te geven dat ze het niet precies wist. Ze deed een poging om over zijn schouder te kijken en vroeg hoopvol „Zijn Dario en Myrte bij je?"

Even keek hij haar alleen maar aan, zijn gezicht verwrongen in een pijnlijke grimas. Toen bracht hij gekweld uit: „Hij heeft ze."

Lydia's ademhaling haperde terwijl ze hem vol afschuw aankeek. Hij heeft ze, dreunden de woorden na in haar hoofd. Hij heeft ze. Ze zag de angst en pijn in Nicks ogen en begreep dat hij door zijn sterke band met Dario precies meekreeg wat er met hen gebeurde. „Nee," bracht ze ademloos uit, terwijl de tranen over haar wangen begonnen te stromen, „dat mag niet!" Dit kon niet waar zijn, dacht ze verdoofd, niet nu zij nog een kans had gekregen!

„We moeten versterking gaan halen," hoorde ze Nick door de waas van angst en pijn heen zeggen, „ik weet niet hoelang ze het nog volhouden. Typhon zijn stromannen doen er alles aan om hen –" hij kapte zichzelf af en schudde zijn hoofd.

Een moment lang verroerden ze zich geen van beiden, bang om de twee mensen die hun zo dierbaar waren kwijt te raken. Toen schoot een helder licht in volle vaart tussen hen door en hoorden ze de godin bevelen „Ga! Nu!"

25

Het lukte hen om weg te komen, en eenmaal buiten het bereik van de storm leek het alsof er niets aan de hand was. De omgeving lag er vredig bij en het landgoed van de graaf zag er zo idyllisch uit als een afbeelding op een ansichtkaart. Blijkbaar wilde Typhon de wereld in het ongewisse laten over zijn aanwezigheid, maar waarom was hen een raadsel. Een tijd lang strompelden ze door de sneeuw, uitgeput door het gevecht en de wonden die ze hadden opgelopen. Gelukkig wisten ze het eerstvolgende huis te bereiken. Dat werd bewoond door vrienden van Victor en Arabel, die hen na één blik op Lydia en Nick geworpen te hebben direct inseinden. Niet veel later stopte er een auto voor het huis en stapten Dario's ouders uit.

Binnen vloog Arabel gelijk op Nick af om hem te omhelzen. „Gaat het, *chico*?" vroeg ze bezorgd. Hij zag er grauw uit en zijn gezicht was vertrokken van de pijn.

Nick kon alleen maar aan Dario en Myrte denken en aan wat ze op dat moment doormaakten. „We moeten gaan," zei hij daarom. „Nu. Dario en Myrte worden in een grot bij het meer vastgehouden en Typhons mannen vermaken zich kostelijk met hen. Ik weet niet hoe lang ze het nog volhouden ..." Hij keek haar gekweld aan.

Hoewel Arabel vreesde voor het leven van haar zoon probeerde ze het hoofd koel te houden. „Oké, de anderen zijn onderweg hierheen, zodra die er zijn gaan we." Ze aaide over zijn hoofd en drukte hem even tegen zich aan, waarna ze zich tot Lydia wendde. „En hoe is het met jou?"

Het lukte Lydia niet om een woord over haar lippen te krijgen, in plaats daarvan begon ze hartverscheurend te huilen. Hoewel Arabel dat zelf ook het liefste zou doen, wist ze zich in te houden en nam Lydia in haar armen. Ze voelde de wanhoop die het meisje voelde omdat ze dacht dat ze gefaald had, en ook voelde ze haar liefde voor Dario. „Alles is nog niet verloren," zei ze toen het huilen wat minder werd. „Mijn zoon is sterk. Hij zal Myrte en zichzelf hier doorheen slepen. Jullie hebben een missie te volbrengen en hij zal niet rusten eer hij dat gedaan heeft." Lydia keek haar geschokt aan. Was dat waar ze aan dacht? Niet aan haar zoon, maar aan of hij de missie wel zou volbrengen? Alsof Arabel haar gedachten kon lezen zei ze: „Het komt vast en zeker harteloos over dat ik jullie missie op de eerste plaats stel, maar als we Typhon niet verslaan dan is er straks niemand meer om ons zorgen over te maken en van te houden." Even gunde ze Lydia een blik op haar ware gevoelens, toen sloot ze zich weer af. „Het spijt me dat we elkaar nu pas ontmoeten. Mijn man en ik hadden hier al veel eerder willen zijn, maar dat was helaas niet mogelijk."

Lydia keek Dario's vader aan, die bij Nick stond en haar bezorgd maar vriendelijk aankeek. De hele situatie kwam zo onwerkelijk op haar over dat ze zich afvroeg of ze in een nachtmerrie terecht was gekomen. Maar nee, dacht ze, terwijl ze naar haar gehavende handen keek en haar hoofd pijnlijk voelde bonzen; over het algemeen voelde je in dromen niet zo'n pijn als dit, zelfs niet als het nachtmerries waren. Uitgeput staarde ze voor zich uit, tot ze zich bedacht dat Dario's ouders waarschijnlijk een reactie van haar verwachtten. „Aangenaam jullie te ontmoeten." zei ze daarom dof.

Hoewel Arabel heel goed begreep dat Lydia en Nick overstuur waren door hetgeen er gebeurd was moést ze hen zien op te peppen voor wat er nog komen ging. Daarom zette ze alle gedachten aan Dario en Myrte en wat die op dat moment doormaakten opzij en zei op besliste toon: „Goed, tijd om jullie op te knappen. Nick, jij gaat eerst even douchen, daarna voel je je vast en zeker weer beter. Ik zal ondertussen voor Lydia zorgen." Ze keek haar man aan, die haast onmerkbaar knikte om te bevestigen dat hij Nick voor zijn rekening zou nemen.

„Kom jongen," zei hij, „Arabel heeft gelijk, ga eerst maar even de ellende van je afspoelen dan praten we daarna wel verder. Zeg

Dario maar dat wij hier zijn en dat de anderen onderweg zijn, en dat we hem en Myrte komen bevrijden zodra we compleet zijn. En als je dat gedaan hebt, moet je je echt even loskoppelen, anders hebben we straks niets aan je." Ook hij moest moeite doen om zijn gevoelens uit te schakelen, maar wist dat dat noodzakelijk was om zijn zoon en Myrte te kunnen redden.

„Ik kan hem niet alleen laten," antwoordde Nick met een holle blik, „je weet niet wat ze allemaal met hen doen."

„Ik denk dat ik me daar een aardige voorstelling van kan maken," zei Victor grimmig, „maar dat neemt niet weg dat we straks niets aan je hebben als je nu met hen meelijdt en jezelf uitput. Dat begrijpt Dario ook wel. Zeg hem maar dat je af en toe zal checken hoe het met hen gaat, maar dat je van ons niet de hele tijd contact mag houden."

Nick knikte gedwee. Even was het tikken van de klok het enige geluid dat in de kamer te horen was, toen zei hij „Hij wil dat ik jullie laat weten dat hij van jullie houdt." Terwijl hij Lydia aankeek, voegde hij eraan toe „En dat hij met je wil trouwen als dit voorbij is."

Lydia snikte luid en verborg haar gezicht in haar handen terwijl Victor en Arabel een zwijgende blik wisselden.

„Oké jongen, tijd om te douchen." Victor klopte Nick zacht op zijn schouder en hielp hem overeind. Hun gastheer had ondertussen een set schone kleren voor hem geregeld en wees hen de weg naar de badkamer, zodat de vrouwen alleen achterbleven in de woonkamer.

„Antje," zei Arabel tegen hun gastvrouw en haar vriendin, „heb je misschien een kom met heet water en een schone doek voor me? Dan zullen we dat mooie gezichtje van Lydia eens even opkalefateren." Terwijl ze haar toekomstige schoondochter bemoedigend toelachte, voegde ze eraan toe „Want zo kun je Dario natuurlijk niet onder ogen komen, al helemaal niet als hij je ten huwelijk wil vragen."

Lydia's tranen begonnen weer te stromen. „Het is mijn schuld dat ze gevangen zijn genomen. Ik stond erop om ons op te splitsen."

„Stil maar," suste Arabel. „Ik snap dat het zo voelt, maar de mannen doen dit werk al flink wat jaren en weten heel goed wat ze doen, dus ik ga er vanuit dat er een reden was dat ze akkoord zijn gegaan met je plan. Je mag dan de uitverkorene zijn, *chica*, dat wil niet zeggen dat je de last van de wereld op je schouders moet dragen. Iedereen heeft zijn of haar eigen rol en de daarbij behorende verantwoordelijkheden."

„Ja, maar als we bij elkaar waren gebleven –"

„Als jullie bij elkaar waren gebleven dan waren jullie misschien wel allemaal gevangengenomen," onderbrak Arabel haar resoluut, „en dan had de situatie er nu nog vele malen slechter uitgezien." Ze pakte de kom met water aan van haar vriendin en zette hem op de salontafel. „Kom, ga maar even liggen, ik vrees dat dit pijn gaat doen." Ze keek Lydia verontschuldigend aan.

Hoewel Lydia braaf deed wat haar gezegd werd, wenste ze even later dat ze dat niet gedaan had, want toen Arabel haar wond schoon begon te maken voelde het aan alsof haar gezicht in brand stond. Het enige dat haar ervan weerhield om het uit te schreeuwen van de pijn was de gedachte aan Dario en Myrte, en wat zij op dat moment allemaal moesten doorstaan.

„Zo, dat was het ergste," zei Arabel na een tijdje, „nu kunnen we je genezen." Ze hield haar handen een paar centimeter boven de wond, sloot haar ogen en begon iets onverstaanbaars te prevelen. Het zachte briesje dat door de kamer blies, liet haar weten dat de godin aanwezig was om haar te helpen.

Lydia's gezicht begon te tintelen en haar hartslag versnelde terwijl de pijn heel even in alle hevigheid oplaaide. Een paar seconden later zwakte het echter af, en uiteindelijk voelde ze helemaal geen pijn meer.

„Zo, klaar. Doe je ogen maar open."

Lydia knipperde met haar ogen en deed ze voorzichtig open. „Hè?" zei ze verbaasd toen bleek dat ze weer normaal kon zien. Ze betastte haar hoofd en keek Arabel met grote ogen aan toen ze voelde dat haar gezicht weer helemaal intact was. „Hoe heb je dat gedaan?"

Arabel keek haar glimlachend aan, maar kreeg niet de kans om het uit te leggen omdat er juist op dat moment werd aangebeld en de rest van het team voor de deur bleek te staan. „Lydia, dit zijn mijn zonen Manuel en Rico, en dat zijn Jack en Rose, Patty, Adrian, Charles en Zack," stelde ze hen aan haar voor. „Allemaal, dit is Lydia." Er werd wat over en weer gemompeld, waarna Arabel naar de woonkamer wees en zei „Ga zitten, jongens. We wachten even tot Nick klaar is en dan gaan we aan de slag."

Rose ging naast Lydia op de bank zitten en vroeg vriendelijk: „Gaat het een beetje? Het schijnt nogal heftig te zijn geweest wat jullie hebben meegemaakt. Niet bepaald ideaal voor je eerste gevecht."

Met een wrang lachje zei Lydia: „Met mij gaat het wel, Arabel heeft me weer een beetje opgelapt." Ze friemelde aan haar kleding en zei met tranen in haar ogen „Maar Dario en Myrte is een ander verhaal, die zijn gevangengenomen."

Rose wreef troostend over haar arm. „Ik weet het. Maar het komt goed, echt. Ik ken Dario al vanaf dat ik een klein meisje was en ik moet zeggen dat ik niemand ken die zo sterk en slim is als hij." Met een verontschuldigend lachje keek ze Jack aan. „Sorry schat."

Achteloos haalde die zijn schouders op. „Ze heeft gelijk," zei hij toen tegen Lydia, „hij slaat zich er wel doorheen."

„Fijn dat jullie er zijn, jongens," klonk het vanuit de deuropening. Nick kwam leunend op Victor de kamer binnengestrompeld.

„Schat, kun je misschien eerst even iets aan Nick zijn enkel doen?" vroeg Victor terwijl hij zijn vrouw aankeek. „Er is wat gebroken en het zou fijn zijn als dat weer heel is voordat we op pad gaan om Dario en Myrte te redden." Hij richtte zich tot Lydia en zei glimlachend: „Gelukkig zie jij er alweer een stuk beter uit." Hij bestudeerde de plek waar de wond had gezeten en zei toen: „Mooie tatoeage."

Tatoeage? dacht Lydia bij zichzelf.

„Eigenlijk zou zij zich ook even moeten opknappen," zei Arabel, „maar ik vermoed zomaar dat ze liever gelijk aan de slag gaat om een plan te maken om Dario en Myrte te bevrijden."

„Dat wilde ik ook," zei Nick kribbig.

„Dat weet ik, *chico*, maar jij kent ons al langer en weet hoe streng we kunnen zijn, Lydia moet dat nog leren," zei ze knipogend.

„Kom, laten we inderdaad eerst maar eens even iets aan je enkel doen." Ze ging voor hem op de grond zitten en voegde de daad bij het woord.

Nick verging van de pijn, maar wilde zich niet laten kennen, dus zocht hij contact met Dario en gaf hem door dat het team er was. De enige reactie die hij terugkreeg was „Schiet op, je meissie gaat kapot hier."

„We moeten gaan," zei hij daarom.

„Bijna klaar," mompelde Arabel, „nog heel even." Een minuut later zei ze: „Oké, geregeld."

„We moeten gaan," zei hij nogmaals.

„We gaan ook," zei Victor, „maar niet voordat we een plan hebben gemaakt." Dit was zijn gebied, dus nam hij het voortouw terwijl de anderen luisterden en input leverden. Al snel hadden ze bedacht hoe ze het wilden aanpakken en gingen op pad om Dario en Myrte te bevrijden. In groepjes van vier vertrokken ze naar de locatie die Nick van Dario had doorgekregen. Behalve hun vaste team waren er ook een aantal lokale strijders opgeroepen, zodat ze uiteindelijk met een kleine dertig man ten strijde trokken.

Een kilometer van de grot stopten ze de voertuigen en stapten uit. Dit was het dan, dacht Lydia. Het was nu of nooit. Ofwel zouden ze Dario en Myrte redden en Typhon verslaan, ofwel ... Ze wilde niet denken aan de andere optie en schudde haar hoofd.

„Meisje," zei Arabel zacht terwijl ze naast haar kwam lopen, „één ding moet je goed onthouden: Typhon en zijn mannen zullen er alles aan doen om je te misleiden en in de war te brengen. Ze zullen Dario en Myrte gebruiken om je te raken en in de val te lokken, en hoe erg het ook is, je mag je gevoelens niet de overhand laten krijgen. Hoe graag je ze ook wilt redden en hoe verschrikkelijk ze er ook aan toe zijn, zorg ervoor dat je niets ondoordachts doet."

Even bleef Lydia stil, toen vroeg ze: „Hoe doe je dat toch, je gevoel zo uitschakelen? Dario is je zoon, maar je praat de hele tijd alsof hij gewoon maar een willekeurig teamlid is."

„Ik moet wel," zei Arabel wrang, „want als ik mijn gevoel volg dan is de kans groot dat ik de situatie vererger. Het liefst had ik die grot namelijk al bestormd en mijn jongen uit de klauwen van dat monster gered, maar ik ben me er terdege van bewust dat ik in mijn eentje geen schijn van kans maak." Even was ze stil. „Jij bent de enige die Typhon kan verslaan, Lydia. Samen met Dario, Nick en Myrte, want ook jij kunt dit niet alleen."

Charles kwam naar hen toe en zei zacht: „We zijn er bijna." Arabel knikte, waarop hij doorliep om de boodschap ook aan de anderen door te geven.

„Ik zal m'n best doen," zei Lydia tegen Arabel.

„Dat weet ik, *chica*, dat heb je vanaf het begin af aan gedaan en er is niemand die daaraan twijfelt." Ze keek opzij en zei: „Mag ik je nog een laatste tip geven?"

Lydia knikte.

„Vraag Artemis om hulp. Ik weet niet waarom de goden zich niet in dit gevecht kunnen of willen mengen, maar misschien kan ze op de een of andere manier toch helpen. Het is de moeite waard om het te proberen."

Aangezien ze alle hulp konden gebruiken, besloot Lydia het advies op te volgen. In gedachten zei ze daarom: Artemis, ik weet niet of je me kunt horen, maar ik wil je graag om je hulp vragen. Zoals je vast wel weet zijn Dario en Myrte gevangengenomen en we zijn nu op weg om hen te bevrijden. Ik heb geen idee wat we gaan aantreffen, maar hopelijk hebben ze nog genoeg kracht in zich om het op te nemen tegen Typhon. Volgens Nick zijn ze flink toegetakeld ... Nou, ik weet eigenlijk niet hoe je kunt helpen aangezien jullie je blijkbaar niet met dit gevecht mogen of willen bemoeien, maar toch hoop ik dat er iets is wat je kunt doen. Wat dan ook ... Alvast bedankt.

Alvast bedankt? dacht ze, terwijl ze zichzelf mentaal voor het hoofd sloeg. Nou ja, Artemis zou het vast begrijpen, ze praatte nou eenmaal niet iedere dag met een godin.

Vooraan gebaarde iemand dat ze er bijna waren, waarop iedereen halthield en zich klein maakte. Nick kwam naar hen toe gekropen en fluisterde: „We zijn er. Arabel, Victor heeft gevraagd of jij je bij hem wilt voegen. Lydia en ik gaan Dario en Myrte bevrijden en daarna storten we ons op Typhon."

Arabel keek hen nog een laatste keer aan en zei bemoedigend: „Zet hem op jongens, jullie kunnen het!"

Toen ze naar voren was gekropen, zei Nick zacht: „Zeg Lyd, bereid je erop voor dat ze er niet al te best aan toe zijn, oké?" Hij wilde niet uitweiden over hetgeen hij gevoeld had, maar kon haar ook niet helemaal in het ongewisse laten. „Ze zijn flink te grazen genomen ..." Terwijl hij het zei, zag hij haar bleek wegtrekken.

Op dat moment gaf Victor het teken om aan te vallen. In tweetallen waaierde de groep uit om de ingang te omsingelen, waarbij zij en Nick zoals besproken achterbleven. Zij zouden zich pas later in het gevecht storten, als de weg al grotendeels was vrijgemaakt. Vlakbij hoorde Lydia het ploffende geluid van een pistool met geluiddemper, waarna een kreun gevolgd door een doffe dreun aangaven dat er iemand was neergehaald. Ze bad dat het een van hun mensen was die een vijand had uitgeschakeld.

„Tijd om te gaan," fluisterde Nick. „Kom!" Voorzichtig sloop hij naar voren, Lydia zoveel mogelijk afschermend met zijn lichaam. Vanaf de ingang van de grot seinde Patty naar hem dat ze het terrein hadden veiliggesteld, dus trok hij Lydia overeind en rende samen met haar naar de ingang.

„Het gaat er flink heftig aan toe binnen," hijgde Patty. „Mensen, monsters, je komt van alles tegen. En sommige van die klootzakken kunnen blijkbaar vliegen, dus blijf goed om je heen kijken. Zack en ik blijven hier om de ingang te verdedigen en eventuele deserteurs te onderscheppen, en Elsa en Peter lopen hier ook nog ergens rond." Terwijl haar ogen de omgeving afspeurden, bedacht op ieder teken van de vijand, zei ze: „Succes jongens, bevrijd Dario en Myrte en hak dat monster in de pan!"

„Doen we," zei Nick vastberaden, waarna hij Lydia aankeek en zei: „Tijd voor wat actie, ze hebben lang genoeg op ons gewacht."

Voorzichtig slopen ze de grot binnen, en hoewel Patty gezegd had dat de ingang veilig was, waren ze op hun hoede. Nick keek Lydia aan, wees met twee vingers op zijn ogen en deed het gebaar van licht na. Ze begreep dat hij wilde dat ze de spreuk die Myrte haar geleerd had om haar nachtzicht te activeren gebruikte en zei in zichzelf:

Nacht wordt dag zodat ik kan kijken
En ongeschonden mijn doel kan bereiken
Help mij zien zodat ik kan vechten
En deze strijd nu kan beslechten
Zoals ik het wil, zo zal het zijn!

Toen haar ogen zich hadden aangepast, knikte ze naar hem om aan te geven dat het gelukt was. Hij knikte terug en gaf het teken dat ze verder zouden gaan. Langzaam slopen ze dieper de grot in, steeds dichter naar het gevecht toe. Onderweg kwamen ze tientallen lijken tegen, de meeste vijandelijk, maar er lagen ook een aantal van hun eigen mensen tussen. De eerste keer dat Lydia er één van hen zag, pakte ze Nicks arm beet en gebaarde ernaar. Hij schudde zijn hoofd om aan te geven dat ze er op dat moment niets aan konden doen en gebaarde dat ze verder moesten. Toen ze bij een splitsing kwamen, werd het moeilijk. Er waren vijf gangen die allemaal uitkwamen op hetzelfde punt, zes als je de gang waarin zij stonden, meetelde. Nick gebaarde dat ze even halt moesten houden omdat hij met Dario wilde checken of die wist waar ze heen moesten. „Eerste links," was het antwoord, gevolgd door „Schiet in vredesnaam op, ze zijn van plan je meisje over te brengen!" Nicks ogen vlogen open en hij keek Lydia verschrikt aan. Vragend keek ze terug, maar hij schudde zijn hoofd om aan te geven dat er geen tijd was voor uitleg en wenkte dat ze hem moest volgen.

„Zouden we hen moeten gaan helpen?" klonk het ineens voor hen. Abrupt bleven ze staan.

„Pfff welnee, laat ze het lekker uitzoeken," was de nonchalante reactie. „Ik blijf liever hier bij dit popje. Ik kan niet wachten tot ze bij ons hoort, wat zullen wij samen een lol gaan hebben!" Er volgde een hysterisch gehinnik.

„Blijf van me af, zwijn!"

Lydia en Nick keken elkaar aan, dat was Myrte.

„Als je die vieze klauwen van je nog één keer op me legt, verander ik je in een worm!"

Weer dat hysterische gehinnik. „Natuurlijk schatje, wat jij wilt." Alsof ze er niet bij was, zei hij tegen zijn maat: „Zie je wel, ze wil me."

„Gast," reageerde die, „ze wil je echt niet hoor, ze geilt op dat figuur dat naast haar hangt. Niet dat ze daar veel aan heeft. Oeh, ik heb een idee! Zullen we iets van hem afhakken? Zeker weten dat ze hem dan lang zo leuk niet meer vindt."

Er klonk een dreun, gevolgd door een grommend: „Als je het maar laat! Je weet wat de meester gezegd heeft, ze moeten in leven blijven tot alles geregeld is. Straks hebben we ze nodig en dan heb jij er een kapotgemaakt."

„Pfff!" zei de hinnikerd, „hij wil ze zeker voor zichzelf hebben."

„Genoeg!" was de reactie van zijn grommende metgezel. „Respect voor de meester, of ik hak je kop eraf!"

„Jaja, rustig maar, het was maar een grapje."

Nick en Myrte keken elkaar aan, Typhon had blijkbaar niet zijn meest intelligente onderdanen als bewakers aangesteld. Waren al zijn soldaten zo dom, of had hij deze specifieke exemplaren expres hiervoor geselecteerd? En met welk doel dan?

„Ik moet naar de wc," hoorden ze Myrte opstandig zeggen.

„Oeh leuk, ik ga mee!" reageerde de hinnikerd enthousiast.

„Jij gaat helemaal niet mee!" gromde degene die zich later bij hen had gevoegd.

„Als het echt moet, kan ik wel meegaan, hoor," reageerde degene die zich had afgevraagd of ze hun makkers moesten helpen gladjes. „Ik zal m'n handen thuishouden, beloofd." Iets in zijn stem deed Lydia vermoeden dat hij misschien wel zijn handen thuis zou houden, maar een bepaald ander lichaamsdeel niet.

„Nee!" werd er weer gegromd. „Jullie gaan helemaal nergens heen met haar want jullie kunnen je allebei niet inhouden! Jullie zaten niet voor niets in de gevangenis."

„Ach wat, we houden er gewoon van om plezier te maken." Weer dat hysterische gehinnik.

„Je plast maar in je broek," die grom was voor Myrte bedoeld.

„Absoluut niet. Maak me los!"

„Nee."

„Ja!"

„Nee."

„Ja!"

„Genoeg!" klonk het plots. „Er wordt hier niet onderhandeld. Dit is verdomme geen spelletje, en ook geen sprookje met een ‚Eind goed al goed, en ze leefden nog lang en gelukkig'. Begrepen!?"

Dat was Oskar, dacht Lydia bij zichzelf.

„Overigens hoeft je hier niet lang meer rond te hangen, hoor, want je zogenaamde redders in nood zijn gearriveerd."

Lydia en Nick keken elkaar geschrokken aan. Wist hij dat ze hier stonden te luistervinken?

„Kom toch binnen, jongens, we verwachtten jullie al."

26

Ze konden geen kant op, realiseerde Nick zich. Waren ze nou in de val gelopen? Alweer!?

„Kom kom, meneer De la Soare, je bent toch niet ineens verlegen geworden? Of ben je je tong verloren? Hoe dan ook, breng vooral je lieftallige gezelschap mee, want daar hebben we iets bijzonders voor in petto."

Nick liep in gedachten alle opties na, maar voordat hij had kunnen beslissen wat ze moesten doen, had Lydia de keus al gemaakt. Ze deed een stap naar voren en kwam daardoor vol in het zicht van hun tegenstanders te staan.

„Wat doé je!?" gromde hij tussen opeengeklemde kaken door.

„Redden wat er te redden valt!" fluisterde ze terug. Langzaam liep ze verder en kwam terecht in een grot, waarbij het vaag tot haar doordrong dat ze Oskar zag staan, omringd door vier soldaten. Twee ervan waren menselijk, één was een kruising tussen een mens en een ... jakhals? En één was een kruising bruine beer-leeuw. Maar dat was niet wat haar aandacht trok. Toen ze de grot inliep zag ze Dario en Myrte namelijk hangen, vastgebonden aan twee kruizen.

Oskar zag haar vol afschuw naar de grote houten kruizen staren en zei trots: „Mooie *touch*, vind je niet? Zo lekker dramatisch."

Lydia hoorde het amper. Haar hoofd suisde toen ze zag hoe Dario en Myrte eraan toe waren. Myrte had een blauw oog, een gezwollen lip en diverse schaafwonden in haar gezicht. Op haar armen waren brandplekken van sigaretten te zien, haar kleding was gescheurd, en daaronder zag ze krassen en beten. En Dario was er al niet veel beter aan toe. Ook zijn kleding lag aan flarden en voor hem op de grond lagen ijzeren staven die gebruikt waren om hem te brandmerken. En overal waar ze keek zag ze sneeën. Niet diep genoeg om hem leeg te laten bloeden, maar wel om hem te verzwakken. Ze hadden hem zo toegetakeld dat hij bewusteloos aan het kruis hing. Ten minste, ze nam maar aan dat hij bewusteloos was en niet dood, aangezien ze daarstraks had horen zeggen dat Typhon hen in leven wilde houden tot alles geregeld was. Haar ogen stroomden vol met tranen terwijl ze naar hen keek.

„Nou zeg," zei Oskar, die zichtbaar genoot van haar reactie, glimlachend, „zo erg is het ook weer niet hoor. Aan die oppervlakkige wondjes gaan ze echt niet dood."

Furieus keek ze hem aan en snauwde: „Maak hen los!"

„Sorry," reageerde hij schouderophalend, „dat gaat helaas niet."

„Zeg baas," zei de kruising jakhals tegen Oskar, „wat wil je met hen doen? Mogen we een beetje plezier met ze maken?" Hij hinnikte zijn hysterische lachje en likte zijn lippen af bij het idee.

„Met meneer De la Soare doe je maar wat je wilt, zolang hij maar blijft leven."

„En zij?" vroeg hij met koortsachtig glinsterende ogen.

„Van haar blijf je af," reageerde hij met een dodelijke blik, om daar terwijl hij Lydia aankeek met een kil lachje aan toe te voegen: „Zij is van mij."

„Pfff! Ik dacht dat ze van Typhon was," klonk het misdeeld.

Toen Oskar hem met zijn vuist vol in het gezicht trof, struikelde hij jammerend achteruit. „Ken je plek!"

Al die tijd had Nick niets gezegd en niet bewogen. Hij probeerde in te schatten hoe groot de kans van slagen was als hij Dario nu wist te bevrijden. Die deed namelijk alleen maar alsof hij buiten westen was en wachtte het juiste moment af om toe te slaan.

Zijn zwijgzaamheid was echter niet onopgemerkt gebleven. „Het lijkt er verdorie echt op dat je je tong bent verloren, meneer De la Soare. Geen gevatte opmerkingen dit keer?" vroeg Oskar smalend.

Nick keek hem vuil aan en snoof: „Je bent het niet waard. Je bent ongedierte van het laagste soort en zodra Typhon klaar is met je, zal hij je vermorzelen zonder ook maar met zijn ogen te knipperen."

„Hm," reageerde hij onverschillig, „ik zou haast denken dat je jaloers op me bent." Toen begon hij hatelijk te grijnzen en zei tegen zijn hulpjes: „Pak hem, jongens, en hou je vooral niet in. Typhon heeft gezegd dat hij ze levend wil hebben, maar hij heeft er niet bij gezegd hoé levend ze moeten zijn."

Het was nu of nooit, dacht Nick. Hij wachtte tot de vier soldaten dichterbij waren gekomen en greep zijn kans. Hij sloeg en trapte om zich heen dat het een lieve lust was en riep tussendoor tegen Lydia: „Maak Dario los!"

Toen pas zag ze dat Dario alleen maar deed alsof hij bewusteloos was. Hoewel hij nog steeds slap aan het kruis hing, had hij zijn ogen even opengedaan om haar aan te kijken. Ze kreeg een vechtlustige uitdrukking op haar gezicht en uitte een woeste brul toen ze naar voren sprong, een mes in één van de menselijke soldaten stak, en vervolgens doorrende naar Dario en Myrte. De touwen waarmee ze waren vastgebonden waren stevig, maar met wat moeite lukte het haar om ze door te snijden zodat Dario vrijkwam.

Even greep hij haar stevig beet en fluisterde ademloos: „Ik hou van je." Toen liet hij haar los en riep, terwijl hij Nick te hulp snelde, „Maak Myrte los en zorg ervoor dat jullie hier wegkomen!"

„Nee," schudde Myrte haar hoofd, de pijn verbijtend terwijl Lydia haar touwen losmaakte, „we moeten blijven. Typhon komt eraan."

Oskar keek met een woeste blik in zijn ogen om zich heen en schreeuwde „Nee, nee, nee! Wachters! Hierheen! Nu!"

Een paar tellen later stormden er vanuit een andere gang tientallen soldaten de ruimte binnen. Het was een mix van mensen en de meest vreemde monsters met grote klauwen, scherpe tanden en weerhaken aan hun geschubde staarten. Sommigen spuwden vuur en anderen hadden kwijl dat zo giftig was dat één druppel genoeg was om een gat in de grond te branden. Even keken de vrouwen elkaar alleen maar aan, toen riep Lydia: „Fuck! Kom op, we moeten bij Dario en Nick zien te komen!" waarna zij en Myrte begonnen te rennen.

„Nee, nee, nee!" riep Oskar weer. Hij had ondertussen een vuurrood hoofd gekregen en stond te stampvoeten als een verwend kind dat zijn zin niet kreeg.

Toen ze de mannen bereikten, riep Dario: „Ruggen tegen elkaar aan, we moeten alle kanten dekken!" Ze vochten voor hun leven terwijl de monsters maar bleven komen. Lydia en Nick met hun messen, Dario met zijn blote handen en Myrte met magie.

„Ik hou dit niet lang meer vol," hijgde Myrte tussen het afvuren van twee vuurballen door. Het zweet droop van haar voorhoofd en haar wonden deden pijn.

Net toen ze dat gezegd had, kwamen Jack en Rose als bij toverslag de grot ingestormd, gevolgd door Adrian, Charles, Manuel en Rico. „Vang!" riep de laatste, terwijl hij Dario en Nick allebei een zwaard toewierp. Hij stelde zich tussen hen op en vocht samen met zijn broer tegen een tweekoppig, vuurspuwend monster. „Je ziet er lekker uit, *hermano*," spotte hij nadat ze die verslagen hadden.

„Dank je," gromde Dario, terwijl hij zijn zwaard gebruikte om een mep van een staart af te weren, „die godvergeten klootzakken willen maar niet doodgaan!"

„Jongens, Typhon komt eraan," hijgde Myrte.

Lydia kon het ook voelen en zei paniekerig „Shit! Wat nu?"

„Ga!" riep Manuel. „Wij rekenen wel af met deze misbaksels. Doe waarvoor je getraind hebt en stuur dat gedrocht terug naar de hel!"

Ze zag Oskar een geheime gang inschieten en wist instinctief dat dat de weg naar Typhon was. „Daarheen!" wees ze, en rende zonder verder nog te aarzelen achter hem aan.

Ondertussen begon de steen die de geheime gang had afgedekt alweer terug te rollen. „Vlug!" riep Dario, die vlak achter haar aan kwam. „Naar binnen!"

Het was vreemd, maar nu het zover was, voelde ze geen angst meer, alleen vastberadenheid om de wereld te beschermen tegen Typhon en zijn kwaad. Dus rende ze de tunnel in om hem te zoeken, gevolgd door haar vrienden. Achter hen schoof de steen weer op zijn plek, zodat ze alleen nog maar vooruit konden.

Dario ging vooroplopen en legde een vinger tegen zijn lippen om aan te geven dat ze stil moesten zijn. Gelukkig hadden ze dankzij Myrtes spreuk geen licht nodig om te zien, want in de tunnel was het aardedonker. Een tijd lang slopen ze zwijgend achter elkaar aan, hun gedempte voetstappen het enige geluid, totdat de geur van zwavel sterker werd en Dario gebaarde dat ze halt moesten houden. Hij draaide zich om en fluisterde: „We komen in de buurt. Hou jullie ogen open, zodra we Typhon zien gaan we over tot actie." Bezorgd keek hij Myrte aan. „Red je het nog?"

Ze knikte en fluisterde strijdlustig: „Ja, laten we dat monster naar de hel helpen!"

Hij was er niet gerust op. Zijn eigen lichaam deed ook pijn, maar hij was getraind om daarmee om te gaan. Voor Myrte was het anders, zij ging puur op wilskracht door. „Mocht het niet gaan, laat het dan wel weten, oké?" Hij wisselde een snelle blik met Nick die knikte om aan te geven dat hij haar goed in de gaten zou houden.

Voorzichtig gingen ze verder. De stank nam toe, en van het ene op het andere moment werden ze omhuld door een dikke, rode mist. Bloedmist, dacht Lydia benauwd. Met iedere stap die ze zette, leek de mist dikker en stroperiger te worden en het ademhalen ging haar steeds moeilijker af. Om het allemaal nog erger te maken kon ze haar vrienden ineens niet meer zien. „Jongens," fluisterde ze, „zijn jullie er nog?" Er kwam geen reactie en toen ze om zich heen reikte, voelde ze niets. Zelfs de wanden van de tunnel waren verdwenen.

„Lydia," hoorde ze een stem fluisteren, „ik heb op je gewacht ..."

Haar adem stokte en ze bleef als bevroren staan. Wie was dat? Ze wilde wegrennen, maar wist niet waarheen. Waar waren de anderen? De rillingen liepen over haar rug.

„Lydia," klonk het weer, dichterbij en valser nu, „je laat me toch niet wachten, hè? Daar heb ik zo'n hekel aan."

De mist omsloot haar als een onzichtbare hand en leek haar naar voren te duwen. Ze moest iets doen. Terwijl ze zocht naar een uitweg werd ze zich bewust van een schaduw die door de mist sloop. Ze voelde hem om zich heen cirkelen, duister en verdorven, terwijl hij steeds dichterbij kwam en langzaam vaste vorm begon aan te nemen.

„En, weet je al wie ik ben ...?"

Ze had een vaag vermoeden, maar voelde niet de behoefte om dat bevestigd te zien, dus draaide ze zich om en begon zo hard mogelijk te rennen.

„Lydia, Lydia, Lydia ... Je weet toch dat het geen zin heeft om te vluchten? Ik zal je altijd weten te vinden, waar je je ook verstopt en hoe lang ik ook moet zoeken."

Ze werd er gek van dat hij haar naam steeds zei!

„Lydia!" Weer werd haar naam gezegd, dwingend dit keer. Alleen was het nu een andere stem die haar bereikte, die van Myrte. „Sta op, meid, we moeten door!"

Opstaan? dacht ze. Ze rende toch zeker? Langzaam werd ze zich er echter van bewust dat ze helemaal niet rende, maar op de grond zat en door elkaar werd geschud door Myrte.

„Ha, daar ben je weer! Ik dacht even dat we je kwijt waren," zei die opgelucht.

„Wat is er gebeurd?" vroeg ze fronsend. „Jullie waren ineens weg." Zoekend keek ze om zich heen. „Waar zijn Dario en Nick?"

„Hier," klonk het vanaf twee kanten uit de mist.

Ze zuchtte opgelucht.

„We waren gewoon hier bij je. Ze hebben een slaapspreuk gebruikt om de werkelijkheid te verdraaien," zei Myrte boos, waarna ze er ongerust aan toevoegde: „Alles oké?"

Lydia knikte, en hoewel Myrte haar vragend aankeek, besloot ze niet uit te wijden over wat er gebeurd was. Ze wilde de anderen niet onnodig alarmeren.

„Denk je dat je weer verder kunt?" vroeg Dario.

Ze keek op en zag dat de mist deels was opgetrokken, waardoor ze hem en Nick nu ook weer kon zien. „Ja, laten we gaan. Hoe sneller we Typhon vinden hoe eerder dit alles achter de rug is."

Ze gingen verder en volgden de tunnel al kronkelend steeds dieper de berg in. Hoewel de lucht ijler werd, gold hetzelfde voor de mist, wat hun redding was toen ze bij een splitsing kwamen waar één tunnelbuis naar rechts afboog en de ander stijl naar beneden afliep.

„Stop!" riep Dario, terwijl hij abrupt bleef staan.

Lydia liep tegen hem op, maar Nick greep Myrte beet en voorkwam daarmee een botsing. „Wat is er?" vroeg hij alert.

„Een gat. En niet zo'n kleintje ook."

Nick kwam naast hem staan om te kijken. „Zo! Maar goed dat de mist hier niet zo dik is, anders hadden we daar nu ergens beneden gelegen." Hij keek over de rand, maar kon de bodem niet zien. „Wat denk je?" vroeg hij Dario. Waar ze ook heen moesten, ze konden niet om het gat heen.

„Rechtsaf," antwoordde Dario beslist. „Zo te horen komt die andere tunnel uit bij een ondergrondse rivier en ik kan me niet voorstellen dat ze zich daar ophouden."

Nick knikte. „Mijn idee." Hij draaide zich om naar de vrouwen en probeerde de spanning te breken met een grapje. „Nou, ik geloof dat het tijd is om te kijken of jullie hebben opgelet tijdens de training."

Lydia keek Dario benauwd aan. „Daar kom ik nooit overheen."

„Natuurlijk wel," glimlacht hij haar bemoedigend doe. „Myrte heeft je toch leren zweven? Dat kun je nu mooi gebruiken. Je springt zo ver als je kunt, en het laatste stuk zweef je."

„Nou, zo goed ging dat zweven anders niet," reageerde ze wrang. „De laatste keer dat we dat geoefend hebben, ben ik tig keer op m'n gat gevallen en een paar keer tegen de muur aan gesmakt."

„En waar kwam dat door?" zei Myrte met een veelzeggende blik.

Lydia grinnikte schaapachtig. Het was misgegaan omdat ze met haar gedachten bij Dario was geweest in plaats van bij de oefening. „Oké, duidelijk, ik moet me concentreren."

„Goed," zei Dario, „ik ga eerst. Ik wil weten wat er aan de overkant is voordat jullie springen." Hij nam een aanloop en voegde de daad bij het woord. Nadat hij soepel aan de andere kant van het gat beland was, sloop hij de tunnel in, om na wat wel een eeuwigheid leek weer tevoorschijn te komen. „De kust is veilig."

De vrouwen keken elkaar aan. „Zal ik maar eerst gaan? Dan kun je nog een keer spieken," zei Myrte knipogend. Ze nam een aanloop, sprong, en zweefde net als Dario het laatste stuk naar de overkant. „Makkie, joh."

„Nu jij, *cariña*. Je kunt het," zei Dario. „Concentreer je maar op mij." Hij ging een stukje van de rand af staan en spreidde zijn armen.

Natuurlijk kon ze dit! dacht ze dapper. Ze moest ook wel, want als ze het niet haalde, stortte ze de diepte in ... Verdorie, niet doen! beval ze zichzelf. Positief denken! Concentreer je op Dario; in zijn armen wil je terechtkomen, dus deze keer mag je aan hem denken. Ze haalde diep adem, nam een aanloop en sprong. Naar Dario, zei ze tegen zichzelf. Naar Dario! Ze had haar ogen dichtgeknepen toen ze afzette waardoor ze niet in de gaten had dat ze al aan de overkant was tot ze tegen hem aan knalde. Ze belandde bovenop hem op de grond en opende verbaasd haar ogen. Ze had het gehaald!

„Zie je wel, met de juiste motivatie kom je een heel eind," zei Dario grijnzend.

Nick landde rustig naast hen en vroeg plagend: „Blijven jullie daar liggen, of zullen we een monster gaan verstaan?"

Dat wees hen weer op de ernst van de situatie, dus stonden ze op en gingen verder. Omdat deze tunnel breder was, konden ze naast elkaar lopen. Dario pakte Lydia's hand beet en vroeg zacht: „Ben je er klaar voor?"

Ze beet op haar lip en knikte. „Ik denk het wel. Ik ben stiknerveus, maar wil gewoon dat het voorbij is. Gaan die monsters ook allemaal dood als we Typhon verslaan?" Het was een vraag die haar al de hele weg bezighield.

„Dood niet, maar waarschijnlijk gaan ze wel weg. En mochten ze dat niet doen dan hebben we gespecialiseerde teams om ze te vangen en terug te sturen naar waar ze dan ook vandaan zijn gekomen. We kunnen niet riskeren dat ze gezien worden door mensen die verder niets over dit alles weten, dan ontstaat er chaos."

Dat begreep Lydia volkomen. Zij kon het ook allemaal nog maar net bevatten, dus als een leek zo'n monster tegenkwam, zou die er hoogstwaarschijnlijk in blijven.

Zwijgend liepen ze verder. Nadat ze de tunnel nog een kilometer gevolgd hadden, kwamen ze wederom in een grot terecht. Daar leek het spoor dood te lopen want er was maar één tunnel die op de ruimte uitkwam en dat was degene die zij gevolgd hadden. Onderzoekend keken ze in het rond.

„Goed, hoe vinden we die geheime gang?" vroeg Lydia, terwijl ze met haar hand langs de wand van de grot ging. Ze twijfelde er niet aan dat die er was.

„Een spreuk," zei Myrte, „anders is het zoeken naar een speld in een hooiberg."

Samen vormden ze in het midden van de grot een kring, maar juist toen Myrte wilde beginnen, zei Lydia: „Wacht even." Ze hield haar hoofd scheef om te luisteren en verbrak de kring om rond te lopen. Het was net als die keer met Myrte in het bos, dacht ze bij zichzelf. Toen ze de grot in was gelopen had ze gezoem gehoord en nu ze zich op dat geluid concentreerde, hoorde ze gescheld. Toen ze dacht te weten waar het geluid vandaan kwam, opende ze haar ogen en ging op zoek. Ze bleek te maken te hebben met een furieuze spin die de mensheid vervloekte, maar toen ze had uitgelegd wat ze kwamen doen was het insect meer dan bereid om te helpen. Het had gezien hoe de geheime gang was geopend en legde uit wat ze moest doen.

„Hebbes!" zei ze triomfantelijk, nadat ze de spin bedankt had voor zijn hulp. „Oskar is hier inderdaad langsgekomen." Ze liep naar de ingang van de grot, op zoek naar de inkeping waarover de spin verteld had.

De anderen kwamen bij haar staan. „Waar zijn we naar op zoek?" vroeg Myrte.

„Blijkbaar zit hier ergens een inkeping. Die spin zei dat Oskar daar iets mee deed om de geheime gang te openen." Ze begon zachtjes te lachen. „Sorry hoor," verontschuldigde ze zich toen de anderen haar vreemd aankeken, „zenuwen in combinatie met het feit dat ik net met een spin heb staan praten. Ik zou mezelf bijna voor gek verklaren." Ze schudde haar hoofd en liet haar vingers door de inkeping gaan tot ze een kleine steen voelde. Ze morrelde eraan. „Ik weet zeker dat –" Er klonk een klik, waarna de achterwand van de grot opzijschoof. Even keken ze elkaar aan, om vervolgens door de opening te gaan.

Ze kwamen terecht in een grotere grot, waar één van de wanden bedekt werd door een waterval. Geiserachtige stalagmieten bliezen stoom de ruimte in en er hing een zware zwavelwalm. Toen ze verder de grot inliepen, zag Lydia een troon gemaakt van zwaarden, en tot haar grote verbazing was een gedeelte van de wanden bedekt met spiegels. Een angstig voorgevoel bekroop haar.

„Volgens mij is er iemand fan van Game of Thrones," zei Nick spottend, kijkend naar de troon.

Dario keek behoedzaam in het rond. „Het zint me niks ..."

„Mij ook niet," viel Myrte hem bij. „Waar is Typhon? En waarom zou hij in vredesnaam zo'n troon willen hebben?"

Lydia liep naar de troon toe en voelde haar hart bevriezen toen ze haar vermoeden bevestigd zag. „Deze troon is niet van Typhon," zei ze toonloos, kijkend naar het familiewapen dat op ieder zwaard was gegraveerd. „Hij is van Roy."

27

„De enige echte," klonk het van achter hen.

Als één draaiden ze zich om en zagen een man staan die te perfect was om menselijk te zijn. Golvend blond haar, felblauwe ogen, een jongensachtig gezicht en een gespierd lichaam in een taupekleurig maatpak. Op het eerste gezicht een zeer aantrekkelijk persoon, maar onder dat smetteloze uiterlijk ging een kilheid schuil die zelfs op meters afstand te voelen was. Lydia rilde en dacht aan de droom van maanden geleden. Was dat een voorbode geweest? Uitdrukkingsloos staarde ze hem aan.

Roy op zijn beurt liet zijn blik goedkeurend over haar heen glijden, de andere drie volkomen negerend. „Je ziet er goed uit, schat, Typhon zal blij met je zijn."

Boosheid borrelde in haar op. Hoe haalde hij het in zijn hoofd om zo naar haar te kijken! Hij had haar kapot gemaakt. Haar vernederd. Hij had haar het gevoel gegeven dat ze niets waard was. Als Gabor en Kamilla er niet geweest waren om haar uit zijn klauwen te redden, dan – Abrupt onderbrak ze haar gedachten, hij had verdorie geen macht meer over haar. Ze zou hem krijgen! Ze kreeg een waas voor haar ogen en wilde op hem afstormen, maar Dario greep haar net op tijd beet om haar tegen te houden.

„Rustig aan, dat is juist wat hij wil," fluisterde hij in haar oor terwijl hij haar tegen zich aantrok. „Spaar je krachten voor Typhon."

„Ben jij haar nieuwe vriendje?" vroeg Roy, om er uitdagend aan toe te voegen „Lekker is ze, hè? Ik heb echt enorm van haar genoten."

Dario voelde de woede oplaaien in zijn binnenste, maar wist de schijn van kalmte te bewaren. „Klopt, haar minnaar en toekomstige echtgenoot." Minachtend voegde hij eraan toe: „En als ik me niet vergis ben jij degene die vrouwen mishandelt om zichzelf beter te voelen?" Hij snoof laatdunkend. „Triest."

Roy's ogen begonnen vervaarlijk te glinsteren.

Op dat moment zag Dario wat Roy echt was, een Apoplanitís, en hij besloot het monster in hem uit te lokken door op zijn ego in te werken. Als Lydia hem in zijn echte vorm zag, zou ze haar verleden misschien voorgoed achter zich kunnen laten. „Hoe komt het eigenlijk dat je zo gestoord bent? Heb je last van een minderwaardigheidscomplex, of is het een moedercomplex?" Toen Roy niet reageerde, voegde hij eraan toe: „Nee wacht, je hebt vast en zeker ooit een keer een blauwtje gelopen en toen besloten dat alle vrouwen sloeries zijn die een lesje verdienen."

Roy's gezicht sprak boekdelen.

„Persoonlijk vind ik het nogal sneu dat je vanwege één afwijzing alle vrouwen vervloekt. Tenzij de dame in kwestie je hart heeft gebroken natuurlijk, dan kan ik me er nog iets bij voorstellen." Even was hij stil, alsof hij nadacht. „Heb jij überhaupt een hart? Je lijkt me eerlijk gezegd meer zo'n *pretty boy* zonder inhoud. Een slaafje van Typhon, die wel zijn vuile werk mag opknappen, maar verder niets te vertellen heeft. Is dat de reden dat je je op vrouwen afreageert? Om je toch een beetje belangrijk te voelen?"

Langzaam begon Roy te veranderen. Zijn huid werd grauw en zijn ogen kregen een grijszwarte gloed. „Dus jij denkt dat je partij voor me bent, stoere jongen?" vroeg hij met een van woede verwrongen gezicht. „Weet je wel wie je voor je hebt?"

Nick had begrepen wat Dario aan het doen was en zei: „Gewoon een lelijkerd met een klein pikkie die er niet tegen kan dat zijn sexy ex gelukkig is." Om zijn woorden kracht bij te zetten gaf hij Lydia, die hen aankeek of ze gek waren geworden, een vette knipoog.

Dario zag twee bulten onder Roy's op maat gesneden colbertje verschijnen en wist dat ze het bijna voor elkaar hadden. Hij grijnsde naar Nick. „Eigenlijk wel sneu dat hij denkt dat hij belangrijk is voor Typhon, je zou toch verwachten dat hij beter zou weten."

Quasi-nonchalant haalde Nick zijn schouders op. „Blijkbaar is hij minder intelligent dan hij denkt. Minder knap ook trouwens.

Heb je die twee bulten op zijn rug gezien? Hij kan zo doorgaan voor de tweebultige klokkenluider van de Notre Dame."

Roy slaakte een woeste brul, en terwijl hij dat deed sneden er twee zwarte vleugels door zijn colbertje heen. „Ik maak jullie af!" Omdat hij nog niet helemaal getransformeerd was, deed Dario er nog een schepje bovenop. „Tja, nu snap ik wel dat de vrouwtjes je niet hebben willen, makker, die vleugels zijn nou niet bepaald sexy te noemen. Heb je na Lydia überhaupt nog wel eens gescoord?"

Dat was de druppel. Roy gooide zijn menselijke gedaante af en veranderde van het ene op het andere moment in een groot geschubd monster met pikzwarte ogen, scherpe klauwen en vleermuisvleugels.

„Wat de ..." stamelde Lydia.

Roy bleek inderdaad niet al te intelligent, want hij kwam zonder na te denken op hen afgestormd. En hoewel hij zeker twee keer zo groot als hen was, waren zij met zijn vieren én gewapend, waardoor hij toch echt in het nadeel was.

Terwijl hij woest brullend op hen afstormde, riep Myrte boos: „Man, wat een bullshit is dit!" en schoot een vuurbal op hem af. Toen ze zag dat hij erdoor werd teruggeworpen, vuurde ze er nog één af. En nog één. „Ha! Daar heb je niet van terug, hè, engerd! Kom op Lyd, doe met me mee!"

Op dat moment was het net alsof Lydia ontwaakte uit een droom. Hoewel Myrte de ene na de andere vuurbal afvuurde op het monster dat ooit Roy was geweest, zag Lydia hem als in slow motion op zich afkomen, zijn klauwen naar haar uitgestoken en zijn bek verwrongen in een waanzinnige grijns. En het rare was dat ze precies wist wat hij dacht. Het enige wat hij wilde, was hen doodmaken, te beginnen met haar. Typhon mocht dan andere plannen met haar hebben, Roy vond het zijn goed recht om haar af te maken. Hij vond haar een sloerie. Ze was zonder enige reden bij hem weggegaan en verdiende het niet om te leven. Al helemaal niet aan Typhons zijde. Bovendien had haar neuker, zoals hij Dario noemde, het verkeerd. Hij was Typhons slaafje niet, hij had een eigen wil en die ging hij nu volgen. Hij ging Lydia voor Dario's neus in stukken scheuren en hemzelf verminken, zodat hij de rest van zijn miserabele leven niets anders zou doen dan nadenken over hoe machtig Roy wel niet was. Hij grijnsde zijn ranzige gele tanden bloot en gromde vals terwijl hij op haar afkwam.

Even voelde Lydia zich als verlamd, toen laaide haar woede in alle hevigheid op en greep ze haar mes. Ze wierp het in één soepele beweging naar hem toe en zou de verbazing in zijn ogen, vlak voor het mes hem ertussen raakte, nooit meer vergeten. „Ik hoop dat je brandt in de hel!" vervloekte ze hem, terwijl hij voor haar voeten in elkaar zakte. Walgend draaide ze zich om. „Gatverdamme! Ik kan niet geloven dat dat Roy is. Hoe is het mogelijk dat ik nooit gezien heb dat hij er in werkelijkheid zó uitziet!?"

Dario sloeg zijn armen om haar heen en drukte haar stevig tegen zich aan. „Geloof me, cariña, als hij niet wilde dat je het wist dan kon je het ook niet weten. Roy is een Apoplanitís, een verleider. Dat zijn de grootste manipulators op aarde. Ze gebruiken hun uiterlijk om mensen om de tuin te leiden. Gelukkig is dat ook hun zwakke punt, want als je hun ego aanvalt, kunnen ze niet normaal meer denken."

„Oh, vandaar dat jullie hem zo aan het jennen waren. Ik dacht al."

„Ja, we probeerden hem uit de tent te lokken. Het was tijd dat hij je zijn ware gedaante liet zien. Gelukkig was er niet veel voor nodig om hem te provoceren, hij was al te ver heen."

Voordat Lydia kon vragen wat hij daarmee bedoelde, vroeg Myrte haar nieuwsgierig „Hoe wist je eigenlijk dat die troon van Roy was?"

„Door het familiewapen op de zwaarden, daar is hij altijd al geobsedeerd door geweest. Geen idee waarom."

Juist toen Myrte naar de troon wilde lopen om het teken te bekijken, kwam Oskar de ruimte binnen, gevolgd door wel honderd soldaten. „Ik zie dat jullie Roy zijn tegengekomen," zei hij sarcastisch, kijkend naar het lijk aan hun voeten. Minzaam schudde hij zijn hoofd. „Het was te verwachten dat hij iets doms zou doen, die sukkel was echt geobsedeerd door je," zei hij, terwijl hij Lydia aankeek. „Afijn, zijn we daar ook weer vanaf. En nu jullie hier toch zijn, kunnen we jullie mooi gelijk voorstellen aan Typhon." Hij richtte zich tot de soldaten en beval: „Grijp ze!" Waarna de soldaten op hen afstoven.

„Terugtrekken!" riep Dario. „Naar de ingang van de grot!" Terwijl hij dat riep, sprong er echter een horde insectachtige monsters voor de opening, waardoor ze gedwongen werden een andere kant op te rennen.

„Hierheen!" riep Nick, terwijl hij zich al vechtend een weg naar de waterval baande.

Hoewel ze vochten als nooit tevoren bleek al snel dat ze geen partij waren voor het leger dat Oskar op hen afgestuurd had, honderd tegen vier was simpelweg te veel. Stuk voor stuk werden ze gegrepen door de monsters en vastgebonden in een hoekje van de grot gesmeten.

„Nu hebben jullie niet zoveel praatjes meer, hè?" zei Oskar hatelijk. Hij liep naar Lydia toe en streek met glinsterende ogen over haar wang. „Jammer dat je van Typhon bent, wij hadden het samen heel leuk kunnen hebben, pop ..."

Lydia spuugde in zijn gezicht en snauwde „Nooit!"

Dario zag de waanzin in Oskars ogen en probeerde zijn aandacht van Lydia af te leiden. „Waar is die grote baas van je eigenlijk?"

Kil keek Oskar hem aan. „Oh, die is heel dichtbij. Dichterbij zelfs dan je zou vermoeden." Alsof hij zich plots iets herinnerde, draaide hij zich om en liep naar de spiegels.

Dario en Nick wisselden een blik van verstandhouding, ze moesten nú toeslaan. Nick probeerde achter zijn rug de touwen door te snijden met het mesje dat in zijn riem verborgen had gezeten en knikte naar Dario toen dat gelukt was. Terwijl Oskar en de soldaten gefixeerd waren op de spiegels sneed Nick snel Dario's touwen door, waarna Dario Myrte losmaakte en die op haar beurt Lydia bevrijdde. Terwijl ze bleven waar ze waren, vroeg Dario zacht: „Iedereen klaar?" Vanuit zijn ooghoeken zag hij de anderen knikken.

En toen begon het. Oskar hief zijn armen en begon te bidden in de taal van de hel, bijgevallen door het leger van monsters.

De spiegels begonnen te golven en er ontstond een paarszwarte draaikolk waaruit een angstaanjagend gegrom opsteeg. Het gegrom vermengde zich met het gekerm van verdoemde zielen en het zware geluid van een hoorn. „O grote Typhon," riep Oskar door het lawaai heen, „ziehier het offer waar u om vroeg, de laatste dochter van Artemis!" Wind gierde door de grot en slingerde het water van de waterval in het rond. „Kom tot ons om op te eisen wat van u is, uw bruid wacht op u!"

Gechoqueerd keek Lydia de anderen aan. Dat betekende toch zeker niet wat ze dacht dat het betekende? Wilde Typhon haar tot zijn bruid maken!? Ze keek Dario aan en zag de verbeten trek om zijn mond. Oh nee, dacht ze, om de dooie dood niet! Ze ging hier echt niet staan afwachten tot de één of andere enge monstergod haar tot zijn vrouw zou maken, *no way!* „We moeten wat doen!" schreeuwde ze daarom.

„Dat kan nog niet," riep Myrte terug, „Typhon moet eerst hier zijn!"

Een rode bliksemflits schoot de draaikolk uit en veroorzaakte een verblindend licht toen hij insloeg in Oskar. Die brulde woest terwijl hij geëlektrocuteerd werd, zijn lichaam schokkend en schuddend door de brute kracht. De geur van verbrand vlees verspreidde zich door de grot terwijl de bliksem heen en weer sprong tussen Oskar en de monsters, waarbij de monsters stierven en Oskar wonderbaarlijk genoeg helemaal intact bleef.

En toen ging plots de wind liggen en werd het doodstil in de grot, tot een zware stem de stilte verbrak: „Kniel."

Lydia opende haar ogen en zag het leger van monsters knielen. Voor hen stond Oskar, gehuld in een paarsrode gloed. Er ging iets onheilspellends van hem uit, alsof hij met een knip van zijn vingers pijn en dood kon veroorzaken en daar nog plezier in zou scheppen ook. Hij liet zijn blik over de soldaten gaan en richtte zijn vuurrode ogen vervolgens op haar. „Kom hier," beval hij. Ondanks dat ze het niet wilde, voelde ze zichzelf in beweging komen.

„Lydia, niet doen!" riep Myrte.

„Ik kan niet anders, het gaat vanzelf," zei ze paniekerig, zonder haar ogen van Oskar af te halen. Alsof hij een magneet was, werd ze naar hem toegetrokken.

„Verzet je ertegen, denk aan wat je doen moet!"

Lydia verzamelde al haar kracht en riep in gedachten Artemis aan. Artemis, ik weet dat je niets mag doen, maar een beetje hulp zou wel fijn zijn. Alsjeblieft! Ze voelde de lucht trillen, waarna de verbinding die ze met Oskar voelde, verbroken werd. „Nu of nooit!" riep ze.

Dat was het teken. Terwijl Lydia terugrende naar haar vrienden trok Dario razendsnel een cirkel om hen heen en liet die opvlammen zodat de monsters niet bij hen konden komen. Ze namen hun posities in en bereidden zich voor op de spreuk.

„Grijp ze!" beval Oskar, waarop de monsters die de cirkel binnen probeerden te dringen genadeloos werden geveld door het groene vuur. „Ik moet ook alles zelf doen," gromde hij, waarna hij langzaam maar zeker steeds groter werd. „Ik wilde je tegemoetkomen in een uiterlijk waarbij je je op je gemak zou voelen," zei hij kil tegen Lydia, „maar blijkbaar was dat verspilde moeite."

Even keek Lydia hem met grote ogen aan, toen vermande ze zich en concentreerde zich op Nicks woorden.

„Aarde, vuur, water, lucht
Hoor mijn roep en hoor mijn zucht
Een wapen gesmeed door strijders van licht
Gezegend door goden, voor haar die niet zwicht
Wijsheid, reinheid, rechtvaardigheid en kracht
Bundelen in dit wapen hun macht
Om de monstergod te verbannen van aarde
Bevat het een juweel van onschatbare waarde
Enkel hanteerbaar door een puur en zuiver hart
Ziehier het wapen dat verbant naar het zwart!"

Terwijl Nick al zijn krachten in de spreuk legde, toverde Dario de zilveren boog en de pijl met de diamant tevoorschijn.

„Nu!" riep Myrte Lydia toe, terwijl ze vuurballen begon af te vuren op de monsters om zo een opening te creëren. „Rennen!"

Lydia sprong de cirkel uit en zocht met haar ogen het hoogste punt in de grot. Dat was bij de waterval. Heel even stond ze zichzelf toe om naar Oskar te kijken, die ondertussen bijna even hoog als de grot was en langzaam veranderde in het monster waardoor hij bezeten was. Haar maag draaide zich om en snel rende ze door. Zodra ze de waterval bereikte, begon ze te klimmen, op de hielen gezeten door de monsters. Een paar keer gleed ze omlaag over de gladde stenen zodat ze haar bijna te pakken kregen, maar ze wist ze steeds weer van zich af te schudden en uiteindelijk lukte het haar om de richel op het hoogste punt te bereiken. Ze draaide zich om en knikte naar Myrte.

„Nu of nooit!" riep die, en flitste de pijl en boog naar haar toe.

Lydia ving de wapens, spande de boog en richtte, maar toen ze zag waarin Oskar veranderd was begon ze zo erg te trillen dat ze ze weer moest laten zakken. Typhon zag er nog enger uit dan Dario gezegd had en zijn aanblik zorgde ervoor dat ze hard wilde wegrennen. Zes walgelijke hoofden, de een nog afzichtelijker dan de ander, staarden haar met felrode ogen aan. De drie menselijke hoofden waren vervormd en hadden ranzig haar, met baarden waarin de bloederige resten van de laatste maaltijd nog zichtbaar waren, en de andere koppen leken op die van een draak, een slang en een leeuw. Haar hart bonsde zo luid dat het uit haar borstkast leek te willen springen. Hoe kon ze het in vredesnaam winnen van Typhon? En in welk oog moest ze de pijl schieten?

Typhon begon te lachen, een geluid dat door merg en been ging. „Wat dacht je daarmee te gaan doen, kleine Lydia?" vroeg hij, terwijl hij met een vinger naar haar pijl en boog wees.

Ze keek naar de puntige nagel aan zijn vinger en bedacht zich dat hij haar daarmee met één haal van het leven zou kunnen beroven. *Je kunt dit!* hoorde ze plots Dario's stem in haar hoofd. *Laat je niet bang maken, schiet die pijl af!* Met een ruk keek ze hem aan. Was het echt zijn stem die ze hoorde of probeerde Typhon haar te misleiden zodat ze haar pijl zou verspillen?

Dario knikte haar bemoedigend toe en het volgende moment hoorde ze hem *Ik hou van je, cariña, neem hem te grazen!* zeggen. Het koosnaampje bewees haar dat het echt Dario was die haar gedachten was binnengedrongen. Strijdlustig hief ze de pijl en boog nogmaals op. Het linkeroog moest ze zien te raken. Maar welk van de zes linkerogen? Ze aarzelde. Als ze miste of het verkeerde oog raakte zou ze geen tweede kans meer krijgen. Even sloot ze haar ogen. Ze stamde af van een godin. En niet zomaar een godin, ze stamde af van Artemis, godin van de jacht. Die kracht moest ze gebruiken. Ze opende haar ogen en ademde diep in „Iene, miene, mutte ..." Ingespannen keek ze naar Typhon en riep Artemis nogmaals aan. Artemis, welk oog moet ik raken? Stilte. Typhon leek geïnteresseerd af te wachten wat ze zou doen, ervan overtuigd dat hij onschendbaar was. „Verdomme!" gromde ze tussen opeengeklemde kaken door. Op goed geluk dan maar.

Maar juist toen ze de pijl in het linkeroog van de draak wilde schieten, viel haar oog op een zevende paar ogen, verborgen onder zijn harnas. Die was het! dacht ze triomfantelijk, legde de pijl aan en prevelde een schietgebedje terwijl ze hem losliet.

„Tijd voor de volgende fase, jongens!" riep Myrte, en samen met de mannen begon ze te bidden tot Artemis, Athena, Dionysos en Zeus.

Vol spanning keek Lydia naar Typhon die lachte om haar poging hem te raken. Hij wilde de pijl met zijn hand wegtikken, maar ze maakte er een schijnbeweging mee zodat hij miste.

Eerst verscheen er verbazing op zijn gezicht, toen woede. „Denk je mij te kunnen bespotten!?" bulderde hij met zijn zes koppen tegelijk.

Lydia onderdrukte haar angst en concentreerde zich op haar taak. Nu of nooit, zei ze voor de zoveelste keer tegen zichzelf, waarna ze de pijl met een enorme stootkracht in het oog op zijn hart ramde.

Typhon brulde van de pijn toen de pijl zijn oog doorboorde en zich een weg brandde naar zijn hart. Hij stond te tollen op zijn benen en zwiepte ongecontroleerd met zijn armen in het rond. „Jij heks! Wat heb je gedaan!?" De draak spuwde vuur en de slang spoot gif terwijl het paarsrode licht dat uit het gat in zijn borst kwam steeds feller en feller werd.

„Lydia!" riep Dario, „Kom hierheen!"

Ze zag de angst op zijn gezicht en begon naar beneden te klauteren, de zilveren boog op haar rug. Eén keer gleed ze weg en viel bijna van grote hoogte naar beneden, maar gelukkig hing juist op die plek een wortel waaraan ze zich vast kon grijpen. Terwijl ze daar hing, keek ze hijgend naar de chaos in de grot. Monsters renden in het rond, vechtend met elkaar om wie de baas zou worden of gewoon omdat ze dat leuk vonden, en Typhon stond nog steeds te brullen van de pijn. Hoelang zou het in vredesnaam duren voordat hij dood was? Hun plan had toch zeker wel gewerkt?

„Lydia!" Dit keer was het Myrte die riep, „Schiet op!"

Ze keek naar haar vrienden, die te midden van de chaos in een ring van groen vuur op haar stonden te wachten, en dwong zichzelf om in beweging te komen. Kom op, probeerde ze zichzelf moed in te praten, nog even volhouden, het is bijna voorbij! Ze hoopte met heel haar hart dat dat waar was en klom zo snel als ze kon naar beneden.

„Probeer te zweven!" riep Myrte, toen ze zag dat Lydia de grond had bereikt. Ze had het al eerder willen zeggen, maar was bang geweest dat Lydia er te afgeleid voor was. De tijd begon nu echter te dringen en het was te gevaarlijk voor haar buiten de cirkel.

Lydia vocht zich een weg naar haar vrienden. Met alleen een mes als wapen was dat een flinke opgave, dus probeerde ze te doen wat Myrte had geroepen. Haar eerste poging om te zweven mislukte faliekant, waardoor ze bijna op de gifstekel van een schorpioenachtig monster terechtkwam. Boos op zichzelf deed ze haar uiterste best om zich te concentreren, waardoor haar volgende poging wel succesvol was en ze over de monsters heen naar de cirkel van licht zweefde. Tijd om trots op zichzelf te zijn, had ze echter niet, want zodra ze haar plek binnen de cirkel had ingenomen, begon de berg te schudden en te beven. Angstig keek ze de anderen aan.

„Hou vol!" riep Myrte.

Al die tijd had Typhon in zijn borst staan klauwen om de pijl uit zijn hart te krijgen, maar die zat zo diep vast dat hij hem er met geen mogelijkheid uitkreeg. Het paarsrode licht kwam ondertussen uit heel zijn lichaam en hij zag eruit alsof hij ieder moment kon ontploffen.

„Zet je schrap!" riep Nick boven Typhons gebrul uit.

De berg begon nog heviger te schudden, en met een laatste woeste brul spatte de monstergod uit elkaar.

Even was het doodstil, toen begonnen de monsters als gekken door elkaar te rennen en te vluchten. Opgelucht en perplex keek het viertal elkaar aan, het was hen gelukt! Maar juist toen ze elkaar in de armen wilden vallen, stak er een onheilspellende wind op. De paarszwarte draaikolk verscheen weer in de spiegel en bracht een gure wind voort die de restanten van Typhon verzamelde en tot een wazig gezicht vormde waarin twee felrode ogen hen vol haat aanstaarden.

„Volgende keer zal het niet zo makkelijk zijn," dreigde de stem van Typhon. „Als we elkaar weer tegenkomen, zijn jullie van mij!" En met die woorden scheerde hij over hun hoofden en verdween naar waar hij vandaan was gekomen.

Uitgeput stonden ze met zijn vieren naar de spiegels te staren, zich afvragend wat er zojuist gebeurd was. „Hebben we hem nou wel of niet verslagen?" hijgde Lydia.

„Eh, een soort van ..." reageerde Myrte. „We hebben hem verslagen, maar hij is niet vernietigd. En volgens mij hebben we hem heel, heel erg boos gemaakt."

Bezorgd keek Dario om zich heen toen de berg weer begon te schudden. Vlug sloot hij de cirkel en greep Lydia's hand beet. „Kom mee, laten we gaan voordat de boel hier instort!"

Ze renden de tunnel in waar Oskar en zijn leger uit waren gekomen en haastten zich door het doolhof van gangen. Eén keer kwamen ze terecht in een tunnel die doodliep, waardoor ze een flink stuk terug moesten rennen en ook een handvol monsters moesten uitschakelen.

Terwijl ze renden voor hun leven begon de berg steeds harder te schokken. De wanden van de tunnel scheurden en delen ervan vielen omlaag. „Opschieten!" schreeuwde Nick, toen de gang achter hen instortte. Hij sleurde Myrte, die vlak voor zijn neus onderuitging omdat ze opzij moest springen voor een vallend stuk rots, overeind en gooide haar over zijn schouder. Ze waren er bijna! Sneeuw schitterde hen tegemoet terwijl hij de laatste meters aflegde. Er klonk een doffe dreun, en meteen daarna voelde hij de grond onder zijn voeten verzakken. Terwijl de opening naar buiten snel kleiner werd, duwde hij Myrte omhoog. Dario en Lydia waren al buiten en trokken haar door het gat de sneeuw in. Met zijn laatste krachten zette hij zich af en wist zichzelf door het gat te wurmen, en juist toen Dario hem beetgreep en een flinke ruk aan hem gaf zodat hij helemaal buiten kwam te liggen, klonk er een laatste doffe dreun en verdween de opening onder de grond.

Hijgend lagen ze in de sneeuw. „Alles goed?" vroeg Dario.

Nick knikte, te moe om iets uit te brengen.

En toen klonk daar de Vox Veritas:

> *„Voor nu is hij verslagen*
> *Opgegaan in het geheel*
> *Als hij weerkeert, zal men wenen*
> *Een ieder krijgt zijn deel*
> *Wanneer de wanhoop hoogtij viert*
> *Met angst en bloed en pijn*
> *Zal zij die kan praten met alles dat leeft*
> *Er voor de wereld zijn"*

28

Tot op het bot verkleumd stond Lydia onder de douche. Vlak nadat ze de Vox Veritas hadden gehoord, was Manuel opgedoken om hen naar de villa te brengen. Daar waren de anderen ook naartoe gegaan, en tot hun grote opluchting was zelfs de graaf aanwezig geweest toen ze aankwamen. Arabel en Rose hadden zich over de gewonden ontfermd zodat iedereen binnen de kortste keren weer op de been was, en *mormor* en *morfar* hadden ervoor gezorgd dat er zoveel eten en drinken klaarstond dat ze er nog dagen van konden eten. Hoewel het niet de overwinning was waarop ze met zijn allen gehoopt hadden, stond Victor er toch op om hun prestatie te vieren. Ze hadden ten slotte twee van Typhons troefkaarten uitgeschakeld en de monstergod zelf ook een knauw toegebracht. Hoewel het aan de ene kant jammer was dat hij nu wist dat hij hen niet moest onderschatten, school daarin ook een zekere voldoening, had Victor gezegd, en dat moest gevierd worden. Het was uiteindelijk eigenlijk best een leuk feestje geweest, maar ze had zich zo moe gevoeld dat ze zich na een paar uurtjes toch had geëxcuseerd. En nu stond ze dus onder een hete douche en kreeg ze het maar niet warm. Steeds weer zag ze Roy en Oskar en Typhon voor zich en hoorde hun woorden in haar hoofd. En het beeld van Dario en Myrte die gemarteld aan de kruizen hingen, bleef ook maar door haar hoofd spoken. Ze waren na hun aankomst in de villa gelijk door Arabel onder handen genomen zodat er al niets meer te zien was van hun verwondingen, maar als ze terugdacht aan hoe ze eruit hadden gezien dan draaide haar maag zich weer om. Zuchtend legde ze haar voorhoofd tegen de koude tegelwand. Ze hoorde de badkamerdeur zachtjes open- en dichtgaan, en omdat ze voelde dat het Dario was die binnenkwam, bleef ze onbeweeglijk staan.

Hij ging achter haar staan en sloeg zijn armen om haar middel. „Gaat het?"

„Ik heb het zo koud," antwoordde ze met trillende stem.

Hij pakte de douchegel en begon haar langzaam in te zepen. Het was niet niks wat ze hadden meegemaakt, dus hij vond het niet vreemd dat ze van slag was. Hoewel ze zich kranig had geweerd tijdens het gevecht en hij enorm trots op haar was, kon hij zich goed voorstellen dat ze tijd nodig had om alles te verwerken. „Je hebt het goed gedaan, *cariña*."

Ze leunde met haar rug tegen hem aan en sloot haar ogen. „Ik blijf maar voor me zien hoe jij en Myrte daar aan die kruizen hingen."

Hij drukte een kus op haar slaap, op de plek waar eerst haar wond had gezeten en nu het teken van de Drievoudige Godin prijkte. „Heb ik al gezegd dat ik je tatoeage leuk vind?" probeerde hij haar af te leiden.

Ze wist een vaag lachje te produceren en streek over zijn dijbeen, waarop een afbeelding van een huilende wolf te zien was met op de achtergrond een volle maan. „Die van jou mag er ook zijn, hoor."

Hij keek omlaag en grinnikte. „Mijn creatieve moeder." Hij zei het op een liefdevolle manier. „Ik weet niet of ze het expres doet of dat het automatisch gebeurt, maar steeds als ze een diepe wond geneest, verschijnt op die plek een tatoeage."

Een tijdlang bleven ze zo staan, lichaam tegen lichaam onder de warme stralen van de douche, tot Lydia zachtjes zei: „Vrij met me."

Even dacht Dario dat hij zich vergiste, maar toen ze er „alsjeblieft" aan toevoegde besefte hij zich dat hij het wel degelijk goed had gehoord. Teder begon hij haar te strelen en vroeg aarzelend „Lydia?"

„Hm?"

„Wil je met me trouwen?"

Ze verstijfde in zijn armen. „Hè?"

Hij herhaalde zijn vraag. „Wil je met me trouwen?"

Ze draaide zich om in zijn armen en keek hem verbaasd aan. Deed hij haar nu een aanzoek?

„De timing is misschien een beetje vreemd, en ik heb ook nog geen ring voor je, maar ik moet weten of je bij me wilt blijven." De vraag was spontaan in hem opgeweld, maar nu hij hem gesteld had, moest hij het antwoord weten. „Ik weet dat we elkaar pas kort kennen, maar ik kan me mijn leven niet meer voorstellen zonder jou en het enige waar ik aan kon denken toen we gevangen waren genomen was dat ik hoopte dat jij veilig was." Toen Lydia nog steeds niets zei, begon hij hem te knijpen. „Je hoeft niet meteen antwoord te geven, denk er maar even over na. Ik begrijp dat het allemaal nogal veel is en ik moet ook nog met mijn ouders overleggen hoe zij mijn toekomstige taken precies voor zich zien. Misschien wil je eerst weten wat daarvan de uitkomst is, zodat je weet of we ergens voor vast kunnen gaan wonen of de wereld moeten rondtrekken. Ik zal –"

„Ja!" riep Lydia stralend.

„Ja?"

„Ja, ik wil met je trouwen," verduidelijkte ze. Toen hij haar sprakeloos bleef aankijken, begon ze te lachen. „Was dat niet het antwoord waar je op gehoopt had?"

Dario begon te grinniken. Hij was zo bang geweest dat ze hem zou afwijzen dat hij als een gek had staan ratelen en even de draad kwijt was geweest. „Natuurlijk wel! Ik was bang dat je me niet wilde." Hij greep Lydia, die zich ondertussen had omgedraaid, stevig beet.

„Serieus?" vroeg ze verbaasd, „Na alles wat we de afgelopen maanden samen hebben meegemaakt, dacht je echt dat ik je zou afwijzen?"

„Nou ja, je –"

Ze legde een vinger tegen zijn lippen om hem het zwijgen op te leggen en drukte vervolgens haar mond op de zijne. „Laat maar."

Hij glimlachte terwijl hij haar kuste, wat was ze toch heerlijk! Hij trok haar gladde, natte lichaam nog steviger tegen zich aan en voelde de passie oplaaien.

Lydia dacht dat ze zou ontploffen van geluk, ze ging trouwen! Met de liefste, slimste, knapste, meest geweldige man op aarde! Zwijmelend gaf ze zich aan hem over, hij was alles wat ze nodig had. Ze voelde zich veilig en had het niet koud meer.

Dario liet zijn vingers liefkozend over haar rug dwalen en pakte vervolgens haar billen stevig beet. Wat had ze toch een verrukkelijk lichaam, zacht en vol en o zo vrouwelijk. Hij was gelijk in opperste staat van paraatheid en wilde zich in haar begraven. Lydia leek het aan te voelen want ze sloot haar hand om zijn lid en begon hem zacht op en neer te bewegen. Hij kreunde en beet zijn tanden op elkaar. „*Cariña*, als je zo doorgaat gaat het niet lang duren."

Ze lachte zachtjes en keek hem verliefd en ondeugend aan. „Hoeft ook niet, als je mij maar laat meegenieten." Meer hoefde ze niet te zeggen, want Dario tilde haar meteen op en liet haar zonder enige omhaal op zijn mannelijkheid zakken. Terwijl hij zich diep in haar begroef, sloeg ze haar benen om zijn heupen. Vaag bedacht ze zich dat ze zich nooit had kunnen voorstellen dat het zo geweldig zou zijn om de liefde te bedrijven. Ze gooide haar hoofd achterover en genoot van het gevoel van Dario's mond in haar nek. Hij liet zijn lippen over haar gevoelige huid dwalen en likte en beet haar zachtjes.

Dario hield het niet meer vol. Hij stootte steeds harder en dieper in haar en genoot van haar ongeremde reacties. Terwijl hij zijn mond op de hare drukte voor een vurige kus voelde hij hoe ze zich om hem heen aanspande, en terwijl hij zich in haar ontlaadde en hen samen over het randje naar de sterren duwde, fluisterde hij „Ik hou van je."

Hand in hand liepen Dario en Lydia de volgende morgen de salon in, waar Victor, Arabel, Nick en Myrte in een geanimeerd gesprek verwikkeld waren.

Arabel verwelkomde hen met een warme glimlach. „Jullie zien eruit alsof jullie een goede nacht achter de rug hebben. Koffie?"

Lydia knikte en voelde haar wangen kleuren. Hoe moest je je in hemelsnaam gedragen tegenover de moeder van de man waarmee je de hele nacht had liggen vrijen? Ze hoorde Nick en Myrte grinniken en wierp hen een quasi-boze blik toe.

„Jullie ontbijt staat in de oven," zei Arabel, die deed alsof ze niets in de gaten had. „*Mormor* en *morfar* zijn op visite bij hun familie, dus we zullen vandaag voor onszelf moeten zorgen."

„Geen probleem," zei Dario schouderophalend. Hij gaf een kneepje in Lydia's hand en zei tussen neus en lippen door tegen Nick. „Help me herinneren dat ik je de sleutels van mijn Harley geef als we weer thuis zijn."

Eerst werden Nicks ogen groot, toen brak er een brede grijs door op zijn gezicht en sprong hij op om zijn vriend op de schouder te slaan. „Haha, zie je wel! Ik wist wel dat ik zou winnen!" Hij deed een klein overwinningsdansje en gaf Lydia een klapzoen. „Gefeliciteerd!

Ook Myrte stond op om hen te feliciteren. Ze pakte Lydia's handen beet en zei lachend: „Zie je wel, meid, alles komt goed."

Victor en Arabel keken ondertussen geïnteresseerd toe en wachtten af tot iemand zou verduidelijken wat er aan de hand was.

„Pap, mam," zei Dario terwijl hij zich tot hen wendde, „ik weet dat we een hele hoop te bespreken hebben, maar voordat we dat doen, wil ik jullie graag voorstellen aan jullie toekomstige schoondochter." Terwijl hij het zei, wierp hij Lydia een liefdevolle blik toe.

Arabel begon te stralen. „Geweldig!" Ze stond op om haar zoon een knuffel te geven en pakte vervolgens Lydia's handen beet. „Welkom in de familie." Ze glimlachte warm en gaf haar op iedere wang een kus. „Ach wat," voegde ze eraan toe, waarna ze ook haar een stevige knuffel gaf.

Ook Victor was opgestaan om hen te feliciteren. „Wie had dat ooit gedacht," zei hij, terwijl hij Lydia een knipoog gaf. „Blijkbaar heb je een goede invloed op hem, want ik had niet verwacht dat hij zich ooit zou binden. Welkom in de familie, meid." Ook hij sloot haar in zijn armen.

Lydia voelde zich gelukkig. De problemen met Typhon waren dan misschien nog niet opgelost, maar ze had er de afgelopen maanden wel veel nieuwe vrienden en zelfs een nieuwe familie bijgekregen. Ze zou straks meteen Kamilla en Gabor bellen om het goede nieuws met hen te delen.

„Werkelijk heerlijk nieuws," zei Arabel stralend. „We gaan het de komende tijd druk krijgen met het plannen van de bruiloft, meiden! Oh en Lydia, Kamilla moet natuurlijk ook helpen. Waar wil je graag trouwen?"

Terwijl Arabel en Myrte Lydia bestookten met honderden vragen besloten Victor, Nick en Dario te vluchten. „Volgens mij redden jullie het wel zonder ons, of niet?" vroeg Dario aan Lydia, waarop ze gelukzalig glimlachend knikte.

Terwijl de mannen opstonden om de kamer te verlaten zei Victor „Zeg Nick, wat denk je ervan om samen met Myrte naar Sicilië te gaan? Er moet daar nog van alles geregeld worden ..."

HERZ FÜR AUTOREN A HEART FOR AUTHORS À L'ÉCOUTE DES AUTEURS MIA KAPΔIA ΓIA ΣYΓΓPA
HJÄRTA FÖR FÖRFATTARE UN CORAZÓN POR LOS AUTORES YAZARLARIMIZA GÖNÜL VERELIM SZÍV
CUORE PER AUTORI ET HJERTE FOR FORFATTERE EEN HART VOOR SCHRIJVERS TEMOS OS AUTOR
SERZOINKÉRT SERCE DLA AUTORÓW EIN HERZ FÜR AUTOREN A HEART FOR AUTHORS À L'ÉCOUT
RAÇÃO BCEЙ ДУШОЙ K ABTOPAM ETT HJÄRTA FÖR FÖRFATTARE Á LA ESCUCHA DE LOS AUTOR
AUTEURS MIA KAPΔIA ΓIA ΣYΓΓPAΦEIΣ UN CUORE PER AUTORI ET HJERTE FOR FORFATTERE EEN H
YAZARLARIMIZ G VERSE ZERZÖINKÉRT SERCE DLA AUTORÓW EIN HERZ FÜR
VOOR SCHRI MOS ORAÇÃO BCEЙ ДУШОЙ K ABTOPAM ETT HJÄRTA FÖR

De auteur

Iris Nagtegaal is in 1983 geboren in Warnsveld en bracht haar jeugd door in Zutphen. Gefascineerd als ze was door Griekse mythologie verhuisde ze op haar 17e naar Griekenland, op zoek naar avontuur. Na twee jaar keerde ze terug naar Nederland om aan het ‚volwassen' leven te beginnen. Na een aantal jaren met paarden en kinderen gewerkt te hebben, koos Iris voor een carrièreswitch. Ze volgde diverse opleidingen, waaronder die tot Supply Chain Manager, en werkt deze dagen als leidinggevende bij een productiebedrijf in de Rotterdamse haven. Haar vrije tijd brengt Iris het liefst door met haar gezin en hun twee honden. Ze houdt van koken, wandelen in de natuur, paardrijden, dansen en lezen. De Strijders van Artemis is haar eerste boek. Iris woont met haar man en twee kinderen op Voorne-Putten.